SARAH MORGAN

CHANTAJE A UNA ESPOSA

ESCLAVOS DE LA PASIÓN

ENAMORADA DE SU MARIDO

Editado por Harlequin Ibérica.
Una división de HarperCollins Ibérica, S.A.
Núñez de Balboa, 56
28001 Madrid

© 2017 Harlequin Ibérica, una división de HarperCollins Ibérica, S.A.
N.º 3 - 27.9.17

© 2004 Sarah Morgan
Chantaje a una esposa
Título original: The Greek's Blackmailed Wife

© 2005 Sarah Morgan
Esclavos de la pasión
Título original: Public Wife, Private Mistress

© 2005 Sarah Morgan
Enamorada de su marido
Título original: Sale or Return Bride
Publicadas originalmente por Mills & Boon®, Ltd., Londres
Estos títulos fueron publicados originalmente en español en 2005, 2005 y 2006

Todos los derechos están reservados incluidos los de reproducción, total o parcial. Esta edición ha sido publicada con autorización de Harlequin Books S.A.
Esta es una obra de ficción. Nombres, caracteres, lugares, y situaciones son producto de la imaginación del autor o son utilizados ficticiamente, y cualquier parecido con personas, vivas o muertas, establecimientos de negocios (comerciales), hechos o situaciones son pura coincidencia.
® Harlequin, HQN y logotipo Harlequin son marcas registradas por Harlequin Enterprises Limited.
® y ™ son marcas registradas por Harlequin Enterprises Limited y sus filiales, utilizadas con licencia. Las marcas que lleven ® están registradas en la Oficina Española de Patentes y Marcas y en otros países.
Imagen de cubierta utilizada con permiso de Dreamstime.com.

I.S.B.N.: 978-84-687-9989-6
Depósito legal: M-16826-2017

ÍNDICE

Chantaje a una esposa	7
Esclavos de la pasión	129
Enamorada de su marido	281

CHANTAJE A UNA ESPOSA

SARAH MORGAN

Capítulo 1

El ambiente en la reunión era tenso, todos los ojos estaban pendientes del hombre que estaba sentado en la presidencia de la mesa.

Zander Volakis, multimillonario griego y objeto de las fantasías de millones de mujeres, estaba sentado en su butaca y lo único que indicaba que había oído la acalorada conversación que acababa de tener lugar era el brillo mortal de sus ojos.

Aquel hombre, de espaldas anchas e increíble belleza, había trabajado muchas horas para cerrar aquel negocio.

Los hombres presentes esperaban su veredicto y lo observaban con una mezcla de admiración y envidia. Las dos mujeres sentían algo completamente diferente.

Por fin, tras lo que a los demás se les antojó una eternidad, tomó aire y habló:

–Quiero esa isla –declaró mirando a sus empleados con sus penetrantes ojos negros–. Hay que buscar otra solución.

–No hay solución –contestó alguien con valentía–. En los últimos veintiséis años, muchas personas han intentado comprarle esa isla a Theo Kouropoulos y no vende.

–Venderá –dijo Zander muy seguro de sí mismo.

Los miembros del consejo se miraron unos a otros preguntándose qué iban a hacer para que se produjera el milagro.

—Por lo visto, estaría dispuesto a vender si... cambiaras tu imagen —le dijo su abogado.

El ambiente alrededor de la mesa se hizo todavía más tenso.

—¿Mi imagen? —sonrió Zander.

Su abogado sonrió nervioso.

—Hay que tener en cuenta que Theo Kouropoulos lleva casado cincuenta años con su esposa, tienen seis hijos y catorce nietos y para él los valores familiares son muy importantes. Blue Cove Island es un lugar de veraneo familiar. Tal y como están las cosas ahora mismo, no le pareces el comprador ideal —le explicó—. Lo que dijo exactamente fue: «Es un hombre de negocios frío y rudo que tiene fama de donjuán y que no respeta en absoluto los compromisos de la vida familiar».

—¿Y? —preguntó Zander enarcando una ceja.

Alec miró al director financiero en busca de apoyo.

—Y que no quiere venderte una isla que está orientada hacia las vacaciones familiares porque tú estás acostumbrado a ofertar destinos paradisíacos para solteros y matrimonios sin hijos, pero, según él, no tienes ni idea de cómo gestionar Blue Cove Island.

—Expones sus razonamientos muy bien —comentó Zander peligrosamente—. ¿Trabajas para él o para mí?

—La realidad es que no te va a vender la isla si no cambias de imagen —insistió Alec—. Tendrías que casarte —contestó el abogado.

El silencio se hizo demoledor.

—No pienso casarme —declaró Zander.

Se produjeron unas cuantas risas nerviosas.

—Bueno, en ese caso —carraspeó Alec rebuscando entre sus papeles—, me gustaría que fueras a ver a esta gente en Londres. Son una empresa especializada en asesoramiento de imagen pública. Sus resultados son increíbles y son discretos.

Zander estudió en silencio el informe mientras intentaba controlar las intensas y desagradables emociones que le había producido la idea de casarse.

Había enterrado aquellos sentimientos en los rincones más oscuros de su alma y su repentina aparición no le había gustado.

Casarse no era la solución al problema que tenían entre manos, así que la única opción era cambiar de imagen.

Zander apretó los dientes con impaciencia. Lo cierto era que jamás le había importado la opinión de otras personas. Hasta aquel momento. Su reputación le estaba impidiendo comprar Blue Cove Island.

Nada en su expresión revelaba lo importante que aquella compra era para él.

Quería aquella isla.

Llevaba veintiséis años queriéndola, pero lo había disimulado, había esperado el momento oportuno.

Y ese momento había llegado.

—Está bien —declaró poniéndose en pie—. Cambiaré de imagen.

—¿Y no sabemos absolutamente nada de ellos? ¿Ni siquiera el nombre de la empresa?

Lauranne O'Neill buscó en los archivos de su ordenador, releyendo su presentación una vez más.

—Nada, no quisieron decir nada —contestó Mary, su secretaria—. Es increíble, ¿verdad? A lo mejor es algún miembro de una familia real. El hombre con el que hablé solo me dijo que querían hablar con nosotros y que era altamente confidencial.

Lauranne sonrió.

—¿Tan confidencial que no nos dicen el nombre de la empresa?

—A mí no me importa cómo se llame la empresa siempre y cuando nos paguen —declaró Tom, su socio—. Están subiendo. Amanda acaba de ir a buscarlos a la recepción.

Lauranne lo miró divertida.

—¿Es que no piensas más que en el dinero?

—Exacto —contestó Tom dejando un montón de documentos sobre la mesa de la sala de reuniones—. Por eso esta empresa va tan bien. Tú eres la conciencia y yo el cajero.

Aquello hizo reír a Lauranne.

Cuando Amanda llegó a la sala, visiblemente alterada, comprendió que debía de tratarse de alguien muy famoso y rico.

Lauranne se puso en pie para recibir a sus clientes con una sonrisa, pero la sonrisa se tornó sorpresa cuando vio de quién se trataba.

Zander Volakis.

Aquel hombre guapo y arrogante entró en la sala como si el edificio fuera suyo, seguido de cerca por un equipo de hombres trajeados que guardaban una distancia respetuosa con su jefe.

Lauranne se quedó de pie, helada, sin poder hablar. El pasado se había hecho presente y el dolor volvió a apoderarse de ella. Aquel dolor tendría que haber desaparecido con el tiempo, pero no había sido así.

A pesar de que habían pasado cinco largos años, seguía allí.

«No ha cambiado nada», pensó fijándose en sus fríos rasgos.

Zander Volakis era increíblemente guapo. Tenía el pelo liso y negro, la piel aceitunada, la nariz recta y aristocrática, la mandíbula cuadrada y un físico tan masculino que hacía que las mujeres se derritieran a su paso.

Cuando sus ojos se encontraron, Lauranne se estremeció.

«Zander el cazador», pensó.

Aquel hombre estaba acostumbrado a que todo le saliera bien, a convertir millones en billones. Nunca nadie le había dicho que no.

«Hasta ahora», pensó Lauranne decidida a no volverle a decir jamás que sí.

No quería darle la satisfacción de que se diera cuenta de lo mucho que la afectaba su presencia, así que levantó el mentón y lo miró a los ojos de manera desafiante.

—Vete al infierno, Zander.

Sus empleados se quedaron boquiabiertos, pero él ni se inmutó.

—¿Vas a llevar esto al terreno personal?

—Por supuesto —contestó Lauranne con el corazón acelerado—. ¿De qué otra manera podría ser? Tienes la sensibilidad de una bomba atómica —le espetó obviando por completo que no estaban solos.

Mary palideció y miró a Tom, que estaba con la boca abierta en un rincón de la sala.

—Buenos días, señorita O'Neill —dijo con cautela uno de los hombres de Zander—. Me llamo Alec Trevelyan y trabajo para Volakis Industries —se presentó para romper el hielo.

—Me alegro mucho. Espero que tenga su currículum actualizado porque trabajar para Volakis Industries puede resultar extremadamente peligroso.

El abogado, que se había quedado sin habla, miró a su jefe para que le aclarara la situación, pero Zander Volakis no lo hizo. Se limitó a seguir mirando fijamente a la mujer que tenía ante él.

El abogado se giró hacia Lauranne. Era obvio que lo estaba pasando mal.

—¿Se está usted dando cuenta de quién...? —le preguntó señalando a Zander—. Quiero decir... Zander es...

–Sé perfectamente quién es –le dijo Lauranne sin apartar sus enormes ojos azules de él–. Es el canalla que intentó arruinarme la vida –añadió–. Es mi marido.

Todos los presentes ahogaron una exclamación de sorpresa. Lauranne sintió una punzada de dolor al comprender que Zander no les había dicho que estaba casado.

Al darse cuenta de que no les había hablado de ella, sintió ganas de hacerse un ovillo en un rincón de la sala y esconderse.

Eso era exactamente lo que llevaba haciendo cinco años.

Esconderse.

Esconderse de su pasado, de su matrimonio, de sus sentimientos.

–¿Te habías olvidado de decírselo? –le espetó sin embargo con orgullo–. Qué descuidado. Desde luego, si te creías que yo no se lo iba a decir, te has equivocado.

Durante un segundo, le pareció ver admiración en los ojos de Zander, pero rápidamente se recordó que él no admiraba a mujeres como ella. A Zander le gustaban las mujeres sumisas y obedientes que entraran en su juego, y ella jamás había sido así.

Alec se metió el dedo entre el cuello y la camisa.

–Obviamente esto... eh... no sabíamos... señorita O'Neill... quiero decir, señora Volakis... –balbuceó mirando a su jefe en busca de alguna reacción.

Pero Zander no habló.

Se limitó a mirarla.

Lauranne apretó los dientes decidida a no bajar la mirada. Se conocía todos sus trucos, sabía lo manipulador que era y no estaba dispuesta a ceder.

Si Zander se había creído que iba a intimidarla, la había subestimado.

–¿Para qué has venido? –le preguntó.

–Obviamente, esto es un error –intervino Tom–. Sería mejor cancelar la reunión.

Zander miró al socio de Lauranne con furia en los ojos y recordó lo que había sucedido cinco años atrás.

–Zander, no... –le dijo Lauranne poniéndose delante de Tom.

–¿Sigues protegiéndolo? –le espetó Zander–. Todos fuera –añadió girándose hacia sus empleados.

Su equipo lo miró sorprendido ante el despliegue de emociones en un hombre que era famoso por su control.

–Zander, tal vez... –se atrevió a decir Alec.

–Quiero hablar con mi esposa –gruñó Zander volviendo a mirar a Lauranne–. Dile a Farrer que se vaya –le dijo.

–Vete –le pidió Lauranne a Tom para que la situación no explotara por los aires–. Tú también, Amanda.

Tom dudó.

–No pienso dejarte a solas con él.

Lauranne se dio cuenta de que Zander se tensaba y vio celos en sus ojos, celos y algo mucho más peligroso.

–Tom...

Tom presintió también el peligro y fue hacia la puerta.

–Recuerda lo que te hizo, Lauranne –le dijo desde allí.

–Eres muy valiente a cierta distancia, Farrer –se burló Zander.

Tom palideció de ira ante el reto de su contrincante. Lauranne recordó lo que había sucedido la última vez que los dos hombres se habían visto. Zander odiaba a Tom por su culpa, una culpa con la que había vivido desde hacía años.

–¡Basta ya! –les dijo a ambos–. ¡Vete, Tom! Lo estás haciendo todavía más difícil.

Tom asintió y se fue dejándolos solos. Zander no perdió el tiempo.

–¿Has montado una empresa con él? ¿Con Farrer?

–¡Sí! –contestó Lauranne decidida a ver hasta dónde era capaz de llegar el tigre–. Efectivamente, he montado una empresa con él. Tom siempre se ha portado bien conmigo –añadió viendo tensarse a Zander al otro lado de la mesa.

–De eso no me cabe duda –contestó Zander.

–No pienso volver al pasado. Eso fue hace cinco años. Si querías hablar, haberlo hecho entonces, pero preferiste echarme de tu lado. Ahora, la que se niega a hablar soy yo.

–No había nada de lo que hablar. Cuando un griego se encuentra a su mujer en la cama con otro hombre, se acabaron las conversaciones –contestó maldiciendo en su lengua materna y acercándose a la ventana.

Lauranne se preguntó cómo había sido aquel hombre capaz de ganarse la reputación de ser frío cuando con ella siempre era volátil y explosivo.

–¿Para qué has venido? Hace cinco años que no nos veíamos.

Cinco años durante los cuales Lauranne había intentado asumir que su corto matrimonio había sido un desastre que había terminado y debía olvidar.

–¿Por qué has elegido mi empresa?

Zander se giró hacia ella.

–No la he elegido yo.

–¿La ha elegido uno de tus empleados y no sabías que era mía? –sonrió Lauranne–. Pobrecito.

–Debería haberme dado cuenta nada más leer el nombre de la empresa. Phoenix PR. ¿Renaciendo de tus cenizas?

–Cenizas que tú creaste, Zander –le recordó Lauranne sonrojándose–. Me echaste del trabajo e hiciste todo lo posible para que nadie me contratara.

–Es evidente que te ha ido bien –comentó Zander mirando a su alrededor.

Era cierto que profesionalmente le había ido bien. Había

otros aspectos de su vida en los que no había tenido tanta suerte, pero, por supuesto, no se lo iba a contar.

Se preguntó qué pensaría Zander si supiera que no había vuelto a salir con un hombre, que trabajaba hasta la extenuación por las noches antes de meterse en la cama, que tenía miedo de bajar el ritmo por si las emociones se apoderaban de ella.

Seguramente, Zander habría olvidado su matrimonio hacía ya mucho tiempo, así que Lauranne levantó el mentón.

—La empresa es un éxito gracias a Tom. Fue él quien puso el dinero. Me contrató cuando ninguna otra empresa quería hacerlo. Si no hubiera sido por él, no habría tenido manera de ganarme la vida.

—No menciones a ese hombre en mi presencia.

Lauranne sintió que el vello de la nuca se le erizaba.

—Dame una razón para no hacerlo.

—Eres mía —declaró Zander—. Mía. Farrer se atrevió a hacer lo que ningún otro hombre habría hecho jamás y lo hizo solo porque es un ignorante y no sabía en lo que se estaba metiendo.

—Tu concepto de las relaciones entre hombres y mujeres es de la Edad Media.

—No solías quejarte tanto cuando estabas desnuda debajo de mí.

Al recordar escenas parecidas, Lauranne sintió una punzada de deseo.

—Vete ahora mismo —le dijo.

—¿Quieres que me vaya porque no te fías de ti misma cuando estás conmigo?

—Quiero que te vayas porque no me fío de mí misma y podría golpearte —contestó Lauranne apretando los dientes—. Siempre se nos dio muy bien pelearnos.

—Hacíamos muchas otras cosas muy bien —sonrió Zander.

En aquel momento, sus ojos se encontraron y Lauranne recordó lo que sentía estando con él.

Dios mío, no quería sentir.

–Vete, Zander.

Por supuesto, no se fue. Lo que hizo fue acercarse a ella y mirarla a los ojos.

Lauranne se obligó a no dar un paso atrás.

–Siempre he pensado que eras como los fuegos artificiales, bonita, pero peligrosa.

–Como te sigas acercando, te vas a enterar de lo peligrosa que puedo llegar a ser –contestó Lauranne con la respiración entrecortada–. Deja de intentar hacerme creer que entre nosotros había algo más que sexo. Para ti, solo importaba eso y te interesaste en mí porque no caí rendida a tus pies.

–Eso no es cierto. Me interesé por ti porque eras un reto. Es cierto, sin embargo, que ninguna mujer antes había huido de mí. Fuiste la primera.

–Eres un arrogante –exclamó Lauranne.

Zander sonrió encantado.

–Soy sincero. Los dos sabemos que te hiciste la dura, que fuiste mía desde el principio. Desde la primera vez que te vi, con tu minifalda y tu melena rubia, supe que me pertenecías.

–Jamás habría hablado contigo si hubiera sabido quién eras –contestó Lauranne.

–No pudiste evitarlo, Lauranne –dijo Zander acariciándole el pelo–. Yo, tampoco. Fue algo muy fuerte lo que se produjo entre nosotros.

«Lo sigue siendo», pensó Lauranne.

Lauranne recordó cómo le decía palabras en griego al oído mientras se revolcaban por la cálida arena de la playa.

Apartó aquel recuerdo de su cabeza y se preguntó por qué su cerebro se empeñaba en recordar cosas buenas cuando aquel hombre le había hecho tanto mal.

—Si hubiera sabido quién eras, me habría dado cuenta del peligro que corría estando contigo. Habría salido corriendo.

¿Cómo era posible que sintiera aquello por él? Después de todo lo que le había hecho, lo seguía deseando.

Era como si su cuerpo estuviera volviendo a la vida tras cinco años hibernando.

El único hombre que había tenido ese poder sobre ella era Zander.

Solo Zander la excitaba tanto que le costaba pensar.

Y ni siquiera la había tocado...

Aquel hombre era peligroso y creaba adicción.

—Eras una mezcla fascinante de timidez y atrevimiento –le dijo–. Estabas nerviosa conmigo, pero a la vez sentías curiosidad.

—Desde luego, no me equivoqué estando nerviosa. Debería haber salido corriendo.

—En lugar de hacerlo, te casaste conmigo.

Sí, se había casado con él porque estaba ciega y profundamente enamorada de él y, desde el día en que se habían conocido, no le había dicho a nada que no.

—Todo el mundo comete errores, Zander. Eres despiadado y tienes el corazón de piedra. No creo que haya ni pizca de compasión en ti.

Zander se quedó mirándola pensativo.

—Hay mucha gente que estaría de acuerdo contigo –contestó–. Por eso, precisamente, he venido.

—Has venido porque tu gente se ha equivocado, pero, ahora que hemos hablado, me gustaría que te fueras por donde has llegado.

—No, no me voy a ir porque resulta que, después de cinco años, ya sé lo que voy a hacer contigo. Quiero que vuelvas a trabajar para mí.

Capítulo 2

Lauranne miró a Zander sorprendida.
¿Quería que trabajara para él?
¿Se había vuelto loco?
¿Se había olvidado de lo que había ocurrido entre ellos?
¿Había olvidado los detalles escabrosos?
Lauranne sintió que enrojecía.
–Supongo que estarás de broma. No pienso volver a trabajar para ti jamás.
–¿Ah, no? –contestó Zander enarcando una ceja.
Lauranne se dio cuenta de que había contestado lo peor que podía contestar. Una negativa no hacía más que alimentar su feroz instinto competitivo. Nadie le decía nunca que no a Zander Volakis.
Se debía de creer que lo estaba retando cuando, en realidad, había sido su más básico instinto de supervivencia el que se había negado a trabajar para él.
–No estamos jugando, Zander. Ojalá no estuvieras aquí, pero, ya que estás, vamos a aprovechar para aclarar las cosas –le dijo con el corazón acelerado–. Quiero el divorcio.
Zander la miró con frialdad.
–¿Quieres el divorcio? –sonrió–. Me parece un poco repentino, *agape mou*. ¿Después de cinco años te entran ahora las prisas?

Sí, cinco años de horrible tristeza, de esconder su pasado y de intentar vivir. Había sido como ignorar una enorme herida con la esperanza de que se cure sola.

Pero no había sido así, así que había que intentar divorciarse.

–Cometimos un error, Zander, y lo mejor sería arreglarlo.

–Está bien. Haz este trabajo que te propongo para mí y lo consideraré.

–¡No! –exclamó Lauranne–. No quiero volver a trabajar para ti.

Sería demasiado doloroso. Ya estaba siéndolo.

Tenerlo tan cerca...

–¿Te puedes permitir el lujo de decirle que no a un cliente rico? –le preguntó Zander paseándose ante ella.

–El dinero no lo es todo en la vida. Por mucho que me ofrecieras, jamás aceptaría trabajar para ti.

Aquello hizo reír a Zander.

–Me sorprende que tengas entonces una empresa.

–Tú solo piensas en el dinero.

–¿Y en qué hay que pensar?

–¡En la gente! La gente tiene sentimientos...

¿Por qué se estaba poniendo tan emotiva? Desde luego, los que decían que el tiempo lo cura todo en cuestiones de amor, no habían estado jamás enamorados de Zander Volakis.

Lauranne se estaba dando cuenta de que su herida no se había curado en absoluto. Para intentar calmarse, se sirvió un vaso de agua.

–Cuando te digo que no quiero trabajar para ti, no te estoy retando –le explicó–. En cualquier caso, no entiendo por qué quieres que lo haga.

–Porque necesito a alguien que trabaje bien.

–¿Y qué te hace pensar que voy a estar dispuesta a aceptar?

–Hay tres razones. La primera, que estoy dispuesto a pagar una cantidad de dinero tan elevada que no me vas a poder decir que no. La segunda, que si no lo haces bien no te daré el divorcio que de repente tanto deseas.

–¿Y la tercera? –preguntó Lauranne odiándose a sí misma por estar tan nerviosa.

–La tercera es que, si no lo haces bien, os destrozo la vida a ti y a Farrer –sonrió Zander con desdén–. Así de sencillo.

A Lauranne se le resbaló el vaso de la mano y cayó al suelo.

–No lo dices en serio –contestó mirando a Zander sin molestarse en recoger los cristales rotos.

–Nunca bromeo en cuestiones de trabajo. Deberías saberlo.

Sí, Lauranne lo sabía. En cuestiones de trabajo, Zander era implacable. Lauranne decidió intentar otra táctica.

–Es imposible que quieras que vuelva a trabajar para ti después de lo que ocurrió.

–Hace cinco años no hubiera podido soportar estar en la misma habitación que tú, pero ahora, gracias a Dios, las cosas han cambiado. Vas a trabajar para mí, Lauranne.

–Me despediste –le recordó Lauranne con pasión–. Me despediste delante de todo el mundo.

–Eso fue hace mucho tiempo. Por suerte para ti, yo he olvidado el pasado.

¿Lo había olvidado?

¿Había significado su matrimonio tan poco para él que lo había olvidado?

¿Y creía que ella era capaz de olvidarlo también?

–Eras mi marido y trataste de destruirme –murmuró–. Habías prometido ante Dios y ante nuestros invitados cuidarme, pero eso te dio igual. Eres despiadado y jamás lo olvidaré.

–Te lo buscaste –contestó Zander mirándola a los ojos.

Ante la brutalidad de su comportamiento, Lauranne reflexionó que su herencia griega le llevaba a tener una insaciable sed de venganza.

Zander fue hacia ella y Lauranne sintió que se tensaba. Se estremeció y notó que las rodillas se le doblaban. ¿Cómo era posible que, a pesar de que lo odiaba, siguiera deseándolo?

¿Cómo podía?

¿Cómo era posible que su cuerpo siguiera reaccionando ante aquel hombre cuando su mente le decía que no sintiera nada y que huyera de allí?

Era imposible estar tan cerca de Zander Volakis y no sentir nada. Lauranne seguía siendo vulnerable a su todopoderosa sensualidad.

Se dijo que, aunque no pudiera controlar sus reacciones, tenía que controlar sus acciones. No debía dejarse llevarse por sus sentimientos.

—Vete de aquí si no quieres que llame a seguridad —le advirtió apretando los puños.

Al ver que Zander enarcaba una ceja divertido, Lauranne se dio cuenta de que su «seguridad» consistía en el encargado del edificio, que se ocupaba de conectar y desconectar la alarma.

—No me da miedo —contestó Zander acercándose todavía más a ella.

De repente, no había aire en la sala de reuniones.

—Quiero que te vayas. Te lo digo en serio, Zander —repitió Lauranne desviando la mirada para no encontrarse con sus ojos.

Intentó concentrarse en el dolor y en la destrucción que aquel hombre había sembrado en su vida.

—No tengo nada más que decirte. Si de verdad quieres trabajar con mi empresa, tendrás que hablar con Tom.

No debería haber dicho aquello.

—¿Cómo se te ocurre decirme que hable con él cuando sabes lo que le haría si volviera a poner un pie en esta habitación? ¿Eres tonta?

No, no era tonta. Lo que le pasaba es que se había olvidado de cómo tratar con un hombre griego muy básico.

Los demás hombres que Lauranne conocía eran civilizados y moderados, no como Zander. Él era increíblemente primitivo, de emociones aleatorias e impredecibles.

En cualquier caso, Lauranne ya no tenía veintiún años y no estaba dispuesta a dejar que la intimidara.

–No me asustas, Zander, y si le vuelves a poner la mano encima a Tom... –se interrumpió ante lo ridículo que le pareció de repente amenazar a aquel hombre.

–¿Qué? –se burló Zander–. ¿Sigues defendiendo a ese cobarde patético?

–Tom no es un cobarde patético.

–Te ha dejado a solas conmigo –apuntó Zander–. Desde luego, no me parece a mí que sea muy valiente. Debería haberse quedado para proteger a su mujer.

–Nunca he sido su mujer.

Ya estaba dicho.

Por fin, lo había dicho. Debería haberlo hecho cinco años atrás y lo habría hecho si no hubiera sido por el estúpido orgullo y la loca idea de que podía jugar con él.

–No insultes mi inteligencia –gruñó Zander–. Te acostaste con él mientras llevabas mi alianza.

Lauranne se quedó mirándolo y se dijo que no merecía la pena intentar que comprendiera la verdad.

Parte de la culpa era suya, desde luego, porque había querido ponerlo celoso, quería castigarlo por el sufrimiento que le había ocasionado.

Y lo había conseguido.

Lo había hecho tan bien, que la reacción de Zander le había dado miedo.

La situación se le había ido de las manos en un abrir y cerrar de ojos y ni siquiera tuvo tiempo de confesar la verdad.

No pudo decirle que el abrazo que había visto entre ellos había sido un abrazo de consuelo dado por un amigo al que le había contado que su marido no tenía intención alguna de cambiar su vida de ligón por que se hubiera casado con ella.

–Es demasiado tarde para excusas y explicaciones –le dijo Zander–. Me las das única y exclusivamente para proteger a Tom.

–Zander...

–Cuando nos conocimos, eras virgen –le recordó alterado–. ¿Qué sucedió, Lauranne? ¿Querías experimentar? ¿Necesitabas probarlo con otros?

Aquellas injustas palabras hicieron mella en Lauranne.

–Desde luego, no tienes el monopolio en cuanto a variedad se refiere –le espetó enfadada.

Zander la miró a los ojos y Lauranne se sintió como un animalillo atrapado ante los faros de un coche, consciente del peligro inmediato pero incapaz de moverse.

Zander tenía las mandíbulas apretadas y la miraba con hostilidad. Lauranne pensó que jamás iba a poder hablar del pasado con aquel hombre.

Entonces, para su sorpresa, Zander se giró y se puso a mirar las fotografías y los títulos que colgaban de las paredes.

Lauranne se dio cuenta de que había estado aguantando la respiración y tomó aire. No podía salir corriendo porque estaba segura de que Zander la alcanzaría, así que lo único que podía hacer era esperar.

–Veo que tienes muchos premios... –comentó Zander.

–Hago bien mi trabajo. También lo hacía cuando me despediste.

–Nuestra relación ya no era solamente profesional.

No, claro que no y ese había sido precisamente su error.

Se había casado con el jefe y, cuando su vida personal se había terminado, su trabajo, también.

—Me traicionaste y ahora tienes lo que querías, una nueva vida con tu amante.

—Tom no es mi amante.

A Lauranne le entraron unas ganas horribles de reírse. Aquel hombre que tenía ante sí, tan brillante para los negocios, era un auténtico burro en el amor.

¿Es que acaso no sabía cuánto lo había amado?

Lauranne abrió la boca para preguntárselo, pero la volvió a cerrar. ¿Para qué? Ya era demasiado tarde.

Lo único que Lauranne quería era que Zander se fuera cuanto antes y, para conseguirlo, lo mejor que podía hacer era no hablar.

—No quiero que Farrer se acerque a mi caso, pero quiero que tú vuelvas a trabajar para mí.

Lauranne sintió que el cerebro se le había adormecido. Por lo visto, no era capaz de reaccionar. Solo sus instintos más básicos estaban alerta.

Anonadada ante su potente masculinidad, se mojó los labios con la punta de la lengua y Zander siguió el movimiento con sus ojos.

Al instante, Lauranne se encontró recordando.

Se miraron y ella sintió cómo la tensión subía entre ellos por momentos. Sintió la mirada de Zander en el cuello, la sintió deslizarse por su escote hasta posarse en sus pechos.

¿Se estaría dando cuenta de lo que le estaba haciendo?

Lauranne no pude evitar que se le endurecieran los pezones y la pelvis le doliera. De repente, se sintió como hipnotizada, superada por una fuerza a la que no se podía resistir.

Obviamente, la atracción era mutua.

Zander maldijo en griego y apartó la mirada.

Claro que sabía lo que le estaba haciendo. Siempre lo había sabido antes incluso que ella, lo que no constituía ninguna sorpresa porque un hombre tan experimentado en el sexo como Zander conocía tan bien a las mujeres que era capaz de detectar sus reacciones, lo que le permitía saber exactamente cuándo y cómo actuar.

–Farrer no es capaz de satisfacer a una mujer como tú –le espetó sorprendiéndola.

–No a todas las mujeres nos gusta tu machismo neandertal –contestó Lauranne con acidez.

Zander se puso delante de ella en dos zancadas y la agarró de los hombros.

–Vamos a ver hasta qué punto es eso cierto –le dijo besándola con tanta urgencia que a Lauranne no le dio tiempo ni de protestar.

Sin pensarlo, abrió la boca y le devolvió el beso con la misma pasión, mientras le acariciaba el pelo.

El beso, salvaje y acalorado, era el beso de un hombre desesperado y Lauranne se apretó contra él buscando su cercanía, su masculinidad.

Cuánto había echado aquello de menos.

Cuánto lo había echado de menos a él.

Fue como si sus cuerpos se reconocieran, como si una fuerza más poderosa que la física los uniera.

Lauranne sintió que Zander se estremecía. De repente, la tomó en brazos, la sentó sobre la mesa y ella le pasó las piernas por la cintura.

–¿No a todas las mujeres os gusta? –se burló–. ¿Tom te pone así?

Lauranne sintió una explosión en la entrepierna y se apretó contra él.

Entonces, de repente, Zander la soltó, maldijo y se apartó de ella con tanta rapidez que Lauranne tuvo que agarrarse a la mesa para no caerse.

Al principio, fue incapaz de comprender por qué Zander había roto algo tan perfecto, pero, cuando la pasión dejó de cegarle el cerebro, comprendió la situación y se sintió humillada.

Lo había hecho porque aquel beso no tenía nada que ver con la química. Era pura venganza.

¿Qué estaba haciendo?

Aquel hombre era su enemigo, pero había bastado un beso para que se abrazara a él y se dejara llevar por el deseo, un deseo que solo él había despertado en ella.

¿Cómo podía ser tan superficial?

–Te odio –mintió.

–Me da igual –contestó Zander alejándose satisfecho–. Pasaré a buscarte a las siete y media para hablar de las condiciones de trabajo mientras cenamos.

Lauranne se quedó mirándolo anonadada.

–¿Qué? –añadió Zander–. ¿No vas a decir nada? ¿No vas a decir nada como «eres el último hombre de la tierra con el que cenaría»? Si no te pones así, esto va a ser mucho menos divertido de lo que yo esperaba.

–¿Para qué quieres que cenemos juntos?

–A pesar de que aseguras que no te gusto, a mí me da la impresión de que la única manera de hablar va a ser estar en un lugar público –sonrió Zander–. A ver si así no acabamos en la cama.

Lauranne comprendió que tenía razón. ¿Cómo había podido reaccionar así? Debería haberlo abofeteado.

–Puedo resistirme a ti –le aseguró.

Zander sonrió.

–Sabes que no es así –le dijo mirándole los pechos.

Lauranne sabía que los pezones se le habían vuelto a endurecer, pero, en lugar de cubrirse, levantó el mentón en un intento de recobrar la dignidad perdida.

—No tengo nada de lo que hablar contigo, Zander. Ni en privado ni en público.

—Entonces, hablaré yo —contestó Zander yendo hacia la puerta—. Una última cosa. Si quieres que tengamos la cena en paz, no menciones a Farrer.

¿Paz?

A Lauranne le entraron ganas de reír.

—No voy a mencionar nada porque no voy a ir a cenar contigo.

—No juegues conmigo, Lauranne —le advirtió Zander mirándola a los ojos—. A las siete y media. Si no estás, iré a buscarte.

Dicho aquello, abrió la puerta y salió de la sala de reuniones.

Lauranne se quedó allí, petrificada, no sabiendo si llorar o gritar. Durante cinco años, había conseguido olvidar su pasado y ahora Zander aparecía de nuevo en su vida y todos sus esfuerzos no valían de nada.

Con un solo beso había destapado la caja de Pandora.

Al verlo, se había enfurecido, pero una vez que la había besado, Lauranne se había olvidado de todo excepto de su boca y de su cuerpo.

Menuda humillación.

Lauranne se dio cuenta de que daba igual que se divorciara o no porque lo que había entre ellos era tan fuerte que la única medida posible era mantenerse alejada de él.

Cuando Zander se diera cuenta de que no podía controlar su vida, la dejaría en paz. No debía dejar que la intimidara.

No iba a ir a cenar con él. No iba a volver a verlo. Cuando Zander llegara a las siete y media, ella no estaría allí.

Desde luego, si se creía que iba a pasar a buscarla y que ella iba a ir a cenar con él como un dócil corderito, estaba muy equivocado.

Capítulo 3

Zander avanzó hacia su coche deportivo, furioso consigo mismo por no haberse podido controlar.

«¿Qué demonios me ha ocurrido?», se preguntó montándose en el vehículo mientras el resto de su equipo y los guardaespaldas se montaban en el coche de atrás.

Había estado a punto de poseer a Lauranne encima de una mesa, algo que jamás había hecho antes. Él, un hombre que se enorgullecía de su autodisciplina.

Era culpa de Lauranne, que hacía que se comportara de acuerdo a sus instintos más básicos.

La quería castigar.

Se aseguró que había sido por la sorpresa de volver a verla. Era lo último que se esperaba y, desde luego, no contaba con volver a ver a Farrer.

Había sido oírla pronunciar su nombre lo que le había impulsado a besarla, para borrar su existencia, pero en cuanto sintió sus labios perdió el control, algo que no le pasaba con ninguna mujer, solo con Lauranne O'Neill.

Lauranne...

El error más grande de su vida.

Recordó su melena rubia y su preciosa sonrisa, que lo volvía loco. Recordó sus piernas interminables y su naturaleza apasionada.

Zander se había prometido a sí mismo siendo joven que jamás se casaría porque había visto cómo su padre hacía el idiota con varias mujeres, pero cuando conoció a Lauranne...

Desde el primer instante, la pasión había regido su relación, una pasión que los consumía hasta unos límites insospechados, una pasión que le había hecho hacer lo que se había prometido que jamás haría.

Se había casado con ella.

Todavía no entendía por qué.

Al recordar sus impresionantes ojos azules, sintió una punzada de deseo en la entrepierna y maldijo.

Siempre había sido así con Lauranne, desde la primera vez, desde que la había visto sentada en un taburete en uno de los chiringuitos de la playa.

En aquel mismo instante, había puesto todas sus armas masculinas en movimiento para conseguir acostarse con ella.

Su relación con Lauranne había sido siempre complementaria. Él sacaba su lado apasionado y ella, su lado sensible.

Hasta entonces, Zander no era consciente de poder ser sensible, pero aquella mujer lo había conseguido.

Sin embargo, no había podido perdonarle su infidelidad. Lo que le había ocurrido a su padre debería haberlo preparado para aquella situación, pero se había sentido tan traicionado que había perdido el control, algo que odiaba.

La había echado de su vida para no hacer algo todavía más estúpido que casarse con ella, como perdonarla.

Estar con ella era como mirar al sol, lo dejaba cegado y mareado.

Y ahora resultaba que Lauranne quería divorciarse.

Zander apretó los dientes. A él jamás se le había ocurrido. Él se había limitado a olvidar el episodio y a seguir con su vida.

Volverla a ver le había hecho sentir cosas que creía olvidadas.

Maldiciendo de nuevo, Zander se dirigió a su oficina con la firme decisión de darse una buena ducha fría para poder pensar con claridad.

–Cuando le he visto entrar, no me lo podía creer –comentó Tom mirando a Lauranne–. Necesito un pitillo.

–Pero si dejaste de fumar hace seis meses.

–Si Volakis vuelve a nuestras vidas, te aseguro que vuelvo a fumar –dijo Tom muy pálido–. Por favor, dime que no seguís casados, dime que eso que has dicho de que sigue siendo tu marido era una broma.

Lauranne cerró los ojos y apretó los puños.

–No, no ha sido una broma.

–¿No te has divorciado de él?

–No vi el momento.

–¿No viste el momento? ¿Cómo es eso?

Lauranne no se había querido divorciar porque ella creía en el matrimonio, en las promesas y en los votos que le había hecho a su marido.

–No quería pensar en ello.

–¿Y él? ¿Qué excusa tiene él?

–Supongo que se olvidó de que alguna vez estuvo casado conmigo –contestó Lauranne mordiéndose el labio.

–Perfecto. Así que sigues casada con él. ¿Y qué quería?

–Quiere que trabaje para él.

–¿Otra broma?

–Ojalá.

–Pero tú no vas a aceptar, ¿verdad? ¡Espero que ni siquiera se te haya pasado por la cabeza la posibilidad! –dijo pasándose los dedos por el pelo–. No olvides lo que ese hombre te hizo sufrir. Se acostó con otra mujer, te echó del trabajo e hizo todo lo que estuvo en su mano para frenar tu carrera.

–Sí, no lo he olvidado. Por eso, precisamente, no voy a...

–Sí, lo vas a hacer –suspiró Tom frustrado–. Te conozco muy bien y sé lo que sentías por él. También sé que durante estos cinco años, desde que te dejó, no ha habido otro hombre en tu vida. Empiezo a preguntarme la verdadera razón por la que no has querido divorciarte de él.

–Tom...

–Todavía sueñas con él, ¿verdad?

Lauranne abrió la boca para negarlo, pero no pudo.

–No te hagas ilusiones, Lauranne. Zander Volakis no te va a hacer ningún bien. Ha reaparecido en tu vida, pero volverá a irse y te dejará hecha polvo de nuevo.

–Lo sé y por eso precisamente no voy a...

–Sí, lo vas a hacer porque no lo puedes evitar. Él, tampoco. Dime que no te ha besado.

Lauranne se sonrojó y Tom maldijo en voz alta.

–¡Lo sabía! –exclamó exasperado–. ¡No podéis estar juntos sin desnudaros mutuamente!

–Tom, por favor...

–No pienso volver a quedarme mirando mientras te destroza, Lauranne –le advirtió–. Te recuerdo que estuviste seis meses sin poderte mover de la cama. Soy tu mejor amigo y por eso, precisamente, estoy en el deber de recordarte que ese hombre estuvo a punto de destruirte. Yo te ayudé a salir del hoyo, pero no estoy seguro de poder volverlo a hacer.

–No te lo estoy pidiendo –contestó Lauranne–. Yo no le he pedido que viniera. Simplemente, se ha presentado aquí.

–Deberías haberle dicho que se fuera.

–Lo he intentado.

–Divórciate de él, Lauranne. Tienes unas cuantas justificaciones. Para empezar, adulterio. ¿O es que lo has olvidado?

Lauranne sintió un nudo en la garganta y negó con la cabeza. Por supuesto que no lo había olvidado. Aquel día había sabido lo que era de verdad el dolor.

Tom suspiró.

—¿Y ahora qué? ¿Va a volver?

—Va a venir a buscarme a las siete y media para hablar de negocios durante la cena —admitió Lauranne.

—¿Vas a salir a cenar con él? La última vez que nos vimos nos cenó a los dos. Lauranne, no te fíes de él.

—No me fío de él.

—Ese hombre me mandó al hospital.

Lauranne cerró los ojos y se estremeció al recordarlo. Si no hubiera besado a Tom...

—Ya lo sé, pero al vernos juntos... es muy posesivo y... —se interrumpió y se preguntó por qué lo estaba justificando.

A juzgar por la cara de Tom, él se preguntaba lo mismo.

—Te recuerdo que se portó fatal contigo.

—Pero nos encontró juntos en la cama.

—Sí, bueno... admito que eso fue culpa mía. Había bebido demasiado y, cuando apareciste con esa carita de pena...

—No pasa nada —le dijo Lauranne acariciándole el brazo—. Los dos sabemos que fue la bebida la que hizo que intentaras seducirme. Nosotros somos amigos, ¿verdad?

—Hace mucho tiempo que me di cuenta de que para ti solo había un hombre en la vida —suspiró Tom—, así que tiré la toalla y he tenido la suerte de encontrar a otra persona.

—Menos mal que uno de nosotros ha conseguido ser feliz —sonrió Lauranne—. Zander te odia por mi culpa. La noche en la que nos encontró juntos, yo podría haberte dado un empujón si hubiera querido, pero cuando lo vi en la puerta la sed de venganza me llevó a besarte para darle celos.

Tom se estremeció al recordarlo.

—Por favor, no lo vuelvas a hacer. ¿Has visto cómo me ha mirado? Creía que me iba a matar.

Lauranne cerró los ojos.

–Prométeme que no vas a estar aquí a las siete y media.

–Prometido –contestó Lauranne.

–No vayas a casa tampoco. Allí te encontraría fácilmente. Piérdete por Londres. Sal a pasear. Cómprate una peluca, tíñete el pelo y engorda cuarenta kilos.

Lauranne sonrió.

–Los dos sabemos que, cuanto más difícil se lo ponga, más va a insistir él.

Era cierto, pero Lauranne no estaba dispuesta a ponérselo fácil.

¿Qué quería exactamente de ella? ¿Por qué quería que trabajara para él? Ya lo había hecho cinco años atrás...

Entrar a trabajar en el departamento de Relaciones Públicas de Volakis Industries nada más terminar la carrera había sido lo más increíble que le había pasado en la vida.

Había empezado en la oficina de Londres y allí había conocido a Tom. Nunca vio a Zander, solo en el informe anual, pues tenía oficinas por todo el mundo y viajaba constantemente.

Probablemente, jamás lo habría conocido si no hubiera acudido a la inauguración de uno de sus hoteles en el Caribe.

–Vas a estar allí dos meses –le dijo su jefe una mañana–. Vas a trabajar en diferentes departamentos para que entiendas cómo funciona la empresa por dentro y, así, puedas encargarte de las ruedas de prensa. La idea es invitar a los periodistas a cenar y agasajarlos todo lo posible para que escriban maravillas de nosotros.

–¿Estará él allí? –preguntó Lauranne intrigada ante la posibilidad de conocer por fin al jefe todopoderoso que se había hecho cargo de la empresa que su padre había dejado arruinada y la había convertido en un imperio mundial.

—No lo sé —contestó su jefe encogiéndose de hombros—. Probablemente no, porque está siempre viajando y, cuando no viaja, está en la cama con alguna modelo o actriz impresionante, así que no te hagas ilusiones en ese sentido.

Por supuesto que no se las hacía, se dijo Lauranne mientras hacía las maletas. Acababa de cumplir veintiún años y no tenía ninguna intención de enamorarse y, menos, de Zander Volakis, porque tenía reputación de ser un playboy.

Una noche, estaba sentada en el bar charlando con otros huéspedes del hotel cuando, de repente, tuvo la sensación de que la estaban observando.

Era un hombre que se mantenía levemente apartado de los demás. Tenía un aire de autoridad y un físico tan impresionante que la deslumbró.

Debería haberlo reconocido, pero no fue así. Probablemente, porque las fotografías que había visto de él no hacían justicia a la vital masculinidad del hombre que tenía ante sí.

Sus ojos se encontraron y Zander la miró de arriba abajo dejándola temblando como una hoja.

Qué guapo era.

No dejaba de mirarla.

Acostumbrada a mantener a los hombres a distancia, Lauranne desvió la mirada diciéndose que no era para ella porque, si estaba alojado allí, debía de ser millonario y ella no quería nada con ellos por muy guapos que fueran.

—Quiero que cenes conmigo —le dijo el desconocido acercándose.

Por primera vez en su vida, Lauranne tuvo la tentación de aceptar una propuesta semejante.

—¿Y siempre consigues lo que quieres? —le contestó.

—Siempre.

—No puedo cenar con huéspedes.

—Yo no soy un huésped —sonrió Zander.

Debería haberse dado cuenta de quién era entonces, pero no fue hasta mucho más tarde, cuando estaban cenando y habían hablado de muchas cosas, cuando Lauranne ya se había medio enamorado de él.

–Oh, Dios mío... –dijo dejando el tenedor en el plato al darse cuenta de con quién estaba cenando–. Eres... eres...

–¿Quién soy? –dijo Zander enarcando las cejas.

–Eres tú –dijo Lauranne tragando saliva–. Tendría que haberte reconocido. Te he visto en el informe anual.

–¿Ese documento de cuarenta páginas en el que todos salimos fatal? –rió Zander haciéndola reír también.

–No puedo salir con el jefe –recapacitó Lauranne de repente–. Va en contra de las normas.

–Ya, pero las normas las hago yo. Las puedo cambiar o despedirte.

Eso fue exactamente lo que hizo, aunque un tiempo después.

A diez kilómetros de allí, Zander Volakis, se paseaba nervioso por su despacho mientras recordaba la conversación que había mantenido con Lauranne.

Alec lo observaba nervioso.

–Buscaré otra empresa de asesoramiento de imagen.

–¿Por qué?

–Porque… bueno… es obvio que… os odiáis.

Poco acostumbrado a analizar sus sentimientos, Zander se sintió incómodo ante la precisión con la que su abogado acababa de describir cómo se sentía.

¿Odio?

Había sentido muchas cosas por Lauranne O'Neill, pero, desde luego, el odio no era una de ellas.

–¿Cuánto tiempo estuvisteis… eh… casados?

—Un mes, tres días y seis horas –contestó Zander riéndose–. Hasta entonces, mi padre tenía el récord de matrimonio más corto, pero ahora lo ostento yo.

—En teoría sigues casado, ¿no? ¿Por qué no os habéis divorciado nunca?

—Porque uno se divorcia solo cuando quiere casarse con otra mujer –contestó Zander sentándose–. Y yo no tengo intención de repetir semejante error.

—Bien. Creo que a eso se refería precisamente Kouropoulos cuando decía que no tienes ningún compromiso familiar.

—Desde luego, un matrimonio de cuatro semanas, tres días y seis horas no es una buena tarjeta de presentación.

—Es una pena que no podamos trabajar con esa empresa porque tu mujer tiene fama de ser la mejor. Si hay alguien capaz de convencer a Kouropoulos de que eres un hombre capaz de amar, es ella. De momento, ni siquiera quiere concertar una cita con nosotros.

—¿Sigue sin querer vernos?

Alec negó con la cabeza, visiblemente frustrado.

—La semana pasada te fotografiaron con una modelo y con una bailarina y eso no nos ha ayudado. El problema es que nunca sales con la misma mujer dos veces seguidas.

—¿Para qué?

—Zander, tenemos que convencer a Kouropoulos de que sales con tantas mujeres porque, en realidad, estás buscando a la perfecta para pasar el resto de tu vida con ella. Claro que, ahora que sé que estás casado, nada de esto va a dar resultado... me parece que vamos a tener que darnos por vencidos. Hacerte parecer un hombre de familia es realmente difícil y, si para colmo, Kouropoulos se entera de que ya estás casado y sigues saliendo con otras mujeres, me temo que no hay nada que hacer. Piensa que él lleva con la misma mujer desde los veinte años.

–Supongo que por eso viven en una isla, para no tener tentaciones.

Zander no creía en que las mujeres fueran capaces de ser fieles. Si la experiencia de su padre no fuera suficiente, a él le había pasado lo mismo.

–No pienso tirar la toalla, Alec –le dijo a su abogado poniéndose en pie.

No iba a parar hasta que Blue Cove Island fuera suya.

–A mí no se me ocurre ninguna solución –suspiró Alec.

–Sigue buscando –le ordenó Zander mirando por la ventana–. Si necesito cambiar de imagen, lo haré. Y mi mujer es la persona ideal para hacerlo.

–¿Estás de broma?

–Ya sabes que nunca bromeo cuando hablo de negocios.

–Podría hacerte un daño colosal. Te odia...

–No, no me odia –contestó Zander recordando el episodio de aquel mismo día.

–Soy tu abogado y te aconsejo que no lo hagas porque es muy arriesgado, Zander.

–A mí el riesgo no me asusta.

–No te entiendo.

Zander no contestó. A él también le costaba entenderse a sí mismo. Para ser un hombre que nunca miraba atrás, estaba incómodamente obsesionado con la desastrosa relación que había tenido con Lauranne.

Se dijo que era solamente porque se había negado a trabajar para él. Su relación se había basado siempre precisamente en eso, en retarse mutuamente.

Era una relación explosiva, pero muy excitante al mismo tiempo. La posibilidad de volver a vérselas con ella lo llenó de una anticipación que no fue capaz de explicar.

Capítulo 4

Lauranne miró el reloj y se dio cuenta de que, si quería seguir el consejo de Tom de perderse por Londres, tenía que ponerse en movimiento.

Se metió en el baño que tenía al lado de la oficina y se miró en el espejo. En lugar de ver el rostro de una mujer de negocios madura, vio la cara de la chica que era hacía cinco años.

Cerró los ojos y se dijo que, por mucho que hubiera luchado para cambiar su imagen externa, no había conseguido cambiar por dentro.

Por fuera, no quedaba nada de la chica inocente que se había enamorado perdidamente de Zander Volakis, pero por dentro... por dentro, aquella chica apasionada y alegre seguía existiendo.

Lauranne se tocó los labios y recordó...

Había sido increíble. Dos meses con Zander. En aquel tiempo, había descubierto una parte de sí misma que no conocía y que se había negado desde entonces.

Sintió una punzada de deseo en la pelvis con solo pensar en él. Le parecía imposible que una mujer pudiera sentir lo que Zander le había hecho sentir a ella.

No se reconocía a sí misma. Con él, todo era mucho más intenso. Sobre todo, el dolor de la despedida.

Lauranne se agarró al lavabo.

Si se concentraba en eso, el deseo desaparecería.

Ya no tenía veintiún años y, desde luego, no era una ingenua.

Estar con Zander no solo le había enseñado sexo.

Todo lo que sabía sobre el dolor, el sufrimiento y la pérdida lo había aprendido con él. Era toda una experta.

Por eso, precisamente, iba a huir de él.

No quería que Zander Volakis volviera a formar parte de su vida y estaba decidida a hablar cuanto antes con un abogado para iniciar los trámites del divorcio.

Se puso unos vaqueros, una camiseta blanca, una gorra y unas zapatillas de deporte. Satisfecha con su cambio de imagen, se colgó el bolso del hombro y se fue.

Aunque la viera, Zander no se fijaría en ella vestida así. Él solo se fijaba en mujeres elegantes.

Las calles estaban llenas de gente que volvía del trabajo. Lauranne se mezcló con ellos y paró un taxi. Una vez dentro, le dijo al conductor que fuera hacia el río.

Un paseo le iría bien para aclarar las ideas y podría tomarse un café y algo de comer en uno de los muchos locales que había en las orillas.

El taxi la dejó cerca del Parlamento. Lauranne se quedó mirando el ocaso sobre el Támesis. Estaban en pleno verano y hacía mucho calor. Todo el mundo tenía prisa por llegar a casa.

Nadie se fijó en ella.

Se sintió anónima entre tanta gente y comenzó a relajarse. Gracias a Tom tenía una nueva vida y debía aprovecharla.

Estaba a miles de kilómetros de distancia de Volakis Industries y no debía volver a mezclarse con ellos jamás.

***

–Sí, jefe, se ha intentado escapar. Ha tomado un taxi hasta el río y ha dado un paseo. Ha estado andando un buen rato. Hemos estado a punto de perderla porque, la verdad, no se parece en nada a la fotografía que nos dio.

Zander miró a su guardaespaldas y se rio. Aquello era típico de Lauranne. Sabía perfectamente que la iba a encontrar y, aun así, se empeñaba en huir.

Mientras se subía en el coche y le daba instrucciones al conductor, pensó que por eso siempre chocaban.

Lauranne era la persona más parecida a él, cabezota y decidida, que conocía.

Las mujeres babeaban ante él, pero Lauranne, no. Ella lo había ignorado, lo que le había forzado a perseguir a una mujer por primera vez en su vida y, mientras las demás se rcían ante sus comentarios, ella discutía y lo volvía loco.

Era la antítesis de la mujer que le habían enseñado que debía buscar. No era una mujer sumisa y ese era parte de su atractivo.

Lauranne era vivaracha, terca y difícil de convencer, la mujer perfecta para un hombre al que le gustaran los retos.

Zander sonrió ante la posibilidad de volver a luchar con ella. Su relación siempre había sido apasionada y aquella mañana le había quedado claro que seguía deseándola.

Le había costado un esfuerzo sobrehumano no poseerla allí mismo, sobre la mesa de cristal.

Ahí era dónde se había equivocado. Tendría que haber seguido acostándose con ella hasta que hubieran estado los dos tan exhaustos que no hubieran tenido fuerzas para discutir.

Pero había sentido la imperiosa necesidad de casarse con ella.

Seguía sin entender por qué lo había hecho.

Al darse cuenta de que el coche se había parado, se fijó en un café que tenía una terraza con varias mesas.

Por detrás parecía un chico, pero Zander reconoció la curva de su cuello y el mentón levantado.

Estaba lista para entrar en batalla.

Era obvio que estaba esperando que la encontrara.

Zander bajó del coche y fue hacia ella.

Lauranne lo sintió antes de verlo.

Las miradas de todas las mujeres presentes se habían concentrado en alguien que estaba a sus espaldas y Lauranne sabía muy bien de quién se trataba.

Se preguntó hasta dónde sería capaz de llegar si se levantara y saliera corriendo. Se tensó y se preparó para la confrontación, pero no se giró.

La había encontrado más rápidamente de lo que había imaginado, pero él era así. No había persona a la que no pudiera encontrar ni contrato que se le resistiera.

Encontrarla debía de haber sido un juego de niños, pero eso no quería decir que fuera a acceder a hacer lo que él quisiera.

Zander se sentó frente a ella, ignorando las miradas de las féminas que había a su alrededor.

A Lauranne le entraron ganas de reírse. A ella le había pasado lo mismo cuando lo había conocido. Se había sentido atraída por él como si fuera un imán.

Le entraron ganas de gritarles que se lo quedaran, pero que tuvieran cuidado porque era un hombre muy peligroso que no tenía escrúpulos.

Por supuesto, no lo hizo.

Lo miró a los ojos con ganas de pelea. Era la única manera de tratar con aquel hombre porque, si percibía el más leve signo de debilidad, te machacaba.

—¿Mezclándote con la plebe, Zander?

Miró a su alrededor y se encogió de hombros.

—Has sido tú la que ha elegido el campo de batalla.

¿Campo de batalla? Sí, así era su relación.

Zander le hizo una señal a un camarero que lo había reconocido porque corrió a atenderlo con una prisa patética.

Lauranne apretó los dientes. ¿Qué tenía aquel hombre que hacía que todo el mundo se rindiera a sus pies?

Se había cambiado de ropa. Ya no llevaba traje, sino unos pantalones de pinzas y una camisa de lino, pero aun así seguía teniéndolo todo bajo control, era el magnate griego en todo su esplendor.

«El jefe de la manada», pensó Lauranne.

Zander pidió un café y observó satisfecho que la bebida de Lauranne estaba casi intacta. Ella le dedicó una mirada glacial.

—Has hecho que me siguieran, ¿verdad? —lo acusó.

—¿Creías que no lo iba a hacer? —sonrió él.

—Estás perdiendo el tiempo, Zander, porque no tengo nada que decirte a menos que quieras que hablemos del divorcio.

—Ah, sí... el divorcio —dijo Zander cruzando una pierna sobre la otra.

Contra su voluntad, Lauranne se encontró rememorando aquel glorioso cuerpo. De repente, se dio cuenta de que se le había secado la boca.

Horrorizada, desvió la mirada y dio un trago a su bebida.

—Me pregunto por qué no has hablado con tu abogado antes —comentó Zander.

—Porque nunca pienso en ti —mintió Lauranne dejando el vaso sobre la mesa con manos temblorosas—. Nuestro matrimonio fue tan breve que ya lo he olvidado.

—¿De verdad?

—Sí.

—¿Y también te has olvidado del sexo, Lauranne?

—Sí —contestó Lauranne apretando los puños.

—Entonces, ¿por qué tiemblas? —observó Zander enarcando una ceja—. ¿No te parece casi indecente que, a pesar de todo lo que ha pasado entre nosotros, nos sigamos deseando desesperadamente?

Mortificada porque había adivinado con facilidad lo que le ocurría, Lauranne volvió a tomar el vaso entre las manos, pero le temblaban tanto que lo único que consiguió fue que el contenido se le cayera por los dedos.

—Lo único que deseo desesperadamente es que te vayas.

—Te aseguro que, vaya donde vaya, te voy a llevar conmigo —le dijo Zander muy seguro de sí mismo.

—A menos que me secuestres a plena luz del día, te aseguro que eso no va a ser así —contestó Lauranne mirándole enfadada—. Te advierto que grito muy alto.

—Recuerdo muy bien cómo gritas, Anni —contestó Zander con voz ronca—. Y recuerdo también perfectamente qué es lo que te hace gritar.

Anni.

Lauranne cerró los ojos. No estaba jugando limpio.

Solo él la llamaba así en los momentos más íntimos.

Utilizar ahora aquel nombre era un recuerdo de sus encuentros sexuales más preciados.

—Eres asqueroso —le dijo.

—¿Preferirías que tuviéramos esta conversación en un lugar más íntimo?

—Preferiría que me dejaras en paz. No pienso ir a ningún sitio contigo, Zander.

—Claro que sí, Lauranne. Me alegro de que nos hayamos vuelto a ver. Me gusta hablar contigo. Había olvidado lo que es estar con alguien que no accede automáticamente a todo lo que quiero.

—¡Pero si no te gusta nada que la gente te lleve la contraria!

–Eso no es cierto.

–Si no fueras tan gallito, a la gente no le daría miedo decirte la verdad.

–¿Crees que les doy miedo? –preguntó Zander divertido.

–Les tienes aterrorizados. No tienes medida y siempre, absolutamente siempre, te tienes que salir con la tuya. De pequeño debías de ser insoportable.

Si no lo hubiera conocido tan bien, no se habría dado cuenta del sutil cambio que se operó durante dos segundos en su rostro al oír aquellas palabras.

–Me alegro de que lo tengas tan claro porque, así, nos ahorraremos discusiones innecesarias.

–Todas las discusiones que ha habido entre nosotros han sido innecesarias.

–Yo no lo recuerdo así.

–Será porque tienes memoria selectiva –se burló Lauranne.

–Tengo una memoria perfecta, sobre todo en lo que se refiere a ti. Recuerdo todas nuestras discusiones, todas las acusaciones que vertiste sobre mí y todas las palabras que ahogaste cuando hacíamos el amor.

–Debe de ser que tienes una memoria increíble porque nuestra relación fue una gran discusión sin fin.

–Porque tú no querías hacer nada sin pelear. Incluso el sexo entre nosotros era una pelea.

Lauranne sintió que el calor se apoderaba de ella cuando recordó cómo había sido el sexo entre ellos.

Salvaje, frenético, descontrolado.

No había habido nada tranquilo en su relación. Había sido apasionada y antagonista desde el primer día.

–Sabías que estábamos hechos el uno para el otro y, sin embargo, te empeñaste en jugar.

–No eran juegos, Zander. Simplemente, somos diferentes. Venimos de diferentes culturas. Tú crees en doncellas vírgenes y en... amantes –le explicó– y yo creo que para que funcione una relación el hombre y la mujer tienen que ser iguales.

–¿Entonces qué haces con Farrer? Lo digo porque no te llega, ni de lejos, a la suela de los zapatos.

–Fuiste tú el que insistió en que no habláramos de Tom –dijo Lauranne poniéndose en pie–. Estás rompiendo tus propias normas.

–Siéntate –le ordenó Zander.

–No. No me está gustando esta conversación

–Podemos seguir hablando aquí o en mi hotel, donde tú prefieras.

Lauranne no quería volver a quedarse a solas con él después de lo que había ocurrido aquella tarde, así que volvió a sentarse.

El camarero les llevó dos cafés.

–Este café esta asqueroso –comentó Zander al probarlo–. No hay ninguno como el que hacemos en Grecia.

–Pues vuélvete para allá cuanto antes –sonrió Lauranne.

–Eso es lo que quiero, pero antes tengo que hacer un trabajo y tú también.

–Ya te dicho que no me interesa –contestó Lauranne.

–¿Tú crees? –dijo Zander sacando unos papeles de alguna parte–. Una lista de tus clientes. Es increíble que la mayoría de ellos tengan cuentas en mis bancos.

Lauranne había olvidado la cantidad de negocios que tenía aquel hombre.

–No te atreverías...

–Claro que sí, *agape mou* –sonrió Zander.

Lauranne sintió que el corazón se le aceleraba y que le sudaban las palmas de las manos. Decirle que no a aquel hombre era como intentar parar un tsunami.

–¿Por qué quieres que trabaje para ti?

–Porque necesito cambiar mi imagen pública cuanto antes.

–¿La gente se ha dado cuenta de cómo eres en realidad y no te gusta? –rio Lauranne.

Zander la miró con desprecio.

–No te puedo ayudar –le dijo Lauranne mirándolo a los ojos–. Mi trabajo consiste en descubrir y potenciar el lado más humano de las personas, pero los dos sabemos que tú careces de ese lado, Zander. Tienes fama de ser duro y frío y yo no puedo hacer nada por cambiar eso.

–Entonces, ¿no te importa que Tom pierda la empresa?

Lauranne tragó saliva.

–Serías capaz de hacerlo, ¿verdad?

–Quiero que trabajes para mí, Lauranne –contestó Zander encogiéndose de hombros–. Si para conseguirlo, tengo que hacerlo…

–¿Quieres que convenza a la gente de que eres tierno y amable? –se rio Lauranne con incredulidad.

–Soy un hombre de negocios y a los hombres de negocios no nos sirve de nada ser tiernos y amables, pero quiero que los convenzas de que tengo mi lado humano. Si lo que te molesta es el pasado, estoy dispuesto a olvidarlo.

A Lauranne le entraron ganas de abofetearlo. Por lo visto, el muy canalla se creía que estaba siendo generoso.

–Eres increíble, Zander. Me echaste a la calle, me arruinaste la vida profesional y ¿ahora quieres que hagamos como que no ocurrido nada?

–Yo ya lo he olvidado.

A Lauranne le gustaría haberlo olvidado también.

–¿Por qué yo? –le preguntó.

–Porque he visto lo que has hecho con otros clientes.

–¿Y por qué quieres cambiar la imagen que la gente tiene de ti? Nunca te ha importado.

–Porque tengo un negocio muy importante entre manos –

contestó Zander–. El propietario de lo que quiero comprar es ridículamente sentimental y cree que no soy capaz de entender los valores familiares.

–Evidentemente, es un hombre muy observador –sonrió Lauranne–. No se deja impresionar por tu falta de principios. A ti te gustan las cosas rápidas.

–Menos en un aspecto de mi vida, y tú deberías saberlo.

Y lo sabía.

Lauranne sintió que un intenso calor se apoderaba de su cuerpo.

–Bueno, ha sido fascinante hablar contigo, Zander, pero me tengo que ir.

–No hemos terminado.

–Yo, sí –insistió Lauranne poniéndose en pie.

Zander la agarró de la muñeca y tiró de ella, haciéndola caer en su regazo. A Lauranne no le dio tiempo de protestar. Sintió sus labios en la boca e, instintivamente, lo besó.

Cuando abrió los ojos comprobó horrorizada que Zander estaba excitado.

–No te muevas –le dijo con voz ronca.

La erección amenazaba con atravesar la tela de los pantalones.

Lauranne cerró los ojos.

Ella también estaba muy excitada.

–Zander... ¿Qué te propones?

–Recordarte el pasado. Me has dicho que lo has olvidado y a mí me han dicho que lo mejor para la amnesia es un buen shock.

–¿Qué quieres de mí?

–Que me ayudes a cerrar esa compraventa. Quiero que hagas lo que sea necesario para convencer a Kouropoulos de que soy un hombre sensible que entiende perfectamente cómo se lleva un complejo de veraneo familiar.

Lauranne lo miró con los ojos muy abiertos.

–Soy asesora de imagen, no maga. Los dos sabemos que tú no tienes nada de sensible.

–Hay partes de mi anatomía que son increíblemente sensibles –le aseguró con una gran sonrisa.

Lauranne se sonrojó y lo miró con cara de asco.

–No lo voy a hacer.

–Sí, sí lo vas a hacer –insistió Zander apartándole un mechón de pelo de la cara–. Lo vas a hacer porque es la única manera de que te dé el divorcio y porque, si no lo haces, te arruino por segunda vez y, en esta ocasión, me llevo por delante también a Tom.

Capítulo 5

–Esta mujer es un genio –comentó Alec atónito mirando otro periódico–. En menos de dos semanas ha conseguido que aparezcas en casi todos los canales de televisión y en todos los periódicos importantes y siempre solo, sin mujeres. ¿Cómo lo has hecho?

–Aburriéndome –contestó Zander.

No era cierto.

La verdad era que las dos últimas semanas habían sido estimulantes y sensuales, pero no pensaba decírselo a su abogado.

Había querido que Lauranne trabajara para él como para castigarla, pero el proceso estaba resultando castigador para él también.

Tenía el cuerpo dolorido de tanto sufrir.

–Pues ha dado resultado –rio Alec–. Ahora, eres la viva imagen de un hombre encantador. No sabía que donaras tanto dinero a obras sociales.

–Nunca lo he hecho público porque no me parecía oportuno y, desde luego, si me hubiera preguntado le habría dicho que no lo divulgara, pero lo ha hecho por su cuenta.

–Sea como sea, lo está haciendo de maravilla. Lo que me sorprende es que accediera a trabajar para ti. ¿Cómo lo conseguiste?

–Me mostré… persuasivo –contestó Zander.

–En otras palabras, que no aceptaste un no por respuesta. ¿Y ya habéis terminado?

–Nos queda la fiesta de esta noche.

–¿Vas a ir con una mujer?

–Por supuesto. Voy a ir con la mujer perfecta.

–¿La vas a invitar a ella? –preguntó Alec sin salir de su asombro–. ¿Por qué? Llevas dos semanas apareciendo solo en la prensa. ¿Por qué vas a aparecer ahora con una mujer y, precisamente, con ella?

–Tengo razones personales –contestó Zander–. Quiero que llames a Kouropoulos para concertar una cita.

–No sé si va a querer…

–Querrá.

–Voy a hablar con sus abogados ahora mismo –dijo Alec al ver a su jefe tan convencido.

–Muy bien. Salgo rumbo a Blue Cove Island esta noche después de la fiesta.

–Muy bien –sonrió Alec–. Se lo haré saber.

–Veo que has conseguido convertirle en el señor Perfecto –comentó Tom sirviéndose un café y sentándose frente a Lauranne–. No me puedo creer que aceptaras el trabajo, pero lo que ya me resulta increíble de creer es que hayas conseguido convertir a ese canalla en un buen hombre a los ojos de la gente.

Lauranne hojeó los periódicos.

En circunstancias normales, estaría muy orgullosa de su trabajo, pero aquellas circunstancias no eran normales.

Había aceptado el trabajo para proteger a Tom y para conseguir el divorcio.

–Quería terminar cuanto antes –le dijo.

—¿Y ya está o hay más?

—Terminamos esta noche yendo a un estreno juntos.

—¿Vas a ir con él? No lo entiendo. ¿Por qué quiere aparecer en público con una esposa de la que hace años que se separó? ¿No te extraña?

—La verdad es que no. Es trabajo. Después de esta noche, se terminó —contestó Lauranne apartándose un mechón de pelo de la cara—. Zander quería resultados rápidos y los ha obtenido. Por mi parte, el trabajo ha terminado.

—Esta mañana he visto una entrevista suya y te aseguro que, si no supiera cómo es en realidad, me habría creído que es un buen hombre. ¿Cómo lo has hecho?

—Es mi trabajo —contestó Lauranne—. En cualquier caso, tiene algunas cosas buenas —añadió pensando en que había descubierto unas cuantas—. Por ejemplo, no he encontrado ni a un solo empleado que hable mal de él.

—Bueno, te recuerdo que yo trabajé para él y podría hablarte muy mal de él.

Lauranne intentó sonreír para quitar hierro al asunto.

—Dona fortunas y no se lo había dicho a nadie, Tom.

—¿Y qué? ¿No me dirás que te has dejado impresionar? Es multimillonario. Se puede permitir el lujo de donar millones sin enterarse. Eso no quiere decir que sea una buena persona. Por favor, Lauranne.

—Sí, ya sé que por donar dinero no se es buena persona.

Lauranne se recordó que Zander era capaz de recurrir al chantaje si quería algo, pero no podía olvidar lo incómodo que se había sentido cuando le habían preguntado por sus donaciones a obras caritativas.

—Sigo sin entender por qué accediste a cambiarle la imagen —insistió Tom tomándose el café.

Lauranne desvió la mirada. No le había contado a Tom la conversación que había tenido con Zander.

—Me pareció más fácil decirle que sí que decirle que no —contestó—. De todas formas, después de esta noche se acabó.

—¿De verdad? Tengo la impresión de que lo que hay entre Zander y tú no terminará jamás.

—Entre nosotros no hay nada —le aseguró Lauranne poniéndose en pie—. Me voy a ir a casa a cambiarme porque va a pasar a buscarme a las siete.

—Buena suerte. No olvides sonreír mucho ante las cámaras y mucha paciencia porque, cuando los medios de comunicación se enteren de que eres su esposa, se van a tirar a por ti.

—Nadie se va a enterar de que soy su esposa, así que no creo que se vayan a interesar en mí.

—Mucho cuidado, Lauranne. Volakis siempre hace las cosas por algo. Si te ha invitado esta noche a esa fiesta es porque le interesa.

—Es porque necesitaba ir con alguien —dijo Lauranne sospechando que Tom tenía razón.

¿Qué se propondría Zander?

—¿Te ha vuelto a besar?

Lauranne negó con la cabeza.

No le había hecho falta.

Con solo estar en la misma habitación que Zander se desconcentraba y solo podía pensar en él.

La atracción era mutua y tan intensa que a Lauranne le sorprendía que los periodistas no se hubieran dado cuenta.

—¿Quieres que te lleve a casa? —se ofreció Tom.

—No, voy a ir andando y, si se pone a llover, tomaré un taxi —contestó Lauranne saliendo por la puerta.

Nada más llegar a la calle, vio el coche y supo quién era.

«Zander el cazador».

—Sube —le dijo.

Era la primera que estaba a solas con él desde que había comenzado el proceso de cambio de imagen, durante el cual la tensión entre ellos había ido subiendo hasta alcanzar cotas insospechadas.

Estar en un coche a solas con él era lo último que Lauranne quería. Era como haber estado admirando un tigre creyendo que está en cautividad y descubrir que está suelto.

Lauranne sintió que se le había secado la boca y que el corazón le latía desbocado. Sabía que ante una situación peligrosa había que hacer frente o huir.

Huir de Zander era inútil porque siempre la encontraba, así que no le quedaba más remedio que plantarle cara.

–Prefiero ir andando –contestó–. Quiero que me dé el aire.

–Entonces, iré andando contigo –dijo Zander bajándose del coche.

–Prefiero ir sola –dijo Lauranne enfadada.

Como de costumbre, la ignoró.

–Supongo que no te extrañará que un cliente quiera comentar la situación después de un proceso tan intenso.

No, no le extrañaba porque, de hecho, muchos lo hacían, pero Lauranne no quería pasar ni un minuto más de lo estrictamente necesario con él.

Quería estar sola para recordarse una y otra vez por qué no debía acercarse a él, ya que dos semanas en su compañía la habían afectado sobremanera y ya no se fiaba de sí misma.

–Tú no eres un cliente normal. Tú eres un hombre que me ha chantajeado.

Zander sonrió.

–Efectivamente –admitió.

Lauranne aceleró el paso y se obligó a mirar al frente porque mirarlo, aunque solo fuera de reojo, era tal tentación que no se lo podía permitir.

Aun sin mirarlo, sentía su presencia masculina y todos sus sentidos femeninos se pusieron alerta cuando sintió que sus brazos se rozaban.

De repente, se dio cuenta de que tenía el cuerpo empapado en sudor.

—No tengo nada que decirte, Zander —le dijo con la respiración entrecortada.

Debía alejarse de él si no quería perder la cabeza, el trabajo y la vida.

—He hecho lo que me pediste, así que, después de esta noche, quiero que desaparezcas. No quiero volver a verte. Además, voy a hablar con mi abogado.

Dicho aquello, sintió unas gotas en la cara y, en un abrir y cerrar de ojos, estaba empapada.

Lauranne miró a su alrededor en busca de un taxi, pero no había ninguno. Entonces, Zander maldijo en griego y alzó el brazo. En pocos segundos, apareció su coche, que paró junto al bordillo.

Zander le puso una mano en la espalda para que entrara, pero Lauranne no estaba segura de preferir estar en el coche a solas con él que bajo el agua.

—Por favor, no es este el momento para ponernos a discutir. Si quieres pelea, por lo menos que sea en un sitio seco —le dijo Zander exasperado.

Lauranne accedió por fin a subir al coche. Una vez dentro, Zander dio instrucciones en griego al conductor y accionó un botón que subió la mampara de separación entre los dos habitáculos.

Entonces, Lauranne se dio cuenta de que tenía la blusa de seda empapada y transparente.

Se le veía el encaje del sujetador.

Roja de vergüenza, se quedó en un rincón del asiento para alejarse todo lo que pudiera de Zander.

Le faltaba el aire.

Permanecieron varios segundos en silencio, mirándose, hasta que Zander habló.

–Es increíble lo que llueve en este país –comentó abriendo un cajón y sacando una toalla–. Ven aquí –añadió.

Lauranne intentó zafarse de él, pero Zander la ignoró, le soltó la horquilla que llevaba en el pelo y comenzó a secárselo.

Lauranne se dio cuenta poco después de que los bruscos movimientos se habían tornado seductoras caricias.

Se quedó paralizada, hipnotizada por el ruido de la lluvia sobre el coche y por sus manos.

La lluvia dio paso a los latidos de su corazón.

Estaban completamente solos.

Tenía los ojos a la altura de su pecho y, al fijarse en cómo la camisa se le pegaba a la piel, se dio cuenta de que Zander también estaba empapado.

Zander tiró la toalla al suelo y le apartó el pelo de la cara. Lauranne levantó la mirada y sus ojos se encontraron.

Lauranne se quedó sin aliento. Zander le acarició la mejilla con el pulgar y Lauranne separó los labios invitándolo a entrar.

Se volvieron a mirar a los ojos en silencio y, de repente, Zander bajó la mirada a sus pechos, claramente visibles.

Lauranne se quedó helada.

No sabía qué hacer.

¿Huir?

¿Abofetearlo?

¿Besarlo?

Ambos sabían lo que iba a pasar. Sabían que iba a suceder desde el mismo día en el que se habían vuelto a ver.

Lauranne sentía que su cuerpo pedía a gritos el placer que solo él podía darle. Lo deseaba tanto que cuando, por fin, Zander se inclinó sobre ella y se apoderó de su boca, ahogó un suspiro de alivio y se entregó a él con desesperación.

Zander le tomó el rostro entre las manos y la besó con tanta pasión que Lauranne sintió que ardía por dentro. Dejó caer la cabeza hacia atrás y sintió la mano de Zander entre los muslos.

—Llevo dos semanas queriendo hacer esto —gimió colocándose sobre ella—. Cada vez que te miraba y te veía con tu traje de chaqueta y el pelo recogido...

Zander le besó el cuello y volvió a su boca mientras Lauranne le acariciaba el pelo con rápidos movimientos.

—Yo también te deseo... —confesó.

Entonces, los besos se tornaron tan apasionados que cualquiera hubiera dicho que eran los últimos habitantes del planeta el día del Diluvio Universal.

—Anni...

Al oír que la había llamado así, Lauranne se vio transportada al Caribe en una noche de luna llena.

Le desabrochó la camisa con movimientos frenéticos porque se moría por sentirlo todavía más cerca.

Zander se apretó contra ella para que sintiera su erección. Instintivamente, Lauranne se aferró a él para sentir su calor masculino.

Sintió que el deseo se apoderaba de ella y, hasta que Zander no se apartó de ella y maldijo en griego, no se dio cuenta de que estaban a punto de hacer el amor en el coche.

—Madre mía, no me puedo fiar de mí mismo cuando estoy contigo —dijo mirándola con pasión—. Empiezo queriendo castigarte y termino castigándome a mí mismo.

¿Quería castigarla?

Completamente confusa, lo miró a los ojos mientras intentaba controlar las sensaciones que se habían apoderado de su cuerpo.

Tuvo que hacer un gran esfuerzo para no suplicarle que le hiciera el amor y se preguntó de dónde habría sacado él la fuerza para parar a tiempo. No lo sabía, pero lo cierto era que lo había conseguido.

Al darse cuenta de lo que habían estado a punto de hacer, de lo que ella había hecho, se sintió humillada.

—Esto no debería haber ocurrido —le dijo apartándose de él—. Ha sido un error.

—Estoy de acuerdo. El coche no es el lugar —contestó Zander pasándose los dedos por el pelo—. Vamos a mi hotel.

—¡No! —exclamó Lauranne—. No me refería al coche, sino a ti y a mí. Yo no quiero que esto suceda.

—¿Cómo que no? —exclamó Zander visiblemente excitado—. ¿Y entonces todo esto? ¿Me has desabrochado la camisa para que no me resfriara?

—Por supuesto que no —admitió Lauranne—, pero no ha estado bien y los dos lo sabemos, Zander.

—¿Por qué no? —contestó él con el ceño fruncido—. Es lo que ambos queremos y, si yo no hubiera parado, ahora mismo estaríamos haciendo el amor.

Que le recordara que había sido él quien había puesto fin a los besos hizo que Lauranne quisiera hacer un agujero en la tierra y desaparecer.

Se odiaba a sí misma por ser tan vulnerable a él, por perder el control cuando estaba a su lado.

Cuando levantó la mirada y se encontró con sus ojos, la desvió rápidamente pues Zander Volakis era la tentación en persona.

—Sí, has sido tú el que ha parado, pero en una relación hay más cosas aparte del sexo. Tú y yo no tenemos nada que ver.

—Dicen que los polos opuestos se atraen y parece que en nuestro caso es cierto.

—Sí, y también dicen que los polos opuestos se hacen la vida insoportable —comentó Lauranne—. Somos demasiado diferentes.

—Las diferencias son buenas. Nuestra relación es tan emocionante, *agape mou,* precisamente por las diferencias —le dijo echándose hacia atrás con tranquilidad–. Eres una mujer impredecible que siempre me sorprende, y a mí me encanta que me sorprendan. Espero que nunca dejes de hacerlo.

–¡No volverá a ocurrir! ¿Crees de verdad que me voy a acostar contigo después de todo lo que sucedió entre nosotros?

–¿Por qué no? –contestó Zander encogiéndose de hombros–. Somos adultos y nos atraemos. Yo estoy dispuesto, ya te lo he dicho, a olvidar el pasado. ¿Por qué no lo olvidas tú también?

–¡Porque nuestro matrimonio se ha terminado!

Zander sonrió.

–No cambies de tema.

–Te odio...

–Y yo a ti.

–Entonces, dile al conductor que pare el coche. Me quiero bajar. Me estás volviendo loca.

–Loca te volví la noche en la que nos conocimos –rió Zander.

–Jamás debimos casarnos –murmuró Lauranne.

–Pero nos casamos –contestó Zander.

–Nuestra relación fue un desastre.

–Nuestra relación iba muy bien hasta que te acostaste con Farrer.

–¡Yo nunca me acosté con Tom!

–¡Pero si os pillé en la cama!

Lauranne lo miró indignada, preguntándose cómo tenía el descaro de acusarla de ser infiel cuando había sido él quien se había acostado con otra mujer.

–Es verdad que lo besé, pero jamás me acosté con él. Solo somos amigos. Y le di un beso para hacerte sufrir, exactamente igual que me hacías sufrir tú a mí.

Zander se quedó mirándola en silencio.

—¿Por qué querías hacerme sufrir?

«Porque esperaba lealtad por tu parte y solo encontré traición», pensó Lauranne.

¿Había llegado el momento de decirle la verdad, de contarle por qué se había echado en brazos de Tom, de decirle lo mucho que la había herido?

¿Para qué? Ya habían pasado cinco años.

—Ya da igual —contestó—. En cualquier caso, quiero que sepas que nunca tuve una aventura con Tom y que fui yo la que lo besé y no él a mí. Quería que creyeras que estábamos juntos.

—Estabais abrazados.

—Éramos amigos. Yo lo estaba pasando mal y él me estaba consolando.

—Pero eras mi mujer —la acusó Zander—. Si necesitabas consuelo, deberías habérmelo pedido a mí.

Sí, claro, precisamente cuando él era la causa de su malestar. Lauranne jamás le había comentado que sabía que le había sido infiel y ya no merecía la pena hacerlo.

—Nunca hubo nada entre Tom y yo.

Por el bien de Tom, quería que aquello quedara claro. Lo demás ya no importaba.

—Está enamorado de ti —le aseguró Zander.

—Te equivocas.

—No paraba de mirarte. Si no hubiera sido tan amigo tuyo, le habría puesto el ojo morado mucho antes.

—Eres un animal.

—Eras mía.

Se quedaron mirándose a los ojos durante interminables segundos y Lauranne sintió una cálida sensación que se apoderaba de su cuerpo.

¿Qué le estaba ocurriendo? Aquella frase debería haberle sentado fatal, pero no había sido así.

—Jamás fui tuya.

—¿Ah, no? ¿Cuando corríamos por la playa de la mano buscando un lugar apartado donde poder hablar y reír no eras mía?

Lauranne tragó saliva.

—¿Y cuando cenábamos langosta y vino en mi terraza tan excitados que apenas podíamos probar bocado tampoco eras mía?

Lauranne abrió la boca para hablar, pero de ella no salió ningún sonido.

—¿Y la primera noche? ¿Aquella primera noche cuando me dijiste que confiabas en mí y cuando gritaste mi nombre tampoco eras mía?

Entonces, Lauranne había creído serlo.

En realidad, quería serlo.

—Esto me lleva a mi primera pregunta. ¿Por qué acudiste a Tom en busca de consuelo y no a mí?

—Porque tú eras el problema —confesó Lauranne por fin en tono de reproche—. Hablas de fidelidad cuando tú no tienes ni idea de lo que significa esa palabra. Desde luego, no entiendes a las mujeres. ¿Por qué crees que me casé contigo?

—¿Para tener acceso ilimitado a mi tarjeta de crédito?

Lauranne se quedó mirándolo anonadada.

—¿Crees que me casé contigo por dinero?

—¿Por qué iba a ser si no?

«Porque te quería».

Lo quería tanto que no pensaba con claridad, pero era obvio que él jamás la había amado a ella.

—¡Para que quede claro, te repito que jamás me acosté con Tom! —exclamó Lauranne en actitud desafiante.

—Para que quede claro, te repito que no te creo —contestó Zander.

—Ya no me importa. Es historia. Eres historia. Ahora, déjame bajar del coche. Después de esta noche, no quiero volver a verte.

Dicho aquello, Lauranne dio un golpe en el cristal que los separaba del conductor. El coche se detuvo al instante.

Sin dudarlo, Lauranne se bajó y oyó a Zander maldecir en griego mientras intentaba impedírselo, pero no pudo evitar que saliera corriendo.

Capítulo 6

Zander se paseaba por la habitación del hotel.

Estaba furioso mientras recordaba la conversación que había mantenido con Lauranne.

¿Por qué le había dicho que no entendía a las mujeres?

Las entendía perfectamente.

Bueno, lo cierto era que entendía a la mayoría de las mujeres. A ella no la entendía porque Lauranne era diferente.

¿Por qué habría querido hacerle daño y por qué le había dicho que no tenía ni idea de lo que era la fidelidad cuando había sido ella quien le había sido infiel?

Zander se sirvió un whisky y se quedó mirando por la ventana.

Encontrarla con Farrer lo había puesto tan celoso que no se había parado a preguntarse qué había visto.

Jamás se le había ocurrido hacerlo hasta aquella noche.

Se tomó el whisky de un trago mientras se le ocurriría que, quizás, se había precipitado y había exagerado la situación.

Otra pregunta que no abandonaba su cabeza era por qué había buscado Lauranne consuelo en brazos de Tom.

El hecho de que lo hubiera buscado en otro hombre lo ponía tan furioso como enterarse de que tenía una relación con él.

Zander apretó los dientes furioso pues tenía la sensación de que ante él había un gran rompecabezas que no era capaz de completar.

«¿Por qué crees que me casé contigo?», le había preguntado.

Lo cierto era que Lauranne jamás había demostrado ningún interés en el dinero ni en los bienes materiales.

En las contadas ocasiones en las que había querido comprarle algo, se había negado. Aquello había sorprendido a Zander, que estaba acostumbrado a que las mujeres compraran sin parar, pero lo había achacado a la naturaleza cabezota de Lauranne.

Se dijo que seguro que si hubieran seguido casados, Lauranne habría terminado claudicando ante el consumismo y comprando sin parar porque todas las mujeres lo hacían.

Sin embargo, en los cinco años que habían transcurrido desde su separación, jamás le había pedido dinero.

Para eso también había recurrido a Farrer.

Zander volvió a apretar los dientes.

¿Y pretendía que creyera que no se había acostado con él?

En aquel momento, llamaron a la puerta.

Fue a abrir con una sonrisa de oreja a oreja que desapareció cuando vio que se trataba de su abogado.

—¿A quién esperabas? —le preguntó Alec.

—A nadie.

—Como de costumbre, tenías razón. Kouropoulos ha accedido a entrevistarse con nosotros —le informó Alec.

—Perfecto —contestó Zander.

—Solo hay un detalle con el que no habíamos contado.

—¿De qué se trata?

—Quiere que te quedes diez días en la isla —contestó Alec tragando saliva—. Y quiere que... tu mujer vaya contigo.

—No hay problema —le aseguró Zander sorprendiéndolo—.

Dile que aceptamos la invitación. Dile que nos veremos mañana a la hora de cenar.

Aquello resolvía a la perfección el negocio que quería concluir con Kouropoulos, pero también lo que tenía pendiente con Lauranne desde hacía dos semanas.

–Sí, dile que llegaremos mañana y que quiero la villa más alejada del complejo –sonrió Zander.

Una noche más.

Lauranne se subió los tirantes del vestido rojo y se miró al espejo. Mientras lo hacía, reflexionó que era una suerte que la gente solo viera lo que había por fuera.

Por dentro, se estaba librando una intensa batalla en la que el sentido común se enfrentaba al deseo y la lógica a la pasión.

El episodio del coche le había recordado la increíble atracción que había entre ellos. Era imposible negarla, pero Lauranne no acababa de entenderlo.

Se puso unas sandalias de tacón y se dijo que ya faltaba poco, que después de aquella noche todo habría terminado.

No volvería a verlo, Zander volvería a Grecia y ella pediría el divorcio, que era lo que tenía que hacer.

¿No?

Lauranne se preguntó si el divorcio la libraría del dolor y del deseo. ¿Sería capaz de encontrar a otro hombre que la excitara tanto como Zander?

En ese momento, la sorprendió el sonido del timbre.

Fue a abrir y se encontró con Zander apoyado en el marco de la puerta y ataviado con un esmoquin negro que realzaba su belleza clásica.

Lo primero que Lauranne pensó fue que iba a ser el centro de todas las miradas en la fiesta y, lo segundo, que estaba sonriendo.

Aquello era lo peor que podía hacerle.

Cuando Zander se mostraba frío, ella podía mostrarse fría, cuando Zander se ponía desagradable, ella podía ponerse igual, pero cuando sonreía...

Lauranne sintió unas terribles ganas de abrazarlo y de proponerle que se fueran a cenar a un chiringuito de la playa donde nadie los molestara, donde pudieran charlar y reír.

Lo único que quería era olvidar el pasado y volver a empezar.

Sorprendida ante sus pensamientos, intentó recordarse que Zander era su enemigo, pero aquel enemigo le aceleraba el corazón y la hacía sentirse más viva que nunca.

—Me encanta tu vestido —le dijo Zander esperando a que cerrara la puerta y alargándole la mano—. Si lo hubiera sabido, me habría traído el descapotable. Es exactamente del mismo color.

—Así que ahora soy un complemento —comentó Lauranne ignorando su mano.

Zander sonrió y se la agarró por la fuerza.

—Los complementos se combinan para que pasen desapercibidos, y tú, desde luego, no pasas desapercibida —le aseguró Zander.

Cuando subieron al coche, Lauranne se encontró recordando lo que había ocurrido allí unas horas antes.

—Relájate —le dijo Zander en tono divertido—. No me voy a abalanzar sobre ti cuando estamos a punto de aparecer ante todo el país en televisión. Cuando por fin hagamos lo que los dos nos morimos por hacer va a ser en total intimidad y sin prisas. Y, desde luego, no estaremos rodeados de periodistas.

Lauranne sintió que se quedaba sin aliento.

—No vamos a hacer nada.

—Pero si ya lo estamos haciendo, Anni —sonrió Zander mirándola a los ojos—. Estamos ya en el calentamiento y lo sabes.

–No –negó Lauranne sin pizca de convicción.

–Sí –sonrió Zander–. ¿Por qué te empeñas en negar lo que es obvio que hay entre nosotros?

–Porque no funcionaría.

Zander enarcó la ceja.

–Pero si ya lo hemos hecho antes, *agape mou*. Ya sabemos que funciona.

Por supuesto, Zander estaba hablando de sexo, que era lo único que le importaba, lo único que le ofrecía.

Lauranne giró la cabeza y se quedó mirando por la ventana.

¿Qué ocurriría si aceptase su invitación? ¿Dónde la llevaría?

¿Al éxtasis?

Sí y, luego, a la depresión.

–Somos demasiado diferentes, Zander.

–Tú eres una mujer y yo soy un hombre –señaló Zander riéndose–. Por supuesto que somos diferentes. Lo raro sería que no lo fuéramos.

Lauranne no podía soportar seguir hablando de ellos, así que decidió cambiar de tema.

–Entonces, la campaña ha salido bien, ¿verdad? ¿Te ha ayudado?

–Mucho –contestó Zander.

–Me alegro –dijo Lauranne mojándose los labios–. Pues ya está, ya hemos terminado.

–¿De verdad?

Hubo algo en cómo lo dijo que hizo que Lauranne sospechara que le tenía alguna sorpresa preparada, pero no pudo preguntárselo porque el coche se acababa de parar ante el cine donde iba a tener lugar el estreno y los flashes de las cámaras entraban por los cristales.

–Menos mal que no te he besado y llego con pintalabios

por todas partes –comentó Zander–. Sonríe, la publicidad es parte de tu trabajo.

–Sí, pero no estoy acostumbrada a estar a este lado de la cámara –contestó Lauranne un poco nerviosa–. Van a querer saber qué haces conmigo.

–En cuanto te vean con ese vestido, lo van a tener muy claro, *agape mou* –sonrió Zander.

Lauranne se sonrojó, pero no tuvo tiempo de contestarle porque Zander abrió la puerta y se vio inmersa en una lluvia de flashes.

Una vez sobre la alfombra roja, la tomó de la mano y ambos sonrieron a los periodistas, a los que Zander manejaba a su antojo.

Lauranne se dijo que no la necesitaba para nada.

Justo en ese momento, Zander se inclinó sobre ella y la sorprendió besándola en la boca. Como locos, todos los fotógrafos quisieron captar el momento, la exclusiva que Zander les acababa de brindar.

«Mía», le dijo en voz baja.

Suya.

Satisfecho, Zander sonrió y se perdieron en el interior del edificio.

–¿Por qué has hecho eso? –le preguntó Lauranne una vez a solas.

¿Por qué quería que lo fotografiaran con ella cuando llevaba dos semanas intentando hacer creer a los medios de comunicación que ya no era un ligón?

–Porque quería que las cosas quedaran claras –contestó Zander tomándola entre sus brazos.

–¿A qué te refieres?

–Quiero que tengas claro que eres mía.

–No soy uno de tus negocios, Zander.

–Por supuesto que no. Se me dan mucho mejor los negocio que tú, pero te advierto que, a partir de ahora, no estoy dispuesto a compartirte con nadie.

Lauranne lo miró confundida. Le había dicho que se iban a divorciar y ahora le estaba hablando de que no la iba a compartir con nadie.

—Si te pones en plan macho griego, te planto cara —le advirtió.

—No esperaba menos de ti —sonrió Zander mirándola a los ojos—. Me encanta la guerra, sobre todo cuando es física.

—Zander...

—¿Has olvidado aquella primera vez? —le dijo al oído mientras le separaba las piernas con el muslo—. En la playa...

No estaba jugando limpio.

Deberían mirar hacia delante y no hacia atrás.

Lauranne cerró los ojos. Craso error. Nada más hacerlo, se puso a revivir el pasado.

—Me ignorabas.

—Eras mi jefe —contestó Lauranne abriendo los ojos—. No quería nada contigo.

—Pero yo, sí. Huías de mí.

—Hubiera sido mejor que jamás me alcanzaras.

—No, *agape mou*, no me hubiera querido perder esa experiencia por nada del mundo.

A Lauranne le dio la sensación de que todos los presentes se habían esfumado y solo estaban ellos dos en el mundo.

Recordó la playa en la que había perdido la virginidad y el cuerpo de Zander mientras hacían el amor.

—Fue la primera vez que tuve que correr tras una mujer —sonrió Zander—. Aquello me pareció increíblemente erótico.

Lauranne sintió que se le entrecortaba la respiración.

Al darse cuenta de que mucha gente los estaba mirando, se sonrojó.

—No es este el lugar adecuado para mantener esta conversación —murmuró—. ¿Por qué me has pedido que venga contigo al estreno?

—Porque me gusta estar contigo.

—Pero si nos pasamos el día discutiendo —rió Lauranne con incredulidad.

—Me gusta discutir —sonrió Zander—. Esa es una de las razones por las que me dedico a los negocios.

—Te dedicas a los negocios porque te gusta ganar.

—Esa es otra de las razones —admitió Zander pasándole una copa de champán.

—¿Se te ha escapado alguna vez un negocio?

—No, nunca.

—¿Por qué eres tan ambicioso? —quiso saber Lauranne—. ¿Por qué quieres más a pesar de todo lo que tienes?

—Porque soy un hombre de negocios.

—Nunca te abres a los demás, ¿verdad?

—¿Para qué?

En ese momento, algunos de los invitados se les acercaron para saludarlos.

El resto de la velada transcurrió a toda prisa.

Lauranne apenas se concentró en la película pues todos sus sentidos estaban atrapados por el hombre que tenía sentado a su lado.

Sentía su pierna, su brazo y su aliento.

La conexión entre ellos era tan fuerte que se moría por tocarlo, pero no lo hizo porque su relación no era así.

No compartían ternura y amabilidad, sino fuego y pasión, calor y lujuria.

Sin embargo, Lauranne sabía que Zander era capaz de ser tierno porque se había mostrado así con ella.

Era como si no quisiera reconocerlo y, en cualquier caso, no había habido nada de ternura a la hora de dar por terminada su relación.

¿Por qué sería tan frío?

Arropada por la oscuridad de la sala de cine, se preguntó qué habría ocurrido en su vida para convertirse en un hombre así.

Concentrada en sus pensamientos, apenas se enteró de la película ni de las conversaciones que tuvieron lugar después.

De lo que sí se enteró fue de la presencia de Zander, el hombre más poderoso y guapo de la fiesta.

Después de aquella noche, no volvería a verlo.

Para su sorpresa, aquello la angustió. Debería estar encantada de que saliera de su vida, pero no era así.

En realidad, siempre había estado presente en su cabeza. Siempre había estado presente en su vida, influyendo sus decisiones y sus sentimientos.

Al final de la velada, Zander le pasó el brazo por la cintura y la condujo al coche que los esperaba.

–¿Qué te ha parecido la película? –le preguntó una vez a solas.

Lauranne lo miró con los ojos muy abiertos. Era obvio que Zander sabía que no se había concentrado en la filmación.

–Eh... –dijo buscando una respuesta ambigua–. La fotografía era muy bonita.

–¿No te ha parecido muy tensa?

–Sí, sí.

–Y emocionante –añadió Zander mirándola a la boca.

Lauranne se dio cuenta entonces de que no estaba hablando de la película.

–Zander...

–Por fin, ha llegado el momento de dejar de jugar, *agape mou*.

–¿Jugar?

–Ya estoy harto de calentamientos –dijo Zander con la voz ronca–. Llevamos así dos semanas y estoy llegando al límite.

A Lauranne le ocurría lo mismo.

Por eso precisamente era bueno que Zander se fuera. Así, Lauranne evitaría hacer algo de lo que se arrepentiría el resto de su vida.

Zander Volakis era como una droga. Había conseguido dejarla una vez, pero, ahora que la había vuelto a probar, la adicción era todavía más fuerte.

–Entonces, supongo que te viene muy bien que nuestra relación laboral haya terminado.

Zander no se movió, se quedó mirándola intensamente.

–No hemos terminado.

¿Cómo que no?

–Has aparecido en todos los medios de comunicación. No podemos hacer nada más por el momento.

–No me refiero al trabajo. Gracias a tu campaña, Kouropoulos quiere verme. Me voy a Grecia esta misma noche.

–Muy bien –dijo Lauranne sin entender qué tenía que ver aquello con ella–. Así que has conseguido lo que querías...

–No del todo. Todavía le tengo que convencer de que me venda lo que quiero.

–¿Y qué tiene eso que ver conmigo?

–Todo. Vas a venir conmigo a Blue Cove Island, *agape mou* –contestó Zander apartándole un mechón de pelo de la cara–. Vas a venir en calidad de mi esposa y vas a convencer a Kouropoulos de que soy un hombre cariñoso y tierno del que se puede fiar. Te vienes conmigo a Grecia.

Capítulo 7

Tras realizar el anuncio, Zander se echó hacia atrás y se preguntó qué le había llevado a perder la cabeza.

Llevaba meses intentando cerrar el negocio con Kouropoulos y, si Lauranne se quisiera vengar de él en la isla, daría al traste con todo rápidamente.

Estaba a punto de arriesgar mucho por una mujer.

Una mujer que lo había traicionado.

Por segunda vez en su vida, no comprendía por qué hacía algo. La primera vez había sido cuando se había casado con Lauranne.

–No pienso ir contigo a Grecia –le dijo ella.

Era la oportunidad perfecta para cambiar de opinión y echarse atrás, pero el pánico que vio en sus ojos no hizo sino acrecentar su determinación.

Ignorando el increíble instinto que lo había llevado a ser multimillonario a los treinta años, insistió:

–Vamos de camino al aeropuerto.

–¡Zander, no! –exclamó Lauranne.

Zander vio deseo en sus ojos y sonrió encantado.

–Va a ser la oportunidad perfecta para mezclar placer y negocios –le dijo sinceramente.

–¿Me estás diciendo que me necesitas para cerrar una compraventa con ese hombre?

Obviamente no, y ambos lo sabían.

—Zander, me prometiste que, cuando termináramos la campaña de cambio de imagen, me concederías el divorcio.

Zander se fijó en que a Lauranne se le habían endurecido los pezones y pensó que, en lugar de querer librarse de ella, solo anhelaba tenerla en su cama.

—Esto no tiene nada que ver con nuestro matrimonio. Es solo sexo, nos atraemos, así que deja de resistirte.

—Quiero que me lleves a casa ahora mismo.

Zander decidió que era el momento de cambiar de táctica, así que se acercó a ella y le levantó el mentón con dos dedos.

—Te sigo deseando. Jamás he deseado a una mujer como te deseo a ti. En cuanto Kouropoulos nos vea juntos se dará cuenta de que nuestra relación es genuina.

Al ver la confusión de sus ojos, la besó y sintió cómo Lauranne abría la boca y lo besaba también.

—Lo que hay entre nosotros es tan fuerte que no comprendo por qué te resistes.

—Porque no me queda más remedio —murmuró Lauranne con indecisión—. No saldría bien, Zander.

—Tú y yo en una isla griega sin Farrer —contestó Zander—. De verdad, Anni, va a salir bien. Tenemos cosas que arreglar entre nosotros y quiero hacerlo lejos de él.

Lauranne cerró los ojos.

—Zander, por favor...

Zander volvió a besarla. Había decidido esperar hasta que llegaran a Grecia, pero de repente se le antojó que el asiento trasero de su coche también podía ser un lugar perfecto para hacer el amor con ella.

—Me hiciste mucho daño, Zander —le dijo Lauranne al sentir su mano en el pelo.

—Tú a mí, también —contestó Zander—, pero eso ha quedado atrás.

–Yo no quiero que vuelva suceder.

Al ver que estaba al borde de las lágrimas, Zander se tensó sorprendido.

–Anni...

Por primera vez en su vida no sabía qué hacer. Jamás había visto llorar a Lauranne. No era de esas mujeres.

–¡Jamás me acosté con Tom!

–Ya te dicho que todo eso ha quedado atrás –insistió Zander–. No vuelvas hablar de ello.

–Pero...

–Ven conmigo. Es lo que los dos queremos y lo sabes.

Lauranne intentó besarlo, pero Zander se echó hacia atrás.

–Si quieres estar conmigo, Anni, quiero que te dejes de farsas.

Zander vio cómo se debatía entre un montón de emociones y, al final, oyó un apenas audible «de acuerdo» de sus labios.

Entonces, sintió el mismo triunfo que sentía siempre que salía vencedor de un negocio, suspiró aliviado, se inclinó hacia ella y la besó.

–Esta vez, todo va salir bien, *agape mou*.

Al bajarse del coche en el aeropuerto y ver el avión privado de Zander, Lauranne se preguntó qué estaba haciendo.

Cinco años atrás, había conseguido no pensar en la riqueza de aquel hombre, había conseguido separar al hombre de negocios multimillonario del hombre del que estaba perdidamente enamorada.

–¿Qué ocurre? –quiso saber Zander.

A continuación, se giró hacia ella y le sonrió de una manera tan seductora y encantadora que Lauranne se dio cuenta de que no tenía escapatoria.

Debería insistir en que quería divorciarse y volver inmediatamente a su casa de Londres, pero se encontró deseando seguir a aquel hombre hasta el fin del mundo.

Zander la condujo escaleras arriba hasta la aeronave, donde una bonita azafata les dio la bienvenida.

Lauranne se sentó en una amplia y cómoda butaca de cuero mientras Zander iba a hablar con el piloto. Poco después, se reunió con ella.

Lauranne se dio cuenta de que la azafata la miraba con curiosidad y pensó que Zander debía de haber tenido alguna aventura con ella.

–No –le dijo él como si le hubiera leído el pensamiento.

–¿Cómo?

–Te estás preguntando si me he acostado con ella, ¿verdad?

–Eh...

–La respuesta es no.

–Me está mirando –insistió Lauranne–. Debe de estar pensando que soy la siguiente.

–Lo que debe de estar pensando es que eres la primera mujer que sube a este avión.

–¿La primera? –dijo Lauranne con los ojos muy abiertos.

–Mañana, todos los periódicos griegos y la prensa internacional se harán eco de mi seria relación contigo.

–¿Nunca has traído a ninguna mujer a este avión?

–Se me ocurren formas más entretenidas de pasar una noche –contestó Zander divertido–. Eres completamente transparente, Lauranne. Me encanta verte celosa.

–No estoy celosa.

–¿Ah, no? –sonrió Zander–. Este avión solo es un medio de transporte. Normalmente, mientras vuelo, trabajo. Te aseguro que no es un nido de amor.

–Me dejas mucho más tranquila –ironizó Lauranne.

–Claro que eso podría cambiar en breve.

Al ver la cara de estupefacción de Lauranne, retiró el desafío.

–Era una broma. Lo que tengo en mente hacer contigo no se puede hacer en el aire porque desencadenaríamos tremendas turbulencias.

Lauranne se sonrojó y sintió una punzada de deseo en la entrepierna ante aquella promesa de placer.

–Creo que será mejor que me hables de la compraventa que quieres realizar. Si quieres que forme parte de ella, será mejor que tenga toda la información posible.

–Cobarde.

–Zander...

Se quedaron mirándose a los ojos durante varios segundos y, al final, Zander se echó hacia atrás en la butaca y se relajó.

–¿Qué quieres saber de la compraventa?

–Para empezar, por qué quieres comprar la isla.

–Porque es un negocio redondo –contestó Zander algo tenso.

Lauranne se dio cuenta de que no le estaba diciendo la verdad.

¿Por qué querría aquella isla?

–Por favor, Zander, cuéntame la verdad. Dime qué estás pensando.

–Jamás le digo a nadie lo que pienso. Creo que será mejor que duermas un poco. Tienes cara de cansada.

–Si estoy cansada, es por tu culpa –murmuró Lauranne–. Llevo días trabajando horas y horas para ponerte fama de santo.

Zander abrió el ordenador portátil y se puso a trabajar.

Desde luego, tenía unos nervios de acero.

A Lauranne le hubiera gustado seguir haciéndole preguntas, pero los párpados le pesaban y se quedó dormida.

Cuando se despertó, habían aterrizado y brillaba el sol.

–Ah, estás despierta –comentó Zander apareciendo por la puerta de la cabina duchado y cambiado de ropa–. Pasa al baño, si quieres, y te cambias.

–¿Y qué me pongo? Te recuerdo que no me diste tiempo a hacer el equipaje.

–Lo tengo todo pensado. Por supuesto, nuestra ropa está en las maletas, pero hay algo fuera que espero que te guste.

–¿Nuestra ropa?

–Por supuesto. Si vamos a llegar como un matrimonio, nuestra ropa debe llegar junta.

–¿Y si me hubiera negado a venir?

–Entonces, supongo que la persona que deshiciera mi equipaje pensaría que tengo un gusto muy extraño a la hora de vestirme –contestó Zander mirando el reloj–. Tengo que llamar por teléfono.

Lauranne se duchó rápidamente y eligió un sencillo vestido de lino color melocotón. Tras maquillarse y peinarse, volvió junto a Zander, que estaba hablando con el piloto.

–Bonito vestido.

–¿Cómo sabías mi talla? –preguntó Lauranne con curiosidad.

–No me parece una pregunta para hacerme en público –sonrió Zander echándose a un lado para que bajara por la escalerilla, que ya estaba puesta sobre la pista de aterrizaje.

Aunque era pronto, hacía calor y el sol brillaba con fuerza, así que Lauranne buscó un par de gafas de sol en el bolso.

Zander apareció a su lado, la tomó del brazo y la condujo hacia el coche que los esperaba.

–Esta pista parece recién construida –comentó Lauranne.

–Sí, Kouropoulos la construyó hace un par de años. Antes solo se podía llegar a la isla por barco.

–Supongo que sería más bonito así.

–Lo cierto es que tenía su encanto.
–¿Tú viniste alguna vez?
–Sí, de pequeño.
–¿De vacaciones?
–Sí, de vacaciones –contestó Zander algo tenso.
–Qué playas tan bonitas –se maravilló Lauranne mirando por la ventana mientras el coche avanzaba.
–A la mayoría de ellas solo se puede llegar en barco. Yo creo que eso le quita atractivo para los turistas.
–Obviamente, Kouropoulos ha creído todo lo contrario.
–Él construyó su complejo turístico en el sur de la isla. Allí hay muchas playas de arena blanca y agua cristalina, pero el resto de la isla está ahora deshabitado.
–¿Y cuando venías de niño dónde te hospedabas?
–En una casa...

Lauranne decidió no hacer más preguntas pues sabía que a Zander no le gustaba hablar de sí mismo.

Tras preguntarse si las vacaciones infantiles que había pasado allí tendrían algo que ver con su deseo de comprar la isla, Lauranne volvió a mirar por la ventana.

–Ahí tienes Blue Cove Resort –le dijo Zander al cabo un rato.

Al verlo tan tenso, Lauranne lo agarró instintivamente de la mano y se la apretó con cariño.

–Nunca te había visto preocupado por un negocio. No te preocupes, entre los dos lo convenceremos para que te la venda.

Zander la miró sorprendido y Lauranne sonrió. Su reacción la había sorprendido a ella también. ¿Cuándo había dejado de pelearse con él para convertirse en un apoyo?

–Ya hemos llegado –anunció Zander cuando el coche se paró–. No olvides que se supone que estás tan enamorada de mí que te cuesta pensar con claridad.

Lauranne sintió que el corazón le daba un vuelco.

Así era como se había sentido exactamente cinco años antes.

¿Y ahora?

Tragó saliva y se dio cuenta de que no tenía claro cuáles eran sus sentimientos. Cuando estaba con él, no pensaba con claridad y le costaba respirar.

Zander le estaba estrechando la mano a un hombre mayor que inmediatamente fue hacia ella con una gran sonrisa en los labios.

–¡Y tú debes de ser Lauranne! ¡Las fotografías no te hacen justicia!

–¿Qué fotografías?

–Tu fotografía aparece en todos los periódicos. La historia de Volakis reconciliándose con su esposa es la noticia del día. ¿Te gustó la película?

Lauranne se quedó helada al darse cuenta de lo que había sucedido.

El beso...

–Sí, mucho –contestó intentando controlar su enfado.

¿Cómo había sido tan estúpida como para creer que Zander la quería a su lado por sus encantos? Para él, los negocios eran lo primero y ella no era ninguna excepción.

La había utilizado.

–Estás un poco pálida –comentó Kouropoulos–. Supongo que estarás cansada. Me tengo que ir a Atenas esta tarde porque ha surgido un imprevisto y no volveré hasta el viernes. Comenzaremos las negociaciones entonces. Así, podréis descansar. Hay un barco a vuestra disposición para que exploréis la isla.

Zander le dio las gracias y Lauranne se limitó a sonreír por miedo a explotar si abría la boca. Estaba demasiado enfadada como para darse cuenta de que Zander y ella se iban a quedar casi una semana a solas.

Mientras les llevaban a la villa que iban a ocupar, apenas se fijó en el paisaje. La villa era blanca y grande, tenía piscina y una fabulosa terraza que daba al mar.

En otras circunstancias, a Lauranne le habría encantado, pero aquellas circunstancias no era normales. Estaba tan enfadada con Zander que no se podía relajar y disfrutar de lo que tenía ante sí.

No se podía creer que la hubiera vuelto a engañar con su encanto. Le había dicho que quería que fuera con él para ayudarlo en una negociación cuando, en realidad, la estaba manipulando para hacerse con la isla.

–¡Ahora comprendo por qué me besaste! –le reprochó una vez a solas–. ¡Lo hiciste para que nos fotografiaran! Así, Kouropoulos desayunaría hoy con nuestra fotografía. El marido que vuelve con su mujer. Otro truco para convencerlo de que eres un hombre bueno cuando, en realidad, eres un manipulador y un asqueroso.

–Son negocios –le recordó Zander–. En cualquier caso, no cambia lo que siento por ti. Por favor, no grites, podrían oírnos.

–Claro, eso es lo único que te importa. Si me oyen gritar, la farsa que has preparado con tanto cuidado saltaría por los aires –le espetó furiosa.

–No digas tonterías –contestó Zander apretando los dientes–. ¿Lo que llevas haciendo tú dos semanas no es acaso manipular a la prensa?

–Eso es diferente –suspiró Lauranne–. No me respetas en absoluto. Ya sé que tienes todo el dinero del mundo y que estás acostumbrado a hacer siempre lo que te viene en gana, pero te advierto que yo no soy un juguete.

–¿Un juguete? Los juguetes son sencillos y solo dan placer. Para tratar contigo hay que haber hecho un curso de desactivación de explosivos. Te aseguro que, si hubiera querido pasar una noche de lujuria, habría elegido a una mujer que no discuta conmigo siempre que estamos a solas.

–¡Me has utilizado!

–Lo que he hecho ha sido seguir con lo que tú ya habías hecho –le aseguró Zander–. Quería que la gente tuviera cierta idea y lo he conseguido.

–Querías que creyeran que estamos juntos.

–Es que lo estamos.

–No.

–Sí. No tienes más que remitirte a las fotografías.

–Me has utilizado –insistió Lauranne con los ojos llenos de lágrimas–. ¿Por qué me has traído, Zander? Hay un montón de mujeres que se hubieran peleado por venir contigo, que se hubieran prestado encantadas a fingir que estaban enamoradas de ti. ¿Por qué me has elegido a mí cuando sabes que te odio?

–No me odias. Te gustaría odiarme, pero no puedes. A mí me pasa exactamente lo mismo. En cuanto a tu pregunta, te he elegido a ti porque no puedo parar de pensar en tu cuerpo.

Lauranne sintió que el corazón se le aceleraba y apretó los puños hasta que se clavó las uñas en las palmas de las manos.

–Me besaste única y exclusivamente porque las cámaras estaban delante.

–Te besé porque estabas impresionante, *agape mou* –contestó Zander acercándose y levantándole el mentón–. Mírame.

Lauranne obedeció y Zander la tomó con el otro brazo de la cintura y la apretó contra sí.

Lauranne ahogó un grito de sorpresa cuando sintió la potencia de su erección a través del vestido.

–Zander...

–¿Te crees que esto es también para las cámaras?

–Eres un canalla.

–No me apetece discutir contigo –dijo Zander acariciándole el labio inferior con el pulgar.

Lauranne intentó mojarse los labios y, al hacerlo, su lengua entró en contacto con el dedo de Zander y se quedaron mirándose a los ojos durante interminables segundos.

Ambos se abalanzaron el uno sobre el otro a la vez.

Zander maldijo y la besó con desesperación mientras ella le pasaba los brazos por el cuello y se lanzaba a besar su boca.

Fue un beso brutal y desesperado, resultado de semanas de negación.

Zander le tomó el rostro entre las manos y la empujó contra la puerta. Una vez allí, se apretó contra ella para que sintiera su erección entre las piernas.

Lauranne gritó su nombre y Zander la levantó en vilo, le subió el vestido y le apartó las braguitas con movimientos expertos antes de adentrarse en su cuerpo.

Lauranne arqueó la espalda para facilitarle el acceso. Aquello era sexo en su estado más primitivo, un encuentro animal tan intenso que no se podía describir.

Fue rápido y salvaje, tan primitivo, que con cada embestida Lauranne jadeaba de agonía y placer.

–Mírame, Anni –le ordenó Zander al ver que tenía los ojos cerrados–. Mírame.

Lauranne obedeció dejando que Zander la poseyera por completo mientras los dos alcanzaban el orgasmo juntos.

Al sentir el clímax, Lauranne gritó y le clavó las uñas en la espalda mientras él se dejaba ir dentro de ella.

–Dios mío, Anni –le dijo dejándola en el suelo con cuidado.

Lauranne tenía la cara en su pecho y aspiraba su olor masculino en amplias bocanadas de aire.

No quería hablar.

Hablar estropearía el momento.

Zander debió de pensar lo mismo, porque no abrió la boca. Se limitó a tomarla en brazos, a dejarla en la cama y a tumbarse a su lado.

—Eso no ha sido porque hubiera cámaras delante.

Lauranne consiguió esbozar una sonrisa.

—Jamás he deseado a una mujer como te deseo a ti —le dijo Zander muy serio acariciándole el pelo—. Tengo miedo.

Lauranne se quedó helada ante la inesperada confesión emocional.

—Siempre presumo de ser un hombre controlado, pero contigo... contigo me desespero y no sé quién soy.

Aquello era lo más lejos que había llegado Zander jamás. Le estaba sugiriendo que lo que había entre ellos era especial.

—Zander...

Lauranne sintió su lengua en el cuello.

—Llevo dos semanas mirándote y queriendo arrancarte la ropa y poseerte. Me estaba volviendo loco.

Lauranne lo miró frustrada porque Zander acababa de reducir de nuevo su relación a una relación puramente sexual.

Aparentemente encantado por haberlo dejado claro, se incorporó y se quitó la camisa.

Mientras alargaba la mano y le acariciaba el musculoso torso, Lauranne decidió que, si él solo quería ofrecerle sexo, ella lo aceptaría gustosa.

Zander le agarró la mano, se la llevó a la boca y comenzó a lamerle los dedos mientras la miraba a los ojos.

Lauranne sintió que se estremecía, elevó las caderas y el vestido le resbaló hasta la cintura. Zander le bajó la cremallera del vestido y la desnudó en un abrir y cerrar de ojos. A continuación, se desnudó él también y volvió a su lado.

Lauranne admiró su cuerpo y se dio cuenta de que no había nada que hacer. Aquel hombre era demasiado guapo y sexy para resistirse.

Zander la besó y comenzó a deslizarse por su cuerpo. Cuando llegó a sus pechos, tomó uno de sus pezones entre los labios y lo succionó haciendo que Lauranne se estremeciera.

A continuación, siguió su viaje hacia las profundidades de su cuerpo. Lauranne gozó como jamás había gozado.

Estaba tan desesperada que no se reconocía a sí misma. Lo deseaba tanto que estaba dispuesta a suplicar.

Cuando creía que iba a morir de placer, Zander le separó los muslos.

—Qué sexy eres, *agape mou* —le dijo con voz ronca—. Me encanta ver que me deseas tanto como yo te deseo a ti.

Sin darle tiempo a responder, se introdujo en su cuerpo haciéndola gemir. Lauranne acompasó sus movimientos, deseosa de aplacar su sed, hasta que alcanzó el clímax gritando su nombre.

Inmediatamente, sintió que Zander se estremecía y se dejó caer sobre ella. Entonces, entre sus brazos, Lauranne se dio cuenta de que lo amaba.

Siempre lo había amado y seguía amándolo.

Por eso se había casado.

Y por eso no se había divorciado.

No había podido hacerlo. En su corazón, siempre seguiría casada con él.

Al darse cuenta de que jamás podría gozar de una relación casual, sin ataduras, con Zander Volakis, se quedó rígida, intentando asimilar que iba de cabeza a un desastre emocional sin precedentes.

—¿Estás convencida ahora de que te deseo? —le preguntó Zander apartándole el pelo de la cara.

Lauranne cerró los ojos, conmovida en todo su ser por la increíble experiencia que acababan de compartir.

Estaba convencida de que la deseaba, pero ella quería que fuera algo más.

Mucho más.

Decidida a no pedir imposibles, se acurrucó a su lado y cerró los ojos para aprovechar el momento.

–Ha sido increíble –le dijo Zander besándola en la frente–. El mejor sexo de mi vida.

Sexo.

Estaba muy claro que Zander no quería otra cosa.

En aquellos momentos Lauranne estaba demasiado cansada y se dejó llevar por el sueño porque no había un lugar mejor en el mundo para abandonarse al descanso que los brazos de su hombre.

Zander se preguntó qué demonios le estaba pasando.

¿Qué había sido de su capacidad de control?

Lauranne dormía junto a él, hecha un ovillo, y se dijo que no la apartaba de su lado porque no quería despertarla, así que se quedó mirando al techo intentando entender la situación.

Llevarla con él a la isla no había sido una buena idea. Era un riesgo enorme. Lauranne podía dar al traste con la compraventa.

Al darse cuenta de que por primera vez en su vida había dejado que la libido se interpusiera entre él y sus negocios, se consoló pensando que cualquier hombre podía dejarse llevar por una mujer excepcionalmente bonita.

Y Lauranne era excepcionalmente bonita. Y alegre. E inteligente. E interesante. La lista de cualidades fue aumentando de manera alarmante y Zander decidió concentrarse en sus defectos.

Tras pensar unos cuantos minutos, solo se le ocurrió que

Lauranne había sido la que había terminado con su relación cinco años atrás.

Tal vez, por eso se comportaba así con ella ahora.

Estaba acostumbrado a ser él quien iniciaba y finalizaba una relación. Por eso probablemente estaba obsesionado con ella. Para colmo, el sexo entre ellos era maravilloso.

Como cualquier hombre de su tiempo, aprovechaba la ocasión.

A pesar de sus intentos por racionalizar su comportamiento con Lauranne, Zander se dio cuenta de que había gozado de buen sexo en otras relaciones, pero nunca había perdido el control.

Sin embargo, con Lauranne era distinto.

¿Qué demonios estaba sucediendo?

En ese momento, Lauranne suspiró en sueños y se apartó de él y Zander esperó a sentir el alivio que sentía siempre cuando el necesario afecto poscoital terminaba.

Pero el alivio no llegó y se encontró luchando consigo mismo para no volver a abrazarla. Enfadado consigo mismo, se levantó y fue a darse una ducha fría.

Mientras el agua helada le resbalaba por el cuerpo, Zander decidió que lo mejor era poner distancia entre ellos.

Lo había hecho con otras mujeres, así que, ¿por qué iba ser diferente con Lauranne?

Sexo y divorcio. No había problema. No sentía nada por ella.

Cuando Lauranne se despertó, vio que Zander ya estaba vestido y la estaba observando como si fuera un animal extremadamente peligroso e impredecible.

–Me alegro de que te hayas despertado –la saludó de manera brusca–. Vamos a dar un paseo.

¿Un paseo?

Lauranne se preguntó qué había ocurrido para que Zander hubiera cambiado tanto en una hora.

¿Habían sido imaginaciones suyas o se había quedado dormida en sus brazos? ¿Cuándo se había levantado, duchado y vestido? ¿Y por qué la miraba como si fuera el error más grande de su vida?

–¿Por qué no vuelves a la cama? –le preguntó incorporándose.

Zander negó con la cabeza y dio un paso atrás hacia la puerta para salir a la terraza con una prisa desmedida.

Lauranne suspiró, se levantó y se vistió a toda velocidad poniéndose un bonito sombrero que había encontrado en su equipaje.

Si Zander quería que fueran a pasear, irían a pasear.

Obviamente, se había vuelto loco.

Cuando salió a la terraza, lo encontró mirando al mar con el ceño fruncido. Se giró hacia ella y se quedaron mirándose a los ojos.

Lauranne sabía que Zander no cambiaría jamás. Entonces, ¿por qué seguía con él? Cuando cerró la puerta, pensó que Zander iba a distanciarse de ella, pero, para su sorpresa, no lo hizo.

Se acercó a ella y la besó como si no pudiera evitarlo.

–Dos semanas sin sexo es demasiado tiempo –le dijo.

Lauranne se quedó mirándolo confundida y se preguntó por qué intentaba darle excusas por besarla. Ella estaba encantada y halagada de que la encontrara tan irresistible físicamente. Ya que era lo único que iba a obtener de él, había decidido disfrutarlo.

–¿Estás lista? –sonrió–. Te quiero enseñar mi isla.

–Todavía no la has comprado.

–Pero será mía en breve.

–Nunca piensas en el fracaso, ¿verdad?

–No, por supuesto que no. Venga, nos vamos de excursión.

–¿Me llevo un bañador?

–Eso depende de lo valiente que seas –contestó Zander en tono divertido.

Salieron de la villa y Zander, tras dudarlo un momento, la tomó de la mano. Intentando no hacerse ilusiones por semejante gesto, Lauranne esbozó una sonrisa.

–¿Dónde están los fotógrafos esta vez?

–¿Es que acaso no puede uno ser romántico?

–Tú no eres romántico, Zander.

–¿Y qué es lo que llevamos haciendo desde que hemos llegado?

–Eso es solo sexo –contestó Lauranne.

Zander la miró con un brillo especial en los ojos.

–En la cama nos va muy bien y me encanta que no me pidas una historia sentimental, como hacen otras mujeres.

Lauranne se quedó sin palabras.

Si alguna vez se volviera a enamorar, cosa que creía poco probable, tendría que ser de un hombre que tuviera un poco más de tacto.

–Mi padre confundía constantemente el sexo con el amor y eso le costó una fortuna –le explicó Zander.

–¿Qué le ocurrió?

Era la primera vez que Zander le hablaba de su padre.

–No aprendía ni a la de tres. Tras el primer divorcio millonario, tendría que haber aprendido a desconfiar de las mujeres, pero no lo hizo. Cada vez que conocía a una, creía haberse enamorado y le daba todo lo que quería.

–Supongo que al ser rico tienes que tener cuidado con la relaciones que entablas, pero me parece bonito que tu padre tuviera ilusión cada vez que empezaba una. Es romántico.

–¿Romántico? –dijo Zander mirándola a los ojos con incredulidad–. ¿Qué hay de romántico en que te tomen por tonto?

–Cuando tu padre iniciaba una relación lo hacía creyendo que era la definitiva. ¿Está casado ahora?

–Murió cuando yo tenía veintiún años dejándome una barbaridad de deudas, muchos empleados descontentos y unas cuantas mujeres muy ricas que querían más.

Lauranne se mordió el labio ante aquella revelación y empezó a entender cómo funcionaba la mente de Zander.

–Me hubiera gustado que me dijeras que, al final, encontró a alguien que lo quiso de verdad. Lo siento, debió de ser duro para ti.

–Bueno, digamos que aprendí una lección –contestó Zander sonriendo con ironía–. Que el amor cuesta mucho dinero.

Lauranne se preguntó por qué aquel comentario le había dolido tanto cuando sabía que no la quería.

–Desde luego, solo a ti se te ocurre hablar así de las relaciones sentimentales.

Zander se encogió de hombros.

–Si mi padre hubiera sido como yo, tal vez, no habría perdido todo.

–¿Y tu madre?

Zander se volvió a encoger de hombros.

–Mi madre fue la esposa número dos. Se quedó con mi padre lo suficiente como para darle un hijo, yo, y luego decidió valerse de su dinero para darse la gran vida.

–Qué horror –comentó Lauranne haciendo una mueca de disgusto.

Zander la miró con impaciencia.

–Ni siquiera me acuerdo de ella, así que da igual.

Sin embargo, Lauranne se dio cuenta de que el comportamiento de su madre le tenía que haber influido mucho, sobre todo a la hora de tratar con las mujeres.

–¿Te ha sentado mal que Kouropoulos se haya ido? –le preguntó cambiando de tema.

–No, solo está jugando –rio Zander–. Me alegro de que se haya ido porque, así, podremos estar tú y yo solos.

Lauranne tragó saliva, pero se dijo que solo estaba hablando de sexo.

Cruzaron la playa y tomaron un estrecho sendero.

–¿A dónde vamos? –preguntó Lauranne.

–Te quiero enseñar un sitio –contestó Zander.

–Ve más despacio –le pidió Lauranne pues el camino avanzaba cuesta arriba.

–Perdona, ya hemos llegado –sonrió Zander.

Lauranne levantó la mirada y se encontró ante una cala perfecta de arena dorada y agua azul turquesa.

–Oh –exclamó sorprendida–. Esto es un paraíso, parece sacado de un folleto de viajes.

–Sí –contestó Zander a su lado–. Esta playa se llama «cala azul» porque los colores son muy intensos. El nombre de la isla proviene de esta playa.

–Nunca había visto nada tan bonito. Y mira esa casa de ahí. ¿Estará habitada?

–No.

–¿Cómo lo sabes? –preguntó Lauranne comprendiendo de repente–. Esta es la casa en la que solías pasar las vacaciones de pequeño, ¿verdad?

Zander no contestó.

–¿Por eso quieres comprar la isla? –le preguntó en voz baja–. ¿Por la casa?

–Sí.

–¿Quieres que vayamos?

–No, hoy no –contestó Zander.

Lauranne miró hacia la casa y lo tomó de la mano.

Zander no la retiró.

–¿Quién vivía en ella?

Zander tomó aire.

–Mi abuela –contestó–. Vivió en esa casa toda su vida.
–¿Era suya?
–Esta isla era de mi padre, pero la perdió tras un divorcio –le explicó Zander con crudeza.

Acto seguido, se giró y tomó el sendero de vuelta sin soltarle la mano.

Aquello dio esperanzas a Lauranne. En aquel momento de su vida, la necesitaba y no era solo para acostarse con ella. Se sentía como si hubiera conseguido franquear una puerta muy pesada.

–¿Tu abuela perdió la casa?
–La habría perdido, pero murió antes.
–Lo siento mucho.
–Estaba traumatizada porque mi padre hubiera perdido la isla. Era muy mayor y jamás se recuperó de la conmoción –le explicó Zander mirando al mar.

Lauranne intentó comprender cómo se debía de sentir una persona al perder la casa en la que había vivido toda la vida.

–Me parece terrible...
–La encontré yo muerta –le confesó Zander apretándole la mano–. Tenía nueve años.

Sin pensarlo, Lauranne le pasó las manos por el cuello y lo abrazó. El dolor que vio en sus ojos era tan intenso que se le saltaron las lágrimas.

–Qué horror...
–Lo más horrible fue perder a la única persona del mundo a la que realmente le importaba –le explicó–. Mi abuela estaba furiosa con mi padre. La noche antes de morir me hizo prometer que, algún día, recuperaría la isla.

Lauranne cerró los ojos al comprender, por fin, por qué Zander quería comprar la isla. Estaba cumpliendo una promesa. La promesa que le había hecho a su abuela con nueve años.

–¿Desde cuándo es la isla de Kouropoulos?

—Desde que se la vendió la esposa número tres —contestó Zander—. La compró hace veintiséis años y nunca la ha querido vender.

—¿Y qué te hace pensar que va a querer venderla ahora?

—Tiene problemas económicos. La verdad es que no me explico por qué no la ha vendido antes.

—¿Sabe por qué la quieres comprar tú?

—No tengo ni idea.

—A tu padre le debió de doler mucho perderla.

—Cuando la perdió, tenía problemas más graves en los que pensar. Sus empresas estaban arruinadas. Cuando murió, estaban en suspensión de pagos.

—Debió de ser muy duro para ti.

—Sí, lo fue.

—¿Y cuando tu abuela murió con quién te quedaste tú viviendo?

—Con la siguiente esposa —rio Zander.

—Tu infancia debió de ser muy solitaria. ¿Por eso donas tanto dinero para obras sociales infantiles?

—Mi infancia fue estupenda —contestó Zander seriamente—. Aprendí desde muy pequeño a no fiarme de nadie más que de mí mismo y eso me ha venido muy bien.

Lauranne se mordió el labio.

Tal vez, le había ido muy bien de cara a los negocios, pero, desde luego, para su vida personal, a la hora de amar, no.

Aquel hombre no creía en el amor y Lauranne estaba empezando a entender por qué.

¿Qué demonios estaba pasando?

Zander apretó los dientes irritado. Jamás le había contado aquello a nadie y ahora se lo acababa de contar a Lauranne.

Sentir sus dedos y ver la compasión de sus ojos habían derribado las barreras emocionales que había colocado entre el mundo y él.

Sorprendido por su comportamiento, ignoró la mirada de preocupación de Lauranne y se dirigió a la playa.

¿Qué le hacía aquella mujer?

¿Por qué siempre se comportaba de manera extraña cuando estaba con ella?

–¿Te apetece que nos bañemos antes de cenar? –le propuso Lauranne cambiando de tema.

–Pareces una niña pequeña –sonrió Zander.

–Puede que tengas razón, pero no creo que eso tenga nada de malo –dijo Lauranne quitándose las sandalias y corriendo hacia el agua–. ¡Qué haces! –añadió cuando Zander la tomó en brazos por la espalda.

–¿Qué me das si no te tiro al agua?

–Te voy a poner un ojo morado como me tires –contestó Lauranne–. Y a ver cómo le explicas eso a Kouropoulos.

–Empiezo a desear que Kouropoulos y todo este asunto se termine cuanto antes –murmuró Zander–. Me gustaría hacer el amor contigo en la playa y preferiría que fuera sin público. ¿Recuerdas el Caribe?

Lauranne se estremeció entre sus brazos.

–¿Y me lo preguntas aquí delante de todo el mundo? ¿No tienes compasión? Sí, claro que me acuerdo. Estábamos solos tú y yo con el mar y las estrellas.

Zander dijo algo en griego y la dejó caer en el agua.

Lauranne cayó de pie, rio y se agarró a su camisa.

–¿Qué haces?

–Refrescarnos –sonrió Zander echándole agua con el pie.

–¡Zander! ¡Para! –rio a carcajadas.

Cuando lo miró a los ojos, vio que Zander la estaba mirando con tanto deseo que se asustó. Acto seguido, la tomó de la muñeca, recogieron sus zapatos y corrieron hacia la villa.

***

Una vez dentro, hicieron el amor de manera tan desesperada y rápida que a Lauranne le costó creer que hubiera sucedido.

–Recuérdame que le comente a Kouropoulos que cambie el suelo de las villas. El mármol no es muy cómodo para hacer el amor –comentó Zander.

–Si hubieras esperado, habríamos llegado al dormitorio –contestó Lauranne.

–Sí, pero ya no podía más –sonrió Zander de manera seductora–. Creo que lo mejor será que pasemos la tarde en la piscina, a ver si así nos tranquilizamos.

Lauranne tenía serias dudas porque sabía que su acalorada reacción por él siempre que lo tenía cerca se debía a lo que sentía por Zander.

Para colmo, se le estaba haciendo cada vez más difícil no hablarle de sus sentimientos.

Aquella noche, cenaron en la terraza y se quedaron hablando con una copa de vino hasta que anocheció.

Lauranne se lo estaba pasando en grande.

Después de cenar, Zander la condujo al dormitorio y allí la desnudó con manos amables, pero urgentes.

Los días siguientes transcurrieron poco más o menos igual.

Se levantaban tarde, desayunaban en el jardín y salían a recorrer la isla a pie o en barco. Cuando hacía mucho calor, volvían a casa y hacían el amor hasta que Lauranne quedaba exhausta.

Zander no parecía cansarse nunca. Incluso tenía fuerzas para trabajar desde el portátil mientras ella descansaba.

Nunca se separaba de ella y a Lauranne eso le encantaba. Era como si no pudiera vivir sin ella. Claro que no era eso porque Zander era la persona más independiente que conocía y, además, no la encontraba tan irresistible.

–¿No necesitas dormir un poco? –le preguntó un día.

–Acostarme contigo me da energías, *agape mou* –sonrió Zander dándole un beso en la boca–. Aunque yo esté en este paraíso contigo, los negocios siguen su curso y tengo que atenderlos.

–Pero estás de vacaciones.

–Eso parece, pero te recuerdo que esto es un viaje de negocios.

Lauranne sintió una terrible punzada de dolor.

Ella, que había estado viviendo como en una luna de miel, recordó el motivo de su viaje y por qué la había llevado con él.

La felicidad se evaporó.

El quinto día, la burbuja de felicidad se rompió definitivamente.

–Ha llamado Kouropoulos –anunció Zander–. Ya ha vuelto y quiere que cenemos hoy con él.

–Ah –contestó Lauranne pensando que todo había acabado.

–¿Qué pasa? Cualquiera diría que se te acaba de morir el perro.

–No, nada, es que me gustaba estar a solas contigo.

Al ver que Zander fruncía el ceño, se dijo que tal vez no tendría que haberle dicho la verdad.

–Yo también me lo estoy pasando muy bien y te aseguro que después de cenar te voy a traer aquí y te voy a violar –sonrió.

A pesar de que había intentado bromear, Lauranne se dio cuenta de que había cambiado. Durante los últimos días se había relajado, pero ahora el hombre de negocios había vuelto y la luna de miel se había terminado.

Lauranne miró el reloj y se dio cuenta de que tenían que empezar a cambiarse. Miró a Zander, que leía relajadamente junto a la piscina, y fue hacia él.

–Tenemos que cambiarnos –le dijo besándolo en el hombro–. Nos esperan dentro de media hora.

–Dúchate tú primero, yo tengo que hacer unas cuantas llamadas –contestó Zander.

Cuando Lauranne salió de la ducha envuelta en su albornoz, Zander estaba hablando por teléfono.

Lauranne se acercó al armario, eligió un conjunto de ropa interior, dejó caer el albornoz y comenzó a vestirse.

Mientras lo hacía, se dio cuenta de que Zander había dejado de hablar. Se giró hacia él y se encontró mirándola con avidez.

–No te vuelvas a cambiar jamás delante de mí cuando esté hablando –le dijo en tono divertido–. No me he enterado de nada de lo que me ha dicho mi abogado –le dijo tras colgar.

–¿Te cuesta concentrarte cuando estás conmigo? –bromeó Lauranne.

–Sí –admitió Zander–. Llevo tres semanas desconcentrado.

–Si te desconcentro, ¿por qué has querido que trabajara para ti?

–Porque me dijiste que no desde el principio y ya sabes que no me gustan las negativas.

–¿Solo por eso?

Zander dudó un momento.

–No, también porque entre tú y yo hay ciertos asuntos pendientes.

Lauranne lo miró con deseo.

—No me mires así porque hemos quedado dentro de un cuarto de hora y no podemos llegar tarde —le advirtió Zander—. Hay un negocio muy importante en juego.

Aquello fue como un jarro de agua fría. Lauranne se apartó de él y se dirigió al tocador para maquillarse.

—Claro.

Zander se metió en la ducha y, cuando salió, se sacó una cajita del bolsillo del albornoz y se la entregó de manera casual, pero la miró con intensidad.

—Te he comprado esto.

Lauranne miró la cajita y no pudo evitar hacerse ilusiones.

Zander la abrió y Lauranne ahogó un grito de sorpresa al ver que se trataba de unos pendientes.

¿De verdad había creído que iba a ser un anillo de compromiso?

Nunca le había regalado uno porque se habían casado tan rápido que no había habido tiempo. Solo tenía la alianza, que estaba en aquellos momentos en algún cajón de su casa.

—Son preciosos, Zander —sonrió disimulando su decepción.

—Como tú.

Lauranne se sonrojó y los tomó en la palma de la mano.

—¿Por qué me los has comprado?

—Para demostrarte que puedo ser romántico —contestó Zander apartándole el pelo de la cara—. Póntelos. Seguro que te quedan fenomenal.

Efectivamente, le quedaban de maravilla.

—Te quiero... dar las gracias —le dijo Lauranne mirándose en el espejo.

Zander la miró a los ojos de manera extraña y, a continuación, se dirigió al armario y se puso una camisa limpia.

Cuando Lauranne vio que elegía unos pantalones, desvió

la mirada antes de que se quitara la toalla que llevaba enrollada a la cintura.

—Te prometo que me portaré bien —le dijo desde la puerta—. Siempre y cuando tú te comportes, claro.

Zander rio, se guardó el teléfono móvil en el bolsillo y se reunió con ella.

—¿Lista?

Capítulo 8

Recuerda, Anni, que estás tan enamorada de mí que te cuesta pensar con claridad –le dijo Zander apretándole la mano mientras subían los escalones de la terraza.

A Lauranne le entraron ganas de reírse ante aquella ironía, pues describía prácticamente lo que sentía en realidad.

Cuando llegaron bajo el emparrado y Kouropoulos salió a recibirlos seguido por una mujer, a Lauranne se le borró la sonrisa de la cara.

Era Marina, su antigua jefa.

¿Qué hacía allí?

–Buenas noches, espero que os lo hayáis pasado bien –los saludó su anfitrión–. Mi esposa y mi hija se han quedado en Atenas, pero os quiero presentar a Marina, mi directora de asuntos internos.

¿Marina trabajaba para Kouropoulos?

Lauranne no tuvo más remedio que estrecharle la mano e intentar sonreír.

–Lauranne y yo ya nos conocemos –dijo Marina con tanta frialdad en los ojos que Lauranne se estremeció.

–Marina trabajaba para mí –confirmó Zander.

Lauranne se preguntó cómo podía estar tan tranquilo.

–Deberías haberla cuidado mejor para que no se fuera –dijo Kouropoulos.

Lauranne apretó los dientes.

Zander había cuidado demasiado bien de Marina.

Ignorándola completamente, Marina fue hacia él sonriéndole de manera casi indecente y le ofreció una copa de champán.

Lauranne tuvo que aguantar que Zander sonriera agradecido y aceptara la copa como si no pasara nada.

¿Es que no tenía conciencia?

Habían hecho el amor desde que habían puesto un pie en la isla y ahora estaba flirteando con otra mujer.

Y no con una mujer cualquiera.

Marina era la mujer con la que Zander se había acostado cinco años atrás.

La mujer que había destruido su matrimonio.

Por culpa de Lauranne había buscado consuelo en Tom.

−¿Qué te parece la isla? −le preguntó Kouropoulos.

−Es preciosa −contestó Lauranne sinceramente−. Realmente preciosa.

Miró de reojo y comprobó que Marina y Zander seguían hablando. Tenían las cabezas tan juntas que le dieron náuseas.

¿Cómo le podía hacer Zander aquello?

¿Cómo podía ligar tan abiertamente con su antigua amante?

Por cómo lo miraba, ella estaba más que dispuesta a volver a serlo.

De repente, a Lauranne se le ocurrió que, tal vez, el viaje a la isla no hubiera sido nunca un viaje de negocios, sino una manera de estar con Marina.

¿Y entonces para qué la había llevado a ella? ¿Para distraerse?

−Espero que te lo estés pasando bien. Mañana, Zander y yo tendremos que hablar de negocios, pero Marina se quedará contigo encantada.

—No quiero que se moleste por mí —contestó Lauranne tan enfadada que apenas podía hablar—. Prefiero quedarme tranquilamente en la piscina, gracias —añadió acercándose a Zander para que Marina entendiera quién mandaba allí ahora—. La verdad es que estoy cansada porque no hemos parado en todo el día, ¿verdad, cariño?

Zander se limitó a sonreír.

Confundida por su reacción, Lauranne se bebió la copa de champán de un trago y se sirvió otra. ¿Estaba utilizando a Marina para darle celos o sería al revés?

En cualquier caso, no estaba dispuesta a entrar en su juego.

Habló poco mientras se tomaban el champán, dispuesta a matar mientras observaba a Zander y Marina, que no paraban de hablar.

¿Cómo podía haber sido tan boba? Zander era incapaz de comprometerse con una sola mujer aunque solo fuera en una relación sexual.

Zander le había dicho que tenía que ser encantadora, pero realmente no le salía. Se pasó toda la cena sin apenas escuchar lo que se decía a su alrededor.

—Desde que dejaste Volakis Industries, te ha ido muy bien, ¿no? —le preguntó Kouropoulos mientras se tomaba el café—. He visto algunas de tus campañas y me parecen realmente increíbles.

—Gracias —contestó Lauranne.

—Es increíble lo bien que les va a algunos con el paso del tiempo —comentó Marina con frialdad—. Supongo que los innumerables errores que cometiste cuando trabajabas para mí te enseñaron mucho.

—El único error que cometí entonces fue enamorarme de Zander —contestó Lauranne con la misma frialdad.

Era la primera vez que decía aquellas palabras en voz alta,

pero sabía que Zander no las iba a tomar en serio. Creería que eran parte del papel que le había tocado interpretar.

–Si estabas tan enamorada, ¿cómo duró tan poco vuestro matrimonio? –quiso saber Kouropoulos.

Aquella pregunta tan directa tomó a Lauranne por sorpresa y no pudo dejar de mirar de reojo a Marina.

–Tuvimos algunas diferencias –contestó Zander tomando la copa de vino y brindando por ella–, pero las hemos resuelto.

A Lauranne le estaba costando cada vez más seguir con aquella farsa, pero se dijo que era necesario.

–En aquel entonces, Zander no quería comprometerse con nadie –comentó–. Le gustaba la variedad –añadió mirando a Marina de manera desafiante.

Vio cómo su antigua jefa palidecía de rabia y se preparó para la confrontación, recordándose que ya no era su empleada y que aquella mujer no podía hacerle absolutamente nada.

–Sí, a Zander siempre le ha gustado tener muchas mujeres a su alrededor –comentó Kouropoulos–. Espero que eso haya cambiado ahora. ¿Cómo es que habéis vuelto juntos?

–Llevábamos varios meses hablando y viéndonos, pero no hemos vuelto hasta hace un par de semanas –les explicó Zander.

–Realmente romántico.

–Sí, y muy largo ya, ¿no? –intervino Marina–. Me parece que ya va siendo hora de que sigas tu camino.

Lauranne miró a Zander a los ojos y vio en ellos un brillo especial. Zander le tomó la mano.

–No tengo intención de hacerlo.

Desde luego, era un maravilloso actor.

Lauranne tuvo que hacer un esfuerzo supremo para no retirar la mano y abofetearlo.

Ya habría tiempo cuando estuvieran a solas.

De repente, no pudo soportarlo más y se puso en pie.

—Lo siento, pero estoy muy cansada —se excusó mirando a Kouropoulos—. ¿Os importa que me retire?

—Por supuesto que no —contestó su anfitrión—. Zander, vete con ella si quieres porque mañana hemos quedado pronto.

—¿Por qué no vuelves luego y nos tomamos una copa? —sugirió Marina—. Es muy pronto para irse a la cama.

—Bueno, eso depende... —rio Kouropoulos—. Me parece que nos veremos en la reunión de mañana.

Marina apretó los dientes, pero se forzó a sonreír.

—En ese caso, hasta mañana. Yo también voy a estar en la reunión.

Lauranne miró a Zander, pero no percibió ninguna expresión en su rostro. Tras darse las buenas noches, tomaron el camino de regreso a la villa.

En cuanto llegaron, Lauranne dejó salir toda la rabia y la humillación.

—¿Cómo te atreves? ¿Cómo te atreves a llevarme a una cena en la que sabes que va a estar esa mujer? —le espetó sollozando y fuera de control.

Zander se quedó helado en el sitio, visiblemente sorprendido por su ataque.

—No sé de qué hablas. Como sigas comportándote como has hecho esta noche, vas a dar al traste con la venta.

—Me importa un bledo —mintió Lauranne con las lágrimas resbalándole por las mejillas—. Lo único que me importa es que has tenido la caradura de sentarme a la mesa con tu amante.

—¿Cómo dices?

—¡Un hombre jamás debe presentarle a su esposa a su amante! —insistió Lauranne.

–¿Pero de qué me estás hablando? ¿Crees que Marina es mi amante?

–Ahora no lo sé –contestó Lauranne enfadada–. Tú sabrás, Zander. Sé que hace cinco años lo era.

–Ya basta. Lo que dices no tiene sentido. Yo creía que estabas enfadada porque Marina era tu jefa y te despedí delante de ella. Creí que estabas avergonzada y que por eso estabas tan callada.

–Yo no tengo nada de lo que avergonzarme –contestó Lauranne en actitud desafiante–. Yo no hice nada para que me despidieras, te equivocaste al hacerlo, y espero que te pese en la conciencia.

–Vamos a ir por partes. ¿Por qué crees que Marina es mi amante?

–Porque lo era entonces y esta noche parecías muy contento de volver a verla.

–Escúchame atentamente, Lauranne, porque no tengo costumbre de repetirme. Nunca he tenido una aventura con Marina –le dijo Zander agarrándola con fuerza del brazo.

–¿Cómo puedes decir eso? –contestó Lauranne mirándolo dolida–. Estaba en tu oficina. Desnuda.

–¿Cuándo? –preguntó Zander confundido–. ¿Cuándo viste a Marina desnuda en mi oficina?

–¡La noche en la que me encontraste con Tom! ¿Qué te creías que iba a hacer? ¿Creías que iba a comportarme como una esposa sumisa? –le espetó Lauranne zafándose de sus garras.

–Quiero que me cuentes exactamente qué ocurrió aquella noche –dijo Zander con la respiración acelerada–. Quiero saberlo todo.

Lauranne cerró los ojos y dejó escapar una lágrima.

–Ya fue horrible entonces, por favor, no me pidas que lo reviva.

—Necesito que me lo cuentes todo —insistió Zander.
Lauranne tomó aire.

—¿Quiere verme ahora? —había preguntado Lauranne dejando la lista de medios de comunicación que estaba confeccionando y sonriendo abiertamente.

—Parece ser que tu marido no puede estar separado de ti mucho tiempo —contestó Tom.

—Creía que estaba trabajando —contestó Lauranne poniéndose en pie.

—Desde hace dos meses, desde que conseguiste cazarlo, el jefe no piensa demasiado en el trabajo —comentó Tom con sarcasmo.

Lauranne frunció el ceño. Tom y ella eran muy amigos, pero algo en su relación había cambiado desde que se había casado con Zander.

—Bueno, voy a ir a ver qué quiere. Si alguien me necesita...

—Le diré que estás con el jefe —contestó Tom encaminándose al bar.

Mientras iba hacia el despacho de su marido, Lauranne pensó que tendría que hablar con su amigo seriamente más tarde porque estaba bebiendo demasiado últimamente.

Encantada de que no pudiera estar unas horas sin verla, se soltó el pelo porque sabía que a Zander le gustaba así y se encaminó hacia la habitación donde tenía su despacho.

Al llegar a la zona en la que normalmente estaban las secretarias, le extrañó ver que no había nadie.

Llamó a la puerta y entró. Al principio, creyó que tampoco había nadie allí, pero, entonces, la vio.

Marina vestía tan solo un albornoz, llevaba el pelo recogido y sonreía encantada.

–¿Marina? –exclamó Lauranne.

–Lauranne –contestó su jefa mirando hacia la puerta del baño.

En ese momento, Lauranne oyó el ruido del agua de la ducha y, acto seguido, la voz de Zander indicándole a Marina que dejara unos documentos sobre la mesa.

Lauranne sintió náuseas.

–¿Cómo has podido?

–No creerías que iba a ser solo para ti, ¿verdad? –sonrió su jefa–. En cuanto he querido, ha vuelto conmigo.

El agua dejó de correr y Lauranne se dio cuenta de que, en breves momentos, tendría que enfrentarse a Zander.

No podía hacerlo, así que salió corriendo por el pasillo, donde se encontró con Tom.

–Lauranne, ¿qué te pasa?

Lauranne temblaba tanto que Tom le pasó un brazo por los hombros.

–Vamos a mi habitación –le indicó.

Lauranne no podía ni pensar, así que lo siguió sin decir palabra.

Una vez en su habitación, no pudo parar de llorar en un buen rato, aferrada a él. De repente, Tom la llevó a la cama, se tumbó sobre ella y comenzó a darle besos que olían a whisky por el cuello.

Lauranne intentó quitárselo de encima, pero no pudo.

–Olvídate de él, Lauranne, no merece la pena.

–¡Tom!

–Eres preciosa y te deseo hace mucho tiempo. Lo sabes, ¿verdad?

No, no lo sabía y aquello no le estaba gustando nada.

En ese momento, se abrió la puerta y apareció Zander completamente furioso.

Al recordar su traición, Lauranne abrazó a Tom y lo besó.

***

Zander se quedó mirándola en silencio.

–¿Quién te dio el recado de que te quería ver? –le preguntó.

–Tom –contestó Lauranne.

Zander apretó los dientes.

–Quiero que me digas exactamente lo que me oíste decir desde la ducha.

–No sé, no me acuerdo.

–¡Haz memoria!

–Creo que… estabas diciendo algo de una lista de invitados –contestó Lauranne sin comprender por qué era importante aquel detalle–. Sí, le dijiste que la dejara sobre la mesa.

–¿Y luego qué pasó?

–Dejé de oír la ducha, miré a Marina y ella… sonrió. Obviamente, quería que os pillara juntos.

–Pero no estábamos juntos. ¡Yo estaba en la ducha y ella, en mi despacho!

–¿Y qué? ¡Estaba desnuda!

–¿De verdad?

–Lo sabes perfectamente.

–No, yo no sé nada. Recuerdo que aquella noche vino a mi despacho e intentó seducirme, como tantas otras veces. A mí aquello cada vez me ponía más y más violento. No me metí en la ducha hasta haberme asegurado de que estaba solo. Desde luego, no sabía que tú estuvieras allí.

Lauranne se quedó helada.

–¿Intentó seducirte?

–Deja que te cuente mi versión de aquella noche –suspiró Zander–. Cuando salí de la ducha, el despacho estaba vacío. Me estaba vistiendo cuando recibí una llamada de Marina diciéndome que te había visto muy afectada por algo en compañía de Tom. Por supuesto, fui a buscarte.

–¿Por supuesto? ¿Te importaba que estuviera mal?

–Claro –le aseguró Zander–. Aunque no sé para qué porque, cuando te encontré, estabas besando a Farrer.

–No sé qué le pasó aquella noche –recordó Lauranne–. Estaba medio borracho. Llevaba todo el día comportándose de manera extraña y, para rematarlo, se abalanzó sobre mí. Cuando te vi en la puerta, estaba tan dolida que quise demostrarte que no me importabas.

Zander se quedó mirándola a los ojos en silencio.

–Me parece que estoy empezando a comprender lo que sucedió. Besaste a Farrer para darme celos porque creías que te había traicionado con Marina. ¿Te das cuenta de lo arriesgado de tu acción? ¡Podría haberlo matado por estar contigo!

–Le pusiste un ojo morado y le partiste la nariz –recordó Lauranne–. En cualquier caso, no estaba con él.

–Pero eso era lo que querías que creyera y yo lo creí –contestó Zander paseándose por el salón de la villa–. Si no hubiéramos sido tan cabezotas, no habríamos explotado de manera tan bestial.

–Nos manipularon, Zander –contestó Lauranne–. A los dos. Y, para colmo, me despediste. Me dijiste: «Vete de aquí, no quiero volver a verte nunca».

–Admito que me equivoqué... pero es que verte en la cama con otro hombre... estaba celoso.

–Yo también.

–Sin embargo, en realidad, ninguno de los dos teníamos razones para estarlo. Si en vez de enfadarnos, hubiéramos hablado, todo habría quedado claro. ¿Por qué no me preguntaste por Marina?

–Porque, al encontrarla desnuda en tu despacho, di por hecho que estabas con ella.

—¿Tan poca confianza tenías en mí?

—Supongo que sí.

—¿Por qué?

Lauranne tragó saliva.

—Supongo que porque, en el fondo, no me podía creer la suerte que había tenido. Las mujeres de medio mundo corrían detrás de ti y tú me habías elegido a mí. Esperaba que sucediera algo así, pero me pilló de sorpresa. Era demasiado pronto…

—¿Qué quieres decir?

—Sabía que no eras un hombre de compromisos a largo plazo. No lo eras entonces y no lo eres ahora. Las mujeres te asediaban. Con tantas tentaciones a tu alrededor, yo tenía asumido que, tarde o temprano, te irías con una de ellas.

—¿Y te casaste conmigo a pesar de todo?

Lauranne apartó la mirada.

—Fue un arrebato…

—Así que pensaste lo peor de mí.

—Exactamente igual que tú de mí.

Zander se pasó los dedos por el pelo.

—El problema es que somos los dos muy cabezotas. Tú no querías que me enterara de que te había hecho sufrir y yo estaba demasiado celoso como para hablar contigo y preguntarte qué estaba sucediendo.

—¿De verdad no tenías una aventura con Marina?

—No –contestó Zander yendo hacia ella y tomándola de las manos.

—Madre mía... –suspiró Lauranne cerrando los ojos.

¿Qué habían hecho?

—Marina quería romper nuestro matrimonio –le dijo Zander acariciándole el pelo.

—Ahora entiendo todo.

—Estaba enamorada de mí y tu repentina aparición en mi vida debió de llenarla de rabia. Tú eras joven, inteligente, impresionantemente guapa y yo estaba completamente cautivado por ti. Todo el mundo sabía que me había entregado a ti por completo.

Lauranne lo miró anonadada.

–En los dos meses que llevaba contigo, no me podía concentrar en el trabajo –le explicó Zander–. Mis empleados estaban alucinados.

–Entonces, ¿tú crees que Marina...?

–Intentó deshacerse de ti de la única manera que se le ocurrió. Sabía que yo no soportaría encontrarte con otro hombre.

–¿Y cómo supo que iba a refugiarme en brazos de Tom?

–Porque erais muy amigos.

–Ahora me doy cuenta de que yo también actué con demasiadas prisas –dijo Lauranne besándole la boca.

–No tenemos que dejarnos llevar por los arrebatos, tenemos que pensar las cosas con tranquilidad –dijo Zander tomándola en brazos y conduciéndola al dormitorio.

–¿Qué haces?

–Esta vez, quiero hacerte el amor en la cama –sonrió Zander–. El suelo de mármol nos va a matar.

Y aquella vez le hizo el amor con tanta ternura que a Lauranne se escaparon las lágrimas.

–No llores –le dijo Zander abrazándola hasta que se durmió.

Cuando se aseguró de que estaba dormida, Zander salió a la terraza y se quedó mirándola.

De repente, sintió algo que no había sentido jamás.

Culpa.

Se sentía culpable porque Lauranne no tenía entonces más que veintiún años y él la había machacado personal y profesionalmente.

Jamás había tratado a una persona con tan poca compasión. No había ido a hablar con ella, no había pedido explicaciones porque había dado por hecho que Lauranne era como todas las mujeres que había conocido en su vida, infieles y codiciosas.

Zander se preguntó por qué la había echado de su lado con tantas prisas.

Tras mirarla durante un rato, comprendió por qué lo había hecho. Por primera vez en su vida, había visto amenazado su bienestar emocional.

Por primera vez en su vida, una mujer le importaba de verdad.

Por primera vez en su vida, se había enamorado.

Zander cerró los ojos y aceptó la verdad.

Se había casado con ella por amor.

Y por amor jamás había querido divorciarse de ella.

El amor había alimentado los celos que había sentido cuando la había encontrado con Farrer.

Ahora entendía por qué Lauranne se había negado a trabajar para él la segunda vez. La primera debía de haberla dejado tan traumatizada que no quería repetir la experiencia.

Zander pensó que, de haber podido elegir, desde luego, no habría ido con él a la isla, pero él la había obligado con su chantaje.

Entonces, decidió enfrentarse al reto más importante de su vida: convencerla de que no se divorciara de él.

A la mañana siguiente, desayunaron en la terraza.

Lauranne pensó que Zander estaba más tenso de lo normal, pero lo achacó a la reunión que se iba a celebrar para tratar la compraventa de la isla.

Mientras se tomaba una tostada, recordó lo cariñoso que

había sido la noche anterior con ella, pero se dijo que aquello no significaba nada.

–¿Por qué sigues trabajando con Tom? –le preguntó de repente.

Lauranne se encogió de hombros.

–La empresa es de los dos –contestó–. Nunca se me ha ocurrido irme. Obviamente, no tenía dinero, así que él lo puso todo...

–Ah, sí... el dinero –dijo Zander echándose hacia atrás en la silla–. ¿Por qué te casaste conmigo, Lauranne?

Lauranne lo miró en silencio, preguntándose si se habría dado cuenta de lo mucho que lo amaba.

Consiguiendo sonreír de manera casual, se encogió de hombros.

–Supongo que, tal y como tú dijiste, porque el sexo entre nosotros era maravilloso y por tener una tarjeta de crédito sin límite –contestó–. ¿Qué más podía pedir una chica de mi edad?

–Eso me pregunto yo –contestó Zander–. Jamás utilizaste mi tarjeta de crédito. No gastaste absolutamente nada de mi dinero.

–No tuve tiempo –se justificó Lauranne.

–Otras mujeres se gastan una fortuna en menos tiempo del que tú necesitas para lavarte los dientes.

–Yo no soy como otras mujeres.

–No hace falta que me lo recuerdes.

–Mira, los dos sabemos que nuestro matrimonio fue un error y cuando esto termine...

–¿Por qué fue un error?

¿Por qué?

Obviamente, porque no la quería.

–Lo único que había entre nosotros, Zander, era sexo, y con eso no se puede construir un matrimonio.

Para ella, su relación había sido verdadera, algo que sabía que jamás encontraría con otro hombre, pero para él solamente había sido sexo.

–No era solo sexo. Es cierto que me excitas más que cualquier otra mujer, pero también me gusta todo lo demás. Eres divertida, inteligente e interesante.

–Eso lo dices porque soy la única persona del mundo que se atreve a decirte que no.

Zander se rio.

–Mucha gente se atreve a decirme que no, Anni. No soy tan malo como tú crees –sonrió.

–No creo que seas una mala persona –le aseguró Lauranne mirándolo a los ojos.

–No me mires así, que he quedado con Kouropoulos dentro de menos de media hora. Quiero que vengas conmigo.

–Pero Marina…

–¿No me digas que te da miedo? A mí no dudas en ponerme en mi lugar cuando te saco de tus casillas. ¿Por qué no haces lo mismo con ella?

–Porque no tengo pruebas de lo que hizo.

–Entonces, hagámosla confesar.

–¿Cómo?

–Ya se me ocurrirá algo.

–Ten cuidado, Zander, va detrás de ti.

–Sí, pero yo ya estoy ocupado.

Lauranne se dijo que no debía hacerse ilusiones, que Zander le había pedido que lo acompañara a la isla única y exclusivamente para convencer a Kouropoulos de que estaban perdidamente enamorados.

Nada de aquello era real, pero recordó la promesa que Zander le había hecho a su abuela y decidió ayudarlo.

–Vamos por ellos.

Capítulo 9

Mientras Theo Kouropoulos estudiaba los documentos que tenía ante sí, Lauranne se quedó mirando fijamente a la mesa.

Estaba aterrorizada porque no estaba acostumbrada a aquellos juegos tan elaborados. Sabía que Zander deseaba desesperadamente hacerse con la isla, pero nada en su lenguaje corporal lo revelaba.

–Quieres cerrar el complejo turístico –comentó Kouropoulos.

–Efectivamente –contestó Zander.

–Es cierto que no va todo lo bien que tendría que ir, pero con una pequeña inversión...

–No me interesa el complejo turístico. Quiero la isla para algo completamente diferente.

–¿Para qué? –quiso saber Kouropoulos.

–Por razones personales –contestó Zander en inglés pasándose a continuación al griego.

Durante unos minutos, Kouropoulos y él hablaron en griego sin que Marina y Lauranne comprendieran una sola palabra de la conversación.

De repente, Kouropoulos la miró con una gran sonrisa.

Confundida, Lauranne miró a Zander.

–Le estaba contando a Theo nuestros planes –le dijo él.

¿Sus planes?

—A millones de mujeres se les va a romper el corazón, Lauranne —comentó Kouropoulos chasqueando la lengua—. Reconozco que estaba empezando a perder las esperanzas de que Zander arreglara su matrimonio.

¿Cómo?

Lauranne volvió a mirar a Zander en busca de respuestas.

—Le estaba contando a Theo que no nos vamos a divorciar —dijo Zander mirándola a los ojos—. Jamás. Le he dicho que quiero esta isla para mi esposa y para nuestros hijos.

Lauranne lo miró sorprendida, pero consiguió disimular. Durante unos segundos, se permitió el lujo de creer que era verdad.

Cuando recordó lo mucho que Zander deseaba comprar la isla, se dio cuenta de que por supuesto no lo había dicho en serio.

—Creí que no viviría para ver este día —comentó Kouropoulos.

—Yo también, pero eso fue antes de darme cuenta de que estaba enamorado.

—Si no os vais a divorciar, ¿por qué no lleva Lauranne la alianza? —quiso saber Marina.

—Porque se la están ajustando —sonrió Zander—, pero nunca más se la va a quitar —añadió mirando a Marina con frialdad.

Marina palideció al comprender el mensaje.

—No dejes que te engañen, Theo. Llevan cinco años separados. Todo esto es una farsa para que les vendas la isla.

—Nuestra historia no es una farsa —les aseguró Lauranne—. Soy la mujer más afortunada del mundo.

Zander la miró complacido y la agarró de la mano.

—Es cierto que nuestra relación ha sido tempestuosa —admitió—, pero eso es parte del encanto. Sin embargo, hemos pasado demasiado tiempo peleándonos.

Lauranne sintió que el corazón le daba un vuelco.

Si no hubiera sabido que no era verdad, habría jurado que Zander estaba hablando en serio.

—En cuanto tenga la isla, se deshará de ti —le advirtió Marina.

—Jamás me separaré de Lauranne —le aseguró Zander con un brillo especial en los ojos—. Entonces, ¿me vendes la isla? —le preguntó a Kouropoulos.

—Sí, a tu padre le hubiera encantado.

Ante aquellas palabras, Zander se tensó.

—Mi abogado llegará en unas horas para hablar con los tuyos.

Kouropoulos asintió poniéndose en pie y estrechándole la mano.

—Espero que os quedéis unos días más.

—Sí, quedaos —les dijo Marina—. Sería una pena que os fuerais cuando las cosas se están poniendo interesantes.

Lauranne no se fiaba de aquella mujer lo más mínimo. ¿Por qué querría que se quedaran?

Mientras salían de la villa de Kouropoulos, Lauranne se dijo que iban a tener que tener cuidado con Marina porque sabía por experiencia que, cuando estaba celosa, y en aquel momento lo estaba y mucho, podía resultar peligrosa.

Aquella tarde, mientras Zander ultimaba la venta con Kouropoulos, Lauranne se quedó en la piscina de su villa.

—No me lo digas. Te ha vuelto a dejar y estás intentando ahogarte —dijo una voz mientras nadaba.

Al mirar, vio que era Tom.

—¿Qué haces aquí? —le preguntó saliendo del agua, secándose y abrazándolo.

¿Cómo había sabido dónde estaba?

—Sí, eso, Farrer, cuéntanos qué haces aquí –dijo Zander apareciendo de pronto.

—Estaba preocupado por Lauranne y quería ver qué tal estaba.

—Pues ahora que la has visto, ya puedes irte por donde has venido –le espetó Zander furioso.

Entonces, Lauranne vio a Marina, que sonreía muy satisfecha en compañía de su jefe.

De repente, comprendió cómo había sabido Tom dónde estaba y por qué había ido a buscarla.

—No hacía falta que vinieras, Tom –le dijo girándose hacia él–. De verdad, estoy bien. Es mejor que te vayas.

Había sido Marina. Sabía que la presencia de Tom allí era lo único que podía sacar a Zander de sus casillas.

—No pienso irme sin ti, Lauranne –contestó Tom–. Sé que solo has venido para ayudarlo a cerrar la compra de la isla y creo que ya has hecho bastante por él.

—Tom, por favor.

—No pienso dejar que le vuelvas a hacer daño –insistió Tom mirando a Zander–. Está tan enamorada de ti que hace locuras por ti. Cuando estás cerca de ella, se vuelve loca.

—Tom... –gimió Lauranne.

—Cuando la abandonaste, se quedó tan hecha polvo que tenía que ir todas las mañanas a su casa a sacarla de la cama para que viniera a trabajar. Fui yo el que estuvo a su lado.

—Lo sé –contestó Zander.

—No pienso dejar que la vuelvas a hacer daño –le advirtió Tom dando un paso hacia él con los puños apretados–. Si quieres la isla, consíguela sin fingir que estáis juntos.

Kouropoulos frunció el ceño y miró a Zander.

—Así que Marina tenía razón. Todo esto de la reconciliación era mentira, era una farsa para convencerme de que te vendiera la isla –lo acusó–. Volakis, no vendo.

Pero Zander ni siquiera lo miró. Sus ojos estaban fijos en Lauranne y en sus labios había una sonrisa que ella no alcanzó a interpretar.

A continuación, sin decir una sola palabra, se giró y se metió en la casa.

—Desde luego, qué pena —comentó Marina.

Aquello hizo que Lauranne perdiera la compostura.

—¿Cómo te has atrevido? ¿Te das cuenta de lo que has hecho? —le espetó furiosa.

Lauranne dio un paso atrás.

—Yo no he hecho nada —se defendió—. Todo ha sido culpa de Zander y tuya por querer engañarnos y no haber parado de mentir desde que habéis puesto un pie aquí.

—Yo no he engañado a nadie. Estoy enamorada de Zander y siempre lo he estado. Nuestro matrimonio se acabó hace cinco años por tu culpa y ahora lo has vuelto a estropear todo —la acusó.

—No sé de qué me hablas.

—Claro que lo sabes, pero ya da igual. Ahora, lo único que importa es que has impedido que Zander cumpliera su promesa. Zander no quiere comprar esta isla para hacer dinero, sino porque se lo prometió a su abuela cuando era un niño.

—¿Tú lo sabías? —le preguntó Kouropoulos.

—Sí —contestó Lauranne—. Le costó mucho decírmelo porque no confía en las mujeres por culpa de mujeres como ella —añadió mirando a Marina—. Eres una serpiente.

—Parece que lo defiendes con el corazón —dijo Kouropoulos.

—Haría cualquier cosa por él —admitió Lauranne.

—¿Tanto lo quieres?

—Sí, lo único que quiero es verlo feliz —contestó Lauranne mirando a Tom—. Ya sé que crees que estoy loca...

—No puedes evitarlo —le dijo su amigo pasándole el brazo por los hombros–. Ya has hecho suficiente, haz las maletas y vámonos de aquí.

Lauranne sintió unas ganas terribles de llorar, pero se controló.

Ahora que la venta no se iba a realizar, era obvio que Zander ya no la necesitaba, así que lo mejor que podía hacer era volver a Inglaterra con Tom.

El hecho de que Zander se hubiera ido sin decirle nada hablaba por sí solo.

No la quería a su lado.

–No hay vuelos hasta esta noche –le dijo Kouropoulos a Tom–, así que vente a casa con nosotros mientras Lauranne hace el equipaje y... lo que tenga que hacer.

¿A qué se refería?

No había nada que pudiera hacer excepto volver a casa.

Capítulo 10

Tras hacer las maletas, Lauranne decidió que no quería reunirse con los demás en casa de Kouropoulos, así que tomó el sendero de la playa y fue hacia la cala azul donde vivía la abuela de Zander.

No tenía ni idea de dónde estaba Zander. Estaba enfadada con él por haberse ido sin decir nada.

Lauranne supuso que Zander había dado por hecho que entre Tom y ella había algo. ¿Cómo podía estar tan ciego?

Le entraron unas terribles ganas de llorar, pero no lo hizo porque se dijo que no merecía la pena llorar por Zander Volakis.

Era un hombre egoísta, patológicamente celoso y... ¡lo querría tanto!

Todo había salido mal por culpa de Marina.

Otra vez.

Al ver una silueta conocida, se quedó helada.

–Si vuelves a abrazar a Farrer estando medio desnuda, no respondo de mis actos.

Lauranne se giró hacia él con lágrimas en los ojos.

–Te has ido y me has dejado allí sola.

–Me he ido porque estaba enfadado y no me fiaba de mí mismo.

–¿Por qué cuando estás conmigo no utilizas el cerebro?

¡Todo ha sido urdido por Marina! Desde el mismo momento en el que dijiste que no nos íbamos a divorciar, ha estado tramando algo y tú lo sabías.

–Sí, lo sabía.

–Entonces, ¿por qué estás enfadado?

–Porque te he vuelto a encontrar en brazos de Tom.

–Dios mío, Zander, es mi amigo.

–No me lo recuerdes –dijo Zander pasándose los dedos por el pelo–. ¿Cómo te crees que me siento sabiendo que fue él quien te consoló después de que yo te hubiera destrozado?

–Zander...

–¿Y cómo te crees que me siento ahora sabiendo que ha venido a recoger de nuevo los pedacitos?

–Tom ha venido porque Marina lo ha llamado. Ella sabía que su presencia aquí causaría problemas y así ha sido –le explicó Lauranne–. Siento mucho lo de la isla –añadió con tristeza.

–La isla me importa un bledo –le aseguró Zander mirándola a los ojos.

–Pero querías comprarla con toda tu alma...

–Eso creía yo, pero he descubierto que hay algo que deseo mucho más.

Lauranne se quedó mirándolo fijamente, incapaz de hablar.

–Cuando vi a Farrer, sentí miedo de que te fueras con él –le explicó Zander yendo hacia ella.

–¿Tuviste miedo?

–Probablemente, ha sido la primera vez en mi vida, pero sí –confesó Zander–. Él siempre ha estado a tu lado mientras que yo... yo no he hecho más que hacerte la vida imposible. Te he tratado muy mal, *agape mou*, y te pido perdón por ello.

¿Zander le estaba pidiendo perdón? Lauranne no se lo podía creer.

—Todo eso que dijo Farrer de que me quieres tanto que estarías dispuesta a hacer cualquier cosa por mí... ¿es verdad?

Lauranne asintió.

—Me alegro porque lo que más deseo en el mundo es que me perdones —dijo Zander tomándola entre sus brazos—. Quiero que me perdones por haberte hecho daño, por no confiar en ti y por aparecer en tu vida y chantajearte.

—Me alegro de que me chantajearas —sonrió Lauranne—. Si no lo hubieras hecho, ahora mismo no estaríamos aquí, sino divorciándonos.

—Jamás te hubiera concedido el divorcio —dijo Zander.

Por fin, Lauranne reunió valor para preguntarle lo que más deseaba saber.

—¿Por qué?

—Porque te quiero —contestó Zander—. Porque te quiero —repitió con una gran sonrisa—. Es la primera vez que le digo estas palabras a alguien.

—¿Estás seguro?

—Completamente seguro. Creo que siempre te he querido, pero no me había dado cuenta. Tal vez, no quería verlo. Hace cinco años, me daba miedo lo que sentía por ti. Supongo que por eso te aparté de mi vida con tanta rapidez.

De repente, a Lauranne le entraron ganas de reír.

—¿Por qué me has traído aquí contigo?

—Porque quería tenerte vigilada y no quería dejarte con Farrer —contestó Zander—. Mi instinto me decía que era arriesgado desde el punto de vista empresarial, pero decidí hacerlo de todas maneras.

—¿Por qué era arriesgado?

—Porque estabas furiosa conmigo y podrías entorpecer la venta. Mi abogado se quedó verde cuando le dije que te venías conmigo.

—Desde que me contaste que querías comprar la isla porque

se lo habías prometido a tu abuela, solo he querido ayudarte a conseguirla. Te aseguro que jamás habría sido un obstáculo.

—Lo sé. Eres una persona buena y generosa y yo te he tratado muy mal.

—Confieso que yo no tendría que haber intentando ponerte celoso.

—Conseguirlo te tendría que haber hecho comprender que estaba enamorado de ti —sonrió Zander—. En cualquier caso, Farrer tiene razón. Soy un canalla egoísta y probablemente lo mejor que podrías hacer es alejarte de mí. Sin embargo, yo no soy tan generoso como tú. Lo siento, pero no te voy a conceder el divorcio. Eres mía y quiero pasar el resto de mi vida recompensándote por haberme portado tan mal contigo.

Lauranne sintió que el corazón le daba un vuelco, pero no pudo evitar desafiarlo.

—¿Y si yo quiero divorciarme?

—No quieres —contestó Zander abrazándola.

—¿Cómo está usted tan seguro, señor Volakis?

—Porque sé por qué te casaste conmigo en realidad hace cinco años. De haber sido por dinero, te habrías gastado algo, pero no gastaste absolutamente nada.

—Lo único que yo quería de ti no estaba en venta. Quería que me quisieras.

—Y te quería, pero, entonces, me cegaron los celos. Ahora lo veo claro. Tendríamos que haber hablado y haber aclarado la situación. Lo cierto es que fuiste la primera mujer en mi vida que me hizo pensar en el amor y estaba aterrorizado.

Lauranne alargó la mano y le acarició la cara.

—Tu padre tuvo mala suerte, Zander.

—Sí, no como yo, que soy un hombre muy afortunado —contestó Zander mirándola a los ojos.

—¿Y qué hacemos ahora? —preguntó Lauranne pasándole los brazos por el cuello.

–¿Qué te parece si te quedas a mi lado para toda la vida?

Emocionada, Lauranne lo besó.

–Me parece la mejor idea del mundo –contestó–. ¿Cuándo te diste cuenta de que estabas enamorado de mí?

–Cuando me sorprendí a mí mismo contándote cosas de mi vida personal que no le había contado a nadie nunca.

Lauranne sonrió encantada.

–Eres una gran distracción, ¿sabes? –sonrió Zander–. No puedo estar cinco minutos sin ti. No sé qué va a ser de mis empresas. A lo mejor, me arruino –rio–. Cuando le he contado a Kouropoulos que quería seguir casado contigo, no lo tenía premeditado, me ha salido así. Supongo que te lo he dicho delante de los demás porque me daba miedo decírtelo a solas por si me decías que no.

–Lo que es una pena es que te hayas ido así porque, tal vez, si te hubieras quedado, Kouropoulos se habría dado cuenta de que me quieres de verdad y te habría vendido la isla.

–Efectivamente –comentó Kouropoulos a sus espaldas–. Entonces, ¿este matrimonio es de verdad o no? –añadió divertido.

Zander miró a Lauranne a los ojos.

–Es de verdad –contestó–. Completamente de verdad –añadió besándola.

–En ese caso, la isla es tuya –dijo Kouropoulos.

–¿De verdad? –sonrió Lauranne encantada.

–De verdad –contestó Kouropoulos mirando Zander–. Sabía lo de la promesa que le habías hecho a tu abuela y sabía que no podrías cumplirla durante los primeros años porque estabas montando tu empresa, así que esperé porque yo también había hecho una promesa. Le prometí a tu padre que solamente te la vendería a ti.

Zander lo miró sorprendido.

–¿Hablaste con mi padre de este tema?

Kouropoulos se encogió de hombros.

—Tu padre quería que la isla volviera a la familia y tenía fe en ti, sabía que tú te harías cargo de la empresa y que la convertirías en un imperio del que él habría estado orgulloso.

—¿Pero por qué me pusiste como requisito para vendérmela que cambiara de imagen?

—Porque tu padre se sentía muy culpable, creía que por su culpa no confiabas en las mujeres. Él lo único que quería era verte enamorado —sonrió Kouropoulos—. Si te viera ahora, estaría feliz. La isla es tuya, Volakis. Bienvenido a casa, Zander —concluyó girándose y alejándose por la playa.

—¿Qué vas a hacer con la isla? —quiso saber Lauranne.

—Exactamente lo que le he dicho a Kouropoulos —sonrió Zander—. La quiero para mi esposa y para los numerosos hijos que vamos a tener, *agape mou*.

Exactamente un año después, Tom fue invitado a la inauguración de la casa de Lauranne y Zander.

—Veo que te trata bien —le comentó su amigo.

—Me trata de maravilla —contestó Lauranne sinceramente.

—Por fin, se está comportando. Lo reconozco. Parece que has domado a la fiera. Ahora, al menos, me deja hablar contigo a solas.

—Si antes lo dices... —sonrió Lauranne—. Aquí viene.

Tom se tensó, pero Zander sonrió y le estrechó la mano.

Los dos hombres hablaron durante un rato y, luego, Tom se mezcló con los demás invitados y los dejó a solas.

—Gracias por invitarlo —le dijo Lauranne a su marido—. Cada día te controlas más.

—Siempre y cuando no te toque, no hay ningún problema —contestó Zander besándola.

—¿Cuántos dormitorios tenemos al final? —preguntó de repente Lauranne.

Zander la miró sorprendido, recordando las innumerables conversaciones que habían tenido con el equipo de arquitectos que había construido la mansión.

–¿Lo preguntas en serio?

–Lo pregunto porque vamos a necesitar otra –contestó Lauranne con inocencia.

–¿Para qué?

Lauranne sonrió.

–Eres un hombre muy inteligente para los negocios, pero, a veces, para otras cosas eres un poco lento –le dijo tomándole la mano y colocándosela en su tripa–. Vamos a tener un hijo.

–¿Un hijo?

–Sí, y va a nacer en la isla, exactamente igual que tu abuela –sonrió Lauranne mirándolo con adoración–. ¿Estás contento?

–¿Contento? –sonrió Zander–. Estoy feliz –añadió tomándola en brazos y dirigiéndose a la playa.

–Zander, los invitados –le recordó Lauranne.

–Estarán perfectamente bien atendidos –le aseguró su marido llevándosela en la oscuridad.

–Desde luego, qué bien se te da hacer siempre lo que te viene en gana, ¿eh? Aunque, ahora que lo pienso, se me ocurre algo que se te da todavía mejor.

–¿Ah, sí? –sonrió Zander mirándola con deseo–. ¿Y te importaría decirme qué es?

–Será un placer –contestó Lauranne besándolo–. Un auténtico placer.

ESCLAVOS DE LA PASIÓN

SARAH MORGAN

Capítulo 1

No iba a morir.

Rico Crisanti, el multimillonario presidente de Crisanti Corporation, miró con el ceño fruncido por la ventana que separaba la unidad de cuidados intensivos de la habitación reservada para los familiares, sin prestar atención a las miradas soñadoras que le dispensaban las enfermeras. Estaba acostumbrado a que las mujeres lo miraran. Las mujeres siempre estaban mirando. A veces, se daba cuenta, y otras no.

Hoy era uno de esos momentos.

Su mirada estaba fija en el cuerpo inmóvil de la chica que descansaba en la cama, rodeada de médicos e instrumentos de alta tecnología.

Estaba de pie, el cuerpo en tensión, con las mangas de la camisa de seda enrolladas a mitad de unos brazos que dejaban al descubierto una lustrosa piel dorada; la mandíbula, igualmente tensa, dejaba ver los puntos oscuros de la barba incipiente. Parecía más un bandido que un magnate.

Para un hombre enérgico como Rico, acostumbrado a controlar y dirigir, un hombre acostumbrado a la acción, el hecho de tener que estar allí esperando se le antojaba la peor de las torturas.

Esperar no era su fuerte. Quería soluciones rápidas, pero por primera vez en su vida se daba cuenta de que había cosas que escapaban a su control. Algo que el dinero no podía comprar: la vida de su hermana adolescente.

Rico lanzó un juramento entre dientes, y tuvo que contenerse para no golpear el cristal con el puño. Llevaba yendo al hospital durante dos semanas y nunca antes se había sentido tan impotente para solventar un problema. Sin atender a los sollozos silenciosos de su madre, abuela, tía y dos primas, miró con frustración la figura inmóvil como si la sola fuerza de su personalidad bastara para sacarla de su estado inconsciente.

Tenía que haber algo que él pudiera hacer. Era el hombre que siempre tenía una solución para todo y que nunca se rendía.

Trató de pensar con claridad, pero se había dado cuenta últimamente de que la falta de sueño, el dolor y la preocupación no eran la mejor combinación para optimizar el funcionamiento de la mente. El miedo le había provocado una parálisis que cada vez resultaba más difícil vencer.

Inspiró profundamente y se pasó la mano por la nuca al tiempo que apretaba la mandíbula y escuchaba un nuevo sollozo de su madre. El sonido fue como si una hoja afilada le cortara el corazón. La expectación de su familia era como una losa sobre él y, por primera vez en su vida, era consciente de que no podía hacer nada.

Había hecho ir hasta allí a uno de los mejores neurocirujanos del mundo para que operara a Chiara del coágulo que oprimía su cerebro. Tras la operación, podía respirar por sí misma, pero aún no había recuperado la conciencia. Su vida pendía de un hilo y nadie podía predecir el resultado.

La vida o la muerte.

Y si era lo primero, ¿quedaría paralítica o recuperaría todas las facultades que tenía antes de la caída del caballo? Nadie podía contestarle a esa pregunta.

Volvió a proferir un juramento y se pasó los dedos por el pelo. A Rico le resultaba muy difícil estar allí sin hacer nada, esperando. Había visto cómo el rostro de su madre se iba marchitando, enfrentándose a la posibilidad de perder a su única hija.

Pero entonces, su propia impotencia se mofó de él y de no ser porque hacía días que había perdido toda gana de reír, se habría reído de su arrogancia. ¿Realmente había llegado a creer que podía controlar el destino?

La promesa que le había hecho a su padre de que cuidaría de su familia se le antojaba vacía y sin sentido de pronto. ¿De qué servía que hubiera levantado un sólido imperio de la nada tan solo a fuerza de determinación? En algún momento había llegado a pensar que no había nada que no pudiera controlar, nada que no pudiera lograr si ponía el alma en ello, y había sido necesario ese terrible accidente para recordarle que las riquezas no podían proteger al hombre de la mano del destino.

Llevado por la tremenda frustración de no poder hacer nada, se desabrochó otro botón de la camisa de seda con dedos impacientes y caminó de un lado a otro de la sala aunque sus grandes zancadas no parecían encontrar alivio en el reducido espacio. La emoción, sentimiento tan desconocido como desagradable, le encogió la garganta por primera vez desde que, siendo niño, sintió el pinchazo de las lágrimas en su normalmente fría actitud.

Maldiciendo su debilidad, cerró los ojos y se frotó el puente de la nariz con los largos dedos como si acariciando ese punto pudiera controlar el dolor que iba aumentando en su interior.

No sería de gran ayuda para nadie si se venía abajo.

Toda la familia estaba al límite, agarrándose al delgado hilo de la esperanza que los doctores les daban. Normalmente, era su fuerza lo que los mantenía. La roca en la que se apoyaban. Si se derrumbaba y cedía a la tentación de llorar como un niño, la moral de los demás miembros de la familia se desintegraría. El juego de la esperanza terminaría.

Así que, en vez de eso, se limitó a mirar en silencio el magullado e inmóvil cuerpo de su hermana, deseando poder despertarla, así lo encontró el médico.

Ignorando la respuesta inmediata de su equipo de seguridad ante la intrusión, Rico fijó su atención en el médico, consciente, a juzgar por su actitud, de que tenía noticias. Y, de pronto, sintió miedo de preguntar.

–¿Algún cambio? –dijo con voz áspera por la preocupación, la falta de sueño y algo peor: el miedo a escuchar malas noticias–. ¿Ha habido algún cambio?

–Alguno, sí –dijo el médico aclarándose la garganta, visiblemente intimidado por el estatus del hombre que tenía delante–. Sus constantes vitales han mejorado y ha recuperado la conciencia ligeramente –dijo el médico en voz baja–. Ha hablado.

–¿Ha hablado? –repitió Rico mientras el alivio lo invadía–. ¿Ha dicho algo?

El médico asintió.

–Costaba trabajo entender lo que decía, pero una de las enfermeras creyó escuchar un nombre –el hombre pareció dudar antes de proseguir–. Stasia. ¿Le dice algo el nombre?

–¿Stasia?

Rico quedó paralizado mientras su madre lanzaba un gemido de horror y su abuela aullaba de dolor. Rico apretó los dientes y trató de cerrar su mente al sonido.

Habría dado lo que fuera por mantener a su familia lejos de su vida marital, pero sabía que en aquel momento no podía hacer nada al respecto. Tenían que estar todos unidos con Chiara. Ya era bastante que la exhibición histérica de sus emociones le estuviera complicando las cosas.

Y ahora que el nombre de Stasia había salido a la luz, la situación comenzaría a deteriorarse rápidamente. El mero sonido del nombre bastaba para detonar la bomba en su familia. Y en cuanto a sus sentimientos...

–Sea quien sea, ¿podría hacer que venga al hospital? –preguntó el médico tras aclararse la garganta.

Ignorando la negación de su madre, Rico se obligó a centrarse en lo que realmente importaba: la recuperación de su hermana. De alguna forma logró encontrar las palabras.

–¿Servirá de algo?

–Podría ser –contestó el médico encogiéndose de hombros–. Es difícil decirlo, pero merece la pena intentarlo. ¿Se la puede contactar?

«No sin un sacrificio emocional considerable».

Su madre se puso en pie, el rostro demacrado por el dolor y la rabia.

–¡No! ¡No dejaré que se acerque! Ella...

–¡Ya basta! –exclamó Rico consciente del gesto curioso presente en el equipo médico que se encargaba de su hermana e hizo callar a su madre con una mirada de sus inusualmente expresivos ojos negros.

Qué irónico resultaba en aquel momento, pensaba Rico, cuando su relación estaba a punto de cortarse para siempre. Hasta el momento había pensado que ninguna circunstancia podría hacer que tuviera que volver a ver a su esposa. Durante los últimos meses había tenido un equipo de abogados trabajando horas extra para redactar un acuerdo de divorcio que le pareciera justo. Rico quería volver a casarse, esta vez con una amable y dócil chica italiana que comprendiera lo que significaba ser la esposa de un hombre italiano tradicional.

No con una inglesa pelirroja que era todo pasión y brío, pero no tenía ni una brizna de docilidad en todo su cuerpo.

Reprimió el aliento al imaginar a Stasia, la bella y salvaje Stasia, pero no pudo impedir que su cuerpo respondiera al deseo sexual que el recuerdo le producía. Había pasado un año de su último encuentro y, a pesar de lo desagradable que había sido, su cuerpo seguía deseándola con desesperación casi indecente. «Y no confiaba en que pudiera volver a verla». Su juicio se veía afectado por aquella mujer hasta un punto que le resultaba difícil admitir.

A pesar de todo lo que había hecho, Stasia era tan adictiva como una droga y volver a verla no sería muy sensato. Durante el último año, había aprendido a odiarla, a verla como lo que realmente era.

Un error.

Rico se acercó hasta la ventana y observó a su hermana en silencio con una ominosa expresión en su bello rostro mientras repasaba sus opciones. No eran demasiadas. Llegó a la desagradable conclusión de que sus necesidades y deseos eran secundarios frente a la posibilidad de recuperación de su hermana, y no le quedó más remedio que aceptar que tendría que volver a ver a Stasia.

Tenía toda la intención de terminar con el fiasco de su matrimonio a través de los abogados y no había razón para pensar que tuviera que ser de otra manera. Aquello era una situación especial, pero después cada uno seguiría su camino.

Sonrió con expresión lúgubre, consciente de que a Stasia no le pasaría desapercibido lo irónico de la situación. La deslumbrante y poco convencional Stasia. La mujer que nunca se había amoldado a lo que su familia y él esperaban de la perfecta mujer siciliana. Rico se lo había dado todo. Había hecho todo lo que un marido debía hacer y, aun así, parecía haber sido insuficiente.

El médico se aclaró la garganta discretamente y Rico volvió en sí, tomando la única decisión que podía tomar.

—Haré que venga —dijo finalmente volviéndose hacia Gio, su jefe de seguridad—. Ponte en contacto con ella y encárgate del avión inmediatamente.

No le pasó inadvertida la mirada extrañada del hombre a quien conocía desde su niñez, ni tampoco el grito ahogado de su madre, y apretó los dientes mientras se esforzaba por aceptar el hecho de que se disponía a hacer lo que se había jurado no volver a hacer: ver a Stasia cara a cara.

En ese mismo instante se juró que algún día conseguiría superarlo, un día no lejano sería capaz de pensar en ella sin que su cuerpo se excitara, y cuanto antes llegara ese día, mejor.

Anastasia dio los últimos toques al cuadro que estaba pintando y retrocedió unos pasos para observar el resultado. Asintió con satisfacción ante lo que vio.

Por fin estaba terminado.

Mark se alegraría.

Tras un último vistazo al lienzo, limpió el pincel y salió del estudio en dirección a la cocina. Encendió la tetera y se dispuso a revisar la pila de correo que se le había acumulado en las últimas dos semanas durante las cuales había estado concentrada en su trabajo.

Sin dejar de revisar el correo, conectó el móvil que de inmediato se puso a sonar. Sabía que era su madre y contestó con una sonrisa.

—¿Qué tal va el negocio?

—Subiendo como la espuma —contestó su madre tremendamente excitada y llena de confianza. Atrás quedaba la mujer triste que había sido después de que el padre de Stasia la hubiera abandonado seis años atrás por una rubia mucho más joven.

Stasia apretó los dientes tratando de no pensar en aquellos

momentos tan difíciles. Había ocurrido durante su primer año de universidad. La prueba de que depender de un hombre no era buena idea. Su madre había confiado siempre en su padre para todo, y cuando este la abandonó se vio totalmente incapaz de valerse por sí misma. Había perdido toda la autoestima.

Había sido Stasia quien la había convencido de lo mucho que sabía sobre antigüedades y la había ayudado a montar una tienda. Poco a poco se había ido corriendo la voz y pronto su madre había dejado de vender antigüedades para dedicarse a asesorar a los clientes y ocuparse de la decoración de casas enteras. Finalmente, seis meses antes y gracias a un generoso préstamo, el negocio se había expandido y todo parecía ir muy bien.

—Tendremos que contratar más gente, Stasia —dijo su madre emocionada—. Necesito viajar en busca de más material para comprar y me han invitado a una casa solariega en Yorkshire para asesorar en la restauración de las antigüedades que poseen y no puedo cerrar la tienda sin más. Tengo clientes de todo el país. No sería justo para ellos encontrar la tienda cerrada. Y tú estás demasiado ocupada pintando para venir a ayudarme.

Stasia sonrió. Era maravilloso ver a su madre tan animada.

—Veo que has alcanzado el éxito, mamá —dijo Stasia mientras tiraba a la papelera publicidad que había encontrado entre el correo—. Adelante con la idea de contratar a alguien más. Por cierto, he terminado el cuadro. Mark puede venir a recogerlo cuando quiera.

—Maravilloso. Se lo diré si lo veo antes que tú. Y dime, hija, ¿cómo estás? ¿Comes bien?

—Sí —mintió Stasia. No había comido muy bien en el último año. Desde que dejara Italia, sus desmadejados sentimientos le habían impedido comer, pero no quería que su madre se preocupara—. Estoy bien, mamá. De verdad.

–Lo que significa que aún sigues pensando en el siciliano –dijo su madre, no sin cierta dureza en la voz–. Hazme caso, Stasia, los hombres como él nunca cambian. Yo debería saberlo. Viví con tu padre todos esos años y era el mismo tipo de hombre. Yo no era más que una posesión para él y, cuando se aburrió de mí, se compró algo nuevo.

Stasia escuchó un coche en la entrada de la casa y lo aprovechó como excusa para terminar con la conversación.

–No puedo seguir hablando, mamá. Tengo visita. Probablemente sea Mark. Te llamaré más tarde.

Sin dar tiempo a su madre a protestar, colgó el teléfono y lo desconectó, suspirando de alivio tras ello. Adoraba a su madre, pero aquella era una conversación para la que no estaba preparada.

El coche se detuvo y Stasia hizo una mueca. No quería ver a Mark en realidad. Era obvio que él estaba interesado en algo más que en sus pinturas y no estaba preparada para ello. Tal vez no lo estuviera nunca.

Se miró los vaqueros manchados de pintura y sonrió compungida. Estaba hecha un desastre, pero si Mark insistía en ir a verla sin avisar, ¿qué podía esperar?

Abrió la puerta antes de que llamaran y se quedó de piedra al ver al hombre que había ido a visitarla.

Rico Crisanti.

Multimillonario y canalla.

La última persona en el mundo a quien esperaba ver. El corazón le dio un vuelco, el mundo pareció sacudirse y por un momento pensó que finalmente había ido a buscarla. Pero entonces la realidad la golpeó y recordó que había pasado un año y que estaban en proceso de divorcio, lo que significaba que estaba allí por una razón muy distinta. Y fuera lo que fuera, no estaba interesada.

–¡No! –se apresuró a decir Rico cuando Stasia intentó cerrar la puerta–. No respondes al correo y no tienes teléfono –continuó él beligerante, sus ojos negros hundiéndose en los de ella con la fuerza de un misil–, y te has ocultado en un lugar tan remoto que es casi imposible encontrarte.

–¿Y no se te ha ocurrido que tal vez no quiera que me encuentres? Si hubiera querido que lo hicieras te habría dado mi dirección –contestó ella mirándolo con fijeza, el nivel de las hostilidades elevándose con una fuerza arrasadora que apenas la dejaba respirar–. Y si hubiera pensado que ibas a venir me habría ocultado todavía mejor –añadió con rudeza, deseando realmente haberlo hecho.

Pero no se le había pasado por la cabeza que Rico fuera a buscarla. No después de la angustia que había sufrido durante los primeros meses en los que no había hecho más que mirar por la ventana deseando desesperadamente ver uno de sus flamantes deportivos aparcar frente a su puerta. Poco a poco se había ido acostumbrando a la idea de que nunca iría a buscarla.

Sin embargo, todo eso había quedado atrás. Habían terminado muy mal y finalmente ella se había marchado y él no la había seguido. Ese había sido el punto final a su corto y frágil matrimonio. Estaba claro que Rico no consideraba que mereciera la pena salvarlo. Había sido un completo desastre y Stasia se había jurado que si alguna vez volvía a enamorarse sería de un inglés moderno, amable y moderado, pero no de un despiadado y poderoso siciliano cuya actitud hacia las mujeres estaba anclada en la Edad de Piedra, que pensaba que la respuesta a todo estaba en el dinero.

Lo miró con rabia, pero sin poder resistir la atracción que ejercían sobre ella sus anchos hombros, la arrogante inclinación de su hermosa cabeza y el destello peligroso de sus ojos fríos y duros. No estaba bien que un hombre fuera tan indecentemente sexy, pensó distraídamente, tratando valientemente de ignorar el latido de su corazón y el ritmo acelerado de su pulso. No quería responder así. Una respuesta así había tenido la culpa de que su relación comenzara.

Consciente de pronto de que Rico estaba mirando por encima de ella hacia el interior de la casa, Stasia se percató del gesto sorprendido que cruzó las bellas facciones del hombre y tuvo el deseo incontenible de reír. Rico Crisanti, el magnate italiano, poseía seis casas dispersadas en distintos lugares del mundo y, probablemente, nunca había estado en una casita tan diminuta como aquella. En otro tiempo, ella habría bromeado con él sobre ello, pero en ese momento estaban muy lejos de poder compartir una broma.

Tenían una forma tan diferente de ver la vida que nada podría acercarlos. Él creía que el lugar de la mujer estaba en casa, esperando a su hombre, mientras que ella quería salir y ver qué le aguardaba ahí fuera.

Rico tenía el ceño fruncido, los ojos de un negro profundo relucían con una mezcla de incredulidad y sorpresa.

–¿Qué es este lugar?

–Mi casa, Rico –se limitó a decir ella con sequedad. Su deseo de reír se había desvanecido–. Y no eres bienvenido –añadió. No necesitaba recordar que él nunca había visto la casita de campo que ella tanto amaba. Que, a pesar de su matrimonio, él sabía muy poco de ella, de las cosas que le importaban...

Stasia intentó inútilmente cerrar la puerta de nuevo, consciente de que era una pérdida de tiempo. En una pelea de fuerza ella siempre saldría perdiendo. No podía hacer nada frente a la estatura y la fuerte constitución de Rico Crisanti. Aun sin mirar, sabía que en los alrededores estaría oculto un coche lleno de guardaespaldas. Su constante presencia la había divertido en otro tiempo porque nadie con lógica habría dudado nunca de que Rico podía defenderse solo si llegaba el caso. Era un experto en artes marciales, su forma física era increíble, tenía el cuerpo y la energía de un atleta olímpico. Pero como multimillonario presidente de una de las compañías más potentes del mundo occidental era el blanco de secuestradores y extorsionistas y no tenía intención de facilitarles el acceso a su persona.

Stasia reprimió una risa histérica. Si lo secuestraran significaría que tendría que faltar al trabajo y eso para Rico Crisanti era la peor de las torturas. Aquel hombre no podía vivir sin trabajar y ella solía bromear con él al respecto. En una ocasión, se le ocurrió esconderle el móvil y Rico se había vuelto loco hasta que descubrió dónde lo había escondido.

Stasia alzó la barbilla tratando de no pensar en aquellos maravillosos días de su relación, mucho antes de que la realidad se asentara en sus vidas; antes de que descubrieran que no tenían absolutamente nada en común.

–¿Cómo me has encontrado?

–Con dificultad y gran disgusto por mi parte –respondió él con dureza–. Y ya estoy perdiendo demasiado tiempo. Mi piloto está repostando mientras hablamos. Tenemos que estar en el avión dentro de una hora.

Stasia lo miró con la boca abierta tan sorprendida como él se había mostrado al ver la casa. ¿Qué significaba que el piloto estaba repostando y que tenían que estar de vuelta en el avión en una hora?

–¿Tenemos? –dijo ella sacudiendo la cabeza riéndose con tristeza–. Supongo que es el plural mayestático. No puedes hablar en serio.

Llevaban sin hablar un año. Desde la noche en que… Rico la había acusado. Y en una exhibición de temperamento igual al de él, ella se había ido de la casa sin molestarse siquiera en defenderse, tan enfadada con él que no se había sentido capaz de hablar.

Aquella noche, Rico Crisanti le había dado la prueba de que no podían vivir juntos, de que eran demasiado diferentes. Llevaban sin verse ni hablar desde entonces.

–En mi vocabulario, nosotros significa tú y yo –se limitó a decir él con impaciencia–, y, a pesar de tus constantes recriminaciones hacia mi forma de vida, nunca he tenido delirios de grandeza.

Probablemente fuera cierto pero, sin embargo, en Sicilia y en el resto de Italia era tratado como si fuera un rey. Precisamente aquella había sido otra de sus bromas: Cenicienta y el príncipe.

Pero ninguno de los dos bromeaba en ese momento.

¿Por qué querría llevarla con él?

Ambos sabían que ella no era lo que él buscaba en una esposa. Y aun así, allí estaba, de pie en la puerta, cerrando el paso de la luz con sus anchos hombros. No le resultaría difícil creer que podía controlar hasta la noche y el día si lo deseara. Siempre lo controlaba todo. Rico era un hombre que siempre dirigía mientras los demás seguían su paso.

Y algo lo había hecho dirigirse hasta ella.

–No puedo imaginar qué te ha hecho venir hasta aquí cuando sabes perfectamente que no iría contigo a ninguna parte. Hace un año que dejé de ser tu fan y seguidora.

Había dejado de ser una esclava del sexo, porque ese había sido el único nivel en el que habían conectado realmente. Por muy mal que fuera todo lo demás, en la cama siempre habían tenido una relación asombrosa.

En vez de la respuesta incisiva que había esperado, un silencio tenso siguió a sus palabras. Anticipando el habitual contraataque verbal, Stasia se preparó para responder y entonces se percató de la tensión que se había apoderado de sus hombros y vio con repentino malestar los signos de cansancio en sus facciones perfectas. Rico Crisanti nunca se cansaba. Era la persona con más energía que había conocido nunca. A menudo pasaban la noche en vela y de ahí marchaba directamente a una reunión de negocios mientras ella dormía, exhausta tras una velada de pasión.

Algo muy malo había ocurrido. Miró por encima de su hombro hacia el coche. No reconocía al conductor ni a dos de los guardaespaldas.

–¿Dónde está Gio? –preguntó frunciendo el ceño.

Durante el breve período de tiempo que había durado su matrimonio, había llegado a apreciar a su jefe de seguridad y sabía que era más que un empleado para Rico. Amigos desde la niñez, Gio era franco y raramente se indisponía contra Rico. Había hecho de la seguridad de Rico su cruzada personal.

–Está en el hospital –respondió Rico sin más–. Es la única persona en quien confío para que mantenga a la multitud lejos.

–¿Hospital? ¿Por qué está en el hospital? ¿Qué ha ocurrido?

–Chiara ha tenido un accidente. Se cayó de su caballo –se limitó a contestar Rico, su voz no revelaba ninguna emoción–. Está en coma. Supuse que te habrías enterado por los periódicos. Se habla de ello en todas partes.

–Ya no leo la prensa –dijo ella. Bastante había tenido con salir en ella durante el tiempo que habían estado juntos y tenía motivos para odiarla–. ¿Es muy grave?

–*Si* –dijo él en italiano. Parecía a punto de derrumbarse frente a ella y Stasia se preocupó. Nunca lo había visto así. Estaba pálido. Exhausto. Como un hombre al límite de sus fuerzas.

–Será mejor que entres –dijo ella retirándose de la puerta instintivamente para dejarlo pasar.

Rico la siguió bajando un poco la cabeza para no darse

con el marco de la puerta, y tras echar un vistazo a su alrededor frunció el ceño.

−¿Por qué vives así? −dijo él mirando a su alrededor, un gesto de disgusto en sus bellas facciones al ver la diminuta sala de estar y el viejo sofá−. ¿No tienes dinero?

Olvidando momentáneamente su preocupación, Stasia sintió que la rabia reverberaba de nuevo. Con él, todo se reducía siempre al dinero. Nunca se le ocurriría pensar que tal vez ella hubiera elegido vivir en aquella pequeña casa porque le gustaba.

−Mi vida no es asunto tuyo −respondió ella. ¿Cómo podría haberse enamorado de un hombre tan insensible?−. Nunca mostraste interés por ello antes, así que no veo por qué ibas a hacerlo ahora.

−No tienes que vivir así. Eres mi esposa…

Ahí estaba de nuevo. Su estado civil. De no ser porque le dolía tremendamente, se habría reído.

−Me gusta vivir así y nunca fui tu esposa, Rico −dijo ella retirándose con manos temblorosas los rizos rojos de la cara.

El gesto llamó la atención de Rico y su mirada ardiente se fijó en la salvaje mata de pelo con fascinación casi primitiva. La tensión que se respiraba en el ambiente aumentó de pronto. Por un momento los dos se olvidaron de Chiara, demasiado absortos en el otro para dejar sitio a las presiones del mundo externo.

−Me casé contigo −dijo Rico.

Era evidente que pensaba que el hecho en sí había sido el mayor honor que podría haberle concedido y Stasia reprimió una risa amarga. ¿Cómo había podido olvidar su tremenda arrogancia?

−Un impulso que los dos hemos lamentado −dijo Stasia deseando que Rico dejara de mirarle el pelo. Reconocía aquella mirada y tuvo que luchar por no gemir en voz alta. Sabía que a Rico no le faltaba mucho para introducir su mano entre los rizos y besarle el cuello. La seductora caricia de sus dedos en su pelo había sido siempre el preludio del sexo más increíble que pudiera imaginarse. La idea hizo que se le acelerase el pulso. ¡No quería pensar en eso en ese momento!

–No fue un matrimonio propiamente dicho. Se supone que los matrimonios lo comparten todo, pero tú y yo solo compartíamos el sexo –añadió.

Un sexo increíble, ardiente y excitante cuyo recuerdo aún le hacía perder el sueño.

Rico desvió la mirada y Stasia supo que sus pensamientos iban en la misma dirección que los de ella.

–No he venido para rememorar cada doloroso momento de nuestro desastroso matrimonio, pero, te guste o no, hasta que el divorcio sea definitivo, sigues siendo mi esposa –dijo él, pero el tono que empleó, no tan afilado como le habría gustado, traicionó sus verdaderos sentimientos hacia ella–. Y como mi esposa, necesito que vuelvas a Italia conmigo. No me malinterpretes. No tengo ninguna intención de resucitar nuestra relación en modo alguno. La visita no es personal.

El dolor la recorrió por dentro. Claro que no era personal. Y ella lo sabía, pero no comprendía por qué oírselo decir le resultaba tan brutal, por qué le dolía tanto.

–Por supuesto que no es personal. ¿Por qué habría de pensar lo contrario?

No llevaba más que cinco minutos en su casa y ya estaba furiosa. Siempre tenía el mismo efecto en ella.

–Nuestro matrimonio nunca fue algo personal. Ese era el problema. Lo que había entre nosotros era sexo legal.

Stasia escuchó la inspiración profunda de Rico y notó el color arremolinándosele en las mejillas. Casi podía saborear su rabia. Y aun así, no lo negó. ¿Cómo iba a hacerlo cuando ambos sabían que era la verdad? El sexo había sido genial, pero su relación nunca había ido más allá. Al menos, por parte de él. Para ella lo había sido todo.

–No he venido para hablar de nuestro matrimonio –dijo él, su tono era un frío aviso de que quería cambiar de tema y, si no fuera por lo furiosa que estaba con él, de buena gana se habría reído ante la absoluta ineptitud de Rico para los sentimientos.

–Claro que no. Has preferido divorciarte de mí sin discutir las cosas –dijo ella con rabia–. Prefieres comunicarte a través de abogados trajeados.

–Fuiste tú la que se marchó –dijo él igualmente furioso.

–¡Porque no teníamos un matrimonio! ¡No confiabas en mí! ¡No compartías nada conmigo! Tomabas todas las decisiones sin tener en cuenta mi opinión. ¡Y casi nunca te veía! Lo cual hace todavía más increíble que estés aquí ahora cuando podrías haber enviado a alguno de tus gorilas. Ha debido ser muy difícil para ti presentarte ante mí en persona.

–No me dan miedo las dificultades –contestó él tensando la mandíbula.

–Entonces, ¿por qué te has estado comunicando conmigo a través de tus abogados, Rico?

–¡Dios, no es momento para discusiones! –exclamó Rico mirándola con ciega hostilidad, su lenguaje corporal indicaba claramente lo antagónicos que eran–. Y no te estoy pidiendo que vengas a Italia por mí. Te lo pido por Chiara.

La rabia que sentía Stasia se vio reemplazada por la lástima. Se había olvidado de Chiara. ¿Cómo podía haberlo hecho? ¿Cómo podía conseguir que el hecho de estar con Rico la hiciera olvidarse de todo lo demás?

–Como comprenderás, siento mucho lo de tu hermana –murmuró con sequedad–, pero no puedo comprender por qué quieres que vuelva a Italia.

–Eres parte de la familia.

El asombro al oír aquellas palabras hizo que la rabia se disolviese en el aire y lo miró con la boca abierta.

–¿Pretendes seriamente decirme que quieres que vaya junto al lecho de tu hermana? ¿Qué es esto? ¿Una demostración repentina de solidaridad familiar? –Stasia dejó escapar una risa descreída–. Es un poco tarde para eso, Rico.

Nunca había sido parte de su familia. Le habían dejado claro desde el principio que la consideraban una cazafortunas, acusación que debería haberle causado risa ya que no tenía el más mínimo interés en las cosas materiales. Pero lejos de causarle risa, había terminado en tragedia. Envueltos en sus propios prejuicios, no se habían molestado en conocerla lo suficiente como para comprender lo que verdaderamente le importaba. En vez de ello, habían hecho todo lo posible por excluirla, por hacerla sentirse como una extraña. Rico se había casado con ella sin consultarlo con su familia, ni siquiera los invitó a la boda, y ellos la culpaban a ella. La prueba para todos ellos era que se había casado con él a toda prisa, deseosa de meter mano a su dinero. No era lo que todos ellos habían querido para Rico y no se habían molestado en ocultarlo.

Rico dejó escapar un gemido de tigre acorralado y sus ojos relucieron peligrosamente.

–*Madre de Dio*. La vida de mi hermana pende de un hilo y sigues calumniando a mi familia.

Stasia se quedó quieta al comprender que Chiara corría serio peligro.

–¿Puede morir? –preguntó con un hilo de voz y tragó con dificultad, comprendiendo de repente la razón de los signos de cansancio y preocupación que mostraba Rico. Stasia sabía que adoraba a su hermana pequeña–. ¿Tan grave es?

–Ayer nos dijeron que creen que vivirá, pero con algunos daños cerebrales... –se detuvo y encogió los hombros en gesto fatalista–. No se sabrá el grado hasta que vuelva en sí.

Hasta el momento solo ha pronunciado unas pocas palabras –dijo él endureciendo la expresión–. Como ves, las críticas hacia mi familia están claramente fuera de lugar.

–No he dicho nada malo de tu familia –dijo ella sin mostrar sentimiento alguno, luchando contra su instinto de defensa personal frente a la acusación. Rico no tenía ni idea de la verdadera situación. En lo que se refería a su familia, estaba completamente ciego–. Solo he hablado de mi relación con ellos. Y no tenía ni idea de que la vida de Chiara pendiera de un hilo.

–Lleva en coma más de dos semanas. Le han hecho una operación en el cerebro…

Sinceramente dolida por las noticias, Stasia extendió la mano hacia él en un gesto instintivo de simpatía, pero rápidamente la retiró al encontrarse con su mirada fría y dura.

Su mirada hablaba por sí sola. «No me toques». Stasia ya no tenía derecho a tratar de reconfortarlo. Aunque no era que Rico Crisanti fuera un hombre que esperara la simpatía de los demás. Nunca dejaba que nadie se acercara demasiado a él. Ni siquiera su mujer.

Stasia se alejó de él, física y mentalmente, su deseo de pelea azuzado por la total indiferencia que mostraba hacia ella.

Hubo un tiempo en que no se mostraba indiferente, un tiempo en el que no podía dejar de tocarla a todas horas. Un tiempo en que su deseo hacia ella se había convertido en el mayor afrodisíaco del mundo.

Pero no iba a ponerse a pensar en eso. Pensar en su relación con Rico solo la conduciría a la autodestrucción. Además, no debería importarle. No le importaba.

Alzó la barbilla y exhibió parte del autocontrol que no había tenido más remedio que aprender mientras vivió con la familia de Rico.

–Siento mucho lo de Chiara –dijo con calma–, y te ayudaré en todo lo posible, pero sigo sin comprender por qué quieres que vuelva.

Chiara había dejado perfectamente claro que Stasia no era bienvenida en la familia.

Rico se pasó la mano por la nuca e inspiró profundamente como si le costara trabajo decir lo que iba a decir.

–Ha preguntado por ti...

Stasia lo miró fijamente, la sorpresa se reflejaba en sus ojos verdes. De todas las cosas que habría esperado que dijera, desde luego no estaba el hecho de que Chiara hubiera preguntado por ella.

–¿Chiara ha preguntado por mí? ¡Debes estar de broma!

Aquello no fue lo más adecuado que podía decir.

–*Dio*. Y lo dices tú, que siempre me acusaste de tomarme la vida demasiado en serio. ¿Tengo aspecto de estar bromeando? –dijo él echándole una mirada incendiaria que la obligó a retroceder un paso, sorprendida de la violencia de la respuesta.

Era evidente que no estaba bromeando. Allí tenía la prueba del grado de sufrimiento que estaba padeciendo. No era típico de Rico revelar sus sentimientos, ni perder el control. Stasia se quedó sin palabras por un momento.

–Es solo que me resulta difícil creer que haya preguntado por mí –musitó Stasia.

La reacción de Rico a las últimas palabras de Stasia no se hizo esperar.

–Creía que coincidíamos en que no es momento para escarbar en las viejas heridas –replicó él con dureza caminando de un lado a otro y tratando de no golpearse la cabeza con una viga. Levantó una mano hacia esta ofendido y, por un momento, Stasia pensó que iba a arrancarla del techo con sus propias manos. En vez de ello, se limitó a levantar la cabeza mirando con gesto incrédulo que alguien pudiera haber diseñado una casa como esa.

—Esta casa es una trampa mortal –añadió.

—Probablemente no fue construida para alguien de tu tamaño –murmuró ella, deseando que Rico se marchara de allí. Su presencia dominaba la pequeña estancia y todo lo que llevaba meses intentando olvidar resurgió.

Por ejemplo, el deseo de besar la garganta de piel bronceada de Rico. Y la respuesta que la acción despertaría en él que deslizaría la mano por su espalda y buscaría su boca para besarla. Rico había hecho del besar todo un arte.

Los recuerdos se amontonaban en su mente y, de pronto, deseó que se marchara con ferviente desesperación. Antes de que olvidara que aquel hombre había roto todos sus sueños en mil pedazos. Antes de olvidar que ya no sentía nada por aquel hombre.

Pero él no mostraba indicios de marcharse. Al contrario, permanecía con las piernas abiertas, firmemente apostadas en el suelo, decidido a desafiar a todas las vigas y otros elementos hostiles que pudiera haber ocultos.

—Desde el accidente hace dos semanas, solo ha salido del estado de inconsciencia una vez y tu nombre fue lo único que pronunció. Tu nombre –remarcó las últimas palabras, claramente ofendido, sin tratar de ocultar el desprecio que la situación actual le causaba–. Y, por mucho que creas lo contrario, Chiara te apreciaba.

Stasia lo miró en silencio, fascinada, preguntándose cómo un hombre tan ferozmente inteligente podía estar tan ciego en lo que concernía a su familia.

Podría haberle dicho que Chiara sentía cualquier cosa menos aprecio hacia ella. Podría repetirle las muchas y dolorosas conversaciones que había mantenido con su hermana mientras él estaba inmerso en la dirección de su grandioso negocio internacional, y ella estaba a merced de su familia.

Chiara la odiaba.

La adolescente había tenido celos de ella desde el mismo momento en que Rico se casó con Stasia y había tenido mucho que ver en la destrucción de su matrimonio. Pero Rico adoraba a su hermana y Stasia había decidido que aquel no era lugar para decirle la verdad; que no quería ser la responsable de levantar roces en la afamada institución de la familia siciliana: «la familia».

En el fondo, se preguntaba qué habría llevado a la chica a preguntar por ella. No sabía nada del funcionamiento del subconsciente. ¿La culpa tal vez? ¿Un deseo inconsciente de disculparse? ¿Se habría dado cuenta tal vez de que estaba equivocada?

De repente, una tos discreta procedente de la puerta los interrumpió y Rico se volvió visiblemente irritado por la intromisión.

–Enzo al teléfono, señor –dijo el guardaespaldas con mirada contrita–. El avión está listo para despegar.

Rico tomó aliento y se volvió hacia Stasia mostrándose claramente impaciente.

–Tenemos que irnos. Tengo que volver al hospital. Ya he malgastado demasiado tiempo viniendo aquí en persona.

Algo que lamentaba profundamente. Su aspecto decía que preferiría estar en cualquier sitio menos en aquel diminuto salón con una mujer a la que despreciaba, y Stasia sabía que si hubiera confiado en que otra persona la convencería para subir al avión, Rico habría delegado sin dudar la tarea en esa persona, pero sabía que ella se negaría y se había visto obligado a ocuparse él mismo.

Era evidente que esperaba que se fuera con él.

Si Chiara verdaderamente estaba preguntando por ella, lo que aseguraba que estaba tan grave como Rico decía, ¿cómo podía negarse a ir? ¿Cómo negarle a la chica la oportunidad de disculparse si eso era lo que necesitaba?

Se humedeció los labios secos, consciente de que no podría perdonarse nunca que algo le ocurriera a Chiara si se negaba a ir. La chica había sido muy cruel con ella, pero Stasia estaba dispuesta a perdonarla. Siempre había esperado que, algún día, Chiara encontrara el valor de decir la verdad.

¿Pero cómo podía volver a Italia después de todo lo que había sucedido? Y enfrentarse con la familia de Rico que tanto la odiaba, que la consideraban impropia para Rico.

Stasia cerró los ojos ligeramente y aceptó lo inevitable. Enfrentarse al enemigo parecía menos desalentador que enfrentarse a su propia conciencia si lo impensable le ocurría a Chiara porque ella se hubiera negado a visitarla.

–Dame cinco minutos para preparar la maleta.

Rico dejó escapar un suspiro aliviado, sus hombros se relajaron un poco y fue entonces cuando Stasia se dio cuenta de que Rico había ido allí dispuesto a librar una batalla. Contuvo una sonrisa cínica. Era evidente que Rico no se había dado cuenta de que a ella ya no le gustaba presentarle batalla.

–No es necesario. No te llevaste nada cuando te marchaste.

–Lo dejé todo porque no había nada que necesitara –dijo ella mirándolo a los ojos sin dejar lugar a dudas de lo que aquello implicaba.

Lo único que necesitaba era a él, pensó con tristeza, pero Rico no fue capaz de comprenderlo. Evidentemente acostumbrado a las mujeres que solo deseaban acceder a su cuenta bancaria, le había desconcertado la indiferencia de ella hacia su enorme riqueza.

Para un hombre cuyo motor era el dinero y el poder, algo tan simple como el amor era un concepto muy difícil de comprender. Y cuantas más joyas y regalos extravagantes le había hecho, menos se había sentido como una esposa querida y más como una amante. Era como si le hubiera estado pagando por el sexo que compartían.

–Deja que me cambie de ropa al menos.

–Puedes cambiarte en el avión –se apresuró a decir él dirigiéndose ya hacia la puerta. Parecía haber recuperado el control. Volvía a ser el hombre que daba órdenes a todos los que lo rodeaban.

Y ella iba a marcharse con él. Pero solo por Chiara.

Sacudió la cabeza, exasperada consigo misma. Era una mujer independiente en todo el sentido de la palabra y, aun así, cuando Rico chasqueaba los dedos, ella obedecía. Siempre. Habitualmente para ir a la cama.

Pero no sería igual esta vez. Nunca más lo sería.

Cerró los ojos abrumada por las implicaciones de lo que estaba a punto de hacer. ¿Acaso un alcohólico aceptaría un trabajo en una destilería? Pues allí estaba ella, a punto de irse con el hombre que le había hecho olvidar quién era en realidad.

–Está bien. Pero será una visita breve –murmuró ella mirándolo fijamente con sus ojos verdes–. Veré a Chiara, hablaré con ella y me tendrás preparado el avión para traerme de vuelta.

En circunstancias normales habría preferido caminar descalza desde Italia a pedir algo así, pero aquellas no eran circunstancias normales y quería pasar el menor tiempo posible en compañía de la familia de Rico.

–Puedes estar segura de que no tengo intención de prolongar tu visita más de lo meramente necesario –dijo él frunciendo los labios.

Y lo decía en serio. Stasia sentía en su interior la mezcla de la rabia y la angustia. Aquello tenía que estar resultándole a Rico tan difícil como a ella. Rico le había dejado claro que su matrimonio había sido un tremendo error, que no era el tipo de mujer que quería que ocupara un lugar permanente a su lado.

Trató de ignorar la intensa ola de dolor que le rasgaba el

pecho y tomó las llaves y el bolso antes de salir. Por un momento, miró los anchos hombros de Rico, perfectamente delineados bajo el traje de diseño. Tenía un cuerpo fantástico al que se había hecho adicta desde el primer momento en que lo vio. Vestido, aquel hombre ya era espectacular, pero desnudo...

El recuerdo de su cuerpo esbelto, de músculos de acero y piel bronceada, cubierta de un vello oscuro tremendamente masculino, hizo su aparición y tuvo que sacudir la cabeza para tratar de ahuyentar la imagen que tenía grabada en la mente.

Como si hubiera dicho en voz alta lo que estaba pensando, Rico se volvió hacia ella y sus miradas se cruzaron con tanta fiereza que las imágenes no hicieron sino intensificarse en su cabeza.

El fuego surgió entre ellos y Stasia no pudo evitar retroceder un paso en una respuesta instintiva a la salvaje atracción que seguía habiendo entre ellos.

Por un instante, un brillo ardió en el fondo de los ojos oscuros de Rico, pero no fue más que un segundo. Tras el cual, la llama se extinguió y en su lugar no quedó más que hielo.

Stasia se detuvo en seco, inmóvil ante el desprecio que se leía en la mirada fría de Rico. Recordó demasiado tarde las dos lecciones que había aprendido en su matrimonio con él: que la atracción, por muy poderosa que fuera, no era sino una débil y precaria base para una relación. Y que amar a alguien con toda el alma no significaba la felicidad eterna.

Capítulo 2

–Puedes utilizar el cuarto de baño. Ya sabes dónde está –dijo Rico dejándose caer en el asiento de piel color crema, el ordenador portátil abierto delante de él, la mesa cubierta de papeles llenos de números. Como de costumbre, tras el despegue, no se había separado del teléfono y apenas la había mirado.

«Nada ha cambiado».

Stasia cerró los ojos. Su indiferencia la desgarraba, pero al tiempo la rabia se apoderaba de ella por seguir sintiendo algo por él. Quería creer que no era así, que ya no sentía nada, que solo se debía a la sorpresa de verlo.

Y claro que sabía dónde estaba el cuarto de baño. Estaba en la habitación de al lado. La misma habitación a la que la había llevado una vez, riéndose feliz, locamente enamorada de él. La misma habitación en la que una vez le hizo el amor durante el tiempo que duró el vuelo.

Abrió los ojos y su mirada se fijó en la puerta al fondo del suntuoso avión privado. Había pasado los últimos doce meses más dolorosos de su vida tratando de olvidarlo todo, tratando de liberarse del agónico deseo que la amordazaba. Se preguntó si atravesar aquella puerta daría al traste con el pequeño progreso que había conseguido.

Pero al momento lo pensó mejor y se dijo que no. Solo era una habitación, razonó mientras atravesaba el pasillo enmoquetado. Además, ni siquiera tenía que acercarse demasiado a la habitación. Bastaría con limpiarse la pintura y adecentarse un poco para enfrentarse a la desaprobación de su familia.

Rico estaba hablando de nuevo por teléfono y Stasia posó la mano en el pomo de la puerta y se detuvo a escuchar.

Cuando se conocieron, le encantaba oírlo hablar en italiano. No importaba lo que estuviera diciendo. Podría haber estado leyendo el suplemento de economía del periódico y el sonido de su voz la hacía estremecer. A menudo, Rico había bromeado con ello, pero a ella no le importaba. Oírlo hablar en italiano le resultaba profundamente seductor.

Pero no quería revivir aquellos días felices al comienzo de su relación, días en los que una increíble excitación sexual los dominaba, y abrió la puerta de la habitación y se encerró en el lujoso cuarto de baño. La única forma de sobrevivir a los próximos días sería recordando los motivos por los que habían terminado.

En el espejo, vio que tenía una gota de pintura sobre la ceja derecha y sonrió con amargura. Desde luego no parecía la esposa de un exitoso hombre de negocios, razón por la que estaban a punto de divorciarse, pensó distraídamente mientras abría el grifo y se lavaba la cara con agua fría en un intento por quitarse la pintura y el rubor de las mejillas.

No era la mujer adecuada para él, pero eso era precisamente lo que lo había atraído de ella, que era muy diferente a las modelos y actrices que frecuentaba. Le había atraído por ser diferente y eso era lo que finalmente había acabado con ellos.

Alcanzó una toalla para secarse la cara y se miró al espejo. A pesar de estar decidida a no pensar más en ello, no dejaba de preguntarse qué habría visto en ella Rico aquel día en Roma.

Estaba subida al andamio en el mural que le habían encargado pintar. Como era habitual en ella cuando pintaba o dibujaba, estaba totalmente absorta en su arte y no se dio cuenta de que la miraba hasta que hubo terminado la tarea. Entonces, miró hacia abajo y a punto estuvo de perder el equilibrio.

En un país que parecía poblado de hombres guapísimos, él era el más sexy que había visto. No había duda de que era italiano, arrebatadoramente guapo, y estaba mirándola a ella, con unos ojos negros de mirada abrasadora que recorrían cada milímetro de su cuerpo con evidente agrado.

—¿Hay algún problema? —preguntó en inglés porque se avergonzaba de lo mal que hablaba italiano, confiando en que el hombre la entendiera.

Desde que comenzara a pintar el mural que cubría una de las paredes del vestíbulo de las oficinas principales de la Crisanti Corporation, un continuo goteo de gente se había detenido a mirar, pero en ningún momento se había sentido incómoda por ello. De hecho, apenas se había dado cuenta. Pero a ninguna mujer le pasaba desapercibido un hombre como aquel. Era indecentemente guapo. Le costaba trabajo no babear ante la estructura perfecta y fuerte y los simétricos planos de su rostro. Los dedos empezaron a temblarle y de haber tenido un lápiz a mano habría hecho un boceto de él, lo cual habría sido un ejercicio bastante frustrante ya que un dibujo bidimensional no podría hacer reflejar en modo alguno la fuerza que irradiaba aquel hombre.

Permaneció delante de ella como un dios, seguro de sí y de su poder. Pudo percibir además un cariz frío e impasible en su mirada que la ponía muy nerviosa.

Cayó entonces en la cuenta de que el vestíbulo estaba inusualmente lleno de gente para la hora del día que era y miró hacia el resto de los allí presentes. Notó la distancia respetuosa que guardaban hacia él y finalmente de quién era el hombre que la observaba con tanto interés.

Se apresuró a bajar del andamio y se limpió la mano manchada de pintura en los pantalones antes de extenderla hacia él.

—Soy Anastasia Silver. Artista comercial. He sido contratada para pintar el mural.

En cuanto las palabras salieron de su boca se sintió avergonzada. Como si a alguien en la posición de Rico Crisanti le importara quién estuviera decorando sus oficinas. Era evidente que dejaba aquellas cuestiones a un mortal corriente mientras él concentraba sus esfuerzos en seguir añadiendo millones a su enorme fortuna.

Su mano quedó oculta bajo la de él y a punto estuvo de dejar escapar un grito ahogado ante la fuerza con que se la estrechó. Consciente de que en ese momento estaba observando la pintura, siguió su mirada y, de pronto, se sintió horrorizada. Le gustaba trabajar en privado hasta tener la obra terminada antes de enseñarla, pero en ese caso había sido imposible.

—Probablemente piense que es horrible, pero siempre tiene ese aspecto al principio. Es difícil imaginar el resultado final. En muchos aspectos, la preparación es tan importante como el final. Yo... su arquitecto aprobó mis dibujos y le parecieron bien las muestras de color —musitó débilmente, consciente de que el hombre la estaba mirando fijamente.

—¿Siempre está tan tensa? Si es así, me sorprende que sea capaz de sostener el pincel —murmuró él regalándole una inesperada sonrisa—. Relájese, señorita Silver. Me gusta lo que está haciendo con mi pared.

Su pared.

Hacía que pareciera algo íntimo. Personal. Como si la pared fuera parte de él.

Desarmada por el cautivador encanto de su sonrisa, Stasia sintió que las rodillas le temblaban y sus mejillas se teñían de rojo. Era absolutamente consciente y no le gustaba nada el sentimiento, pero se mordió el labio y retrocedió unos pasos pensando en el aspecto que debía tener.

–Estoy llena de pintura –dijo ella llevándose una mano a las mejillas abrasadas, enfadada consigo misma por mostrarse tan pueril cuando debería haber mostrado más aplomo–. Debo tener un aspecto horrible.

La sonrisa de Rico era la sonrisa de un hombre sabedor de que si una mujer se preocupaba por su imagen era porque se sentía atraída hacia él.

–Nada de eso. Y me encanta su pelo –la tranquilizó él con suavidad, sin burlarse del aspecto incómodo de ella–. Es bonita la mezcla del cobrizo y el dorado. Me recuerda a Inglaterra en otoño –dijo él observando con sus ojos negros la mata de pelo como si estuviera decidido a memorizar cada mechón–. Aparte de la pintura blanca, claro.

Sintiéndose invadida por una súbita oleada de calor, Stasia se peinó con los dedos los rizos revueltos.

–Se va con agua.

–¿El dorado del otoño? Espero que no –respondió él arqueando una ceja.

–La pintura blanca –murmuró ella mirando a su alrededor y preguntándose lo que los demás estarían pensando de su ridícula conversación–. Lo primero que hago por las tardes es quitarme toda la pintura de encima.

Él asintió con una mirada repentinamente seria.

–Me gustaría mucho verla sin toda esa pintura, señorita Silver. Esta noche cenará conmigo.

La arrogancia de su afirmación al suponer que diría que sí hizo que su intelecto se rebelara aunque su cuerpo temblaba de expectación.

—Puede que esté ocupada.

Rico le dedicó una sonrisa, la de un hombre totalmente seguro de su atractivo.

—A las ocho en punto. Y no estará ocupada.

Sin poder creer todavía que Rico Crisanti le había pedido que saliera con él, Stasia contuvo el aliento.

—Está muy seguro de sí mismo, ¿verdad? –dijo ella arqueando una ceja en señal de burla–. ¿Tal vez un legado de sus ancestros romanos? Me pregunto si tiene usted la misma necesidad de conquistar y saquear.

—Eso depende del botín –contestó él descansando la mirada en los labios de ella con fascinación puramente masculina–. Y no soy romano, señorita Silver. Soy siciliano. Nosotros tenemos una manera muy diferente de hacer las cosas.

Y sin esperar a que le contestara, se dio la vuelta y se alejó camino del ascensor, seguido a prudente distancia por sus guardaespaldas.

Stasia lo miró marchar, quieta y sin poder creerlo. No era romano. Era siciliano.

Rico Crisanti, uno de los hombres más ricos e influyentes del mundo, quería cenar con ella. Por un momento, su corazón dio un vuelco y también su impulsiva imaginación.

Pero justo entonces, la realidad se abrió paso. ¿Qué querría de ella un hombre como Rico Crisanti? Comparada con las guapas y ricas mujeres con las que solía salir, ella era insignificante.

Sus hombros delgados estaban tensos y se había quedado boquiabierta ante la arrogancia del hombre. Había asumido que saldría con él. ¿Pero qué mujer se negaría?

Enfrentándose a la tentación en su estado puro, Stasia se recordó que Rico ni siquiera le había preguntado dónde se estaba hospedando así que no era de esperar que fuera a presentarse a las ocho. Y en caso de que lo hiciera…

Subió de nuevo al andamio y trató de continuar con su trabajo ignorando el hecho de que el encuentro había acabado con su concentración y que le temblaba la mano.

Si aparecía, tendría que decirle que no cenaba con extraños.

De vuelta al presente, Stasia se dio una ducha rápida y se recogió el pelo rojizo en una trenza que se deslizó por su delgada espalda.

Y entonces fijó su atención en el armario.

Había mucha ropa de diseño, toda muy formal y lejos de su gusto, pero hacia el final de la barra, vio un sencillo vestido de lino de color melocotón. Sencillo pero caro, se dijo para sí cuando leyó la etiqueta. Estaba lejos de su estilo informal y colorido, pero era eso o los vaqueros manchados de pintura, así que decidió ponérselo. El espejo le devolvió una imagen perfecta con ese vestido. Elegante y con clase. ¿Se diría que era el aspecto de una cazafortunas?

Se mordió el labio y olvidó la idea. Demasiado tarde para preocuparse de nuevo por lo que la familia de Rico pensara de ella. Demasiado.

Salió del lujoso cuarto de baño con la cabeza alta y se sentó de nuevo en el asiento de piel. Rico seguía hablando por teléfono y Stasia apretó los dientes al recordar las numerosas veces que le había amenazado con tirarle el teléfono cuando estaban juntos. Miró por la ventana sin ver, sintiéndose repentinamente enferma ante el encuentro que iba a tener lugar. No había vuelto a ver a Chiara desde la fatal noche un año antes...

Fue un momento antes de darse cuenta de que Rico había dejado de hablar y había ido a sentarse junto a ella.

–Siento haberte dejado tan abandonada –dijo con tono neutro extendiendo la mano hacia la bebida que le ofrecía la azafata–. Tenía que hacer algunas llamadas. Te queda bien el vestido.

El cumplido inesperado la sorprendió y cuando su hombro rozó el suyo tuvo que controlarse para no saltar en el asiento. Sentía la tensión que se estaba apoderando de ella, el ritmo exageradamente acelerado de su corazón y la respuesta a la cercanía del hombre. Aspiró el delicioso aroma que despedía y, de pronto, todos sus sentidos despertaron. Aquel hombre era su fuerza vital. Un breve roce y su cuerpo ardía de deseo.

Enfadada consigo misma, se removió en el asiento. ¿Qué le estaba pasando? ¿Cómo podía seguir queriéndolo sabiendo el tipo de hombre que era? Sabiendo que no la quería nada más que para acostarse con ella. Ni una sola vez en su relación le había dicho que la quería.

Moviéndose con discreción para que sus brazos no se tocaran, Stasia lo miró, intentando mostrar la misma indiferencia que él.

–Ambos sabemos que no se trata de una visita de cortesía –dijo ella con el mismo tono frío que él–. No espero que me entretengas y mucho menos que interrumpas tus negocios. Nunca lo hice cuando estábamos casados. Finalmente acepté que tú ya estabas casado con tu teléfono móvil. ¿Por qué iba a esperar algo diferente ahora?

Para Rico, los negocios eran lo primero.

–No me provoques, Stasia –dijo él lanzándole una fría mirada–. No estoy de humor y en vista de que ya no podemos terminar nuestras peleas en la cama no veo el sentido de que mantengamos una.

La sola mención de la cama fue como un terremoto en su interior y, en contra de su deseo, sus ojos recayeron sobre sus perfectos labios. Labios con los que, más de una vez, la había besado para hacerla callar. En aquellos tiempos, cuando se enfadaban, habían acabado refugiándose en el sexo para aplacar la furia.

Solo en ese sentido habían sido capaces de comunicarse, a pesar de que, en el fondo, cada uno estuviera diciendo una cosa diferente: ella pensaba «te quiero» y él «te deseo».

–No quiero provocarte –replicó ella mirándolo a los ojos.

–Pues lo estás haciendo. Con cada mirada de tus ojos verdes y cada palabra –dijo él mirándola con los ojos entornados y algo vibró en ellos–. Y no eran negocios. Para tu información, primero he estado hablando con un neurocirujano especialista en trauma cerebral. Quería saber su opinión sobre la posibilidad de que quede daño cerebral para asegurarme de que se ha hecho todo lo posible para ayudar a Chiara. Después he llamado a la amiga con quien estaba cuando ocurrió el accidente. Y finalmente, he llamado al hospital, en Sicilia. Quería saber cómo seguía ya que llevo todo el día lejos de ella.

–¿Sicilia? –dijo ella mirándola angustiada–. ¿Vamos a Sicilia?

–Sí. ¿Adónde creías?

–A Roma –dijo ella llevándose una mano a la garganta y sintiendo el latido del corazón–. Suponía que íbamos a Roma.

La empresa de Rico tenía oficinas por todo el mundo, pero las principales estaban en Roma. Allí era donde pasaba la mayor parte del tiempo.

Rico se encogió de hombros en un reflejo de desprecio como si el malentendido no tuviera la menor importancia.

–Pues supusiste mal. Chiara estaba en Sicilia cuando tuvo lugar el accidente y allí es adonde vamos.

De vuelta al lugar en que nacieron sus sueños. De vuelta a la escena de la perfecta felicidad. Era la tortura más cruel que podía haber tramado Rico y, por un momento, se preguntó si no lo habría planeado. ¿Tanto la odiaba como para causarle semejante dolor?

—¡No quiero ir a Sicilia! —dijo ella sin poder evitarlo y a continuación cerró los ojos maldiciendo la pérdida del control y la impetuosa vena innata en ella que siempre le hacía revelar más de lo necesario. Si quería hacerle daño, acababa de demostrarle que lo había conseguido.

—¿Por qué no? —preguntó él con dureza. Si quería mostrar petulancia desde luego no lo consiguió—. ¿Te remuerde la conciencia, Stasia? ¿Acaso recuerdas cómo comenzó nuestra relación y todo aquello que dijiste que no sentías? ¿Todas aquellas palabras de amor vacías?

¿Vacías?

Stasia lo miró preguntándose cómo un hombre de su inteligencia podía estar tan ciego. Las semanas que habían pasado juntos en Sicilia en su luna de miel habían sido las más felices de su relación y había confiado en Rico completamente. Le había abierto el corazón sin dudar. Se lo había dado todo.

Pero en ese momento veía lo tonta que había sido. Lo ingenua y confiada. Rico nunca había querido lo mismo que ella. Nunca había sido capaz de darle lo que ella quería que le diera.

—Tal vez debería haberte dejado en Sicilia —dijo él con tono agrio—. De esa manera no habrías tenido la oportunidad de perseguir tu inagotable deseo de variedad.

Stasia ahogó un grito de dolor al tiempo que se volvía hacia él, en sus ojos el brillo del más absoluto desprecio.

—Nunca te fui infiel.

La ira se despertó en él rápidamente y Stasia retrocedió asombrada.

—¿Te encontré con un hombre desnudo en tu habitación y esperas que crea que eres inocente? —dijo él inclinándose hacia ella, aunque su voz más parecía un gruñido primitivo, las mejillas rojas de ira–. Eras mi mujer. Y ni siquiera te molestaste en darme una explicación. ¿Qué otra cosa querías que pensara salvo que eras culpable?

La rabia le impedía respirar con normalidad.

–Vi la mirada que había en tus ojos, Rico. No se podía tratar de razonar contigo. Pero deberías haberme conocido lo suficiente como para saber que yo nunca te traicionaría. ¡Deberías haber creído en mí, Rico!

Él se volvió hacia ella como un animal herido.

–*Dio,* vi cómo te besaba. ¡Tú eras mía y vi cómo te besaba!

Un vistazo le había bastado para hacerse la idea equivocada. Era tan primitivo y posesivo que no se le había ocurrido pensar que hubiera una explicación a la escena que estaba viendo.

En aquel momento, se había quedado tan estupefacta y horrorizada que ni siquiera fue capaz de defenderse. Pero es que, por una parte, se sentía tan inocente que no se le ocurrió que tuviera que hacerlo. No dejó de esperar que Chiara le contara la verdad, pero la chica se limitó a sonreír y se deslizó hacia su habitación dejándola a ella ante una terrible decisión.

¿Le contaría a Rico la verdad sobre su hermana?

Sin embargo, en vez de considerar su marcha como un descanso para calmarse, Rico lo había interpretado como la prueba de su culpabilidad. Y cuando los ánimos de Stasia se hubieron calmado lo suficiente como para conseguir tragarse el orgullo y llamarlo, él no respondió a ninguna de sus llamadas. Ahí había terminado todo.

Stasia tomó los dos extremos del cinturón de seguridad y sus manos temblaban mientras trataba de desabrocharlo.

–¿Qué demonios estás haciendo? –preguntó él frunciendo el ceño.

–Alejarme de ti. Ha sido un error venir. No veo en qué manera puedo ayudar a Chiara. Estoy segura de que la tensión es lo último que necesita y eso es lo que conseguirá si nos ve juntos a su lado.

—No vas a ir a ninguna parte —dijo él sujetándola con sus dedos largos y fuertes—. En breve aterrizaremos. No te quites el cinturón.

—Quiero ir a casa y hasta que me lleves allí tengo la intención de encerrarme en el cuarto de baño. No quiero respirar el mismo aire que tú —dijo ella tratando de liberarse, pero él la sujetaba con fuerza.

—¡*Dio*, estate quieta!

—Quiero que le digas al piloto que dé la vuelta y me lleve a casa —dijo ella tratando de liberarse aunque sin ninguna convicción—. No iré a ninguna parte contigo.

—Has accedido a ir al hospital —le recordó él con gesto cortante mientras ella se revolvía, el dolor que sentía en su interior hacía que le temblara la voz.

Lo odiaba tanto. De verdad lo odiaba por ser tan frío e insensible; por no haberla creído; por no amarla.

—A visitar a tu hermana, sí, pero no a que me insultes. Nunca accedí a eso. Tu familia ya me ha atacado suficiente.

Rico inspiró profundamente y Stasia sabía por el brillo peligroso de sus ojos que estaba luchando por controlar el temperamento. Rico se enorgullecía de controlarlo perfectamente. Excepto con ella. Con ella estallaba sin poder contenerse. Era como observar un volcán dormido que entraba en erupción súbitamente. Pero a ella nunca le había dado miedo ese temperamento. De hecho, y por alguna extraña razón, le reconfortaba saber que Rico era capaz de demostrar emociones, aunque solo fuera ira. Al menos algo amenazaba su perpetua frialdad.

—En cuanto a tu primera apreciación, es evidente que vamos a Sicilia porque allí es donde está Chiara —dijo Rico mirándola con impaciencia mal disimulada–. A pesar del mal carácter que consideras que tengo, quiero a mi familia.

Stasia se quedó de piedra. Era precisamente esa obsesión con su familia, tan típica del carácter siciliano, lo que le había impedido ver la verdad. Y había sido ese amor por su familia lo que le había impedido a ella decirle la verdad sobre su hermana. ¿Cómo podría Stasia destruir sus ilusiones?

–Nunca he dudado de tu amor por tu familia –murmuró ella preguntándose por qué demonios estaban discutiendo de eso ahora, cuando ya era demasiado tarde–. Me has dicho que has llamado al hospital. ¿Ha habido algún cambio?

–¿Por qué lo preguntas cuando ambos sabemos que no te importa lo más mínimo? –dijo él mirándola con total desprecio y frialdad.

Stasia dio un grito ahogado por la sorpresa. Sí le importaba.

–Me importa, Rico –dijo ella sintiendo de pronto la necesidad de decírselo–. Si de verdad crees que no es así, me estás demostrando lo poco que me conoces –dijo ella irguiéndose al tiempo que se encontraba con los ojos negros de Rico clavados en los suyos.

–Ya vi claro lo poco que te conocía hace tiempo –dijo él con voz gélida, incapaz de perdonar–. Pero, por desgracia para mí, no fue antes de casarme contigo. Si hubiera sabido desde un principio tu verdadera naturaleza nunca te habría invitado a mi casa. Y tú nunca habrías tenido la oportunidad de corromper a mi hermana. La llevaste a clubes nocturnos cuando sabías que yo se lo había prohibido y Dios sabe qué más hiciste con ella.

–Te equivocas, Rico –dijo ella. Se había prometido que no iba a seguir gastando energía en tratar de defenderse, pero su sentido de la justicia era tan fuerte que no podía callar–. Y un día tendrás que arrodillarte y pedirme perdón.

—Ahórratelo –dijo él con sequedad–. Te pillé, mi preciosa esposa. Admite que te equivocaste y tal vez así podamos seguir adelante.

¿Seguir? ¿Adónde?

Stasia sintió el ardor de las lágrimas que pugnaban por salir de sus ojos y miró hacia la ventana tratando desesperadamente de recobrar la compostura. Se negaba a darle la satisfacción de saber que le había hecho daño. Y era lo suficientemente honrada como para reconocer que su ruptura no se debía únicamente a las tácticas manipuladoras de la hermana pequeña de Rico. Si hubieran sido una pareja de verdad, si en su relación hubiera habido algo más que sexo, nunca habría desconfiado de ella. Obligada a reconocer que su relación había estado abocada al desastre desde el principio, se hundió en el asiento y dejó de forcejear.

—Aterrizaremos dentro de diez minutos –le dijo con tono duro– y nos dirigiremos al hospital directamente.

Stasia inspiró profundamente y se dijo que no ganaría nada recordando el pasado. Tenía que centrarse en el presente, en la visita, y después podría irse a casa. Lejos de él.

—¿Cómo ocurrió el accidente? –preguntó tratando de no alejarse del presente.

—Estaba en casa de una amiga –dijo Rico apoyando la cabeza en el respaldo del asiento con los ojos cerrados como si el relato fuera así menos desagradable–. Habían salido a montar a caballo. Algo asustó al suyo y se encabritó. Chiara salió disparada y no llevaba puesto el casco.

Stasia hizo una mueca de dolor al imaginar el accidente y, por un momento, se quedó mirando a Rico, mirando sus espesas pestañas negras sobre la piel bronceada, la firme mandíbula y las perfectas facciones. Con los ojos cerrados no parecía tan despiadado, sino más humano; menos intimidante y más vulnerable.

Se parecía más al hombre del que se enamoró.

—Fuera lo que fuera lo que ocurrió entre nosotros, quiero que sepas que siento lo que le ha ocurrido a Chiara. De verdad. Debe estar resultándote difícil sobrellevar la espera, la incertidumbre... —se detuvo y lo miró con cautela. Por un momento le pareció ver una sonrisa de ironía en sus labios.

—No es mi punto fuerte, ya lo sabes —respondió él distraídamente y miraba el reloj al notar el cambio de velocidad del avión—. Hemos llegado. Debo decirte que toda mi familia está en el hospital. El grado de tensión entre nosotros es alto y la atmósfera está más cargada de lo que me gustaría. No tengo que decirte que no están esperando tu llegada con ilusión.

—Tú me pediste que viniera —le recordó ella poniéndose rígida al tiempo que Rico suspiraba y se pasaba los delgados dedos por el pelo negro y brillante.

—*Sì*, no tuve otra elección. Chiara preguntó por ti y eso fue razón suficiente para mí —contestó él mirándola con sus fieros ojos negros en clara señal de advertencia—. Pero no toda mi familia comparte mi opinión. Me gustaría pedirte que no expongas tu opinión en esta ocasión.

En otras palabras, no le estaba permitido sobrepasar la línea. Y, de pronto, se dio cuenta de lo duro que aquello debía estar resultándole. No solo por Chiara, sino también por ella misma. La había apartado de su vida. Para él, ella no significaba más que un nombre en los papeles de divorcio. Y ahora, las circunstancias lo habían obligado a invitarla a entrar de nuevo en su vida cuando era evidente que no le gustaba nada tener que hacerlo.

—Puede que tu familia no me apruebe, pero es su problema, no el mío —dijo ella con calmada dignidad—. Tú me has pedido que venga. No puedes esperar que también cambie mi personalidad.

–¡No te estoy pidiendo que cambies tu personalidad! –exclamó él visiblemente alterado–. Solo que te muestres sensible ante la situación. Están muy preocupados por Chiara. No necesitan más presión.

Desde luego no iba a ser un encuentro feliz, pensó Stasia con el ceño fruncido mientras se desabrochaba el cinturón y se ponía en pie para seguir a Rico hacia la puerta del avión.

Capítulo 3

Durante el trayecto en coche desde el aeropuerto hasta el hospital no intercambiaron una sola palabra.

Una vez más, Rico estaba hablando por teléfono acompañando sus palabras por gestos de las manos para poner más énfasis a lo que decía. Delante y en silencio iban el conductor y un guardaespaldas.

Para su sorpresa, el coche no se dirigió hacia la puerta principal del hospital, sino hacia un callejón oculto entre un vericueto de calles cercanas al centro. Había una salida de incendios por cuyas escaleras se accedía a una puerta.

–¿Por qué venimos por aquí?

–Porque todas las entradas al hospital están infestadas de paparazzi –explicó Rico frunciendo el ceño mientras la conducía por el estrecho callejón–. Este camino lleva a la zona de cuidados intensivos. Hasta ahora la prensa no parece haberlo descubierto.

A salvo dentro del hospital, Rico caminó con paso firme por un pasillo y se detuvo fuera de la unidad. La ansiedad se reflejaba en todos y cada uno de sus rasgos.

–Espera aquí.

Stasia se quedó fuera de la UCI con el corazón latiéndole con fuerza. La idea de ver de nuevo a la familia de Rico le impedía respirar con normalidad, y cuando este salió y le dijo que la iba a llevar directamente a ver a Chiara, sintió un gran alivio al pensar que el temido encuentro se posponía.

La joven yacía inmóvil, el rostro tan pálido como las sábanas de hospital que la cubrían. Un hematoma teñía de azul un lado de su cara y, a su alrededor, todo un equipo de máquinas de última generación monitorizaban su evolución emitiendo pitidos y zumbidos. Stasia sintió un repentino malestar en el estómago. La descripción breve que Rico le había hecho del estado de la chica no la había preparado para la realidad.

De pronto se dio cuenta de lo fuerte que era Rico de verdad. Estaba viviendo una pesadilla y aun así seguía ocupándose de todo: sus negocios, su familia, ir a buscarla para hacerla ir al hospital a pesar de que era lo último que deseaba hacer...

Sintió que los ojos se le llenaban de lágrimas. Incluso en aquel momento, Rico conseguía tener sus sentimientos bajo control casi absoluto. Parecía cansado, y tenso, pero seguía sin poder hablar de lo que sentía. Esa había sido una de las diferencias fundamentales entre ellos.

Durante su breve matrimonio, Stasia había deseado muchas veces que Rico hablara de verdad con ella, que le dijera que la quería.

Pero había esperado en vano. Ahora sabía que la razón era que no la amaba. En aquel momento, Rico la despreciaba.

Abrumada por la gravedad de la situación, las lágrimas asomaron a sus ojos y empezaron a temblarle las piernas.

–Estás muy pálida. ¿Te encuentras bien? Aquí dentro hace mucho calor y la atmósfera es realmente opresiva. Tenía que haberte avisado.

Stasia luchaba por contener las lágrimas y se preguntó cómo aún le quedaban. Creía que las había expulsado todas durante el último año llorando el final de su relación, el final de sus sueños. Le había echado tanto de menos que el dolor había sido casi físico.

No debería estar pensando en eso en ese momento, pero había algo en la atmósfera estéril del hospital que la hacía sentir más sola que nunca antes. Más consciente de lo frágil que es la vida. Notó la humedad salada en sus labios y se limpió las lágrimas con el dorso de la mano.

–Lo siento…

–No lo sientas –dijo él con voz áspera–. Un hospital no es el lugar más acogedor del mundo la mayoría de las veces, y en estas circunstancias… –se interrumpió y la condujo hacia una silla cercana.

Ella se sentó agradecida y miró con gesto impotente a Chiara. La chica estaba inmóvil e inconsciente.

–La vida no siempre sale como esperamos, ¿verdad? –dijo Rico acercando una silla a la cama. El tono de su voz expresaba las emociones que se acumulaban en su interior, algo que ella no esperaba oírle jamás, y la preocupación se dejaba ver en sus rasgos al tomar la mano inerte de su hermanita.

–Stasia está aquí… –continuó, dueño de nuevo de todo su control, y por un momento Stasia pensó si habría imaginado la emoción mostrada momentos antes. Más cómodo en su lengua materna, Rico habló entonces en italiano, con suavidad y sin dejar la mano de Chiara, como si deseara insuflarle algo de su fuerza vital.

Stasia permanecía quieta en la silla, ya no lloraba, y miraba a la chica que tanto la había odiado en el pasado. Le resultaba imposible creer que fuera la misma persona. En su estado inconsciente, Chiara había perdido toda su actitud desafiante. Solo era una niña muy vulnerable y Stasia vio cómo se desvanecía todo su resentimiento hacia ella.

–Los médicos pensaron que oír tu voz podría ayudarla… Habla con ella –dijo Rico levantando la cara hacia Stasia. Sus ojos marcados por la tensión parecían aún más oscuros.

Stasia lo miró sin saber qué decir. Iba a ser muy duro. Quería ayudar, pero no tenía ni idea de qué decirle a Chiara.

Consciente de que Rico la estaba mirando expectante, Stasia se inclinó sobre la cama. Se sentía cohibida como nunca antes en su vida. Si decía algo inadecuado...

–Hola, Chiara... –se detuvo y se aclaró la garganta–. Soy Stasia.

Nueva pausa. Casi esperaba que Chiara se incorporara y le diera una bofetada. Pero la chica no se movió.

–¿Qué te has hecho? ¿Por qué no llevabas el casco? Seguro que algún guapo chico te estaba mirando y no querías ocultar tu pelo...

Se detuvo al notar el ceño fruncido de Rico, pero no le hizo caso. Si tenía que hablar con Chiara sería de cosas que tuvieran sentido para la joven. Algo que reflejara la persona que era. Habría sido típico de Chiara no ponerse el casco si había algún chico mirando.

Stasia dudó un momento y finalmente posó la mano con delicadeza en el hombro de Chiara.

–Todos estamos preocupados por ti. Tu hermano se ha tomado el día libre incluso. Figúrate lo serio que es. No recuerdo que lo haya hecho antes, ¿y tú? Así que, si no quieres que Crisanti Corporation se derrumbe, será mejor que empieces a despertar... –continuó Stasia manteniendo un tono despreocupado, charlando de esto y de aquello hasta que Rico se levantó repentinamente, como si no pudiera soportarlo más.

–Es suficiente por el momento –dijo con voz áspera. Estaba muy tenso–. Se hace tarde. Tienes que descansar.

–Prefiero quedarme –Stasia no quería dejar la cama de la enferma si su presencia podía hacerla mejorar.

–Pareces agotada –dijo él a duras penas, como si temiera que Stasia pudiera malinterpretar su preocupación por algo diferente.

Pero no tenía por qué preocuparse. Stasia sabía perfectamente lo que Rico pensaba de ella y el hecho de que estuviera ahí en ese momento no era sino una muestra de su tremendo amor por su hermana. No una indicación de sus sentimientos hacia ella. Sabía que no sentía nada, al menos nada positivo.

–Ha sido un día duro –dijo ella con un tono apagado y, de pronto, se dio cuenta de que Rico tenía razón. Estaba agotada. Había estado pintando todo el día, absorta en su trabajo, tratando de olvidar…

–No has cambiado –dijo él entonces con un acento muy marcado, muy siciliano–. Sigues obsesionada con tu trabajo. ¿Te has dado cuenta de que no has hablado de nada más?

Eso era porque en su vida no había sitio para nada más. Pero consiguió sonreír con gesto irónico porque eso era lo que él esperaría de ella.

–¿Y eso lo dices tú? –preguntó ella con sequedad.

–Y sigues hablando demasiado.

La sonrisa de Stasia se desvaneció al recordar el pasado. Él siempre bromeaba con ella sobre lo charlatana que era.

–Creía que querías que hablara.

Rico se acercó a los pies de la cama como si necesitara distanciarse de algo.

–Así es. Pero ya es suficiente por esta noche. Suficiente para los dos. Hoy ha sido un día difícil para todos –dijo él mirándola para demostrarle con la mirada cuánto–. Ordenaré que te lleven a casa.

¿A casa?

Stasia tragó preguntándose si Rico se habría dado cuenta de lo que acababa de decir.

–No te pongas cariñoso conmigo, Rico. Esto ya no es mi casa. Y los dos lo sabemos.

Stasia no quería quedarse más de lo estrictamente necesario. Estar tan cerca de él la rasgaba por dentro. Lo que más deseaba era rodearlo con sus brazos y quedarse allí, implorándole perdón por no haber protegido más su relación hasta que él le explicara por qué no había ido a buscarla, por qué la había dejado irse.

Durante unos segundos, los ojos fieros y alterados de Rico chocaron con los de ella hasta que finalmente murmuró algo en italiano y apretó los puños.

–Por última vez, seguimos estando casados.

Si aún necesitaba pruebas de lo distintas que eran sus opiniones sobre la institución del matrimonio, ahí las tenía.

–Quiero ir a un hotel.

–Nada de eso.

–Rico...

–Hasta que se despierte quiero que te quedes en la villa para saber dónde estás. Después... –Rico se encogió de hombros con gesto despreciativo– eres libre de irte.

Stasia luchó contra el familiar sentimiento de frustración. Seguía siendo el mismo dictador. Sin duda, no iba a considerar su opinión en absoluto. Estaba acostumbrado a ordenar y ser obedecido.

–Puedo tomar mis propias decisiones, Rico –dijo ella con tono áspero–. No soy uno de tus empleados.

–No. Eres mi mujer –repuso él con frialdad–. Y harías bien en recordarlo.

–No es momento para tus ataques de siciliano machista y posesivo –dijo ella, pero la mirada de advertencia en los ojos relucientes de Rico la detuvo.

Y, de pronto, lo supo. Supo que él sentía la misma presión que ella. Seguía deseándola y saberlo debía estar resultándole insoportable.

De no ser por lo enfadada que estaba, habría sonreído. Tras las acusaciones que Rico había lanzado sobre ella, seguir deseándola debía ser una ofensa para él. Para un hombre que siempre tenía el control sobre todo, ser incapaz de controlar su respuesta física hacia ella debía ser frustrante.

Pero no quería sonreír. Quería gritar, llorar, golpearlo. La impotencia, la pérdida de tiempo, la consumían. No tenía que ser así. Podría haber sido diferente.

–Rico…

Este se apartó de inmediato, física y emocionalmente. Los ojos cerrados demostraban la autodisciplina como parte del hombre que era.

–Si tienes obligaciones de trabajo, puedes usar el teléfono –se limitó a decir con frialdad–. Haz lo que tengas que hacer, pero quédate en la villa.

Discutir con Rico requería grandes cantidades de energía y en ese momento no le quedaba nada.

Como si quisiera asegurarse de que no iba a salir huyendo de nuevo, Rico la miró durante unos interminables momentos y finalmente hizo un gesto de asentimiento casi imperceptible.

–Haré que te lleven a la villa.

La villa en la que habían pasado tanto tiempo juntos y en la que habían sido tan felices. No podía creer que Rico pretendiese que se quedara allí. Estaba segura de que no haría sino aumentar la tortura para los dos. Claro que podría ser que a él ya no le importara.

–¿Y qué vas a hacer tú? También necesitas descansar –dijo ella irguiendo los hombros.

Stasia no se preguntó por qué después de todo lo que había sucedido seguía preocupándose por él. Rico Crisanti no era un hombre que necesitara ni deseara la compasión de los demás. Prefería dar la imagen de ser invulnerable.

–Tengo que hacer algunas llamadas. Prefiero quedarme en el hospital.

Parte de ella se marchitó y murió cuando el verdadero significado de las palabras de Rico alcanzó su malherido cerebro. La enviaba a la villa porque él no tenía intención de ir allí, ni de compartir nada con ella. Saberlo le dolió tanto que tuvo que retirar la vista, olvidando toda esperanza de conectar con él. Rico no quería su preocupación, no quería reconocer sus propias emociones.

¿Para qué demonios la había enviado a la villa?

Cuatro horas después, Rico se desplomaba sobre una silla increíblemente incómoda de la sala de familiares que había empezado a odiar en las últimas semanas. Finalmente decidió que la paz de su villa era mucho más atractiva que la sala llena de familiares de buena voluntad, pero tremendamente pesados. El estado de Chiara no había cambiado, su madre y su abuela insistían en quedarse en el hospital y la prensa seguía aguardando como lobos, desesperada por cazar la noticia.

Entonces, ¿por qué la había enviado al único lugar que se erguía como santuario en la horrible situación en la que se encontraba? ¿Qué tipo de locura lo había poseído? ¿Y por qué no podía quitársela de la cabeza si la despreciaba desde lo más profundo de su corazón? En esos momentos debería estar pensando solo en su hermanita y, sin embargo, no podía dejar de pensar en la única mujer que casi había destruido su cordura.

Apretó los puños y, sin querer seguir cuestionándose, miró a su guarda de seguridad y le ordenó ir a buscar el coche para llevarlo a la villa.

En la parte trasera del coche, con los ojos hinchados por la falta de sueño, reconoció que la razón de que la enviara a la villa era que no confiaba en que no huyera si la dejaba ir a un hotel. Era evidente que no quería estar allí y ya le había demostrado que no le costaba irse cuando las cosas se ponían difíciles. Y ciertamente lo habían sido después de descubrir que le gustaban los adolescentes.

Una dentellada de celos lo hirió por dentro y la mueca de dolor que hizo demostraba que la herida seguía abierta. Tal vez Stasia había hecho bien en salir huyendo. Cuando ocurrió, lo único que deseaba era retorcerle el cuello con sus propias manos, aunque su huida no hizo más que confirmar su culpabilidad.

Entró en la villa con el cuerpo tenso, preparado para la batalla, pero no había señales de Stasia por ningún sitio y supuso que ya estaba dormida. Estaba muy pálida y parecía exhausta cuando le dijo que se fuera del hospital. ¿Sería por el choque de ver el estado de Chiara o más bien por la tensión de verlo a él? ¿Sentiría remordimientos de conciencia?

Despidió al servicio y se sirvió una bebida, el ceño fruncido al reconocer las debilidades de un hombre. Había aprendido a odiarla y aun así seguía deseándola con una desesperación primitiva que le impedía pensar en otra cosa.

Tanto si le gustaba como si no, llevaba a Stasia metida en la sangre y divorciarse no iba a cambiarlo. Así que cuanto antes aprendiera a vivir con ello, mejor para los dos.

Era solo una reacción a la situación en la que se encontraban, trató de convencerse. Buscar el alivio físico era una respuesta masculina normal en un momento de máxima tensión como ese.

Sus pensamientos viraron hacia su hermana y los hombros se le hundieron al tiempo que su expresión se tornaba oscura. La presión de tener que aguantarlo todo para mantener la esperanza de la familia estaba empezando a pasarle factura, y al ver la piscina al fondo de la terraza pensó si un tipo de ejercicio diferente conseguiría aliviarlo.

Decidió hacerlo más tarde y se sentó en uno de los sofás

blancos desde los que se contemplaba una vista inigualable de la piscina con el mar al fondo.

Los médicos le habían prometido llamar si había algún cambio y mientras tanto tenía llamadas importantes que hacer. Sabía que sus ejecutivos estaban esforzándose por no molestarlo, pero también sabía que su complejo negocio no se mantenía solo.

Terminó la bebida, se sirvió otra y llamó al director financiero que estaba tratando de solventar una difícil situación en las oficinas de Nueva York.

Una hora después, terminó la llamada y decidió comer un poco de carne fría que la sirvienta le había dejado discretamente en la mesa un poco antes. Comió sin prestar atención, la cabeza hundida en una pila de papeles que su ayudante le había enviado desde la oficina. De vez en cuando se detenía para garabatear una nota al margen o hacer alguna otra llamada y era pasada la medianoche cuando se recostó sobre el respaldo de la silla con los ojos cerrados.

La idea de nadar un poco le resultaba cada vez más apetecible y, levantándose con agilidad, se desnudó y se dirigió hacia la piscina. La superficie azul del agua relucía a la luz de una hilera de diminutas luces instaladas a lo largo de la piscina. Se zambulló en al agua cristalina y comenzó a nadar con brazada enérgica hasta el otro lado. La potencia que imprimía a sus brazadas pareció bastar para apartar momentáneamente la realidad de su mente.

Sintió su presencia sin verla.

Algo en la atmósfera cambió. Algo tan sutil que para cualquiera pasaría inadvertido. Pero no para él. El hecho de ser perfectamente consciente el uno del otro había sido parte de su asombrosa relación física. Incluso en una sala abarrotada de gente podría sentir su presencia y sabía que a ella le ocurría lo mismo.

Salió a la superficie, se aclaró el agua de la cara con un rápido movimiento de su mano bronceada y la vio en el borde de la piscina, mirándolo, su figura frágil y esbelta como la de un cervatillo y su llameante pelo suelto sobre una camisa de seda blanca.

Una de sus camisas.

—¿Robándome las camisas, Stasia? —sin pensar, habló en italiano y vio el escalofrío que la recorrió y su agitada respiración.

—No esperaba quedarme —replicó ella también en italiano, aunque su tono era muy dubitativo porque no hablaba con tanta fluidez—. No me he traído nada.

Habitualmente dormía desnuda. Mientras estuvieron juntos, él nunca le había permitido ponerse nada. Nunca quiso que cubriera su espléndido cuerpo.

—Siempre me robabas las camisa —dijo él cambiando al inglés.

Y con un innato sentido del estilo además. Siempre se las arreglaba para hacer que todo lo que se ponía se convirtiera en moda. Una determinada manera de llevar un pañuelo, colores que nadie se atrevería a combinar. Su ojo de artista quedaba a la vista en todo lo que tocaba.

Y luego estaba su pelo. Una mata arrebatadoramente sexy de un color rojo fuego que reflejaba la tempestuosa naturaleza de la mujer. Bastaría para hacer perder la cabeza a cualquier hombre.

—Tienes buen gusto para las camisas —dijo ella encogiendo los hombros casi imperceptiblemente—. No pensé que fueras a venir. Oí que había alguien en la piscina... —se detuvo. Su voz seguía teniendo el tono abrupto de alguien que está adormilado y, aun en el agua, Rico notaba cómo su cuerpo palpitaba en respuesta a ella. A menudo la había despertado en medio de la noche para hacerle el amor una vez más y ella había bromeado con él empleando el mismo tono de voz.

Salió de la piscina con un movimiento ágil y notó cómo los ojos de Stasia quedaban velados al verlo desnudo. Un nudo descendió por su garganta. Rico podía leer el deseo indiscutible en su mirada antes de que esta lograra ocultarlo.

Su reacción hacia la involuntaria mirada de Stasia fue instantánea y se apresuró a tomar la toalla sin dejar de maldecir por su incapacidad de mostrarse indiferente ante aquella mujer.

Stasia.

—Tenía que hacer unas llamadas —contestó él cubriéndose con la toalla. Tal vez, si dejaba de mirarlo, él podría calmar sus reacciones—. Trabajo. Pero necesitaba alejarme del hospital.

Y, sobre todo, de sus familiares, pensó con hastío. No lo admitiría delante de ella, pero estaba claro que sabía lo que estaba pensando. Lo sabía por la mirada que había en sus ojos, unos ojos verdes capaces de hacer que un hombre ardiera de deseo por ella.

El silencio entre ambos era atronador, la tensión se podía palpar y Rico agradeció tener la toalla. Al menos ocultaba su ridículamente predecible reacción. Por un momento deseó haberle hecho caso y haber dejado que fuera a un hotel. A cualquier sitio lejos de él.

Verla así, cubierta solo por una camisa suya, en su casa, sugería una clase de intimidad que ya no había entre ellos. Tenía que recordar que ya no era suya. Que ya no tenía derecho a tener aquellos primitivos y posesivos pensamientos hacia ella que inutilizaban su normalmente lógico cerebro.

Tampoco ayudaba que ella también lo deseara. Lo sabía por la forma en que sus labios estaban ligeramente entreabiertos, igual que solía hacer cuando sabía que la iba a besar;

y por sus ojos verdes cubiertos de un velo de expectación fijos sobre él. Signos sutiles pero perfectamente reconocibles para él.

Decidió ignorarlos, sin embargo.

—Deja de mirarme así —dijo él con más dureza de lo que había pretendido—. Deja de mirarme como si me desearas porque los dos sabemos que serías capaz de ir tras cualquier hombre. Prefiero tener la exclusividad en mis relaciones.

—¿Cómo puedes decirme algo así? —dijo ella palideciendo.

—Porque es la verdad —dijo Rico apretando los labios. Ella se las arreglaba siempre para hacerlo sentir culpable aun cuando él sabía que no tenía por qué.

—Tú también me estás mirando. ¿En qué te convierte eso? —dijo ella atropelladamente y Rico frunció ligeramente el ceño sin saber muy bien qué pensar de una reacción tan poco característica en ella. La había visto llorar en el hospital y le había molestado por ello. Sabía que Stasia era una mujer fuerte que no solía llorar.

—Si te miro es porque aún no puedo creer que me casara contigo —dijo él con crueldad. Al verla estremecerse se preguntó por qué tenía la necesidad de herirla cuando todo era ya parte del pasado.

—Te odio —dijo ella ahogando un grito de dolor.

—Tal vez, pero te guste o no, me deseas y eso es algo con lo que cuesta vivir —dijo él al tiempo que Stasia retrocedía un paso. Rico deseó que llevara algo más que su camisa porque le parecía que se estaba burlando de él. Aquellas espléndidas piernas desnudas hasta la mitad del muslo, los botones desabrochados que dejaban a la vista el escote que formaban sus voluptuosos pechos. Tenía un cuerpo diseñado para volver loco a un hombre.

Él lo sabía.

La miró expectante en la atmósfera sobrecargada, esperando que le devolviera el golpe, como siempre habían hecho. Estaba acostumbrado a mujeres que siempre le daban la razón, pero Stasia nunca había sido así. Ella siempre había conseguido enfurecerlo y excitarlo a partes iguales.

Pero esa noche era como si no le quedaran fuerzas para pelear. Stasia permaneció junto a la piscina, vestida con su camisa, con el aspecto de una jovencita perdida.

–Oí un ruido y quise comprobar quién era. Cuando he visto que eras tú me he acercado para preguntarte por Chiara. Dijiste que ibas a quedarte en el hospital –dijo ella con tono neutro, desprovisto de toda emoción–. ¿Ha habido algún cambio?

–Ninguno –contestó él dándose cuenta de que, desde que Stasia había aparecido en la terraza, no había pensado en su hermana.

Asqueado consigo mismo, le dio la espalda y entró en la casa. Se sentía repentinamente abrumado por la tensión que había estado soportando durante las dos últimas semanas. No había dormido apenas y sus afiladas capacidades intelectuales estaban visiblemente mermadas. Se dejó caer sobre el sofá más cercano y cerró los ojos.

–Rico…

Notó que el sofá se hundía a su lado y a continuación el contacto inseguro de los dedos de Stasia en su hombro. Aquella no era la misma Stasia. Aquella mujer sensible y tierna estaba infiltrándose bajo su piel y aumentando con ello su tormento.

Sus sentidos captaron el ligero y sutil perfume y se volvió hacia ella con la intención de decirle que no se preocupara y mandarla a la cama con palabras frías, pero algo en sus verdes ojos le hizo guardar silencio.

–Esto debe estar resultándote muy difícil –dijo con suavidad–, y tal vez sea el momento de admitir que también tú tienes sentimientos. Todos se apoyan en ti, pero olvidan que tú también necesitas apoyarte en alguien.

Rico deseaba que Stasia quitara la mano de su hombro. El suave contacto de sus dedos parecía conectar con todas las terminaciones de su cuerpo y de pronto se dio cuenta de cuánto había echado de menos su contacto.

–Solo estoy cansado. He estado en el hospital más de dos semanas…

–Mostrándote fuerte para todos. Tomando las decisiones por todos. Tienes que aprender a pensar en ti, Rico. En tus necesidades.

No fue la manera más adecuada de decirlo. En ese momento solo una necesidad llenaba su mente y al levantar la vista hacia ella recordó lo mucho que aquella mujer sabía de sus necesidades.

Una oleada de deseo peligroso y destructivo los invadió mientras Rico luchaba por contener las ganas de hundir el rostro en el cuello de Stasia y saborear su dulce piel.

No quedó claro quién hizo el primer movimiento. El caso fue que un segundo estaban separados y, al siguiente, las miradas de los dos quedaron entrelazadas, la boca de él en la de ella, ardiente, exigiendo y tomando, robándole el aliento y la protesta.

Claro que la forma en que Stasia le rodeó el cuello con sus delgados brazos le decían que tal vez no hubiera protesta alguna. Su cuerpo respondió con un escalofrío cuando Stasia le clavó ligeramente las uñas en la espalda. Fue una expresión primaria y básica del deseo lo que se apoderó de ambos.

Con la necesidad de dominar siempre, Rico la empujó contra el sofá y siguió besándola con pasión, satisfaciendo la necesidad imparable que lo había estado devorando desde que abrió la puerta de la pequeña casa en la que vivía y lo miró con aquellos audaces ojos verdes. Le hicieron olvidar la preocupación y el cansancio, todo menos el huracán de su libido y el hecho de que estaba frente a la única mujer con la que verdaderamente había deseado estar.

Sin despegar sus labios de los de ella, le desabrochó los botones de la camisa impregnada ya de su aroma. Su cerebro había dejado de funcionar con cordura. Le acarició con deseo posesivo el monte que formaban sus pechos arrancándole un grito ahogado de puro placer que no hizo sino aumentar la presión en la entrepierna. Entonces despegó sus labios para poder admirar la pálida suavidad de su piel que contrastaba con el tono bronceado de la suya. Siempre le había fascinado el contraste entre ellos. Fragilidad contra fuerza. Palidez inglesa frente al bronce mediterráneo. La cremosidad femenina frente a la dureza masculina.

Los pezones oscuros se erguían tentándole y él no se hizo de rogar. Inclinando la cabeza respondió a la súplica silenciosa de Stasia e introdujo en su boca húmeda la perla endurecida que era cada uno de sus pezones. Stasia respondió elevando las caderas y hundiendo los dedos en la mata oscura de su cabello. Perdido en la fiesta que aquello era para sus sentidos, continuó deleitándose azuzado por la forma en que ella gritaba su nombre entre gemidos sin dejar de arquear el cuerpo inmersa en el placer de sentir las caricias de un hombre experto que la llevaba a la cúspide.

La conocía muy bien. Sabía perfectamente qué teclas tocar para hacerla girar hacia el clímax.

Por un momento él era el dueño de la situación, pero entonces notó los dedos de Stasia en la toalla y sintió el tirón con que lo desenvolvió, a continuación la brisa en su cuerpo desnudo y finalmente la mano de Stasia cubriéndole reclamándole el control.

El contacto de su mano le arrancó un agudo gemido, reconocimiento involuntario de lo mucho que aquella mujer le hacía sentir. La forma en que conectaban. Y habrían llegado hasta el final, igual que había ocurrido desde su primera cita. Cuando empezaban no podían detener su mutua pasión. Pero el tiempo no les pertenecía y, como siempre, fue su móvil lo que los interrumpió, ese pequeño y aparentemente inocente aparato que siempre lograba alzarse entre ellos.

Ambos se detuvieron, inmersos en un acto de intimidad natural entre ellos pero que en el momento les pareció de todo punto chocante e inapropiado.

Maldiciendo, Rico se puso en pie y se envolvió de nuevo en la toalla antes de contestar con gesto impaciente.

Capítulo 4

–¿Despierta? –Stasia se incorporó a duras penas luchando por poner en su sitio la mata de pelo enmarañada que cubría su rostro sonrojado. No podía creer que hubiera llegado a esa situación: frustrada sexualmente y completamente humillada.

En un principio no había pensado en seguirle a la habitación, pero entonces lo vio tirado en el sofá totalmente hundido y le dolió. Esa fue la razón de tratar de reconfortarlo aunque debería haber sabido que no era seguro. Un solo roce y al momento estaba debajo de él. ¿Acaso no tenía orgullo, ni fuerza de voluntad, ni un poco de sentido de supervivencia? No conseguiría superar su etapa Riccardo Crisanti dándole acceso ilimitado a su cuerpo.

Pero estar de vuelta en la villa en la que habían sido tan felices la había hecho vulnerable. Débil y patética. Y al ver su espléndido cuerpo desnudo, había sido incapaz de mantener la fachada de dureza.

–Ha recobrado la conciencia hace cinco minutos –dijo él con tono tenso y no solo por la preocupación por su hermana. Stasia no estaba ciega. Veía que seguía estando totalmente excitado bajo la toalla, palpitando por consumar el acto.

Igual que ella.

La frustración sexual era tan endiabladamente aguda que quería gritar. Rico la miró, la mandíbula apretada.

–Tenemos que volver al hospital –dijo deslizando la mirada hacia sus pechos tersos que mostraban la marca enrojecida donde habían sido rozados por la barba incipiente. Seguidamente retiró la vista como si le resultara insoportable el recordatorio de su propia debilidad–. ¡Tápate!

–¡Maldito seas, Rico! –dijo ella con voz grave mientras se abrochaba los botones con manos temblorosas–. ¡No dejaré que me culpes solo a mí por esto!

–Te presentas vestida solo con una camisa.

–¡Tú estabas desnudo!

–Tal vez creas que porque te haya ofrecido sexo esté pensando en perdonarte.

¿Ofreciendo sexo?

–No necesito tu perdón, Rico... –su voz seguía siendo grave–, pero tal vez tú sí necesites el mío. Fuera de aquí.

Se quedaron mirándose incapaces de admitir la responsabilidad por no ser capaces de estar juntos y no hacer el amor. Ambos se negaban a reconocer que la química que había entre los dos era una fuerza tan poderosa que escapaba a su control, la atracción, algo tan natural para ellos como respirar.

–Con mucho gusto –dijo él mirándola durante un minuto más, la mandíbula fuertemente apretada, la mirada indescifrable mientras marcaba un número en el teléfono y ordenaba que prepararan el coche–. Y vístete. Salimos en cinco minutos.

Por un momento, Stasia se quedó sentada mirándolo, despreciándose por desear que se diera la vuelta y se acercara para terminar lo que había empezado. Dejó escapar un gemido y resistió la tentación de ponerse a patalear en el sofá.

En ese momento no sabía a quién odiaba más. A Rico por perder su control de hielo cuando estaba cerca de ella o a ella misma por desearlo de igual modo.

Su único consuelo era que Rico odiaba perder el control

casi tanto como ella, y si ella estaba sufriendo no tenía duda de que a él le estaría ocurriendo lo mismo. Y en ese momento deseaba verlo sufrir.

En el coche camino del hospital, Rico guardaba silencio, su mente y su cuerpo tan deseosos de hallar el alivio sexual a la tensión que empeoraba aún más su genio.

No podía mirarla. No podía ver las señales que su posesivo abrazo había dejado en ella momentos antes cuando la había tomado sin pensar en el futuro inmediato, el hecho de que su delicada piel siempre mostraba signos de sus atenciones durante horas después de haberse tocado.

El que su piel blanca fuera tan sensible siempre le había resultado fascinante a un hombre cuya piel se tornaba bronceada al poco de la exposición solar. En ella, sin embargo, los rayos del sol la volvían sonrosada y aumentaban sus pecas.

Como signo de la adoración por su suave palidez, había tomado como misión protegerla comprándole toda una serie de sombreros diseñados para protegerla del fuerte sol italiano.

Pero esta noche no había pensado en nada más que en su propia satisfacción y en ese momento se daba cuenta de que tendría que pagar el precio por semejante exhibición de implacable capricho masculino.

En menos de diez minutos estarían con el resto de la familia y tendría que enfrentarse a las miradas interrogativas de su madre horrorizada. Preguntas que no quería responder, que no podía responder.

Toda la familia se agolpaba alrededor de Chiara, y Stasia sintió que el corazón se le caía a los pies. Tras el apasionado encuentro con Rico se sentía aún más vulnerable y era consciente de que, a pesar de todos sus esfuerzos con el maquillaje, su cuerpo dejaba a la vista las señales inequívocas del mismo.

Quería que se la tragara la tierra especialmente cuando se encontró con la mirada sorprendida de la madre de Rico.

–Así que... has venido –dijo su madre con altanería sin dejar de observar la piel sonrojada de Stasia, deteniéndose en los labios hinchados y mirando a continuación a su hijo con una mirada horrorizada por el desconcierto.

Eternamente indiferente a la opinión de los demás, Rico miró a su madre con frialdad admirable y tomó a Stasia de la mano, desafiando abiertamente a cualquiera de los presentes a contradecirlo. Después, se acercó a la cama dejando bien claro quién estaba al cargo.

Patéticamente agradecida por el gesto protector, aunque sabía que no significaba nada, Stasia se agarró a ella como si fuera un salvavidas.

La madre de Rico retrocedió en señal de respeto, pero la mirada que le echó a Stasia estaba tan llena de dolor que esta notó que le costaba respirar. ¿Qué había hecho para merecer una mirada así? Nada. Excepto casarse con un multimillonario y eso había bastado para colgarle la etiqueta de cazafortunas.

–Chiara... –dijo Rico con la voz claramente emocionada por la preocupación mientras se inclinaba para besar a su hermana.

La chica abrió los ojos con dificultad y, por un momento, miró a su hermano sin comprender. Luego, sonrió.

–Rico –dijo ella con apenas un susurro, pero toda la familia dejó escapar un suspiro de alivio. La madre de Rico se acercó y abrazó a su hija, y su abuela se dejó caer en una silla junto a la cama y le tomó la mano mientras sendos regueros de lágrimas surcaban sus mejillas llenas de arrugas.

—Ha vuelto con nosotros...

Lo que daba la sensación de que llegaba el turno de que Stasia se marchara. Sin darse cuenta de lo que estaba haciendo, soltó la mano de Rico y retrocedió hacia la puerta.

Ya no la necesitaban allí. No era parte de la familia y nunca lo había sido. Chiara había recuperado el sentido y ella tenía que volver a casa.

Pero Chiara estaba diciendo algo más. Rico se irguió y miró a Stasia que ya estaba a punto de salir por la puerta.

—Espera —dijo con voz emocionada aún—. Pregunta por ti. Quiere hablar contigo.

Stasia se detuvo en seco. Por un momento pensó que no le había oído bien. ¿Para qué demonios querría hablar Chiara con ella ahora que estaba consciente? Llamarla desde su estado medio comatoso era una cosa, pero aquello era diferente.

Consciente de que toda la familia la estaba mirando, Stasia tragó con dificultad y soltó el pomo. Después de todo, ¿qué podía decir Chiara que no hubiera dicho antes? Con el corazón latiéndole con fuerza, se acercó a la cama. Rico se quedó a un lado cuando ella se acercó y miró a Chiara y el moretón que tenía en la frente cada vez más lívido.

—Hola, Chiara —dijo Stasia en voz baja—. Me alegro mucho de que estés despierta. Nos has tenido muy preocupados.

—Stasia —dijo Chiara con una tierna sonrisa al tiempo que cerraba los ojos—. Hermosa Stasia. ¿Cuando esté mejor, podemos ir de compras? Tú siempre estás tan guapa. Quiero que me enseñes a vestirme como tú.

Todos los presentes guardaron silencio, desconcertados. Stasia se quedó rígida, no muy segura de cómo responder. Rico y ella llevaban un año viviendo separados. ¿Por qué le estaría diciendo Chiara algo así? Miró a la joven en busca de los signos de burla que conocía muy bien, la expresión desafiante y el sarcasmo, pero no los halló por ninguna parte.

Los ojos de Chiara se abrieron y miró a su alrededor tratando de interpretar el silencio. Parecía precavida. Desconcertada. Como si supiera que algo andaba mal.

—¿Qué ocurre? ¿Qué... qué he dicho?

—Nada, *mia piccola* —se apresuró en responder Rico para tranquilizarla, tomándole una mano—. ¿Cómo te sientes?

—Me duele la cabeza. Y no comprendo por qué estáis todos aquí. ¿Qué ha ocurrido?

—Te conté lo del accidente —dijo Rico frunciendo el ceño—. ¿No recuerdas el accidente?

—Nada —dijo ella sacudiendo la cabeza tras pensar un momento—. Solo que estabais en vuestra luna de miel —dijo sonriéndole humildemente—. Y te enfadaste cuando me viste aparecer en la villa sin avisar. ¿Sigues enfadado conmigo o ya me has perdonado?

Rico se quedó de piedra, su poderoso cuerpo no podía moverse. A su lado, Stasia sentía la tensión de Rico y oyó a su madre murmurar preocupada al otro lado de la cama. Hizo un rápido cálculo mental y finalmente llegó a la conclusión de que el incidente que recordaba se remontaba a un año y medio antes, al comienzo de su luna de miel.

Antes de que hubiera tenido tiempo para reconocer sus diferencias irreconciliables. Pero ¿qué quería decir Chiara con aquello? ¿Estaba jugando?

La sonrisa de Chiara se desvaneció al ver el gesto de su hermano.

—Rico, ¿sigues enfadado conmigo?

—No, *piccola*, no estoy enfadado —dijo él mirando a su hermana en busca de pistas—. Pero ¿es eso lo último que recuerdas? ¿Tu llegada cuando Stasia y yo estábamos de luna de miel?

—¿Por qué? —preguntó Chiara asintiendo.

—Nada —respondió él, sonriendo. El tono rotundo que empleó no traicionaba la preocupación que sentía en realidad–. Tengo que hablar de nuevo con los médicos. Intenta descansar. No te preocupes por nada.

Los médicos acudieron a la llamada de Rico y el resto de la familia fue de nuevo a la sala de familiares. No tuvieron que esperar mucho. En unos minutos, Rico regresó, su aspecto más preocupado que nunca.

–Los médicos dicen que tiene amnesia. Pérdida de memoria –sus ojos se dirigieron a su madre mientras hablaba para no perder su reacción–. Parece que es algo normal. No puede recordar nada de lo ocurrido después de su llegada a la villa cuando Stasia y yo... –se detuvo y al momento continuó con un considerable esfuerzo– estábamos en nuestra luna de miel.

Stasia notó que se sonrojaba al sentir la mirada de todos en ella. Ella también recordaba el día perfectamente.

Habían estado en la playa, nadando y haciendo el amor sin parar. Cuando finalmente regresaron a la villa, abrazados, encontraron a Chiara en la piscina.

Rico se había puesto furioso con ella y Stasia había intervenido con amabilidad aunque también se sintiera un poco decepcionada al saber que no estarían solos.

Al final, Rico había accedido a las súplicas de Stasia y había permitido que Chiara se quedase el fin de semana tras el cual la envió de vuelta al colegio tras un severo sermón sobre la necesidad de concentrarse en los estudios.

Stasia dejó escapar un suspiro al darse cuenta de que si eso era lo último que recordaba Chiara había olvidado parte sustancial de su vida.

Sorprendida por la noticia de esta nueva complicación, la madre de Rico se dejó caer en una silla cercana con una mirada de horror en los ojos.

–¿Será para siempre?

–No lo saben con seguridad –dijo él encogiéndose de hombros–. Hay muchas probabilidades de que recupere la memoria, pero nadie sabe cuándo. A corto plazo, la prioridad es su recuperación física. Están muy contentos con los progresos que está haciendo. Si sigue así, podrá regresar a casa en unos días. Parece un milagro.

Su madre sonrió aliviada, las manos entrelazadas en el regazo.

–¿La llevarás a la villa?

–Necesita paz y descanso –asintió Rico–. La villa es el sitio adecuado. Haré los arreglos necesarios para trabajar desde Sicilia para poder vigilar su progreso.

–Yo me mudaré allí también para cuidar de ella –se apresuró a decir su madre, pero Rico sacudió la cabeza.

–No es necesario. Necesita tranquilidad. Será mejor que te quedes en tu casa y vayas a visitarla.

–Si crees que es lo mejor –dijo su madre a regañadientes.

Como siempre, respetaban la opinión de Rico, como el resto de la familia.

Cuando Stasia los conoció se quedó atónita ante la total dependencia que todos tenían de él para cada decisión y más tarde terminó por no poder soportarlo. ¿Acaso no había en toda la familia una mujer capaz de pensar y actuar por sí misma sin su permiso?

Stasia miró el reloj y se dio cuenta de que estaba a punto de amanecer.

–Bueno, está claro que ya no me necesitas aquí –dijo con voz tranquila mirando a Rico y tratando de evitar las ganas de lanzarse sobre él. Tratando de no pensar que probablemente fuera la última vez que iba a verlo. A partir de ese momento, su relación quedaría en manos de sus abogados de nuevo.

–Me temo que no es tan sencillo –dijo Rico con el ceño

fruncido como si tuviera que tratar un tema muy desagradable–. Por desgracia, la memoria de Chiara se ha quedado en un punto ocurrido hace un año y medio. Piensa que estamos felizmente casados.

Stasia tomó aire profundamente. Ella también se había dado cuenta de ese detalle.

–Entonces supongo que tendrás que decirle en algún momento que llevamos un año separados –pero no el motivo. Solo Chiara y ella sabían la verdad y Chiara ya no lo guardaba en la memoria–. Tendrás que decirle la verdad. En algún punto, Chiara buscará una explicación a por qué ya no vivimos juntos.

–En este caso la verdad no es una opción –dijo él–. Los médicos insisten en que no debe preocuparse por nada, que todo tiene que ser descanso y paz.

¿Qué estaba sugiriendo?

–Y los dos sabemos que Chiara quedó profundamente afectada por nuestra ruptura, Rico –dijo Stasia dejando escapar una risa amarga–. Se acabaron los juegos. Chiara estaba encantada de que nuestra relación fracasara. No creo que recordarle la verdad sea malo para su salud.

La madre de Rico emitió un sonido de clara protesta, pero ni Rico ni Stasia se molestaron en mirarla. Era como si estuvieran solos en la habitación, los ojos fijos en los del otro mientras debatían el conflicto que había entre los dos.

–Desgraciadamente para nosotros, Chiara está viviendo un momento diferente de nuestra relación –gruñó Rico haciéndole ver por su lenguaje corporal que aquello le resultaba tan difícil como a ella–, y no vamos a volver a lo mismo otra vez. *Dio*, ¿no te parece que ya estamos sufriendo bastante sin tener que traer los fantasmas del pasado?

–¿Qué sugieres entonces? –dijo ella sin poder contener el sarcasmo que los nervios le estaban provocando–. ¿Quieres que juguemos a la familia feliz? ¿Quieres volver a poner ese anillo de boda en mi mano?

Un largo y palpable silencio se hizo en la sala hasta que Rico dejó salir la respiración contenida.

–Si es necesario, sí.

Capítulo 5

Stasia guardó silencio, aturdida. Aquella no era la respuesta que esperaba.

–No puedes estar hablando en serio.

–*Dio*, ¿crees que bromearía con algo así? Mis abogados casi han terminado los papeles del divorcio. ¿Crees que quiero prolongarlo?

Si lo que quería era hacerle daño, lo había conseguido. Su madre se mostró sorprendida ante la falta de tacto de su hijo.

–No era necesario llegar tan lejos. Te pido disculpas –añadió Rico dándose cuenta de que se había pasado.

–¿Por qué, Rico? ¿Por ser tú mismo? –dijo Stasia echando la cabeza hacia atrás, la mata rojiza reluciente bajo las luces blanquecinas del hospital. Antes moriría que dejar que Rico viera el efecto que sus palabras tenían en ella–. Pero piensa que tu reacción demuestra lo ridículo de tu sugerencia. Puedes ponerme el anillo de nuevo, pero nunca podremos actuar como dos personas que se aman.

Con el ceño fruncido, Rico miró hacia sus familiares.

–Chiara agradecerá un poco de compañía.

No les ordenó que se marcharan, pero el significado real de sus palabras quedó claro para todos. Quería hablar a solas con Stasia. Esta los miró salir sin poder creerlo y cuando se giró hacia él sus ojos llameaban.

—¿Sabes cuál es tu problema?

—No... —Rico se enfrentó a Stasia con una mirada burlona— pero seguro que tú vas a decírmelo.

Stasia ignoró la advertencia implícita en su tono suave como la seda. Ignoró las señales que indicaban el frágil estado de su temperamento.

—Nadie te ha dicho nunca «no» a nada. Andas por la vida controlándolo todo, tomando siempre las decisiones y enfrentándote a los obstáculos como un toro. Bueno, tengo algo que decirte entonces —hizo una pausa para tomar aire—. Yo no voy a ser una más de esas mujeres que te persiguen con la lengua fuera, esperando a que les concedas un poquito de tu ilustrísima atención. Yo no soy una de esas mujeres irritantes y perfectamente sumisas que dicen siempre «sí».

Rico se acercó a ella tan rápidamente que Stasia no lo vio llegar.

—Los dos sabemos que yo sé cómo hacer que me digas que «sí» siempre que quiera, *cara mia*.

—No me llames así.

—¿Me tienes miedo, Stasia? —dijo él acercándose más con movimientos deliberadamente pensados para provocarla—. ¿O acaso te alejas porque no confías en tu fortaleza para resistirte a mí?

—No me das miedo... simplemente no me gustan los hombres que utilizan su corpulencia para intimidar a las mujeres. Es un gesto muy cobarde.

Rico echó la cabeza hacia atrás y soltó una gran carcajada, un sonido grave y profundo que retumbó en los oídos de Stasia haciendo que la tensión aumentara más todavía.

—¿Quieres que crea que te sientes intimidada por mí? ¿Tú, con tu afilada lengua y esos ojos llameantes que me desafían todo el tiempo? Dime una cosa de la que tengas miedo. ¡Solo una cosa!

Stasia tragó con dificultad. Sus propios sentimientos.

–No vamos a llegar a nada –dijo ella humedeciéndose los labios secos, aunque lamentó el gesto al momento cuando vio la mirada de él colgada de sus labios y en los ojos un reflejo dorado. Aquella mirada le resultaba tan familiar como la insidiosa sensación en la boca del estómago que sintió a continuación.

–Pero está claro que no podemos estar en la misma habitación sin querer matarnos y, a menos que Chiara haya perdido la intuición al igual que la memoria, no creo que haya forma de convencerla de que nuestra relación es verdadera. Me despediré de ella y después me iré.

–No vas a ir a ninguna parte –dijo él con el mismo tono suave–, y si te preocupa que no podamos convencer a Chiara de que estamos enamorados, deja que te ayude.

Debería haberlo imaginado. Debería haber visto las intenciones de Rico antes de que tuvieran lugar, pero su cerebro estaba entumecido y no era capaz de pensar con claridad y menos cuando notó cómo Rico le rodeaba la cintura con el brazo acercándola a sí al tiempo que se inclinaba para besarla, con la seguridad de un hombre que conoce su atractivo.

Fue un beso breve pero experto. Rico abrió la boca de Stasia con suaves movimientos de la lengua y se detuvo en una lenta exploración que prometía mucho más de lo que entregaba. Y tal como esperaba, aquella breve exhibición bastó para encenderla.

Stasia se dejó llevar hasta un punto en el que lo olvidó todo. Solo era consciente de él. El roce de la tez masculina contra su sensible piel, los sugerentes movimientos de su lengua y la forma en que su miembro erecto presionaba contra su pelvis. La tensión sexual vibraba en todo su cuerpo y solo pudo levantar los brazos y rodearle el cuello para acercarlo más a ella.

Y entonces Rico se detuvo.

Con humillante facilidad, levantó la cabeza y retrocedió un paso, en sus ojos una mirada fría desprovista de toda emoción.

–Creo que basta con esto para demostrarte que podemos resultar bastante convincentes cuando es necesario.

Stasia se sintió mareada. Lo odiaba profundamente por ser capaz de controlar la situación al contrario que ella. Su expresión no le pasó inadvertida a Rico que levantó las cejas con insolencia.

–Quieres creer que no me necesitas, Stasia, pero ambos sabemos que te acostarás conmigo siempre que quiera, así que no tiene sentido que trates de fingir lo contrario.

El sonoro bofetón que recibió a continuación Rico resonó en toda la sala.

–Eres un rastrero y vanidoso canalla, Rico –dijo ella con voz suave y a continuación se llevó la mano al pecho horrorizada por el inusual ataque de violencia que había despertado en ella. Hasta el momento, nunca había golpeado a nadie, pero Rico no dejaba de azuzarla–. Y no me quedaré aquí ni un minuto más. Te ruego des las instrucciones a tu piloto para que me lleve de vuelta a casa.

–No vas a irte a casa –dijo él con un brillo peligroso en sus ojos negros.

–Me pediste que viniera cuando Chiara estaba en coma. Bien, ahora ya ha despertado y no me necesitas más.

–Ya te he explicado por qué te necesito –replicó él apretando la mandíbula con fuerza.

–¿Para ser tu querida según te venga en gana? –dijo ella soltando chispas por los ojos–. No lo creo, Rico. Hay millones de mujeres que estarían encantadas de interpretar ese papel. Búscate una.

–Quiero que sigas siendo mi esposa hasta que Chiara recupere la memoria –gruñó él metiéndose las manos en los bolsillos como si temiera poder hacer algo de lo que más tarde se arrepentiría–. Pero ser mi esposa no es algo que sepas hacer muy bien, ¿no es así, Stasia? Te lo di todo. Un estilo de vida con el que nunca habrías soñado, pero cuando llegué un día a casa después de una dura jornada de trabajo, esperando encontrar a mi mujer esperándome, ¡me encontré que se había ido!

–¡Dos veces! Dos veces me fui. ¡Yo también tenía un negocio que atender!

–¿Para qué? –dijo él encogiéndose de hombros evidenciando lo poco que la conocía–. No necesitabas el dinero. Tenías cuenta ilimitada. Tenías todo lo que una mujer podría desear.

«Excepto amor», pensó Stasia.

–¡Dinero, dinero, dinero! El dinero no lo es todo en la vida, Rico. Hay otras cosas como la independencia y la autoestima. Me gusta mi trabajo. Necesito saber que soy buena en algo. Contribuir con algo importante.

–Eras buena en la cama –dijo él con suavidad sin despegar los ojos de los de ella–, y eso era lo importante para mí.

Stasia notó que le ardían las mejillas y retiró la mirada con un gesto de disgusto.

–Eres totalmente primitivo, Rico. Tú no quieres una esposa. Quieres una amante.

–Tuve dos amantes antes de casarme contigo –contestó con frialdad, su tono hastiado, siempre sin dejar de mirarla–. ¿Por qué iba a querer tener una tercera?

El rostro de Stasia se tornó lívido y el corazón hecho pedazos. Debió de volverse loca para creer que sus sentimientos hacia él iban a ser correspondidos. Rico no sabía lo que era el amor.

–Como de costumbre, nuestra conversación no nos lleva

a ningún sitio –dijo ella sin emoción al tiempo que tomaba el bolso y se lo colgaba al hombro–. Me voy, Rico, y no puedes hacer nada para detenerme. Si no quieres dejarme tu avión, tomaré un vuelo comercial.

Cualquier cosa que lo alejara de él.

–Al único sitio al que vas es a la villa a jugar a la familia feliz.

–No soy una empleada tuya, ni tampoco formo parte de la familia –dijo con amargura–, así que tampoco obedezco órdenes.

–Nunca lo hiciste –replicó él con frialdad–, pero aun así harás lo que te digo.

–¿Y cómo piensas coaccionarme? –dijo ella ladeando la cabeza hacia un lado en gesto desafiante–. ¿Clavos en los pulgares? ¿El potro de tortura?

–No tendré que recurrir a ningún método de tortura –replicó él sin alterarse–. Solo tengo que dar orden al banco de que ejecute el crédito sobre la tienda de antigüedades de tu madre. Una llamada, Stasia. Solo eso.

Stasia guardó silencio durante largo rato, la respiración agitada. Cuando finalmente pudo hablar su voz estaba lejos de sonar calmada.

–No puedes hacer eso. No deberías saber nada de eso, de hecho –sacudió la cabeza ligeramente sin poder creer que Rico estuviera hablando en serio–. El crédito no tiene nada que ver contigo.

–¿Quién es ahora la ingenua, Stasia? –dijo Rico con hastío–. ¿Por qué crees que el banco accedió tan rápido?

–No fue fácil. Tuvimos que presentar los planes del negocio... –se detuvo mirándolo fijamente.

–Que eran ambiciosos –dijo Rico con suavidad–, y el banco accedió a conceder el crédito porque yo me presenté como avalista.

—Eso no es verdad —dijo ella sin poder creer que fuera cierto—. Mientes.

—Llama al banco —contestó él sin inmutarse.

La cabeza de Stasia daba vueltas valorando todas las posibilidades, examinando los hechos.

—Pero yo solicité el crédito con mi nombre de soltera. Ni siquiera te mencioné.

—Eras mi esposa y me tomo muchas molestias en permanecer en el anonimato, como ya deberías saber —dijo él con tono seco—, pero un personaje popular que estaba en el banco te reconoció por la prensa. Solo entonces se mostraron atentos a todos tus requerimientos.

Una incómoda sensación de horror la invadió al recordar de pronto cómo los empleados del banco habían pasado de mostrarse condescendientes y obstaculizadores a deshacerse en halagos. En aquel momento, pensó que el cambio se obró porque realmente consideraban que el proyecto era viable. Ahora se avergonzaba de su ingenuidad.

—No —dijo Stasia cerrando los ojos, incapaz de creer que pudiera ser cierto, aunque sabía que lamentablemente así era. De pronto, sentía que las piernas le temblaban y empezó a encontrarse mal—. Nunca quise aceptar nada tuyo. ¿Por qué? —añadió tras quedarse mirándolo sin acertar a comprender—. ¿Por qué lo hiciste? Ni siquiera estábamos juntos…

—Llámalo compensación —dijo él con expresión ilegible—. Pago por los servicios prestados.

Stasia se giró para que Rico no pudiera ver el dolor reflejado en su rostro. Pago. Para él todo se traducía en términos monetarios, hasta su relación. Y aquella actitud explicaba por qué, durante todo su matrimonio, Stasia se había sentido como una amante, pero nunca su esposa.

—Hablo en serio, Stasia —dijo él reiterando con firmeza sus palabras anteriores—. O te quedas y haces el papel de amante esposa hasta que decida que Chiara está lo suficientemente bien o cierro vuestro negocio. Puedo y lo haré.

—No puedo creer que ni siquiera tú puedas caer tan bajo —dijo ella mirándolo con absoluto desprecio.

—Tu opinión al respecto es totalmente irrelevante —contestó él indiferente a la apasionada declaración de Stasia que acabó apretando los puños para evitar golpearlo de nuevo.

—Si haces daño a mi madre…

—Depende de ti —señaló él con suavidad ahora—. Accede a hacer de esposa mientras Chiara recupera la memoria, y el crédito estará asegurado. Cuando estemos divorciados me aseguraré de que el negocio pase enteramente a tus manos.

Stasia tragó con dificultad, su mirada llena de desprecio mientras consideraba la posición a la que la estaba forzando Rico. No le dejaba opción y lo sabía.

—Eres despiadado…

—Cuando quiero algo voy por ello hasta que lo consigo. Si a eso se lo llama ser despiadado, entonces lo soy —contestó él encogiéndose de hombros con absoluta indiferencia a lo que Stasia respondió dándose la vuelta asqueada, consciente de que también había empleado la misma táctica cuando decidió ir por ella.

—¿Por qué lo haces? —dijo ella con apenas un hilo de voz—. Nuestro matrimonio fue un desastre. Los dos lo sabemos. ¿Por qué quieres que vuelva?

—No quiero que vuelvas —dijo él mirándola de soslayo indicando así el desprecio que sentía por ella—. Pero Chiara necesita un ambiente estable. Hasta que recupere la memoria, tiene que estar protegida frente a situaciones chocantes para ella. Y nuestro matrimonio no fue un desastre —dijo esto último con un brillo peligroso en los ojos—. Pero tenías que ser tan cabezota y negarte a hacer que funcionara, demasiado independiente para aceptar que el matrimonio es una sociedad.

Y no permitiré que se castigue a Chiara por tus errores. No quiero que sepa que nuestra relación se ha acabado.

–No puedo creer que me estés haciendo esto. Que te lo estés haciendo a ti mismo.

–No es una solución práctica, Rico. Tengo que trabajar, tengo encargos que cumplir... –añadió cambiando de tema.

–Puedes trabajar en la villa –dijo él mirándola–. Pero nada de viajes. Todo aquello que tengas que hacer fuera de Sicilia tendrá que esperar hasta que Chiara mejore y podamos decirle la verdad.

Stasia quería discutir, pero no podía porque la felicidad de su madre dependía de que ella aceptara.

–De acuerdo –dijo ella sin fuerzas–. Lo haré, pero no esperes gustarme por ello.

–Cómo cambian los tiempos –dijo él sin dejar de mirarla, con todo el sarcasmo que fue capaz de imprimir a su voz–. Recuerdo cuando me llamabas al móvil cada hora suplicándome que regresara a casa para hacerte el amor.

Era cruel por su parte recordarle lo abierta que había sido con él, lo sincera. Nunca le había tenido miedo a contarle sus sentimientos, ni siquiera cuando él no le revelara nunca los suyos.

Levantó la barbilla en un intento por agarrarse al último girón de orgullo.

–Nunca te supliqué.

–Ya lo creo que lo hiciste, Stasia, con esa voz profunda tan sexy que sabes poner y cuando llegaba te encontraba desnuda en la cama. Esperándome. Deseándome.

Stasia cerró los ojos sin poder evitar el asco que la imagen le producía. La imagen de una mujer dependiente, algo que siempre se había jurado no ser.

–Sí recuerdo haber estado esperándote –dijo con frialdad haciendo un esfuerzo supremo por no desmoronarse–. Recuerdo los días interminables que pasé esperando a que llegaras a casa de un nuevo viaje de negocios. Sentada, aburrida y sola.

—¿Tan aburrida que te buscaste un amante?

—Eso no fue lo que ocurrió.

—¿Entonces cómo explicas lo del hombre desnudo en nuestro dormitorio? ¡Nuestro dormitorio!

—Vaya, veo que por fin quieres que hablemos de ello. Un año después. ¿No crees que es un poco tarde?

Rico decidió ignorar su sarcasmo aunque el color subió a sus mejillas, lo que siempre era un indicio de problemas.

—¿Sabía lo salvaje que eras en la cama? ¿Lo insaciable? Un tipo tan esmirriado como ese no pudo satisfacer tu apetito.

Stasia palideció. Solo él había hecho algo así. El único hombre con el que se había acostado, aunque él siempre le había atribuido más experiencia de la que tenía en realidad. La noche que descubrió que era virgen, a punto estuvo de disculparse, Rico Crisanti, un hombre que nunca se disculpaba por nada.

—*Madre de Dio*, ¿por qué estamos hablando de ello? —dijo pasándose los dedos por el pelo al tiempo que inspiraba para serenarse—. Necesito salir antes de que haga algo de lo que me arrepienta.

Y tras mirarla una última vez, salió de la habitación dando un portazo.

Capítulo 6

Chiara recibió el alta médica dos días después bajo la promesa de que su descanso en casa estaría supervisado.

Stasia sabía que debería estar contenta de que la joven se hubiera recuperado lo suficiente como para salir del hospital y, sin embargo, su ansiedad se disparó.

Chiara y ella habían pasado bastante tiempo juntas cuando vivía en Roma con Rico y había sido una experiencia muy estresante. Sabía que Chiara odiaba la villa que Rico tenía en Sicilia porque le parecía extremadamente aislada y aburrida. ¿Cómo se las arreglarían para convivir durante lo que podrían ser semanas enteras?

Pero Chiara parecía una persona completamente distinta.

Desde el momento en que llegó a la villa, se mostró patéticamente ansiosa por agradar, decidida a no ser una molestia y encantada con la vista que se disfrutaba desde la terraza.

–¿Crees que podré nadar en el mar? –preguntó un día mirando la playa privada y el océano reluciente bajo el sol italiano.

–Inténtalo primero en la piscina –dijo Rico entregándole un sombrero e indicándole una de las tumbonas–. Siéntate y Maria te traerá algo para beber. Y sería mejor que trataras de dormir un poco. Tengo que hacer unas llamadas. Si necesitas algo, pídeselo a Stasia. Te veré a la hora de la cena –y diciendo esto acarició la cabeza de la chica con afecto y se marchó.

—Siempre ha sido más un padre para mí que un hermano —murmuró Chiara y Stasia la miró con desconfianza, sin saber qué decir. Sabía que a Chiara le disgustaba aquello, al menos había sido así en el pasado.

—Te quiere mucho —respondió finalmente manteniendo una posición neutral.

Afortunadamente, Chiara se quedó dormida y la tardé pasó tranquilamente. Stasia salió a dar un paseo entre los frutales que rodeaban la villa, luchando con los recuerdos de su primera visita al lugar. Quedó prendada de la isla, de su historia y cultura, de la belleza del paisaje.

Con la emoción del turista, hizo que Rico la llevara a todos los lugares famosos, a visitar los magníficos templos griegos, las catedrales normandas y los palacios barrocos.

Inmersa en sus pensamientos, Stasia deambuló entre los árboles, tomó una naranja y regresó a la terraza cubierta de parras. Chiara seguía dormida y se acomodó en una tumbona con su bloc de dibujo, disfrutando de la ligera brisa marina.

Cuando Chiara se despertó, era hora de vestirse para la cena. Stasia se retiró a la habitación que había usado mientras Chiara había estado en el hospital y se dio cuenta de que sus objetos personales no estaban. Salió entonces en busca de la encargada doméstica de Rico.

—Sus cosas están ahora en el dormitorio principal, *signora* —dijo la mujer con seriedad y Stasia frunció el ceño.

Incómoda, Stasia se dirigió hacia el dormitorio y no se molestó en llamar a la puerta justo en el momento en que Rico salía de la ducha, su espléndido cuerpo cubierto de gotas de agua, secándose el cabello con una pequeña toalla.

Stasia se detuvo en seco y contuvo la respiración. Sus ojos quedaron fijos en él, en los hombros anchos y los poderosos bíceps. Contuvo un gemido de deseo al reparar en su torso. La sombra del vello acentuaba su masculinidad y guio los ojos ansiosos hacia su abdomen plano y aún más abajo, hacia su increíble virilidad.

Aunque mareada, dejó salir el aire de sus pulmones respirando trabajosamente, sin retirar la mirada del cuerpo de Rico. La reacción de él a la mirada femenina no se hizo esperar y resultó asombrosamente básica, aunque no se mostró avergonzado por la muestra de excitación. En vez de cubrirse con la toalla, la tiró a un lado y miró a Stasia a los ojos.

—Creo que, si mi hermanita nos viera ahora, no tendríamos mucho problema en convencerla de que seguimos estando juntos —dijo Rico levantando las cejas en un gesto burlón.

Stasia dio un respingo, horrorizada por su reacción. No había podido retirar la vista de él. Optó por volverle la espalda, abochornada, pero Rico dejó escapar una carcajada desprovista de todo humor.

—Creo que es un poco tarde para ambos fingir indiferencia —continuó Rico acercándose a ella—. El hecho de que sigas provocando esta reacción en mí, a pesar de lo que sé de ti, es una prueba de tu tremendo atractivo, *cara mia* —dijo con evidente disgusto.

—Maria me ha dicho que han traído mis cosas aquí —dijo Stasia con voz áspera. De pronto, sentía que le faltaba el aire—. Me pregunto por qué.

—¿Por qué crees? —preguntó Rico encaminándose al vestidor y poniéndose una camiseta.

Stasia entornó los ojos un poco deseando que hubiera empezado a vestirse por abajo. Aunque, ¿qué diferencia habría?

Sin borrar el gesto burlón de sus ojos negros, tomó unos calzoncillos de seda y se los puso sin dejar de mirar a Stasia, con expresión desafiante.

—Pensaba que era obvio —añadió terminando de ponerse los pantalones.

Stasia esperó a que las vibraciones sexuales del ambiente cedieran un poco, aunque sin éxito. Su cuerpo deseaba ardientemente a aquel hombre.

Se debía a que no había tenido sexo en el último año, razonó Stasia sin mucha convicción, al tiempo que retrocedía hacia la puerta, tratando de ignorar el calor que notaba en la zona pélvica.

–Volveré más tarde.

–Claro que lo harás –dijo él con suavidad–. A partir de ahora, dormirás aquí. Dormirás, te vestirás…, todas las cosas que cualquier pareja normal haría en su dormitorio.

–¿Esperas que comparta habitación contigo?

–Por supuesto.

–Estás loco –dijo ella con el corazón desbocado–. No pienso dormir aquí contigo.

–Entonces llamaré al banco –dijo él acercándose al teléfono con paso decidido y levantó el auricular.

–¡No! –exclamó ella llevándose una mano a la frente como si aquello la ayudara a pensar con más claridad–. No lo hagas.

–A partir de ahora –dijo Rico colgando el teléfono–, esta es tu habitación. La de Chiara está a solo dos de aquí. Si no duermes aquí, lo sabrá.

–¡No pienso dormir en la misma cama!

–La cena estará en diez minutos –dijo él mirando el reloj, ignorando por completo el apasionado alegato–. ¿No necesitas cambiarte?

Stasia lo miró con desprecio y finalmente se dirigió al vestidor y cerró la puerta dando un portazo.

Stasia se entretuvo después de la cena en un intento por prolongar el momento en que debería volver a la habitación.

–Será genial estar en casa con vosotros –dijo Chiara alegremente tomando una aceituna del plato–. Pero me siento culpable haciendo que te quedes aquí. Sé que quieres regresar a Roma, Rico.

Stasia dio un pequeño brinco cuando notó la mano de Rico en la suya.

–Es una forma de aprovechar mi tiempo con Stasia también –dijo mirándola con ojos tersos–. La he desatendido mucho en el pasado, siempre trabajando, y quiero rectificar –dijo llevándose la mano de Stasia a los labios, la mirada cargada de promesas sensuales.

Para su horror, Stasia sintió un nudo en la garganta. Esas eran las palabras que debería haber dicho cuando estaban juntos de verdad y no en aquel momento, cuando era demasiado tarde y solo lo decía para que su hermana se recuperase.

–Os prometo no entrometerme esta vez. Podéis ser lo románticos que queráis. Ni siquiera os daréis cuenta de que estoy.

Agobiada por el exceso de emociones, Stasia se liberó de la mano de Rico y dejó caer el tenedor.

–Lo siento… estoy un poco cansada. Creo que me iré a la cama –dijo ignorando la mirada de advertencia de Rico y se levantó–. Buenas noches. Te veré mañana en el desayuno.

Se marchó entonces buscando refugio en la habitación. Sabía que era cuestión de tiempo que Rico apareciera. Lo hizo minutos después, con el ceño fruncido.

–Será mejor que te esfuerces más por hacer bien tu papel o acabaré haciendo esa llamada.

–Al contrario que tú, me cuesta mucho vivir una mentira. Es algo que tengo que aprender a hacer –dijo ella sentándose en el borde de la cama, ligeramente mareada.

–Pues hazlo rápido –la advirtió él con suavidad–, o se acaba el trato.

–Lo intento.

–¿Llamas intento a pasarte toda la cena sin decir una palabra? –dijo él levantando las cejas en gesto interrogativo–. No has levantado la vista del plato. ¿Qué ha ocurrido con nuestras miradas amorosas?

–Estoy intentándolo.

–Pues hazlo más rápido. Y a partir de ahora, quiero que hables como lo haces de forma normal. El silencio no es tu marca de identidad precisamente. Y quiero que sonrías y que me toques a la más mínima oportunidad, *cara mia*.

–¿Querer estrangularte cuenta? –en los ojos de Stasia llameó el reflejo del fuego de antaño y Rico la miró complacido.

–Guarda eso para el dormitorio –le sugirió con una sonrisa de depredador que le daba un aspecto más peligroso de lo habitual–. En público, quiero que me toques como una amante esposa.

–Pero no quiero tocarte como una amante –dijo ella con gesto de dolor.

–Mientes y los dos lo sabemos –dijo él con suavidad mientras sujetaba la camiseta por el bajo con deliberada lentitud y después se la sacó por la cabeza–. Puede que a los dos nos disguste, pero lo cierto es que nunca se nos ha dado bien evitar tocarnos. Tal vez tenga que recordártelo.

Stasia trató de huir de la cama, pero Rico se movió con asombrosa velocidad y la retuvo sujetándola por la cintura.

–Déjame. Esto no formaba parte del trato –el corazón le latía con tanta fuerza que parecía que iba a explotarle y trató de zafarse empujando con ambas manos el torso de Rico. Error. En cuanto sus dedos entraron en contacto con el vello de su bronceada piel, no quería apartarse. Desesperada, intentó reunir la fuerza de voluntad para liberarse, pero Rico estaba demasiado cerca.

Empezó a perder la noción. Había pasado mucho tiempo desde que la hubiera abrazado por última vez, mucho tiempo desde que aspirara por última vez el aroma varonil que tan seductor le parecía.

Permanecieron así un momento, al borde de la locura sexual. Y entonces sus labios se unieron. Fue un gesto de pura posesión. Rico maniobraba con su lengua exigiendo el acceso a la boca de Stasia, con una precisión tal que esta comenzó a temblar como él esperaba. Siempre había sabido cómo conseguir una reacción máxima en ella.

Sus manos descendieron entonces de la cintura hasta las nalgas y la atrajo hacia sí con primitiva necesidad, acercando la pelvis de ella a su miembro erecto. Hombre contra mujer. Dureza contra suavidad. Stasia se ancló a los músculos de sus hombros mientras Rico se sumergía en las profundidades de su boca con pasión ciega, dejándole ver lo que aún era capaz de hacerle sentir.

Y finalmente no pudo soportarlo más. El fuego que sentía en su interior solo se aliviaría con aquel hombre. Nada más importaba.

Stasia gimió y Rico la tumbó en la cama y se colocó sobre ella, no sin antes quitarse el resto de la ropa. Con los ojos fijos en ella, la desnudó con movimientos rápidos y le separó las piernas regalándose la mirada ardiente con ello.

Stasia hizo una señal de protesta, pero él la ignoró. Deslizó entonces una mano por la suave hendidura que formaban sus pechos y fue descendiendo hasta la mata de rizos brillantes que escondían su feminidad. Sin dejar de mirarla, exploró con los dedos aquella zona de extrema sensibilidad con erótica precisión.

Stasia cerró los ojos y comenzó a moverse al compás olvidando todo lo que no fueran las sensaciones que Rico era capaz de crear en su cuerpo altamente receptivo. Cuando los abrió, Rico observaba tras las espesas pestañas su absoluta rendición a sus caricias expertas.

El clímax llegó con tal intensidad que Stasia le clavó las uñas en los hombros y gritó su nombre. Rico se inclinó y la besó con fruición, absorbiendo los gemidos y la respiración entrecortada de Stasia, silenciándola. Sin sacar los dedos, Rico alargó el momento hasta que el cuerpo tembloroso de Stasia quedó exhausto.

Cuando las últimas contracciones del orgasmo se extinguieron, Rico levantó la cabeza sin retirar la mano, y miró con gesto burlón las mejillas enrojecidas y los labios entreabiertos de Stasia.

—Siempre has sido una mujer muy receptiva en la cama —dijo Rico sin molestarse en ocultar su erección—. Tal vez no me sorprendiera que tuvieras una aventura. Siempre te mostraste desesperada por el contacto sexual y es obvio que te dejé sola demasiado tiempo.

Fue un comentario muy cruel, particularmente porque Stasia no estaba capacitada mental ni físicamente para responder. La intensidad del clímax la había dejado exhausta, pero aún quería más.

—¿Te hacía esto? —continuó él con dureza mientras sus dedos comenzaban a moverse de nuevo con una precisión que no le dejaba más opción que jadear y arquear la espalda—. ¿Sabía cómo encenderte? ¿Y hubo más o solo él?

Cerró los ojos y cambió la posición de las caderas en un intento por alejarse de él, pero este la retenía contra la cama con su cuerpo.

—¡Rico, no! —exclamó ella—. No hablas en serio. Tú no quieres esto y yo tampoco.

—Creo que ya hemos comprobado lo que tú quieres —dijo él con suavidad, inclinándose y lamiendo con pericia uno de sus hermosos pezones—. Ya es hora de aclarar lo que yo quiero. Y eso, mi querida esposa, eres tú.

Stasia trató de empujarlo, de apartarlo, pero Rico aún tenía los dedos dentro de ella y con un deliberado movimiento de su lengua, envió olas de placer a todo su cuerpo hiperexcitado.

—No me deseas... —consiguió decir ella por fin.

—¿No? —contestó él con ironía cambiando ligeramente de posición para que Stasia pudiera sentir la presión de su miembro erecto contra la pierna—. Por mucho que nos moleste, desafortunadamente el cerebro y el cuerpo no siempre están de acuerdo.

—Pero tú crees que he estado con otros hombres...

—Como te he dicho, a veces el cerebro y el cuerpo no están de acuerdo. Saber que eres una fulana no parece haber curado mi problema —dijo él con tono áspero mirándola con el ceño fruncido—. Y en este momento, no me importa demasiado tu pasado. Tengo que pasar por alto el hecho de que otros hombres hayan disfrutado de algo que fue mío en exclusiva. No se me da bien compartir, pero estoy tratando de superarlo.

Herida hasta lo indecible, Stasia le devolvió el insulto.

—¿Y si yo soy una fulana, en qué te convierte a ti?

—¿Desesperado? —se limitó a decir él mientras, con un rápido movimiento, la colocaba bajo su cuerpo con un gemido y hacía descender su boca hacia la de ella para acabar con la conversación.

Rico no dudó. No le dio tiempo a prepararse para lo que iba a hacerle. Deslizó la mano debajo de sus nalgas para colocarla bajo él a su completa satisfacción y la penetró con fuerza casi brutal que extrajo de ella un gemido, mezcla de sorpresa y placer. Rico era grande, casi había olvidado cuánto, y tuvo que relajarse y recordar que su cuerpo podía acomodar a aquel hombre. Lo había hecho muchas veces.

Entonces se detuvo, una cortina de sudor cubría su piel bronceada, y tras mascullar algo en italiano, la penetró con más fiereza aún, como si lo moviera algo más que simple lujuria. Asombrosamente básico. La expresión más primitiva del sexo. Totalmente abrumada por la demostración de posesión que estaba ejerciendo hacia ella, Stasia le clavó las uñas en los hombros y enroscó sus piernas sobre él.

–Sea quien sea con quien hayas estado antes, ahora eres mía –dijo él empujando de nuevo para dejarlo claro, en su voz una nota triunfal, aunque ella no era consciente de nada que no fueran las sensaciones físicas que consumían su cuerpo. Se arqueó hacia él, ofreciéndole más, un movimiento de respuesta instintiva a la virilidad de su pareja.

–Rico... –gimió elevando los labios hacia él, insinuante, y él dudó un segundo antes de descender sobre ella. Pero cuando lo hizo, tomó su boca con apremio, y continuó moviéndose sobre ella sin descanso. Pero, sobre todo, tomó su corazón, y cuando alcanzaron juntos el clímax, Stasia lo retuvo dentro, consciente de que nunca podría dejar de amar a aquel hombre. Podía hacerle daño, podía enfurecerla más que nadie en el mundo, y seguiría amándolo.

Cerró los ojos aferrándose a él, sintiendo el latido de su corazón, el sudor de su piel y la calidez de su aliento contra su cuello. Rico no se movió. Su peso debería molestarla, pero no era así. Le parecía reconfortante. Hacía mucho tiempo que no lo sentía y cerró los ojos para sentirlo con más fuerza, preguntándose cómo podría continuar viviendo lejos cuando ella solo quería estar allí. Con él.

Cuando finalmente Rico salió de ella y se dejó rodar hacia un lado cubriéndose los ojos con el antebrazo, Stasia se sintió desprotegida. Tragó el nudo que se le había formado y miró hacia un lado. Al segundo, lamentaba haberlo hecho.

Rico era el reflejo de un hombre atormentado. No hubo dulzura ni prolongación del momento íntimo que habían compartido. Solo un aura de autorrecriminación que dejó la atmósfera tan cargada que casi podía cortarse con un cuchillo. Era evidente que su honor se había mancillado al ceder a sus deseos y tocarla.

Sin hablar y sin ni siquiera mirarla, se puso en pie y se dirigió al baño cerrando la puerta tras él.

Entonces, Stasia se echó a llorar. La puerta cerrada era un símbolo de las barreras que Rico Crisanti levantaba entre él y las mujeres que había habido en su vida. Y con ella no iba a ser diferente. Puede que se hubiera casado con ella, pero no compartía nada con ella excepto su cuerpo. No había sido para él más que una amante con un anillo en el dedo. Sexo con los papeles en regla.

Oyó el agua correr en la ducha y lo imaginó frotándose para eliminar las marcas de su tórrido encuentro. La constancia del hecho se le clavó en la carne como un cuchillo afilado. Pero peor aún era saber que nunca podría dejar de sentir lo que sentía hacia él.

Entonces se acurrucó de lado en la cama y se cubrió con la sábana en un gesto protector. Lo amaba de una forma que nunca sería correspondida. Y tendría que aprender a vivir con ello.

Él no había querido que ocurriera. Aún excitado y despreciándose por su debilidad, Rico permaneció bajo la ducha dejando que el agua calmara su piel enfebrecida. Tenía los ojos cerrados, y la espalda apoyada en la pared mientras intentaba borrar la culpa y la vergüenza.

Había sido muy brusco.

Por mucho que ella hubiera gemido de placer. Saber que había perdido el control no le hacía sentir bien. De hecho, saber que probablemente le había hecho daño lo horrorizaba. Ninguna mujer lo merecía, no importaba lo que ella le hubiera hecho.

Consciente de que por mucha agua fría que dejara caer la culpa no desaparecería ni tampoco la vibración de ciertas partes de su cuerpo, cerró el grifo y alcanzó la toalla.

Se quitó el agua de los ojos y anudó la toalla alrededor de sus caderas delgadas. No podía dejar de preguntarse por qué lo habría hecho. Tal vez por orgullo, pensó mientras se acercaba al espejo y comprobaba que su tez raspaba con la barba incipiente. Stasia le había dejado, y él quería demostrarle que era más hombre que cualquiera de sus amantes.

Al pensarlo, sus dedos se cerraron sobre el borde del lavabo hasta que los nudillos se pusieron blancos de la fuerza. No tenía nada que ver con el orgullo. Simplemente, no podía soportar la idea de que otro hombre la hubiera tocado.

A su mujer.

A pesar de la ducha fría, el sudor perlaba su frente y maldijo suavemente al reconocer el sentimiento rabioso que bullía en su interior. Eran celos. Un sentimiento primario que lo llevaba a tomar posesión de lo que sentía como suyo.

Pero ella ya no lo era. Ella lo había dejado y él se lo había permitido, tan consumido por sus propios sentimientos que ni siquiera había considerado alternativa.

Inspiró profundamente y se miró en el espejo. Desde el momento que Chiara había pronunciado el nombre de Stasia, había sabido lo que iba a ocurrir. En ningún momento había habido la más mínima posibilidad de que pudieran convivir en la misma casa sin responder a la química que siempre había habido entre ellos.

Recordó entonces su primera cita. La había llevado a su *palazzo* en Roma y se había pasado la velada contándole que no debería quedarse, fingiendo que iba a volver a su hotel. Pero sus protestas no eran nada convincentes y los dos lo sabían. Su destino había estado sellado desde el momento en que se vieron en el vestíbulo de mármol de la sede de Crisanti Corporation. El sexo que habrían de compartir era inevitable y no había hecho sino atizar la excitación y las expectativas.

Y cuando se enteró de que era virgen, no hubo duda de que no iba a dejarla escapar. Quería retenerla. Y lo hizo ofreciéndole lo único que nunca le había ofrecido a otra mujer.

Matrimonio.

Le dio todo lo que creía que podía desear y, aun así, pareció no ser suficiente. La idea le produjo un desagradable amargor en la boca.

Hasta la noche anterior, estaba seguro de que no había marcha atrás. Ahora, ya no estaba tan seguro. Dejó escapar una risa cargada de cinismo. Era un completo imbécil. Aun sabiendo lo que era, seguía perdidamente loco por ella.

Se lavó la cara con agua fría y se miró de nuevo al espejo. La expresión de su rostro se había vuelto repentinamente fría. ¿Por qué seguía negándoselo? Stasia era una mujer bella y seguía siendo su mujer. El sexo era asombroso con ella y, a pesar de sus negativas, era obvio que lo deseaba con la misma desesperación que él a ella. No había razón aparente por la que tuvieran que dejar de disfrutar de su relación física. Nada de «te quiero», ni bagaje emocional. Solo sexo.

Cuando Chiara recuperase la memoria, se despediría de Stasia sin mirar atrás. Convencido de la nueva decisión que justificaría nuevos y apasionados encuentros, empezó a afeitarse.

Capítulo 7

Cuando Stasia se despertó a la mañana siguiente, el lado de Rico en la cama estaba vacío y, a juzgar por la almohada mullida, era obvio que había dormido sola. El estrecho sofá que había en un extremo de la habitación, sin embargo, mostraba señales de haber sido ocupado. Se estremeció por el dolor al pensar en el grado de repulsión que debía de haber empujado a Rico a elegir un incómodo sofá para pasar la noche en vez de usar su propia cama.

Stasia se sintió repentinamente deprimida por ello, pero ¿qué esperaba? ¿Despertar con un beso cariñoso de buenos días? No. Lo que habían compartido la noche anterior no había tenido nada que ver con el amor. Rico era un hombre tremendamente sexual que no quería privarse de obtener satisfacción física aunque fuera con su futura exmujer.

Saltó de la cama y notó el inusual dolor corporal. Sonrió con amargura mientras se dirigía a la ducha. Reticente a enfrentarse a Rico y no muy segura de conseguir poner la fachada de amante esposa que Rico le exigía, se tomó su tiempo vistiéndose, con la esperanza de que cuando bajara, Rico ya hubiera desayunado y se hubiera encerrado en su despacho.

Pero no tuvo suerte. Lo encontró con su hermana, descansando en una tumbona en la terraza, con su aspecto arrebatadoramente atractivo y vigoroso.

Retrasó el momento de reunirse con ellos paseando hasta un frutal cercano. Se detuvo un momento, perdida en sus recuerdos, y tomó una naranja. Siempre le había encantado hacerlo. Y Rico solía bromear con ella sobre sus gustos sencillos. Realmente tenía gustos sencillos, pero él nunca había sabido apreciarlos. Y tampoco su familia.

Aún reticente, se dirigió a la terraza. Chiara estaba terminando de comerse un pastel y charlaba animadamente con su hermano. Levantó la vista sonriente en el momento que Stasia se sentaba.

–Te has levantado tarde. Debías de estar cansada –dijo Chiara acercándole café–. ¿Tomaste mucho sol ayer? Tienes la piel enrojecida alrededor del cuello...

Consciente de que Rico la estaba mirando mientras jugueteaba con su taza de café, Stasia alcanzó un plato y un cuchillo.

–Tengo la piel muy sensible –dijo con tranquilidad y Chiara enrojeció al darse cuenta de lo que había querido decir.

–Oh... yo no he querido... –avergonzada, la joven miró hacia el mar–. Hoy va a hacer calor. Puede que baje a la playa.

–Entonces llévate a Gio contigo –se apresuró a decir Rico–. No deberías estar sola. Y no te quedes mucho rato. Tienes que descansar a la sombra.

Evidentemente ansiosa por escapar de la escena, Chiara murmuró algo enrojeciendo aún más y entró en la casa.

Stasia la miró marchar mientras pelaba una naranja.

–Bueno, supongo que ya podemos creer que tu hermana está convencida de que estamos muy unidos –dijo Stasia con voz cortante dejando caer la piel de la naranja en el plato–. Debes de estar encantado. Todo ha salido según tus planes.

–No exactamente. Lamento lo de anoche... –dijo él apurando el café.

–Sí, claro... –se detuvo luchando por evitar que la voz le temblara–. Acostarte conmigo no entraba en tus planes, ¿no?

–Stasia... –dijo Rico tenso.

–¿Crees que no sé cómo te sentiste después de hacerme el amor? –a pesar de sus esfuerzos, la voz le temblaba–. Te odiaste, Rico. Te odiaste por perder el control del que tanto te enorgulleces, te odiaste por haber tocado a alguien como yo.

–Eso no es verdad –dijo él inhalando profundamente.

Algo en su voz hizo que Stasia lo mirara con detenimiento. Y sus ojos chocaron. Stasia contuvo el aliento mientras recordaba lo ocurrido la noche anterior.

Y él también lo recordaba.

–Digamos entonces que no va a volver a ocurrir –dijo ella retirando la vista y concentrándose en el plato–. A menos que quieras que Chiara comparta habitación con nosotros, no hay motivo para que vuelva a ocurrir. No tendrás que lamentarte más.

–No lamento haberte hecho el amor –dijo él con su acento siciliano inusualmente marcado–. Y lo cierto es que tú y yo no podemos estar juntos sin desear arrancarnos la ropa. No finjas que anoche fuiste una víctima. Me deseabas tanto como yo a ti.

Quería negarlo. Quería borrar la mirada complacida de su hermoso rostro. ¿Pero cómo? Decidió refugiarse en el ataque ya que no podía negar lo ocurrido.

–Realmente piensas que eres el amante número uno, ¿verdad?

–A juzgar por tus reacciones de anoche, sí –respondió él encogiéndose de hombros quitándole importancia al asunto. Stasia se humedeció los labios preguntándose cómo podría mostrar indiferencia hacia aquel hombre.

–Entonces, ¿qué es lo que lamentas?

–Haberte hecho daño –contestó él con un suave ronroneo

tan íntimo como la mirada que había en sus ojos–. Fui muy brusco contigo y lo siento.

Aquello la tomó por sorpresa. Nunca antes lo había oído disculparse por algo. De pronto, Stasia se sintió cohibida, algo totalmente ridículo después de las intimidades compartidas la noche anterior.

–No me hiciste daño –contestó ella con voz grave y una media sonrisa apareció en los labios de Rico.

–De acuerdo. Pero si no lo hice fue porque tú estabas tan desesperada como yo –dijo él con gesto serio de nuevo. De pronto, sus ojos eran fríos–. ¿Cuál es tu excusa entonces, mi hermosa mujer? ¿Tu amante no te satisface últimamente?

–Maldito seas, Rico –dijo ella levantándose con tal brío que la silla rascó el suelo de la terraza y a punto estuvo de caer al suelo. Furiosa por la forma en que Rico había transformado un acto de amor en algo sórdido, se encaró con él–. Te pasabas la vida trabajando. Solo venías a casa porque necesitabas sexo y, al final, cada vez venías menos. Tienes miles de empleados. Necesitas aprender a delegar.

Con ello, se dirigió hacia la casa, pero Rico la tomó de la muñeca. El corazón empezó a latirle con fuerza y se enfrentó a su fiera mirada de rabia. Tal vez no debería haberle dicho algo así.

–Cuando necesite lecciones sobre cómo dirigir mi negocio, te preguntaré. Y cuando necesite lecciones sobre cómo mantener a mi mujer satisfecha, te preguntaré también –dijo él con voz tranquila aunque un ligero temblor en las mejillas traicionaba su furia–. Está claro que te mantenía muy ocupada en la cama. Probablemente sea justo advertirte que, mientras estemos en la villa, vas a estar demasiado exhausta para moverte, y mucho menos mirar a otro hombre, *cara mia*.

–Rico…

Pero este ignoró su protesta. Su ceñuda expresión revelaba

la intención que tenía mientras la tomaba en brazos y la llevaba de nuevo al dormitorio.

–Rico… por el amor de Dios… –Stasia luchó durante unos segundos, pero su cuerpo ya estaba respondiendo. Bastaba con que la mirara. Ya notaba la familiar ola de deseo en la pelvis, y notaba el cuerpo sensible al contacto con él.

La depositó en la cama y se tumbó sobre ella para evitar que quisiera zafarse de él.

–Querías más atención por mi parte… –decía Rico, su voz silenciada contra el cuello de Stasia–, y vas a tenerla.

–Rico, esto no es más que fingir que…

–Nada de fingir –murmuró él mientras la desnudaba con destreza y le separaba las piernas, ansioso por hundir la boca en el vértice.

Stasia ahogó un grito de sorpresa y comenzó a gemir, seducida por la forma en que Rico lamía y besaba la zona más sensible de su cuerpo enviando oleadas de placer por su cuerpo tembloroso. Se mostró despiadado, explorando con destreza implacable hasta llevarla al éxtasis.

Cuando finalmente la penetró, Stasia dejó escapar un gemido sostenido y entonces Rico se detuvo, el rostro perlado de sudor y la respiración entrecortada.

–¿Acaso te parece que esto es fingir?

Tal vez, al darse cuenta de que era incapaz de contestar, Rico la embistió con más fuerza, pero con movimientos deliberadamente lentos. Si la noche anterior se había comportado como un salvaje, ahora pensaba mostrarse más controlado pero no menos devastador.

Deslizó una mano bajo sus nalgas y la elevó, entrando así en ella hasta el fondo y saliendo casi por completo hasta que Stasia gimió en señal de protesta y lo agarró con fuerza, urgiéndolo a entrar de nuevo. Pero esta vez tenía el control. Y la llevó con maestría hasta rozar el éxtasis más agónico una y otra vez. Por fin, cuando había alcanzado el orgasmo cuatro veces, decidió que era momento de su propia satisfacción y penetró una y otra vez aumentando el ritmo hasta alcanzar su propio orgasmo y llegar a eyacular dentro de ella. Cuando lo hizo, gritó su nombre entre jadeos, oprimiéndola con fuerza contra sí e, increíblemente, Stasia tuvo un nuevo orgasmo. Lo sintió y él también. La explosión fue tan violenta que al cabo reinó la calma tras la tormenta.

Rico rodó fuera de ella y se cubrió los ojos con el antebrazo. Tumbada en estado de laxitud absoluta, Stasia lo miró para ver si él se sentía igual. Si no lo conociera tan bien, habría dicho que no tenía palabras para expresar lo ocurrido.

Pero no era el caso. Como si hubiera sentido lo que estaba pensando, y decidido a minimizar lo que habían compartido, abrió los ojos y bostezó.

—Será mejor que descanses —advirtió con voz sedosa al tiempo que se ponía en pie—, para luego.

—No podemos seguir haciendo esto, Rico...

—Sí podemos —aseveró él con el tono que caracterizaba todos sus movimientos—. Después de todo, seguimos estando casados. ¿Por qué no?

Eso era. Para Rico, sexo y matrimonio era lo mismo. El hecho de que hubiera una gran laguna emocional entre ambos escapaba a su entendimiento.

Se cubrió los ojos con los brazos para no ver el magnífico cuerpo de Rico. Estaba rendida y exhausta, pero si se hubiera acercado dispuesto a hacerle el amor de nuevo, ella habría accedido de buen grado. Quería poder mostrarse indiferente a él, pero parecía que, en lo que respectaba a Rico, era insaciable.

Le costó un poco darse cuenta de que Rico había terminado de ducharse y se había puesto unos pantalones cortos y una camisa desabrochada hasta la mitad del pecho que dejaba a la vista los rizos de su viril pecho. Se le veía extremadamente satisfecho y muy atractivo.

–Vamos a bajar a la playa con Chiara. ¿Puedes andar o necesitas que te lleve?

–Tengo que ducharme –dijo ella poniéndose en pie. Pretendía sonar indiferente, pero le costaba mucho con la penetrante mirada de Rico clavada en ella.

–Date prisa. No quiero dejarla mucho rato sola.

–Está rodeada de guardaespaldas –dijo Stasia entrando en el baño–. Nunca está sola.

–No es lo mismo –gruñó él siguiéndola y apoyándose en el marco de la puerta sobre un hombro.

–No pienso ducharme mientras me observas –dijo ella mirándolo con fiereza.

–Es un poco tarde para el pudor, ¿no crees? –dijo él con un tono burlón mientras acariciaba con su mirada los pechos y las piernas de Stasia–. Conozco cada milímetro de tu cuerpo.

–No me conoces en absoluto, Rico –dijo ella mirándolo.

–Sé exactamente cómo tocarte para encenderte –dijo él con voz tersa–, cómo llevarte al límite.

–Eso es en el terreno físico, Rico –dijo ella acercándose y dándole un ligero empujón para poder cerrar la puerta–. Yo hablo de sentimientos. Y en ese terreno no me conoces en absoluto. Estaré con Chiara dentro de cinco minutos.

Y diciendo esto cerró la puerta.

Cuando llegó a la arena, la sorprendió ver a Rico tumbado junto a su hermana en una zona sombría. No pensaba que fuera a quedarse.

–¿No trabajas, Rico? –dijo sentándose en la parte de la manta extendida que estaba más lejos de él. Era el único punto donde todavía daba el sol y vio que fruncía el ceño.

–*Idiota…* –su voz era brusca y extendiendo una mano la acercó a él–. Sabes que te quemas con facilidad. Cinco minutos bajo este sol y tendrás la piel al rojo vivo, *cara mia*. Ven a la sombra.

La preocupación que traspasaba su tono de voz y la calidez de su mirada le resultaban demasiado insoportables a Stasia, que se recordó que solo era una fachada en pro de la recuperación de Chiara. Optó finalmente por acercarse con el consuelo de que de un momento a otro Rico subiría a su despacho a trabajar.

–¿Cómo te encuentras? –le preguntó a Chiara.

–Bastante bien. Solo me duele un poco la cabeza –dijo la chica levantando con una sonrisa avergonzada la vista de la revista que esta devorando–. Y sigo sin recordar nada de lo ocurrido desde vuestra luna de miel. Espero que tú me ayudes a llenar las lagunas.

–Vive el presente –dijo Rico con suavidad alcanzando un bote de crema y poniendo un poco en su mano. A continuación se dispuso a extenderla en la espalda de Stasia con un suave masaje.

No pudo evitar volver la cabeza para mirarlo y al momento sus miradas chocaron, dejando tras de sí un reguero ardiente igual que cuando se tocaban. Las manos de Rico conocían su cuerpo a la perfección.

Stasia ahogó un gemido frustrado. Hacía menos de una hora que la había dejado satisfecha en la cama. Y aun así parecía que su cuerpo no había tenido suficiente…

–Ahora ya sé dónde se quedó mi memoria –rio Chiara poniéndose boca abajo y cubriéndose los ojos en señal de horror fingido–. Debió de ser cuando os vi en vuestra luna de miel. Si seguís estando así después de un año y medio, debe de haber sido insoportable estar con vosotros de recién casados. ¿Salíais de la cama alguna vez?

–¡Chiara! –exclamó Rico frunciendo el ceño en señal de desaprobación–. No quiero que hables así.

–No soy una niña, Rico –dijo Chiara con suavidad–, y sé lo que ocurre en la vida. Si no lo supiera, entonces tendrías de qué preocuparte.

Stasia miraba con la boca abierta, atónita. Era la primera vez que escuchaba a Chiara contradecir a su hermano.

–Me preocuparía de todas formas –dijo Rico con voz grave extendiendo la mano hacia el pelo oscuro de su hermana en un gesto de afecto–. Preocuparse entra dentro del papel de hermano mayor, ¿sabes?

–Pero ahora tienes una mujer de la que preocuparte, Rico –dijo Chiara sonriendo y bostezando a continuación–. Lo que me pregunto es cómo no habéis tenido niños aún.

Por primera vez en su vida probablemente, Rico pareció absolutamente descolocado. El silencio se alargó por momentos hasta que finalmente Stasia habló.

–Tal vez haya sido por culpa mía –dijo con tranquilidad alargando la mano hasta tomar la de Rico–. Tenía una profesión, ¿sabes? Una que amaba mucho y que implicaba viajar. No quería tener hijos inmediatamente. Por eso decidimos esperar.

No era una mentira, pero tampoco la verdad. Lo cierto era que no habían decidido nada. Nunca habían discutido el tema. Parte de la tensión en los hombros de Rico pareció aliviarse y el apretón que Stasia sintió en su mano era una señal de aprobación y gratitud.

–Me sorprende que te dejara esperar –dijo Chiara poniéndose de lado y mirándolos con ojos divertidos–. Puede que haya perdido parte de mi memoria, pero sé que mi hermano es un hombre muy primitivo. Quiere que su mujer dé a luz muchas miniaturas de sí mismo. Si te ha dejado en paz hasta ahora no debes dejarte engañar. Solo está esperando el momento perfecto. Te dejará embarazada cualquier día.

Stasia enrojeció y Rico frunció el ceño.

—Ya basta, Chiara —sus palabras iban dirigidas a Chiara, pero sus ojos estaban puestos en Stasia, vigilantes—. ¿Tienes demasiado calor?

—No —contestó ella sacudiendo la cabeza con una sonrisa. No era calor, sino pánico. Ninguno de los dos había pensado en usar anticonceptivos...

Hizo un cálculo rápido y llegó a la conclusión de que no era muy posible que se quedara embarazada. Sería muy mala suerte. O tal vez buena. Por algún motivo, la idea de tener un hijo de Rico le gustaba a pesar de que su relación no tenía futuro.

—Has dicho que tenías una profesión —dijo Chiara untándose crema en los brazos—. ¿Ya no la tienes?

—Ya no pinto murales —murmuró Stasia alejándose de la idea del embarazo—. Ahora solo pinto cuadros, casi siempre por encargo, así que ya no tengo que viajar tanto y, a veces... —se detuvo justo a tiempo cuando iba a decir que a veces ayudaba a su madre con las antigüedades revelando así que Rico y ella ya no estaban juntos— a veces me dedico a hacer cosas en casa.

—Me encantaría pintar —dijo Chiara con voz soñadora mientras se tumbaba boca arriba con los ojos cerrados—. Parece relajante.

—Puede serlo —convino Stasia—, pero a veces es frustrante. Cuando una pintura no sale como me gustaría me vuelvo loca.

—Me gustaría aprender. ¿Querrás enseñarme?

Stasia miró a la chica con expresión de sorpresa y Chiara abrió los ojos.

—Pareces sorprendida. ¿Odiaba pintar o qué?

Consciente de que Rico la miraba, Stasia recuperó la calma.

–No lo sé. Nunca hablamos de ello, en realidad.

Chiara frunció el ceño mientras se apoyaba sobre un codo para mirarla.

–¿Qué me gustaba hacer entonces?

Stasia la miró sin saber qué decir. La verdad no resultaba muy apropiada.

–Eras la típica adolescente. Te gustaba la ropa y estar con tus amigos…

–Amigos –Chiara frunció el ceño burlonamente–. ¿Tenía un novio o algo así?

–No tenías novio. Era muy estricto en eso –dijo Rico tomando aire y sus rasgos parecieron tensarse–. Muchas de tus amigas se pasaban las noches en clubes nocturnos, bebiendo y acostándose con chicos. Afortunadamente para mí, tú nunca pareciste querer hacerlo.

Stasia miró hacia el mar con mucho cuidado de no revelar nada con su expresión. La conversación se estaba moviendo en terreno peligroso.

–¿Y qué me gustaba hacer?

–Estudiar. A veces cenabas con la familia.

Stasia fijó la mirada en el horizonte. Y a veces se agarraba cada berrinche que no quería salir de su habitación. Y cuando su hermano estaba fuera, se escapaba a algún club o invitaba a amigos a casa, amigos que Rico le había prohibido frecuentar.

El móvil de Rico sonó y este se levantó.

–Tengo que contestar –dijo a modo de disculpa–. En seguida vuelvo –y se alejó por la arena.

–Continúa –dijo Chiara alcanzando la botella de agua cuando su hermano se hubo alejado–. Ahora que no está puedes decirme la verdad.

–¿Sobre qué?

–Puede que haya perdido la memoria, pero algo de lo que

Rico ha dicho no tiene sentido —murmuró Chiara frotándose la frente con los dedos—. Ojalá no me doliera tanto la cabeza. Me gustaría que esta nube que ciega mi mente desapareciera. Es como si las respuestas estuvieran ahí pero ocultas.

—Tal vez sea mejor que volvamos a la villa —sugirió Stasia, pero Chiara sacudió la cabeza.

—El dolor de cabeza siempre está. Puedo seguir aquí —miró hacia el mar e inhaló profundamente—. Me gusta.

—¿De verdad? —preguntó Stasia mirándola sorprendida—. Me alegro.

—No me gustaba antes, ¿verdad?

—Bueno, solías decir que era aburrido. Pero ahora has madurado y… —Stasia dudó.

—¿Menos irritante? —dijo Chiara con sequedad—. Tenía novios, ¿verdad? Y él no lo sabía. Lo sé por tu cara.

Stasia se quedó de piedra. ¿Cómo responder? ¿Se suponía que tenía que decirle la verdad a Chiara y que había sido uno de esos novios a quien había encontrado Rico aquella noche? No, claro que no podía. Tenía que concentrarse en facilitarle la recuperación para poder volver a Inglaterra lo antes posible.

—No creo que el pasado importe mucho —dijo Stasia finalmente, sonriendo—. Y creo que es el presente lo que importa. Tienes que concentrarte en ponerte bien.

—Tengo esta niebla en el cerebro. Sé que las respuestas están en algún sitio, pero no puedo verlas.

En ese momento, Rico regresó y se tumbó en la manta con ellas.

—¿Por qué no estás trabajando? —murmuró Chiara y Rico fijó una mirada burlona en Stasia.

—Estoy aprendiendo a delegar —dijo él con suavidad y Stasia no pudo evitar sonreír.

—Lo siguiente será escuchar cómo hablas de tus sentimientos —dijo Stasia.

—Será mejor que mantengas tus expectativas dentro de lo razonable, *cara mia* —dijo inclinándose hacia ella y dándole un beso en los labios entreabiertos—. Sigo siendo un hombre y los hombres, sobre todo los sicilianos, no conocen la debilidad.

—Querrás decir que no podéis mostrar debilidad —lo corrigió ella en un intento por aligerar la atmósfera cuya temperatura había empezado a subir por momentos.

—Probablemente sea culpa tuya —dijo Chiara dando un bostezo—. Rico ha sido el hombre de la casa desde que tenía quince años. Todos nos apoyamos en él. Esperamos de él fortaleza y respuestas para todo. Si alguna vez viera una señal de vulnerabilidad en él, me entraría el pánico.

Stasia se quedó en silencio tratando de digerir las palabras de Chiara. Nunca se le había ocurrido pensar en ello. Sabía que su padre había muerto cuando era muy joven y sabía que se le consideraba el cabeza de familia, pero porque siempre había asumido que así eran las típicas familias sicilianas. Siguiendo un impulso se levantó y lo miró con una sonrisa retadora.

—¿Te apetece darte un baño?

Sin esperar respuesta, se dirigió al agua y se zambulló sin pensárselo. Y Rico tras ella. Stasia dio un grito al notar el agua fría y él la rodeó por la cintura riendo.

—No me metas debajo del agua —suplicó ella tratando de encontrar el equilibrio en él—. Qué fría.

—Aún no hace demasiado calor. Dentro de poco, el agua estará más caliente. Y no olvides que te parece más fría porque el sol quema mucho. Si te quedas bajo el agua, no notarás el frío —los ojos de Rico relucían con la chispa traviesa y, dando otro grito, Stasia trató de zafarse.

Con toda la facilidad, la tomó en brazos y la suspendió fuera del agua mientras ella se sujetaba a él y pedía que no la tirara. Él lo hizo, claro. Cuando salió chapoteando, Rico estaba riéndose y al poco ella también.

—Creo que me he bebido medio océano —dijo aclarándose el agua de los ojos—. ¡Ya vale!

—¿Te rindes?

—Nunca —sus ojos resplandecían—. Esperaré para pillarte por sorpresa y entonces me subiré encima de ti.

—¿Seguro? —dijo él con su acento siciliano sumamente marcado mientras se acercaba a ella.

—¡No! ¡Rico, otra vez no! Me pondré mala si trago más agua —trató de huir, pero era torpe dentro del agua y Rico la alcanzó rápidamente.

Pero esta vez no trató de meterla debajo del agua. En vez de eso, la rodeó con sus brazos y la miró oculto tras sus espesas pestañas.

—Esto me recuerda a nuestra luna de miel —dijo él leyéndole la mente.

—No, Rico...

Ella no quería volver allí. No quería revivir el pasado. Se trataba de fingir para ayudar a Chiara y después continuaría con su vida.

—Hacía mucho que no te veía reír así —dijo él con voz grave y levantando una mano le retiró el pelo cobrizo de la cara—. Cuando te conocí, no parabas de reír. Siempre reías, incluso en los momentos menos oportunos. No podías evitarlo.

Consciente del calor de su cuerpo contra el suyo y de sus dedos en su pelo, Stasia intentó respirar normalmente.

—Cuando te conocí, tú también reías. En nuestra luna de miel, te reías mucho.

—¿Qué ocurrió entonces? —preguntó él rodeándole el óvalo de la cara con las manos.

—¿Me estás preguntando que cuándo dejé de reír? —preguntó ella apartando la mirada, incapaz de soportar tanto dolor–. Supongo que fue cuando volvimos a Roma. Estabas trabajando. Yo también. Los dos estábamos estresados...

–Si no hubieses insistido en trabajar tanto, habrías sufrido menos estrés...

–¡Maldita sea, Rico! –Stasia se liberó y lo miró fijamente–. ¡No empecemos otra vez! Yo quería trabajar. Tú lo sabías. Pintar es parte de lo que soy.

–Nunca pretendí que dejaras de pintar.

–Pero tampoco me animaste. No querías que otros disfrutaran con mi trabajo. No querías que tuviera ningún tipo de carrera profesional.

–No la necesitabas. Como tú acabas de señalar, nuestras vidas estaban muy estresadas. Tu insistencia en continuar con tu carrera no hizo sino aumentar la presión.

–¿Y por qué tenía que hacer yo todo el sacrificio? Tú solo pensabas en ti y en tus necesidades. ¿Y qué ocurría con las mías? Yo necesitaba una ocupación. No me gusta estar sentada como un jarrón, en caso de que se te ocurra venir a casa en busca de sexo.

–No era así –dijo él poniéndose rígido.

–Así fue exactamente. Te casaste conmigo, Rico. Sabías la persona que era y, por alguna razón, en el momento que nos casamos, esperabas que me convirtiera en otra. Esperabas que encajara en el papel de la perfecta esposa italiana.

–No esperaba que encajaras en nada. Te di todo lo que necesitabas. Tu vida debería haber sido perfecta –inspiró profundamente–. Nuestro matrimonio debería haber sido perfecto.

–Lo que yo necesitaba no eran cosas materiales –dijo ella mirándolo llena de frustración–, pero tú estabas tan centrado en ti mismo que no te dabas cuenta.

–¿Qué sentido tiene ir a trabajar cuando de pronto te haces millonaria? –preguntó él mirándola con absoluta incomprensión masculina.

—Para ser un tipo tan brillante, eres muy tonto. ¿No lo sabías? –dijo ella apretando los puños–. No lo hacía por el dinero, algo que sabrías si te hubieras ocupado de hablar conmigo de vez en cuando en vez de desnudarme cada vez que nos veíamos.

Rico se quedó mirándola como si le hubiera golpeado y pareció haberse quedado sin palabras. Stasia miró a su alrededor y se rio con amargura.

—¿Te das cuenta de lo ridículo que es todo esto? Nunca lo habíamos discutido en serio y, de pronto, estamos en medio del mar hablando cuando ya es demasiado tarde –miró hacia la arena y vio que Chiara se levantaba–. Sabrá que estamos discutiendo si no tenemos cuidado. Deberíamos regresar.

Sin esperar respuesta, salió del agua y corrió hacia la chica. No quería seguir hablando del fracaso de su relación. ¿Qué sentido tenía? Cuando Chiara recuperara la memoria, sus caminos se separarían. Y por mucho que se torturara, tendría que acostumbrarse.

Capítulo 8

Rico caminaba por su despacho luchando por contener unos sentimientos que no quería reconocer. Estaba volviendo a suceder. Unos pocos días habían bastado para hacerlo caer bajo su embrujo. No le bastaba con tenerla en su cama todas las noches, quería tenerla en su vida.

Sin prestar atención a la espectacular vista, Rico miró distraídamente por la ventana recordando la conversación de la playa.

No era un hombre introspectivo, ni dado a recordar el pasado. Pensaba que no tenía sentido. Y, sin embargo, desde la conversación no había sido capaz de concentrarse en nada. Stasia lo había acusado de pensar solo en sí mismo. A él, que trabajaba sin parar para poder dar a su familia un estilo de vida lleno de lujos. ¿Cómo podía decir que solo pensaba en sí mismo? Él había contribuido a aquel matrimonio con todo lo que tenía. Le había ofrecido compromiso y ella se lo había tirado a la cara.

Convencido de que no se podía comprender a las mujeres, decidió repasar lo que había sido su matrimonio desde un ángulo diferente. El de Stasia. Se preguntó si tan ciego había estado a sus necesidades y frunció el ceño. Se preguntó también si habría sido cierto que su relación cambió cuando volvieron a Roma después de la luna de miel. Se había dado cuenta del cambio, pero no se lo había planteado hasta ese momento.

Echó la vista atrás y se removió inquieto al darse cuenta por primera vez de que realmente había pasado mucho tiempo trabajando y desatendiendo a su esposa. Pero todas las novias que había tenido antes se habían mostrado encantadas de su libertad para poder gastar ilimitadamente y había supuesto que Stasia sería igual. Pero en vez de ello, cuando regresaba a su *palazzo* la encontraba esperándolo impaciente hasta que decidió dejar de hacerlo y empezar a trabajar de nuevo. Entonces ocurrió que en algunas ocasiones no había estado en casa cuando él llegaba.

Apretó los dientes al reconocer que no había reaccionado bien al hecho de que su mujer quisiera mantener una carrera profesional. Pero él no era precisamente un tipo moderno. Se pasó la mano por la nuca al recordar la noche en que llegó a casa improvisadamente y encontró a un hombre desnudo en su dormitorio.

Rompió a sudar y sus músculos se tensaron en reacción instintiva y territorial. No, en determinados aspectos no era un hombre moderno. Pero en otros... Se detuvo un segundo y miró a su alrededor antes de levantar el teléfono.

Chiara no cenó con ellos.

—Le duele la cabeza —explicó Stasia cuando Rico apareció en la terraza vestido con unos pantalones informales y una camiseta polo que no le pasaron inadvertidos a Stasia, aunque se apresurara a fijar su atención en el horizonte. Sabía que si se quedaba mirándolo a él, sería su destrucción porque siempre quería más. Disfrutar de todo él era un deseo que la consumía.

Esperaba que se sentara frente a ella, pero cuando notó el

roce de su pierna contra la suya desnuda no pudo evitar dar un brinco.

–¿Vino? –preguntó, pero le sirvió la copa sin esperar respuesta y después llenó la suya–. ¿Se encuentra mal? ¿Tengo que llamar al médico?

–Creo que ha estado levantada demasiado tiempo hoy –contestó Stasia tratando de alejar su silla–. Mañana tendrá que echar un poco la siesta.

Rico asintió y se sirvió unas aceitunas mientras se reclinaba en su silla para dejar que le sirvieran el primer plato.

–Empieza a tener buen aspecto.

Stasia no conseguía concentrarse. ¿Por qué habría tenido que sentarse tan cerca si Chiara ni siquiera estaba presente? Incapaz de soportar la tensión, se levantó de la mesa.

–No tengo mucha hambre. Creo que bajaré a pintar a la playa un rato.

–Siéntate –dijo él sosteniéndola por la muñeca–. Tenemos que hablar. Y deberías comer. Esta *mozzarella* es deliciosa. Mi primo tiene uno de los rebaños de búfalas más importantes. La leche es un poco fuerte para beberla, pero el queso es extraordinario. Pruébalo.

Stasia no quería comer ni tampoco hablar, pero una mirada y supo que no tenía alternativa, así que decidió sentarse y tomó el tenedor.

–¿De qué sirve hablar si Chiara no está aquí para oírlo? –murmuró Stasia.

–No se trata de Chiara –dijo él soltándole la mano y tomando su tenedor–. Se trata de nosotros. Quiero hablar de nuestro matrimonio. Estar aquí me ha recordado lo que teníamos al principio.

Su voz raspaba el aire y Stasia supo instintivamente que Rico había estado pensando en lo mismo que ella y que había sido igualmente doloroso.

—Debimos darnos cuenta de que nunca funcionaría —dijo ella tomando su copa.

—¿Por qué no? —dijo él mirándola a los ojos.

—Porque no era real. Cuando nos conocimos, no teníamos nada en común excepto nuestro cuerpo —dijo ella sonrojándose al recordarlo—. Nos pasábamos todo el tiempo en la cama.

—No siempre en la cama, *cara mia* —bromeó él con suavidad acariciando con su mirada las mejillas sonrojadas, claramente divertido—. A veces lo hacíamos en el suelo, a veces en el sofá. A veces en la playa. Varias veces, nosotros...

—Vale, vale —lo interrumpió ella tratando de evitar recordarlo—. Sabes lo que quiero decir. Al principio, nuestra relación era puro sexo. No dedicamos tiempo a conocernos. Cuando regresamos a Roma, de pronto volvimos a ser nosotros. Y éramos unos extraños, Rico. Nunca nos conocimos. Tú siempre estabas fuera.

—Reduje mis viajes de forma drástica —se quejó él—. Dormí más en casa durante nuestro matrimonio de lo que lo había hecho en los últimos diez años.

—Sexo, Rico —dijo ella sin más—. Siempre volvías por el sexo, pero nunca cenabas en casa y nunca hablábamos. ¿Te das cuenta de que había días en los que no hablábamos de nada?

—Trabajaba mucho... tenía un negocio que atender —dijo él inspirando profundamente.

—¿De veras? —dijo ella jugueteando con el vino—. ¿O acaso tenías miedo de la intimidad?

—Teníamos intimidad —dijo él tras un largo silencio.

—Otra vez, sexo —murmuró ella bebiendo un poco de vino para mostrarse más valiente—. Nunca compartiste nada conmigo excepto tu cuerpo y tu cuenta corriente.

—Te lo di todo.

—Me diste regalos. Dinero otra vez. Contigo, todo se reduce al dinero.

—Eso es porque he visto lo que la falta de dinero puede hacerle a una familia —dijo él con repentina dureza y ella lo miró ligeramente sorprendida por el tono.

—El dinero no lo es todo, Rico.

—Intenta decírselo a una mujer que ha perdido a su marido y su única fuente de alimento para sus dos hijos —dijo con dureza—. Trata de decírselo a una familia al borde de la inanición y de perder su casa.

Era tan inusual en Rico escucharlo hablar de sus sentimientos que, por un momento, Stasia guardó silencio. Instintivamente supo que hablaba de su madre. Tenía miedo de decir nada por si Rico volvía a retraerse igual que tantas veces en el pasado cada vez que ella había intentado que le hablara de su niñez y de su padre.

—Pero tú le serviste de apoyo.

—Tenía quince años —dijo él mirándola con gesto impaciente—. No estaba lo que se dice en posición de darle el apoyo que necesitaba —contestó él tomando la copa—. No suelo hablar de esto y después de esta noche no quiero que se vuelva a sacar el tema, pero antes de despreciar la importancia del dinero con tanta facilidad, deberías saber lo que es no tenerlo.

Parecía frío, distante, y Stasia se había quedado inmóvil, temerosa de decir algo inadecuado.

—Cada día, mi madre se quedaba sin comer para que a mí no me faltara la comida, pero mi hermana apenas tenía unas semanas de edad y como mi madre no comía no podía alimentarla. Se le secó la leche —se frotó la nariz con los dedos y cerró los ojos como si no soportara la visión—. Mi hermana se pasaba la noche llorando porque tenía hambre y mi madre lloraba con ella. Empecé a rechazar la comida para que mi madre pudiera comer.

—Rico... —Stasia tenía un nudo en la garganta.

Rico dio un golpe en la mesa y sus ojos se mostraron repentinamente fieros.

–¿Sabes lo que es estar realmente hambriento?

Stasia sacudió la cabeza incapaz de hablar y Rico soltó una risotada amarga.

–Pues yo sí, *cara mia*. Y también mi madre –dijo él mirando su plato, recordando lo que había sido no tener cubiertas ni las necesidades más básicas–. Y al final, fue el hambre lo que me llevó a triunfar.

Su expresión era tan sombría que Stasia deseaba tocarle para tratar de reconfortarlo de alguna forma, pero instintivamente sabía que ofrecerle comprensión en aquel punto sería un insulto para su orgullo de siciliano.

–Acudí a mi vecino, el padre de Gio –dijo con tono inexpresivo–. Le pedí trabajo. Cualquier trabajo. Solo necesitaba dinero para alimentar a mi familia. Él apenas tenía para su propia familia, pero me dio lo que pudo y yo en pago trabajé para él, aunque apenas había trabajo, pero él comprendió lo que significaba ser siciliano y un hombre de honor. Sabía que yo tenía que hacer algo por el dinero y sabía que algún día se lo devolvería.

Stasia tragó con dificultad el nudo que se le había formado en la garganta. La imagen de Rico cuando era niño, decidido a dar de comer a su madre y a su hermanita, era insoportable.

–Y Gio sigue contigo.

–Nuestra relación está más allá de la amistad. Mi familia le debe a la suya todo. Sin la ayuda de su padre, habríamos muerto de hambre.

Pero fue Rico quien encontró la solución. Fue él quien trabajó para su familia. No era de extrañar que su madre se mostrara tan protectora con él, y que el dinero fuera tan importante para ellos. De pronto, se sintió avergonzada. Era fácil despreciar el dinero cuando siempre habías tenido el suficiente para vivir.

—Y has pagado la deuda que tenías con su padre.

—Económicamente, con creces. Y la lealtad entre nuestras familias es incuestionable.

Stasia guardó silencio un momento, conmovida por la inesperada visión del carácter de Rico y de su pasado, y por la lealtad que había mostrado hacia su familia. Pero también sintió envidia por no haber sido objeto de la misma clase de lealtad.

—Y tu madre dependía de ti para todo. Ahora lo comprendo. Para ellas, eres una especie de dios. Pero yo no lo sabía —se limitó a decir con la esperanza de que comprendiera, aunque sabía que no sería así—. Yo no quería tu dinero. Yo solo te quería a ti, Rico. Quería conocer hasta el más recóndito lugar de tu alma. Quería saber lo que te hacía reaccionar, lo que te hacía reír, y lo que te asustaba. Quería saber lo que te movía en la vida y quería que tú mostrases el mismo interés en mí.

—Me casé contigo. Supuse que eso confirmaba mi interés —dijo con sequedad y Stasia sintió de nuevo un golpe en el corazón.

—¿Por qué? —su voz era apenas un susurro—. ¿Por qué te casaste conmigo?

—Porque cuando te hice mía, dejarte estaba fuera de toda lógica —respondió inmediatamente con un tono que denotaba posesión.

—Pero lo hiciste —dijo ella con calma—. Me dejaste ir, Rico.

—Tú te fuiste —dijo él tamborileando con los dedos en la mesa.

—Ni siquiera trataste de detenerme. Y tampoco viniste a buscarme.

—Me traicionaste —dijo él apurando el vino.

—Era inocente.

—Los inocentes no huyen —dijo él dejando la copa en la mesa con un golpe.

—Pero cuando uno está muy enfadado, sí lo hace. Y yo lo estaba —dijo ella poniéndose en pie—. Enfadada contigo, Rico, enfadada con… —se detuvo antes de nombrar a Chiara, recordándose que no tenía sentido hacerlo—. No puedo creer que estemos hablando de esto.

—Yo tampoco —dijo él con voz velada, pasándose la mano por la nuca como un hombre que se ha enfrentado a unos demonios con los que no quería enfrentarse.

—Tú has sacado el tema.

—Ha sido un error. Dejémoslo —gruñó—, antes de que haga algo de lo que me arrepienta.

Stasia miró la mesa. Ella se arrepentía de tantas cosas que no podía añadir más aún. Se arrepentía de haber dejado que la distancia creciera entre ambos, de haberse marchado aquel día, de no haberse quedado para luchar por su hombre.

Las lágrimas pugnaban por salir a sus ojos y escuchó el sonido sibilante de la voz de Rico que se había dado cuenta de la emoción causada.

—Eso no —dijo con voz grave tomándola de la nuca y acercando su boca a la de ella—. Eres la única mujer que nunca ha utilizado las lágrimas.

—No estoy llorando —murmuró—. Nunca lloro.

—Siempre tan dura —dijo él besándola, tentador, y ambos sabían a lo que aquello conducía.

—No soy tan dura —dijo ella rodeándole la nuca con una mano, acercándolo a ella, notando la tensión—. Ojalá me lo hubieras contado antes.

—No es algo de lo que suela hablar.

Notaba su cercanía, su cálido aliento acariciándole los labios, y entonces una especie de vacío en el estómago. Necesitaba estar con él. En ese momento. Y el futuro no importaba. Solo importaba cuánto lo necesitaba, cuánto lo amaba. Cuando estaban casados, había deseado hasta la última fibra de su ser. Ahora estaba desesperada por tener lo que él pudiera darle, mientras fuera posible. No importaba que hubiera pasado todo un año intentando aprender a vivir sin él.

Sin separar los labios de ella, Rico se levantó y la tomó en brazos.

—Tenemos suerte de que nuestra habitación esté tan cerca, *cara mia* —dijo él con un gemido mientras abría la puerta y la cerraba después con una patada. La depositó en la cama y se puso encima de ella, una mano acariciándole el pelo mientras la otra se ocupaba de levantarle la falda—. Eres tan suave…

—Te deseo… —decía ella acariciándole la espalda—. Te deseo tanto —el sentimiento la hacía temblar de pies a cabeza hasta el punto de que casi le estaba suplicando—. Rico…

—Sé —su tono era bromista— que me deseas —dijo él terminando la frase de ella y tirando aún más de la falda hasta dejar a la vista su piel enfebrecida—. No tienes que decírmelo. Dices que no te conozco, pero hay cosas que sí conozco muy bien.

—No quiero esperar… ni un momento —dijo ella entre gemidos, retorciéndose bajo él.

—*Dio*, solo tú puedes volver loco a un hombre cuerdo. Eres tan hermosa…

—Ahora. Ya —decía ella clavando las uñas en su espalda de pura desesperación, tras lo cual bajó las manos y comenzó a quitarle los pantalones con dedos temblorosos—. Rico, no puedo más…

Rico la besó con ardor mientras completaba lo que Stasia no había podido. Al verlo liberado de la ropa, tomó en sus manos su miembro, totalmente enloquecida.

—Eres tan grande…

—Eso es porque estoy a punto de explotar —murmuró él depositando un reguero de pequeños besos a lo largo de su cuello y tratando de zafarse de las manos ansiosas de Stasia.

—Dame un momento...

—No —la prueba de que él ardía tanto como ella no hizo sino multiplicar su desesperación—. Lo quiero ya. En este momento.

—Si vuelves a decirlo no soy responsable de mis actos —gimió él silenciándola de la única forma que sabía: con un beso.

Stasia se dejó arrastrar hacia la profundidad del beso, flotando en una espiral de excitación hasta que finalmente notó el miembro erecto presionando contra su sexo. Su desesperación era tal que cuando la penetró con una embestida primitiva, no pudo por más que gritar su nombre y poco después todo su ser explotaba en un orgasmo tan intenso que apenas podía respirar.

Su cuerpo se cerró alrededor de él, y con las piernas enrolladas alrededor de Rico, lo mantuvo pegado a ella. Su hombre. Siempre lo había sido.

—Stasia... —dijo con voz casi gutural, consciente de que la violenta respuesta de Stasia no hacía sino excitarlo más a él intensificando el interminable orgasmo de ella.

Era como si su cuerpo quisiera recuperar los meses de soledad que había pasado, y los que sobrevendrían cuando volvieran a separarse. Su reacción descontrolada efectivamente lo excitó de tal forma que pudo sentir los espasmos de placer mientras la sujetaba por las nalgas y penetraba en profundidad, hasta eyacular dentro de ella.

Pero sus cuerpos se mantuvieron unidos. Incluso cuando Rico rodó hacia un lado y se colocó de espaldas, la arrastró con él, dos cuerpos sudorosos, dos corazones latiendo al unísono.

Stasia solo podía pensar una cosa. ¿Rico creía de verdad

que aquello podría ocurrirle con otro hombre? Ocurría con él porque era el hombre de su vida.

Como siempre, él ya no estaba cuando despertó. Tal vez había sido lo mejor porque despertarse al lado de un hombre al que le había suplicado era, en el mejor de los casos, humillante. Aún más cuando el hombre ya no la amaba y nunca volvería a amarla.

Se vistió con una falda y una camiseta y bajó a desayunar a pesar de que no le apetecía comer nada. Cuando llegó a la terraza, Rico se levantó y fue a su encuentro, saludándola con un dulce beso en la frente.

Habría sido la manera perfecta de comenzar una mañana si no fuera porque Chiara estaba mirando y Stasia sabía que ella era la razón de semejante alarde de afecto.

–Buenos días… –le dijo con voz grave y muy sexy.

Stasia sintió un vacío en el estómago, de nuevo. No era posible que aún le quedaran ganas después de haber estado haciendo el amor casi toda la noche. Lo miró con gesto de impotencia, consciente de que bastaba con estar en la misma habitación que él para deshacerse de deseo.

Desolada por saber que nunca podría vivir sin él, se sentó a la mesa y entonces sí que todas sus defensas se vinieron abajo. Ante ella, había un cuenco con naranjas recién cortadas, aún con las hojas unidas al tallo. Lo miró y recibió de él una media sonrisa que le llegó al corazón.

–Pensé que podía ahorrarte el paseo hasta el huerto esta mañana –dijo él con una sonrisa traviesa–. Imaginé que estarías cansada.

Violentamente sonrojada, Stasia tomó una naranja, conmovida por el gesto y preguntándose qué significaría.

–Gracias.

Desayunaron y charlaron de cosas superficiales. Rico se mostraba atento y afectuoso, pasándole la comida y asegurándose de que le daba la sombra.

Tanta amabilidad resultaba muy dolorosa porque ella sabía que no era real. Así era como ella había querido que fuera su relación, como había sido de hecho al principio, pero ella quería que fuera real.

–Hablando de sombra, hoy no voy a bajar a la playa –se lamentó Chiara llevándose la mano a la cabeza–. Pasaré el día dentro de casa.

–Tal vez pueda sugerir algo para que te distraigas –dijo Rico con suavidad levantándose.

Curiosa, Stasia miró a Chiara, pero esta se limitó a encogerse de hombros sin saber qué decir. Rico abrió la puerta de una habitación en la que Stasia no había estado antes y entonces dejó escapar un grito de emoción al ver lo que había allí.

Parecía una tienda para artistas. Montones de cosas se apilaban en las mesas, aún sin desembalar.

–Rico...

–Dices que no pienso en ti, *cara mia* –dijo él con voz grave por la emoción y, por primera vez en su vida, parecía inseguro de algo–. Bueno, ahora estoy pensando en ti. Querías trabajar y ahora podrás hacerlo. Y puedes aprovechar y enseñar a Chiara a pintar –se detuvo y la miró con cautela–. No lo he desembalado porque no sabía si preferirías hacerlo tú misma.

–¿Dónde has conseguido todo esto? –preguntó tomando un tubo de pintura.

–Llamé a tu madre –confesó Rico–, e hice que me lo enviaran. ¿Te gusta? Esta habitación está al norte. Recuerdo que una vez dijiste que sería un perfecto estudio.

–Pero este era tu despacho –dijo ella dándose cuenta de pronto de qué habitación era.

–Prefería la vista de otra habitación –dijo él encogiéndose de hombros sin darle importancia, pero había una calidez en su mirada que la tenía cautivada.

Por un momento, pensó que había hecho todo aquello por ella. Que la noche anterior lo había cambiado. Pero entonces recordó que algo así debía de tener un motivo práctico y era Chiara.

–Es precioso. Gracias –dijo con cierta rigidez. La magia del momento se había ensombrecido.

Rico frunció el ceño ligeramente mientras la miraba tratando de comprender. Al cabo, consultó el reloj.

–Hasta luego.

Sin previo aviso, se acercó a Stasia y la besó en los labios entreabiertos, pero esta no pudo responder. Era un recordatorio de la noche pasada y una promesa de lo que estaba por venir y ella no pudo responder. ¿Qué no habría dado ella por que Rico le hubiera facilitado un lugar donde pintar cuando estaban recién casados? ¿Y qué no habría dado por que en ese momento el regalo fuera por ella y no por Chiara?

–Es maravilloso, Rico. De verdad. Gracias –dijo ella consciente de que Rico la miraba.

–Os veré más tarde –dijo él desde la puerta sin volver la vista atrás y Stasia lo miró salir con un nudo en la garganta. Chiara no parecía haberse dado cuenta de nada.

–Nunca pensé que vería a mi hermano tan loco por alguien –dijo Chiara mientras examinaba las pinturas–. Y nunca pensé que lo vería abandonar su querido despacho. Esta es la mejor habitación de la villa, ¿lo sabías?

–Es la mejor. Tiene una luz natural perfecta.

–No parece mi hermano, ¿verdad? Tomándose todo este tiempo lejos de la oficina…

–No, es cierto –dijo Stasia tras dudarlo un poco y Chiara hizo una mueca.

—Estoy siendo una molestia con todas esas preguntas, intentando completar un rompecabezas mental.

—No —dijo Stasia sacudiendo la cabeza y en un impulso se inclinó y abrazó a la chica—. Me gusta pasar tiempo contigo.

Era cierto. La joven había cambiado tras el accidente. Ya no era una chica desafiante y malhumorada que le hacía la vida imposible y en su lugar había una chica dulce y moderada.

—Parece como si nunca lo hubiéramos hecho antes —dijo Chiara poniendo una mueca de sorpresa—. Pero en Roma vivía con vosotros. ¿No pasábamos tiempo juntas?

Stasia se puso tensa al darse cuenta de que, sin querer, había estimulado a la chica para hacerle preguntas más y más comprometidas.

—Pues claro —mintió—, pero llevábamos vidas muy diferentes. ¿Qué me dices de esa pintura? ¿Empezamos con tus clases?

—Claro —dijo Chiara con una sonrisa.

Rico miró la pintura y reconoció al instante el talento del lienzo. Descubrió otro lienzo e inspiró profundamente, cautivado por lo que estaba viendo. Era increíble. Un tanto incómodo, se dio cuenta de que nunca había prestado atención a su arte. Había estado demasiado ocupado mirándola. Se acercó más para examinar las pinceladas atrevidas y llenas de color. El resultado era un tipo de pintura vibrante y llamativa, igual que su autora.

Uno a uno, fue revisando todos los lienzos apoyados cuidadosamente contra la pared. Como coleccionista, sabía instintivamente que estaba viendo algo especial. Como inversor, sabía que estaba viendo algo valioso. Pero como hombre, sabía que estaba viendo parte de una mujer. Su mujer.

¿Cómo podía haber esperado que dejara de hacer algo así? Debía de haber sido como dejar de respirar para ella.

Con el ceño profundamente fruncido, dejó las pinturas como estaban contra la pared y se dirigió hacia el caballete. ¿Cómo podría haber pensado alguna vez que el matrimonio con él bastaría para satisfacerla?

Lo cierto era que había estado tan obsesionado con ella físicamente que no se había preocupado mucho de otros aspectos para su felicidad. Había seguido dedicando sus esfuerzos al trabajo sin pararse a pensar qué estaría haciendo ella. Había dado por supuesto que comería con su familia, saldría de compras… pero la verdad era que no había utilizado ni una vez la tarjeta de crédito que le había dado.

Llegar a la conclusión de que su comportamiento no había hecho nada para mejorar su relación le resultaba bastante incómodo. Era cierto que no había deseado que trabajara. No le había gustado llegar y encontrar la casa vacía. Lo que solo podía significar dos cosas: que era un egoísta obsesionado por el control o que no soportaba estar sin Stasia. Consciente ahora de que tenía un problema, salió de la habitación y cerró la puerta.

Los días siguientes pasaron de forma agradable y Stasia tenía que recordarse de vez en cuando que todo era una farsa. Que todo acabaría cuando Chiara recuperara la memoria. Pero de momento todo era perfecto. Le encantaba la nueva faceta de Rico, que se deshacía en atenciones con ella. Quería conocer cada recodo de su vida. Y por la noche, hacían el amor sin parar.

Llevaban ya dos semanas en la isla y Stasia se encontraba un día pintando en la terraza cuando Chiara hizo un terrible gesto de dolor.

–¿Estás bien? –preguntó Stasia frunciendo el ceño.

–La cabeza… no sé lo que me pasa –dijo ella sacudiendo la cabeza ligeramente.

–Recuéstate –dijo Stasia tomándola del brazo y acompañándola al interior–. El médico dijo que tenías que descansar. Probablemente no hayas dormido lo suficiente.

Chiara no se resistió y se dejó caer en la cama con los ojos cerrados. Profundamente preocupada, Stasia le quitó las sandalias y cerró las persianas.

–Así. Dentro de un rato te encontrarás mejor. Llámame si necesitas algo. Estaré en la terraza.

Y diciendo esto salió sin hacer ruido, consciente de que su felicidad solo duraría mientras Chiara no recordara el pasado. Tarde o temprano, acabaría por recordar y toda la pantomima terminaría.

Y tenía razón. Horas después, hacia la medianoche…

Capítulo 9

Se despertaron al oír los sollozos.

–*Dio*, es Chiara –dijo Rico saliendo de la cama como una exhalación tras los gritos de dolor de su hermana. Solo se detuvo para ponerse una bata por encima y salió seguido por Stasia.

La cama de Chiara era un caos. Las sábanas estaban revueltas y Chiara estaba hecha un ovillo tembloroso en el suelo, una mirada de loca en su rostro surcado de lágrimas.

Parecía atormentada y Rico se acuclilló a su lado muerto de preocupación. Habló en italiano, con suavidad, tratando de calmar a su hermana con su voz profunda y segura, pero la chica se alejó.

–¡No! ¡No me toques! –dijo alejándose. Lo miró con gesto acusador y finalmente se tapó la cara–. ¡Me mentiste! ¡Los dos me mentisteis!

–Chiara, estás molesta, pero… –dijo Rico inspirando profundamente, pero Chiara lo interrumpió.

–¡Claro que estoy molesta! –dijo entre sollozos–. He tenido una horrible pesadilla y al despertar lo he recordado. Todo. ¡Todo, Rico! Eso incluye el hecho de que Stasia y tú habéis estado separados todo este año.

Rico cerró los ojos brevemente y lanzó un juramento.

–Tienes que calmarte, *piccola*. Todo va a salir bien.

–No. Tú no lo sabes. No sabes nada.

Chiara sacudió la cabeza y siguió sollozando hasta que Rico se inclinó y la tomó en brazos. La depositó en la cama sin dejar de abrazar el cuerpecillo sollozante.

Mientras, Stasia observaba horrorizada la escena, sintiéndose impotente. ¿Qué la habría inducido a semejante ataque? ¿Era solo la recuperación de la memoria? De pronto, deseó haber averiguado más cosas sobre la amnesia.

–Tienes que dejar de llorar –dijo Rico con voz grave, acariciándole el pelo oscuro con suavidad–. Te pondrás enferma otra vez, *piccola*. Sé que recuperar la memoria ha debido de ser un tremendo susto.

–No estoy asustada por haber recuperado la memoria –susurró Chiara secándose los ojos con el dorso de la mano como una niña–. Es por lo que he recordado.

Ahogando un sollozo, levantó la cara y miró a Stasia con verdadera angustia. Al mirarla así, Stasia no tuvo duda de qué era lo que había recordado.

–Sea lo que sea que hayas recordado, pertenece al pasado –dijo con suma tranquilidad, y en un impulso se inclinó y acarició a la joven en la mejilla–. Creo que debería quedarse ahí y preocuparte solo del presente y del futuro.

–Pero... –los ojos de Chiara se llenaron de lágrimas.

–Creo que será mejor darte algo para el dolor de cabeza –dijo Stasia con firmeza al tiempo que recogía las sábanas del suelo–. Y después volverás a la cama. Recuperar la memoria tiene que haber sido duro.

–Habéis estado separados, pero durante los últimos días os habéis comportado como amantes esposos –dijo Chiara mirándolos alternativamente–. ¿Lo habéis hecho por mí? –y al decirlo había en su voz un tono esperanzado que solo Stasia pudo comprender. Sabía lo que Chiara quería oír. Que su hermano y ella se habían reconciliado y que lo que había hecho en el pasado ya no tenía importancia. Pero no podía decirle eso.

—Los médicos dijeron que no debías sufrir sobresaltos —dijo Rico acariciándole el pelo, mirándola profundamente emocionado—. Cuando despertaste en el hospital solo recordabas haber llegado aquí durante nuestra luna de miel. Nada más. Y parecías tan feliz de ver a Stasia. Decirte que ya no estábamos juntos habría sido muy desagradable.

—Pero me siento tan mal... —dijo Chiara retorciéndose.

—Es normal —Rico trató de tranquilizarla—. Aún estás sufriendo los efectos del golpe en la cabeza.

Solo Stasia sabía que Chiara no estaba hablando de su estado físico. Trató una vez más de tranquilizarla.

—Deja de preocuparte. Nada importa ahora excepto tu recuperación.

—¿Cómo puedes decir algo así? —Chiara estaba temblando y Rico se levantó lanzando un juramento.

—Voy a llamar al médico.

—Yo lo haré —se ofreció Stasia dirigiéndose a la puerta. Era evidente que su presencia no estaba resultando muy beneficiosa para Chiara y, de no decirle a Rico la verdad, no sabía cómo explicarlo.

Sintiéndose terriblemente desdichada, llamó al médico y después regresó al dormitorio en el que momentos antes Rico y ella dormían abrazados. Por última vez. Cerró los ojos un momento y después buscó su maleta.

No tenía sentido quedarse. Chiara había recuperado la memoria y era evidente que su presencia la molestaba por recordarle su comportamiento de otro tiempo. Incapaz de sostenerse en pie, se sentó en el borde de la cama y dejó que su mente vagara hacia aquella terrible noche.

Rico estaba de viaje en Nueva York y ella dormía pero, de pronto, un ruido la despertó. Era pasada la medianoche y llevaba dos horas durmiendo. A juzgar por las risas ahogadas que llegaban desde el otro lado de su habitación, Chiara había vuelto a dejar entrar a un chico, a pesar de que Rico le tenía prohibido salir con chicos.

Stasia no sabía qué hacer. La chica ya la odiaba. Si salía al pasillo y la reñía, su relación se resentiría aún más. Pero, por otro lado, por Rico tenía que tratar de hacerla comprender su punto de vista.

—Tienes quince años y no me gusta verte con chicos —le había dicho Rico claramente una semana antes—. Tienes que concentrarte en tus estudios. Ya habrá tiempo para chicos después.

—¡No puedes decirme lo que tengo que hacer!

—Sí que puedo. Y tú tendrás que mostrar más respeto mientras vivas en mi casa —le había dicho Rico con un tono letalmente suave que hizo que Chiara temblara de ira, que sabía que no debía irritar a su hermano cuando se ponía así—. Si me entero de que has estado saliendo con chicos, te enviaré de nuevo a Sicilia.

Stasia mientras tanto se debatía en silencio tratando de decidir qué hacer. Aún estaba en ello cuando la puerta se abrió y el novio de Chiara se deslizó dentro, totalmente desnudo.

Sin decir una palabra, se metió con ella en la cama y le tapó la boca con la mano para que no gritara.

—Lo siento —murmuró—. Claro que, por otro lado, eres tan hermosa que tal vez no lo sienta. Ya veo por qué su hermanito se ha casado contigo.

El chico apestaba a alcohol y Stasia comenzó a forcejear tratando de liberarse cuando, de repente, las luces se encendieron y Rico apareció en la puerta, rojo de ira, y tras él, Chiara, con una sonrisa engreída.

—Oh, Stasia... —Chiara puso un tono de lo más convincente— traté de advertirte.

Rico tenía la mirada fija en el hombre desnudo.

—Sal de mi casa mientras puedas. Tienes dos minutos antes de que te haga picadillo —dijo Rico a punto de perder los nervios.

El novio de Chiara no necesitó que se lo dijeran dos veces. Al ver la expresión iracunda de Rico salió de la cama como una exhalación y echó a correr por el pasillo aún desnudo.

Rico miró a Stasia, que seguía en la cama, temblando por lo que acababa de ocurrir y sin poder comprender cómo había ocurrido. Ella nunca cerraba con pestillo. Nunca lo había creído necesario. Debía de haber entrado por error en su dormitorio. Pero entonces recordó lo que le había dicho sobre su belleza y se dio cuenta de que no había sido un accidente.

Sus ojos fueron a parar a Chiara, que se ocultaba detrás de su hermano y supo exactamente lo que había ocurrido.

Chiara sabía que si Rico la descubría con un hombre en la casa, la devolvería a Sicilia y eso para la joven sería la peor de las torturas. Pero le resultaba difícil creer que la chica pudiera caer tan bajo.

Stasia intentó sentarse en la cama, sin poder dejar de mirar a Chiara, esperando que esta dijera la verdad. Pero no dijo nada. Y todavía tuvo la desfachatez de posar su mano solidaria sobre el hombro de su hermano. Él la rechazó con un gesto rabioso y salió de la habitación seguido por su hermana.

Por un momento, Stasia permaneció allí sentada, temblando, pero entonces su sentido de la justicia afloró. ¡Ella no había hecho nada malo! Y se negaba a llevarse las culpas por las fechorías de la hermana de Rico. Se vistió rápidamente y lo encontró en su despacho. Junto a él, había una botella de vino tinto medio vacía.

—Si has venido a tratar de convencerme de tu inocencia pierdes el tiempo —dijo Rico apurando la copa y mirándola con los ojos brillantes—. No quiero escucharte.

–¿No te interesa la verdad?

–La verdad es que he encontrado a mi mujer desnuda en la cama con otro hombre. Para darme una explicación, aparte de la obvia, tendrás que reunir toda tu imaginación –dijo él ciñendo con dedos férreos la copa.

Stasia lo miró impotente. Ya la había declarado culpable antes de hablar a pesar de ser inocente.

–No confías en mí, ¿verdad? Después de todos estos meses, y todo lo que hemos compartido, no confías en mí.

–Confío en lo que vi.

–Usa tu cerebro, Rico –dijo ella. Nunca le había suplicado a nadie hasta ese momento. Sabía que la escena tenía muy mal arreglo y que su situación no era buena. Decirle la verdad implicaría a su hermana y destruiría su relación, pero no decirlo destruiría su matrimonio y no estaba preparada.

–Sabes cuánto te quiero. Siempre te lo estoy diciendo –añadió.

–También me dices siempre que te sientes sola y aburrida cuando estoy fuera trabajando –contestó él mirándola a los ojos. Parece que te has buscado una distracción, hermosa mía.

–Eso no es lo que ha pasado.

–Vete –dijo con un rugido de furia producida por los celos–, mientras decido qué hacer.

Que se negara a escucharla fue el golpe que desencadenó su propia furia.

–¿Mientras tú decides qué hacer? Pues deja que te ahorre el esfuerzo, Rico. Yo tomaré la decisión por los dos. Te dejo, abandono esta parodia de relación que llamamos matrimonio. Estoy harta de pasar el día esperándote. No quieres una compañera. No quieres igualdad en una relación. Solo quieres una amante fija en casa y no estoy dispuesta a seguir siéndolo. Me merezco algo más.

Y sin esperar respuesta, se dio la vuelta y al cerrar la puerta oyó cómo la copa que Rico sostenía se hacía añicos contra la madera.

De vuelta al presente, Stasia se dio cuenta de que tenía que ser práctica. No podía cambiar las cosas. Había pasado demasiado tiempo. Pensó que lo mejor sería irse de allí con discreción, sin implicarse en incómodas despedidas para no someter a Chiara a ningún otro trauma.

Buscó el bolso, comprobó que tenía el pasaporte y llamó a Gio para pedirle un coche. Con la esperanza de que la actividad frenética de la casa con los médicos y todo ocultarían su partida, Stasia se dirigió hacia la puerta principal.

Aunque el sol apenas había salido, hacía muy buena temperatura y, mirando al cielo, se dijo que iba a ser otro precioso día. Un día que ella no podría disfrutar.

–¿Te marchas? –preguntó Gio.

–Ya es hora –consiguió responder ella–. Esto no era para siempre, Gio. Los dos lo sabemos.

El hombre frunció el ceño, claramente disgustado con el hecho de que se marchara.

–¿Lo sabe el jefe? Creo que debería...

–Tengo que irme, Gio –se apresuró a decir ella–. No te preocupes. Rico lo sabe.

Se tranquilizó pensando que no estaba mintiendo. Rico lo sabía. Le había dejado perfectamente claro que la parodia duraría mientras Chiara recuperaba la memoria.

Stasia se metió en el coche pensando que le habría gustado que Chiara hubiera tardado un poco más en recuperarla. Pero la chica estaba bien y tenía que alegrarse por ello. Desde la ventanilla del coche contempló el amanecer camino del aeropuerto absorbiendo la última vista de Sicilia porque sabía que nunca regresaría.

***

—Es fantástico —dijo Mark contemplando el cuadro extasiado—. Un poco tarde, pero ha merecido la pena esperar.

—Tuve que abandonar Inglaterra inesperadamente —se limitó a decir Stasia envolviendo el cuadro y ayudándolo a sacarlo del estudio.

Hacía dos semanas que había regresado y se movía como un autómata. Desde que abandonara Sicilia, la vida había perdido el brillo y también ella.

—¿Me estás escuchando? —Mark frunció el ceño y Stasia volvió al presente.

—Lo siento. Estaba en otro sitio...

—Es él otra vez, ¿verdad? —dijo Mark con exasperación mientras se dirigían hacia el coche para meter el cuadro. Stasia consiguió sonreír.

—Soy un caso perdido.

—Pues entonces te alegrará oír lo que tengo que decirte —suspiró Mark.

—¿De qué se trata?

—Un deportivo carísimo se está dejando la suspensión en este camino que tú llamas carretera —dijo Mark estirando el cuello por encima del hombro de Stasia—. Creo que vas a tener compañía. Siciliana, para más señas.

Stasia creyó que el corazón dejaba de latirle. Habían pasado dos semanas. Dos largas y torturadoras semanas durante las cuales no había dejado de pensar en lo que habría pasado tras su marcha. En una agonía sin límites pensó una y otra vez si Chiara habría confesado y si Rico iría a buscarla tras conocer la verdad.

Había pasado los días en un estado de excitación a la espera de verlo llegar y ahora que estaba a punto de ocurrir no sabía qué hacer. Ni siquiera fue capaz de reaccionar cuando lo vio salir del coche.

Pero no la estaba mirando a ella, sino a Mark, con evidente hostilidad, los anchos hombros cuadrados dispuesto a enfrentarse a él.

Mark también se había dado cuenta de ello porque ya se dirigía hacia su furgoneta, intimidado.

—De acuerdo… —estaba diciendo sin dejar de mirar a Rico—. Será mejor que me vaya.

—Buena decisión —dijo entonces Rico con voz sedosa, en sus ojos negros un brillo de advertencia que solo a un tonto le pasaría inadvertida.

Stasia miraba la escena totalmente exasperada. ¿A qué demonios estaba jugando? Ya era tarde para fingirse el marido celoso.

—Espero que les guste —dijo Stasia a Mark—. Y gracias, Mark.

—Cuando quieras. Ya sabes que puedes llamarme —dijo esto y miró a continuación a Rico, y Stasia cerró la puerta y se echó hacia atrás para dejarle ir.

—¿Por qué le has dado las gracias? —el tono de Rico era frío como el hielo y Stasia dejó escapar un suspiro.

No estaba de humor para un enfrentamiento y el gesto de Rico le decía que eso era precisamente lo que iba a haber.

—Por ser un buen amigo —dijo ella con cautela y al momento supo que había cometido un error.

—¿Qué tipo de amigo? —Rico apretó los labios y el color tiñó sus mejillas.

—Esto es completamente ridículo —murmuró Stasia—. Te comportas como un marido celoso y ya no hay nada entre nosotros.

—Sigues siendo mi mujer.

—Solo en un papel.

—No solo en el papel —dijo él inspirando profundamente

al tiempo que se mesaba el cabello negro–. Si vuelves a dejarme sin decirme nada no seré responsable de mis actos. Es la segunda vez que lo haces. No habrá una tercera.

–Yo… –Stasia no sabía qué decir. Estaba segura de que él había dejado claro que quería que se fuera.

–Tú eres una mujer –dijo él al borde de la paciencia–. Se supone que tienes que mostrarte furiosa conmigo y enfadarte. Se supone que tienes que expresar tus sentimientos. No se supone que tengas que salir corriendo.

El asombro de Stasia iba en aumento. Aquella conversación no estaba siendo lo que ella esperaba.

–Pero tú no expresas tus sentimientos.

–Yo soy un hombre –respondió él a su vez con tono seco–. Se supone que yo no expreso mis sentimientos.

–¿Pretendes decirme que yo tengo que contarte todo lo que siento sin recibir lo mismo a cambio?

–No –dijo él murmurando a continuación algo en italiano–. No es eso. Pero yo solía saber todo lo que pensabas. Era una de las cosas que más me gustaban de ti. No eras una mujer complicada. No jugabas. Si estabas feliz, te mostrabas radiante, y si estabas enfadada, tirabas cosas. Y no dejabas de decirme cuánto me amabas.

Algo que él no le había dicho nunca, ni una sola vez.

–Esto no tiene sentido –murmuró Stasia–. Me fui porque no creí que tuviéramos nada más que decirnos. Chiara había recuperado la memoria. Mi papel había terminado.

–No –dijo él avanzando hacia ella con la expresión de un hombre que solo tiene una misión en la vida–. A estas alturas ya deberías saber que no tengo intención de divorciarme de ti. Jamás.

Fue como si el corazón se le parara por un momento y entonces recordó la persona que estaba detrás de todo. Chiara. Y por fin Rico debió de haberse enterado de la verdad.

Stasia lo miró sin poder reaccionar. Debería sentirse dichosa, pero en vez de eso se sentía sin fuerzas. ¿Qué cambiaba que Rico supiera la verdad? Nada.

–No es tan fácil, Rico. No creíste en mí y si Chiara no hubiera decidido confesarte la verdad, seguirías sin creerme. No puedo estar con alguien así. ¿Qué pasará la próxima vez que Chiara decida ocultar a otro de sus novios en mi dormitorio? ¿Confiarás en mí o tendré que esperar que otra persona confiese? Porque no ha sido fácil conseguir limpiar mi nombre.

Rico permaneció inmóvil mirándola fijamente. Ella le devolvió una mirada llena de exasperación. ¿Qué esperaba, que iba a olvidarlo como muchas otras cosas que habían ignorado? ¿No se daba cuenta de que sus problemas iban más allá de un solo incidente?

Rico abrió la boca pero volvió a cerrarla al no encontrar las palabras adecuadas.

–Si vuelves a alejarte de mí así… –su voz sonaba extrañamente ronca como si le costara decirlo en inglés.

Stasia frunció el ceño. Rico nunca tenía problemas para decir nada en esa lengua.

–Solo digo que el hecho de que Chiara te haya contado la verdad no cambia las cosas –dijo Stasia sin emoción alguna–. No confiaste en mí y eso lo dice todo.

–¿Es eso? –su piel bronceada había adquirido un tono grisáceo y Stasia lo miró con desconfianza, sin comprender su reacción. ¿Tan duro le parecía hablar de ello?

–Rico, los dos sabemos que si no te lo hubiera contado, tú no estarías aquí ahora.

Rico cerró los ojos brevemente y cuando los abrió seguía mostrándose inexpresivo.

–Quiero escuchar de tus labios lo que realmente ocurrió aquella noche. Y quiero que me lo cuentes ahora.

–¿Y para eso has venido? ¿Para escucharme? –sin comprender por qué quería oírlo todo de nuevo después de la confesión de Chiara, Stasia lo miró con recelo–. ¿Por qué ahora? En aquel momento, ni siquiera me preguntaste.

–Te lo pregunto ahora –dijo él visiblemente tenso.

–¿Por qué?

–Hazlo por mí –dijo él con un tono de voz más forzado de lo habitual.

–¿Aquí? ¿O prefieres ir dentro?

Rico miró hacia la casita y se removió incómodo.

–Me parece que ya hemos tenido suficientes accidentes como para que ahora vaya yo y me lastime la cabeza en esa ridícula casita tuya. Vayamos a dar un paseo.

Tras dudarlo un momento, Stasia hizo un gesto hacia el camino cercano.

–Está bien. Podemos ir por ahí –dijo Stasia. La tensión que había en los hombros de Rico la hizo sentir incómoda–. ¿Cómo está Chiara?

–Si te hubieras quedado no tendrías que preguntármelo.

Stasia se detuvo en seco y se retiró el pelo de la cara.

–¡Rico, no puedes decirlo en serio! –exclamó mirándolo con una mezcla de incredulidad y confusión–. Querías que me quedara hasta que Chiara recuperara la memoria. Y me pareció obvio que, cuando lo hizo, mi presencia no haría más que empeorar su estado. Era evidente que había recordado que fue ella la culpable de nuestra ruptura.

–Evidente, sí. Y ahora cuéntamelo. Y no omitas nada.

Y así lo hizo. Solo dudó un poco en el momento de recordar la forma en que un extraño se metió en su cama, pero fue por la mirada furibunda que vio en los ojos de Rico.

–Espero que no te enfadaras mucho con Chiara. Era obvio que lo lamentaba y al menos confesó.

Rico se detuvo de pronto y se giró para mirarla. En sus ojos negros no había ni un ápice de emoción.

–No ha confesado nada.

–Pero has dicho… –Stasia se detuvo tratando de recordar cuáles habían sido sus palabras exactas–. Tú dijiste que estabas aquí porque Chiara te había dicho la verdad…

–No, eso lo dijiste tú –dijo él–. Yo no he dicho nada. Tú diste por sentado que había confesado.

–No… –Stasia estaba consternada.

–Sí. Chiara no me ha dicho nada –matizó Rico con énfasis letal, un brillo brutal en sus ojos negros y Stasia se recriminó habérselo contado.

–No puedo creer que… –Stasia se tapó la boca con la mano y sacudió la cabeza–. ¿De verdad Chiara no te…? –dejó caer la mano–. ¿Qué he hecho?

–Algo que deberías haber hecho hace un año –respondió él con frialdad–, y algo que Chiara también debería haber hecho. Lo que no entiendo es por qué no me lo ha dicho ella ahora.

–Pensé que lo había hecho –susurró Stasia mortificada por haberlo hecho inconscientemente–. Yo nunca, jamás, tuve la intención de decírtelo.

–¿Ni siquiera para salvar nuestro matrimonio? –dijo él frotándose la nuca y maldiciendo, primero en inglés y luego en italiano.

Stasia luchó por contener un poco la situación en la que Rico parecía a punto de perder el control.

–Nuestro matrimonio ya hacía aguas –dijo con serenidad, sintiéndose de pronto angustiada, pero sin saber qué hacer para mejorar la situación–. El mero hecho de que llegaras a considerar la posibilidad de que estuviera teniendo una aventura fue la prueba definitiva.

–¿De veras? –dijo él mirándola con rabia–. Imagina que llegas un día temprano del trabajo, sin avisar, y me encuentras con una rubia despampanante en la cama. ¿Qué pensarías?

Stasia lo miró sin saber qué decir, la imagen descrita por Rico se le hacía tan dolorosa que no podía soportarla. Rico avanzó hacia ella con expresión sombría.

—Dime, Stasia. ¿Qué pensarías?

—Yo... yo no... —se detuvo. Le costaba trabajo respirar.

—Pensarías que estaba teniendo una aventura —dijo él con fiereza, separándose de ella al tiempo que emitía un sonido de impaciencia y su lenguaje corporal indicaba que estaba al límite—. Los dos somos unas personas apasionadas. No somos capaces de razonar con frialdad en una situación como esa. Habrías supuesto lo que yo supuse. Lo mismo.

Stasia tragó con dificultad preguntándose si habría pensado lo mismo.

—Tal vez al principio sí, pero después de reflexionar...

—¿Reflexionar? —el tono de Rico apenas conseguía ocultar la frustración—. ¿Acaso me permitiste el lujo de la reflexión, Stasia? ¿Cuándo? Te fuiste. Me abandonaste.

—Porque me enfureció que no confiaras en mí...

—Y a mí me enfureció encontrarte con otro hombre en la cama y también me enfureció que te fueras sin darme la oportunidad de mostrar mis celos.

—Pero tú diste por sentado... —Stasia palideció.

—Yo supuse que estabas durmiendo con otro hombre —la interrumpió él con brusquedad—. Una suposición razonable dadas las circunstancias. Creo que estarás de acuerdo conmigo. Lo lógico era suponer entonces que te marchaste tan precipitadamente porque no querías seguir estando conmigo. Que eras culpable.

—Intenté llamarte... —dijo Stasia notando que su temperamento subía.

—Te fuiste.

—Era inocente.

—Te fuiste.

—Porque estaba furiosa contigo –dijo ella cerrando los ojos y tomando aire en un intento por calmarse–, no porque fuera culpable. No podía comprender que creyeras algo así después de todo lo que habíamos compartido.

—En aquel momento crítico –dijo él–, pero ahora, mirándolo fríamente, ¿entiendes por qué lo pensé? ¿Me comprendes?

Stasia lo miró a los ojos y se puso en su situación. Si ella lo hubiera encontrado a él...

—La situación tenía muy mal aspecto –admitió con apenas un susurro.

—Si te hubieras quedado allí, tal vez, con el tiempo, habría llegado a la conclusión adecuada –dijo él–. Pero cuando te marchaste sin decirme nada más, no tuve la oportunidad de reflexionar. Las emociones se mezclaron. Por un lado lo que yo sentía y, por otro, lo que sentía mi familia.

—Pero si no lo sabías, ¿por qué has venido hoy aquí? –preguntó Stasia finalmente.

Las rodillas le temblaban tanto que no sabía si podría seguir en pie.

—Porque –comenzó Rico con una sonrisa ladeada–, de nuevo, te alejaste de mí. Y esta vez decidí seguirte. Si hubiera hecho lo mismo hace un año, tal vez ahora no estaríamos aquí. *Dio*... –la miró con el ceño fruncido y al momento la tomó entre sus brazos–. Estás pálida. Pensándolo mejor, creo que me arriesgaré a golpearme la cabeza en esa casita tuya. Tienes que sentarte y yo necesito beber algo.

—Estoy pálida porque siempre me ocultas las cosas, y no necesito sentarme –murmuró tratando de resistir la tentación de enterrar el rostro en su cuello–. No soy tan patética...

Rico ignoró sus protestas y regresó a la casa llevándola en brazos. Tras unos momentos, Stasia dejó de retorcerse y optó por apoyar la cabeza en su cuello.

—Entonces, si Chiara no te ha dicho nada, ¿por qué has tardado dos semanas en venir a buscarme?

—Porque, por una vez, a mi reacción emocional tras tu marcha siguió un período de reflexión, lejos de mi familia –dijo él con el ceño fruncido al tiempo que abría la puerta y se agachaba para no darse en la cabeza–. Y durante ese tiempo de reflexión, pensé en un montón de cosas.

La sentó sobre la mesa de la cocina y colocó un brazo a cada lado para evitar que saliera corriendo. Sus acciones decididas hicieron saltar las alarmas en la mente y el cuerpo de Stasia.

—Creía que querías beber algo...

Rico miró su boca y, tras inspirar profundamente, retrocedió un poco.

—Buena idea. ¿Qué tienes?

—Vino –respondió ella alargando el brazo y tomando una botella que había abierto la noche anterior–. Es el único alcohol que tengo en casa. ¿Será suficiente?

—No lo sé –dijo él sonriendo con ironía–. Eso depende de tus respuestas a unas preguntas. Puede que necesite algo más fuerte.

—¿Qué preguntas?

—Sobre Chiara.

—Rico, no puedo... –Stasia se mordió el labio.

—Puedes y debes –dijo él dándole una copa y dejando la botella en la mesa–. No es momento de sensibilidades. Quiero la verdad, sin tapujos, Stasia, empezando por saber con qué frecuencia mi hermana llevaba chicos a la casa.

—Con bastante frecuencia –murmuró ella y Rico dejó escapar una maldición exasperada.

—Y no me dijiste nada...

—Estaba en una posición muy delicada –respondió ella encogiéndose de hombros–. Tu hermana me odiaba. ¿Cómo podía tratar de mejorar mi relación con ella si corría a decirte que hacía todo aquello que tú desaprobabas?

–Entonces la animaste a... –Rico se contuvo apretando los labios.

–¡No! –la interrumpió ella con una mirada llena de rabia y de dolor–. ¡Eso no es justo! Yo no la animaba a nada. Hablé con ella. Traté de enseñarle qué era lo correcto y ella no hizo sino odiarme más.

Rico cerró los ojos preparándose para recibir unas noticias que sabía que no le van a gustar nada.

–Todos esos clubes nocturnos a los que ibas con ella...

Stasia dudó antes de hablar, reticente a revelarle toda la verdad, pero al mirarlo y ver la expresión de advertencia que había en sus ojos negros, supo que no era momento de discreción.

–No iba con ella –dijo finalmente–. La seguía y trataba de convencerla para que regresara a casa. Si tus espías hubieran hecho bien su trabajo te habrían contado que ella llegaba primero y yo después. No íbamos juntas.

–Deberías haberme dicho algo...

–¿Cuándo? –interrumpió Stasia con tono hastiado–. Nunca estabas en casa, Rico. Solo te veía por las noches cuando las luces estaban ya apagadas. Nunca hablábamos de nuestra relación, y mucho menos de otras cosas. Solo hacíamos el amor y nos quedábamos dormidos después. Fin de la historia.

Rico se puso tenso, consciente de que su propio comportamiento había contribuido poderosamente a la situación.

–Fue una época de mucho trabajo...

–¿De veras? –la voz de Stasia era suave y lo miraba con expresión de curiosidad–. No tenía ni idea. Supuse que era lo normal. No te conocía lo suficiente para pensar lo contrario. Creía que solo querías estar conmigo por las noches.

Rico hizo una mueca de dolor visiblemente desconcertado por la acusación.

—Eso no es cierto.

—Pero eso era lo que teníamos, Rico —dijo ella con tristeza—. Y tampoco ayudé mucho, ahora lo veo. Chiara no tuvo la culpa de que nuestro matrimonio se rompiera. Lo hicimos nosotros solos al no pasar más tiempo juntos. Mis días estaban vacíos y los llené de trabajo. Y como cada vez te veía menos, empecé a pensar que creías que nuestro matrimonio había sido un error.

—Entonces trabajabas porque creías que necesitarías el dinero —dijo él frunciendo el ceño—. Después de lo que me contaste de tu padre cuando estábamos en Sicilia, comprendí finalmente tu necesidad de sentirte económicamente independiente, pero tienes que comprender que yo nunca te habría dejado sin dinero, independientemente del estado de nuestra relación.

—Pero yo no quería tu dinero —repitió ella encogiéndose de hombros con impotencia—. Ahora comprendo por qué tu necesidad de proveer para tu familia es tan importante, pero tienes que comprender que yo nunca quise tu dinero. No lo quise cuando me casé contigo y desde luego no lo quería cuando nos separamos.

—Ya lo veo —dijo él echando un vistazo a su alrededor con una extraña sonrisa.

—A mí me gusta —dijo ella irguiéndose a la defensiva—. Me encanta la campiña inglesa.

—Yo no me quejo de la campiña inglesa —dijo él con una expresión de absoluta ironía en su bello rostro—, sino de la altura de los techos de estas casitas. De esta en particular. Preferiría no tener que caminar encorvado. Lo que me trae a la mente la otra razón por la que he esperado dos semanas antes de venir a buscarte.

–¿Qué otra razón?

–Este encuentro no está saliendo como yo lo planeé –dijo Rico dejando escapar un suspiro frustrado.

–¿Y cómo lo habías planeado?

–Pensaba llegar, pedirte disculpas y que me perdonaras. Después iba a darte mi regalo y viviríamos felices para siempre.

¿Felices para siempre? Otro regalo. ¿Acaso no había aprendido todavía que no eran regalos lo que ella quería?

Lo miró en silencio mientras digería sus palabras. Seguía siendo la misma mujer y él el mismo hombre. ¿O tal vez no?

–¿Ibas a disculparte? Pero no sabías lo de Chiara...

–No iba a disculparme por eso –murmuró él–. Iba a disculparme por todo lo demás. Ahora no sé por dónde empezar. Una disculpa obviamente no será suficiente.

–Empieza por lo que pensabas decirme antes de saber lo de Chiara –dijo ella.

–Está bien –dijo él–. Pero primero tienes que comprender que eras muy diferente de todas las mujeres que había conocido en mi vida.

–Era demasiado diferente –dijo ella mordiéndose el labio.

–Déjame terminar –gruñó él tensando la mandíbula–. Las disculpas no son mi especialidad y si me interrumpes lo diré todo mal y no estoy seguro de poder repetirlo.

A pesar de las emociones que ardían en su interior, Stasia tuvo que ocultar una sonrisa. Aquello era muy propio de Rico. Siempre el perfeccionista, incluso en el arte de las disculpas.

–Continúa entonces.

–Me encantaba la manera en la que eras diferente –confesó, no sin dificultad–, y también el hecho de que no fueras la típica mujer. Pero cuando nos casamos, yo esperaba que encajaras en mi vida excesivamente convencional. Ahora me doy cuenta de que asusté a la mujer que eras. No me sorprende nada que no fueras feliz. Por mi parte, estaba pasando una época muy difícil en el trabajo y llegaba a casa demasiado cansado para hacer otra cosa que no fuera meterme en la cama.

–Siempre tenías energía para algunas cosas... –dijo ella con un brillo alegre en los ojos, pero Rico no le devolvió la sonrisa.

–Lo sé, pero recuerdo las cosas que me dijiste en Sicilia. Tenías razón al decir que te trataba como si fueras mi amante. Lo hice y me avergüenzo, *cara mia*. Pero intenta comprender que las mujeres que había conocido hasta entonces eran felices con mi tarjeta de crédito y agradeciéndomelo por la noche por los regalos –sonrió avergonzado–. Pensé que tú también serías feliz haciéndolo.

–Tu compañía de tarjetas de crédito debe de quererme mucho –sonrió ella.

–No gastaste nada...

–Ya te he dicho mil veces que no quería tu dinero, pero no sabía lo de tu trabajo. No sabía que estuvieras tan ocupado. Y hasta que tuvimos aquella conversación en Sicilia tampoco comprendí por qué era tan importante para ti.

–Ninguna mujer ha mostrado nunca interés en saber a qué me dedico –dijo él con ironía–, así que supuse que tú serías igual.

–No dedicamos mucho tiempo a hablar... –dijo ella mordiéndose el labio.

–Es evidente –asintió él–. Como bien dijiste, compartíamos nuestros cuerpos, pero poco más. Aprendí más cosas de ti durante las últimas semanas en Sicilia que en nuestro matrimonio.

–¿Qué aprendiste?

–Que eres una persona adorable, cálida y con una enorme capacidad para perdonar –cerró los ojos levemente–. Enorme. A pesar de todo el daño que mi hermana te hizo, fuiste en su ayuda cuando te llamó. Debió de ser muy duro para ti.

–No lo fue. Era muy joven…

–Lo que hizo no tiene excusa. Hablaré con ella en algún momento, pero ahora no tienes que preocuparte por ello.

–Entonces, ¿a eso has venido? –apenas se atrevía a formular la pregunta–. ¿A disculparte?

–Y a decirte que no hay divorcio. Creía que lo había dejado suficientemente claro –dijo él frunciendo el ceño.

–Nada ha cambiado, Rico.

–Todo ha cambiado –anunció él con su habitual seguridad en sí mismo mientras la tomaba de la mano y la ayudaba a bajar de la mesa–. Esta vez he comprendido de verdad lo que necesitas y voy a dártelo.

Stasia tragó con dificultad. Lo que ella necesitaba era amor. Su amor. Pero, como de costumbre, el amor era lo único que no había mencionado en todo su discurso.

–¿Adónde vamos?

–A enseñarte la otra razón por la que he tardado dos semanas en venir a buscarte. He estado ocupado –dijo él con expresión satisfecha y ella lo siguió hasta su deportivo.

Recorrieron una distancia corta y entonces enfilaron un camino que discurría entre árboles a ambos lados hasta llegar a la entrada de una casa. Rico aparcó junto a la casa y salieron del coche.

–Has dicho que no te comprendía y esta es la prueba de que sí –dijo él contento de sí mismo–. Sé que adoras la campiña inglesa, pero yo no podré vivir en una casita que apenas es mayor que un cuarto de baño –dijo Rico mirándola a continuación, pero ella lo miró sin comprender.

–¿Cómo dices? –Stasia miró entonces hacia la mansión de estilo georgiano que había ante ella–. ¿Qué tiene esta casa que ver con nosotros?

—Que es nuestra —dijo él con el tono de seguridad con la que hablan aquellos que poseen una cuenta bancaria sin fondo, pero ella miró la casa y después a él.

—¿Nuestra?

—Así es —dijo él con una sonrisa reluciente, totalmente seguro de sí mismo y de su decisión—. Te gusta el campo y te la he comprado. Ahora dime que no te comprendo.

—No —dijo ella con los dientes apretados y los ojos cerrados, preguntándose si habría un hombre más exasperante que Rico Crisanti. Finalmente, abrió los ojos y lo miró—. Por si te interesa, estoy tratando de contenerme para no golpearte.

—*Cosa?* ¿No te gusta? —preguntó él con incredulidad.

—Claro que me gusta. Es preciosa. Le gustaría a cualquiera.

—Entonces, ¿por qué ibas a querer golpearme?

—Porque no te has enterado de nada, a pesar de lo que crees, sigues sin comprenderme —apenas podía hablar sin atragantarse por la emoción—. No es la casa, Rico. No se trata de vivir en el campo. Se trata de compartir. De tomar juntos las decisiones. De ser iguales. Eso es lo que yo quiero. No quiero que me regales una casa, por impresionante que sea. Quiero que elijamos algo juntos.

Rico se puso rígido, gruñó algo en italiano y echó a andar hacia los jardines, claramente a punto de perder los nervios.

Stasia se sentó en el césped y se echó a llorar. Eran demasiado diferentes. Su relación nunca funcionaría. Lloró hasta que no le quedaron lágrimas y cuando abrió los ojos Rico estaba de pie junto a ella.

—No acierto contigo, ¿verdad? Creé un estudio para ti en Sicilia pensando que te gustaría, pero parecías triste y dolida y no comprendo qué hice mal. Elegí la casa porque pensé que te agradaría —dijo sin emoción agitando las manos como italiano que era—. Adoras Inglaterra. Adoras el campo. Pensé que sería perfecta. Intento desesperadamente comprenderte. Tanto que se está convirtiendo en una obsesión. Estoy delegando tanto en la empresa que mi gente no me reconoce.

–Rico… –dijo ella restregándose las mejillas con el dorso de la mano.

–Tal vez tú necesites comprender algo sobre mí. No estoy acostumbrado a estar con mujeres que quieren ser parte del proceso de tomar decisiones. Estoy acostumbrado a que se apoyen en mí. Tú no lo haces. Desde que mi padre murió, yo he tenido que tomar todas las decisiones en la familia. No respiran si yo no lo hago primero. Si esperaba que tú hicieras lo mismo es porque no tengo experiencia en lo que tú describes. Pero puedo aprender.

Stasia sorbió la nariz de nuevo.

–¿Por qué ibas a querer hacerlo?

–Porque quiero que nuestro matrimonio funcione y estoy preparado para hacer todo lo que tenga que hacer para comprenderte, por difícil que resulte para los dos.

–Pe... pero yo no soy lo que tú buscas en una mujer –tartamudeó y se riñó por parecer tan desvalida cuando ella quería parecer siempre moderna y sofisticada. Había llegado el momento de ser sinceros el uno con el otro.

–Tú eres exactamente lo que busco en una mujer –dijo él con sonrisa irónica.

–No hablo de la cama –dijo ella sonrojándose.

–Yo tampoco. Lo creas o no, me gusta la sensación de no saber dónde estoy cuando estoy contigo; que puedo comprarte una casa y que tú me la tires a la cara, metafóricamente hablando.

–Es preciosa –dijo ella lamentándose.

–La venderé y compraremos una juntos.

–Me gusta esta. Elijo esta –dijo ella mirando la mansión y después a él.

Una mirada de exasperación invadió el rostro hermoso de Rico que extendió la mano para ayudarla a levantarse.

—¿Te he dicho alguna vez que eres la mujer más exasperante y cambiante que he conocido?

—Si parecía dolida por el estudio fue porque pensé que lo hacías por el bien de Chiara —dijo ella tragando con dificultad.

—Para entonces no estaba pensando en hacer bien a mi hermana —confesó él, la tensión era visible en cada ángulo de su vigoroso cuerpo—. Creo que solo podía pensar en ti. Y en mí. Y en volver a gustarte.

Los ojos de Stasia se llenaron de nuevo de lágrimas y Rico murmuró algo en voz baja.

—Nunca te había visto llorar y ahora de pronto lo haces por todo...

—Eso es porque veo lo mucho que te estás esforzando y no tiene sentido —murmuró ella.

—¿Y eso por qué? ¿Por qué es inútil? —dijo él pasándose los largos dedos por el pelo negro—. Dime qué tengo que hacer para que esto funcione.

Le entró hipo de tanto llorar y parecía una niña muy desgraciada.

—Amarme. Tienes que amarme.

Tras su declaración se hizo el silencio mientras Rico la miraba sin poder creer lo que oía.

—¿Tengo que amarte?

—Eso es —dijo ella con voz temblorosa mientras señalaba hacia la casa—. Es muy bonita, y también el estudio, y sé que te estás esforzando, pero lo cierto es que viviría hasta en un cobertizo contigo, Rico. Lo único que quiero es tu amor. Y eso es lo único que nunca has comprendido. Lo único que no has sido capaz de darme nunca.

—Espera un momento —dijo Rico sacudiendo la cabeza como si temiera que hubiera un problema de entendimiento lingüístico–. ¿Me estás diciendo que crees que no te quiero?

–Sé que no me quieres.

–He gastado una suma indecente de dinero en una casa en un país con un dudoso sistema de transporte y mucha lluvia –dijo él–. Renuncié a mi habitación favorita de la villa de Sicilia y cedí a que se llenara de pintura, a pesar de que mi gesto no pareció agradarte. ¿Qué te hace pensar que no te quiero?

–¿Que nunca me lo has dicho? –dijo ella con un hilo de voz, expectante.

–Te lo he dado todo. Eso debería bastarte como prueba de mi amor.

–Eso es porque tu manera favorita de mostrar tu amor es proveer para tu familia –dijo ella con suavidad, comprendiéndolo de pronto–. Pero yo necesito oírlo, Rico. Lo necesito.

–Me instruí durante tanto tiempo para no decirlo que se ha convertido en un hábito. Creo que pensaba que si lo decía me haría vulnerable, pero no decirlo no cambiaba mis sentimientos. Te amé desde el momento que me plantaste cara en el vestíbulo de la compañía. Di por sentado que lo sabías.

–Yo no lo sabía… –Stasia se quedó mirándolo con el corazón latiéndole desbocado.

–Entonces, ¿por qué aceptaste casarte conmigo si pensabas que no te quería?

–Porque yo te amaba lo suficiente por los dos.

–Te perseguí como nunca había hecho con otra mujer –dijo él tras un suspiro–, y me casé contigo. Nunca había pedido en matrimonio a nadie. Si eso no era prueba suficiente…

–Quería que me lo dijeras.

–Nunca he sido muy efusivo, al menos verbalmente.

–Entonces tendrás que aprender a serlo –sugirió ella con tono insinuante–, porque para que esta relación funcione tendrás que aprender a decir cómo te sientes.

—¿Desesperado? ¿Aterrado ante la posibilidad de perderte? ¿Deseoso de hacer lo que sea para que vuelvas? —dijo él sonriendo tras reconocer la mirada de Stasia—. Te quiero —dijo con voz áspera—. *Ti amo, cara mia.*

Stasia cerró los ojos y experimentó la más absoluta felicidad por primera vez en su vida.

—Dilo otra vez.

—¿En inglés o en italiano? —dijo él abrazándola con fuerza.

—En italiano —dijo ella con la misma aspereza en la voz y abrió mucho los ojos para mirarlo—. Sabes lo que siento respecto al italiano.

—Y también sé lo que habitualmente sucede cuando te hablo en italiano —bromeó él con cariño, acompañándola al coche—. Y teniéndolo en mente, creo que será mejor que nos vayamos antes de que nos arresten. Ese tipo de publicidad no me conviene.

—¿Adónde vamos? —dijo ella siguiéndolo y sintiendo el deseo irremediable que su cuerpo sentía hacia aquel hombre.

—Al lugar más cercano en el que podamos contar con algo de privacidad —dijo él dando la vuelta y acelerando—. Probablemente tu casita.

Stasia deslizó una mano hacia la entrepierna de Rico y sintió cómo todos sus músculos se tensaban al contacto.

—Creía que no te gustaba.

—Me quedaré tumbado —dijo él con suavidad, su mirada toda una promesa de placer infinito—, así no será problema la altura de los techos, al menos por un rato.

—Te quiero, Rico.

Rico le cubrió la mano con la suya.

—Yo también te quiero, *cara mia.* Siempre.

ENAMORADA DE SU MARIDO

SARAH MORGAN

Capítulo 1

–¿Con Sebastien Fiorukis? –Alesia miró a su abuelo con sorpresa, un abuelo que había sido un extraño para ella, excepto en su reputación–. A cambio del dinero que necesito, ¿esperas que me case con Sebastien Fiorukis?

–Exactamente –sonrió el abuelo de Alesia.

Alesia intentó controlar sus emociones mientras trataba de recuperar la voz para enfrentarse a su abuelo.

Fiorukis, el magnate griego que había tomado las riendas del moderadamente exitoso negocio de su padre y lo había transformado en una corporación que competía con la de su abuelo, el hombre que cambiaba de mujer más rápido que de coche.

–¡No puedes estar hablando en serio! –levantó la mirada y apretó los dientes. La sola idea la enfermaba–. La familia Fiorukis fue la responsable de la muerte de mi padre...

Ella los despreciaba tanto como a su abuelo. Y a todo lo griego.

–Y por esa razón, se cortó mi descendencia –dijo su abuelo con dureza–. Quiero que la familia Fiorukis tenga el mismo destino. Si él se casa contigo, no tendrá descendencia.

Alesia dejó de respirar del shock. Su abuelo lo sabía. De algún modo lo sabía.

Alesia se puso pálida y se le cayó la carpeta que tenía en la mano, y se desparramaron papeles por todo el suelo de mármol. Ella ni se dio cuenta.

–¿Sabes que no puedo tener hijos?

¿Cómo era posible que lo supiera si ella lo había mantenido en secreto?, se preguntó.

Alesia lo miró con la respiración agitada. Se sentía vulnerable. Desnuda ante un hombre que, a pesar de tener su misma sangre, había sido un extraño desde su infancia. Un hombre que la miraba con satisfacción. Dimitrios Philipos, su abuelo.

–Yo me ocupo de saber todo de todo del mundo. La información es la llave del éxito en la vida.

Alesia tragó saliva. Su abuelo era cruel.

Hacía mucho tiempo que había aceptado la idea de que no se casaría. Su futuro le depararía cualquier cosa menos el matrimonio. ¿Cómo iba a casarse una mujer en su posición?

–Si realmente sabes todo sobre mí, entonces también sabrás la razón por la que estoy aquí. Debes saber que mi madre está cada vez más enferma... Que necesita una operación.

–Digamos... que sabía que vendrías.

Alesia se sintió furiosa interiormente. Lo odiaba.

Miró a su abuelo, a quien acababa de conocer y se estremeció de repulsión. Tenía dolor de cabeza, y ahora le dolía el estómago, algo que le recordaba que había estado demasiado nerviosa como para comer en los pasados días.

Se jugaba mucho en todo aquello. El futuro de su madre estaba en sus manos, en su habilidad para negociar algún tipo de acuerdo con un hombre que era un monstruo.

Alesia miró alrededor con desagrado. Aquel despliegue de riqueza la mareaba.

Aquel hombre no tenía vergüenza. ¿Sabía que ella tenía que tener tres trabajos para poder dar a su madre los cuidados que necesitaba? Cuidados de los que él tendría que haberse hecho cargo durante los pasados quince años.

Alesia intentó calmarse. Un pronto no la llevaría a ningún sitio. Pero le daban ganas de marcharse y dejar solo a aquel tirano. Pero no podía hacerlo. Tenía que permanecer allí, concentrada en la tarea que tenía en sus manos.

Nada la distraería del motivo por el que estaba allí. Aquel hombre había ignorado las necesidades de su madre durante quince años; había negado su existencia, pero Alesia no permitiría que la ignorase también a ella. Era hora de que se enterase de lo que era la familia.

–Borra esa expresión de tu cara. Tú has acudido a mí, ¿no lo recuerdas? Eres tú quien quiere el dinero –dijo Dimitrios con dureza.

Alesia se puso rígida.

–Por mi madre.

Dimitrios pronunció un gruñido de desprecio y respondió.

–Podría habérmelo pedido ella misma si tuviera agallas.

Alesia sintió rabia.

–Mi madre está muy mal...

Dimitrios la miró fijamente y sonrió con desprecio.

–Y esa es la única razón por la que estás aquí, ¿verdad? Nada más te induciría a traspasar el umbral de mi casa. Me odias. Ella te ha enseñado a odiarme –se inclinó hacia delante–. Estás furiosa, pero intentas ocultarlo porque no quieres arriesgarte a ponerte en mi contra por si te niego mi ayuda.

Incapaz de creer que pudiera ser tan despiadado, Alesia dijo:

–Ella era la esposa de tu hijo...

–No me lo recuerdes –respondió Dimitrios, serio, sin remordimientos ni lamentos–. Es una pena que no seas un chico. Me da la impresión de que has heredado el espíritu de tu padre. Incluso te pareces un poco a él físicamente, al margen de ese pelo rubio y esos ojos azules. Tendrías que haber tenido cabello oscuro y ojos marrones, y si mi hijo no hubiera sido seducido por esa mujer, tú tendrías el estatus que te mereces, y no habrías vivido los últimos quince años de tu vida en el exilio. Todo esto podría haber sido tuyo.

Alesia miró «todo esto». El contraste entre sus circunstancias y las de su abuelo era impresionante. La prueba de su riqueza estaba en todas partes, desde las ostentosas estatuas que vigilaban casi todas las entradas de su mansión a la enorme fuente que presidía el patio.

Alesia pensó en su hogar, un piso pequeño en una planta baja en una zona marginal de Londres, que había adaptado a la minusvalía de su madre. Pensó en la lucha de su madre por la supervivencia, una lucha que aquel hombre podría haber suavizado.

Apretó los dientes e intentó controlarse nuevamente.

–Estoy contenta con mi estatus. Y me encanta Inglaterra.

–¡No me contestes! –la miró, furioso–. Si me contestas, él jamás se casará contigo. Aunque no tengas aspecto de griega, quiero que tu comportamiento sea totalmente el de una griega. Serás obediente y dócil, y no darás tu opinión sobre ningún tema, a no ser que se te pregunte. ¿Me oyes?

Alesia lo miró, incrédula.

–¿Hablas en serio? ¿De verdad crees que voy a casarme con Fiorukis?

–Si quieres el dinero, sí –Dimitrios sonrió desagradablemente–. Te casarás con Sebastien Fiorukis y te asegurarás de que él no se entere de tu infertilidad. Yo me encargaré de que los términos del acuerdo lo aten a ti hasta que tengáis hijos. Como tú jamás tendrás un heredero, él se verá sujeto a un matrimonio sin hijos para siempre –se echó hacia atrás y se rio–. El justo castigo. Siempre se dice que la venganza es un plato que se sirve frío. He esperado quince años este momento. Pero ha valido la pena. Es perfecto. Tú eres la herramienta de mi venganza.

Alesia lo miró, horrorizada. No le extrañaba que su madre le hubiera advertido que su abuelo era el mismo demonio.

–No puedes pedirme que haga esto.

No podía casarse con Sebastien Fiorukis. Tenía todas las características que ella despreciaba en un hombre. No podía pedirle que compartiese la vida con él.

–Si quieres el dinero, tendrás que hacerlo.

–Está mal...

–Se trata de justicia. Lo justo hubiera sido castigar a la familia Fiorukis hace mucho tiempo. Los griegos siempre vengan a sus muertos y tú, aunque solo seas medio griega, deberías saberlo.

Alesia lo miró, impotente. No podía decir nada que pudiera indisponer a su abuelo contra ella. Haría cualquier cosa por conseguir el dinero para su madre. Y tener a aquel hombre de enemigo no le convenía. Luego se rio de su propia ingenuidad: ya eran enemigos. Lo habían sido desde que su madre había sonreído a su padre y había conquistado su corazón, estropeando los planes de Dimitrios de boda con una buena chica griega.

–Fiorukis jamás aceptará casarse conmigo –dijo ella serenamente.

Y ella no tendría que pasar el resto de su vida con un hombre que le habían enseñado a odiar. Sebastien Fiorukis era un mujeriego, se consoló. No le interesaba el matrimonio.

Además, ¿cómo se iba a casar con ella, si sus familias estaban enfrentadas?

–Ante todo, Sebastien Fiorukis es un hombre de negocios. Y el incentivo para que se case con mi nieta será demasiado tentador como para que lo rechace.

–¿Qué incentivo?

Su abuelo sonrió con desprecio.

–Digamos, simplemente, que yo tengo algo que él quiere, lo que es la base de cualquier negociación. Y también es un hombre que no puede dejar pasar una mujer atractiva sin intentar seducirla. Por alguna razón, tiene preferencia por las rubias, así que estás de suerte, o lo estarás cuando te quitemos esos vaqueros y te pongamos ropa decente. Y si quieres ese dinero, no harás nada para ahuyentarlo. Y ahora, recoge esos papeles que has tirado al suelo.

«¿De suerte?», pensó Alesia. ¿Su abuelo pensaba que atraer a ese arrogante y despiadado griego era una suerte?

Con mano temblorosa, Alesia recogió automáticamente los papeles que se le habían caído. ¿Qué alternativa tenía? No tenía otra forma de conseguir el dinero que necesitaba, se dijo. Y se consoló diciendo que no sería un matrimonio en el verdadero sentido de la palabra. Probablemente, apenas hablasen.

–Si lo hago, si digo «sí», ¿me darás el dinero?

–No... Pero Fiorukis te lo dará. Te dará una suma de dinero todos los meses. En qué te lo gastes, será decisión tuya.

Alesia se quedó con la boca abierta. Su abuelo había planeado un acuerdo en el que ni siquiera tenía que poner su dinero.

Sebastien Fiorukis no solo iba a tener que casarse con la nieta de su peor enemigo, sino que tendría que pagar por ese privilegio.

¿Por qué aceptaría una idea tan disparatada?

¿Cuál era exactamente el incentivo al que se había referido su abuelo?

Pero una cosa estaba clara: si quería el dinero, tendría que hacer algo que se había prometido no hacer jamás: tendría que casarse. Y no solo eso. Sino que se casaría con el responsable de la muerte de su padre. Un hombre al que odiaba.

***

—¿Por qué acude a nosotros Dimitrios Philipos? —preguntó Sebastien Fiorukis, caminando a lo largo de la terraza de su lujosa mansión ateniense. Luego se detuvo para estudiar la expresión de su padre; pero no notó nada. El hombre había aprendido desde muy joven a ocultar sus emociones—. La enemistad entre nuestras familias se remonta a tres generaciones.

—Al parecer, esa es la razón de su acercamiento —dijo Leandros Fiorukis—. Cree que es hora de arreglar las cosas. Públicamente.

—¿Y cómo es que Dimitrios Philipos quiere arreglar las cosas? Es un hombre malicioso y despiadado.

El solo hecho de que su padre estuviera dispuesto a encontrarse con aquel hombre lo sorprendía. Pero su padre se estaba haciendo viejo, pensó Sebastien con pena, y la pérdida de la empresa familiar hacía muchos años siempre había sido una espina clavada en su corazón.

Su padre suspiró.

—Quiero que termine este odio, Sebastien. Quiero jubilarme en paz con tu madre, sabiendo que lo que es nuestro por derecho ha vuelto a nosotros. Ya no estoy para peleas.

Sebastien sonrió peligrosamente. Afortunadamente, él no las temía. Si Dimitrios Philipos pensaba que podía intimidarlo, descubriría que había dado con la horma de su zapato.

Su padre recogió unos papeles.

—El acuerdo que ofrece es sorprendente.

—Razón de más para sospechar de sus motivos —dijo Sebastien.

Su padre lo miró con cautela.

—Serías un necio si no escuchases lo que quiere decirte —dijo su padre—. Será lo que sea Dimitrios, pero es griego. Y es un halago que te ofrezca reunirte con él.

—El halago sería que desaparezca para siempre —respondió Sebastien mirando a su padre.

De pronto se dio cuenta de que su padre había envejecido. Que la tensión de aquella eterna enemistad lo había ido consumiendo.

—He aceptado la reunión en nombre tuyo —su padre lo miró, cansado.

Y Sebastien pensó que lo haría por su padre.

—Bien. Dime qué ofrece —dijo Sebastien.

—Va a devolvernos la empresa —su padre se rio con desprecio y puso los papeles sobre la mesa—. Aunque sería mejor decir «nuestra empresa», puesto que lo era antes de que Philipos estafase a tu abuelo.

«¿Philipos ofrece devolver la empresa?», pensó Sebastien, ocultando su sorpresa.

—¿Y a cambio de qué? —preguntó.

Su padre desvió la mirada de él.

—A cambio de casarte con su nieta.

—¡Estás de broma! —los ojos oscuros de Sebastien lo miraron con incredulidad—. ¿En qué siglo estamos?

Sin mirarlo, su padre movió los papeles frente a él y respondió:

—Lamentablemente, esas son las condiciones.

—No estás bromeando, ¿verdad? —dijo Sebastien, petrificado, con expresión seria—. En ese caso, te diré que no hay nadie menos atractivo para mí como potencial consorte que un miembro de la familia Philipos.

Su padre se pasó la mano por detrás del cuello para aliviar la tensión.

—Tienes treinta y cuatro años, Sebastien. En algún momento te tienes que casar con alguien. A no ser que quieras pasarte la vida solo y sin hijos.

—Quiero tener hijos. Me apetece mucho. Es la esposa el problema. Lamentablemente, no encuentro una mujer con las cualidades que exijo. No deben de existir.

Recordó a las últimas mujeres con las que había salido: una gimnasta, una bailarina... Ninguna había despertado su atención más de unas semanas.

—Bueno, si no puedes casarte por amor, entonces, ¿por qué no por razones de negocios? —dijo su padre—. Si te casas con la chica, la empresa es nuestra.

—¿Así de sencillo? —preguntó Sebastien achicando los ojos—. No puede ser tan sencillo.

—Es un hombre viejo. La empresa tiene problemas. Philipos sabe que tú eres un brillante hombre de negocios. Con la boda protege a su nieta económicamente, si quiebra la empresa. Y sabe que, contigo a la cabeza, la empresa se salvará. Es una oferta generosa.

—Eso es lo que me preocupa. Dimitrios Philipos no es una persona que haga ofertas generosas.

—Ofrece un incentivo considerable por casarte con la chica.

—Yo necesito un incentivo considerable para casarme con una mujer a la que no he visto siquiera —dijo Sebastien, cavilando.

No podía comprender por qué Philipos le ofrecía la empresa. Ni por qué quería que se casara con su nieta.

—Es hora de dejar a un lado las sospechas y aprender a confiar. Philipos empezó ese negocio con mi padre y luego se lo arrebató. Dice que se arrepiente del pasado y que quiere enmendarlo antes de morirse.

—¿Y tú lo crees?

—Nuestros abogados tienen un borrador del acuerdo. ¿Qué razón tendría para no creerlo?

—Que Dimitrios Philipos es un megalómano malicioso que solo actúa por interés propio —Sebastien se quitó la corbata de seda y la tiró encima de una silla. Sentía la adrenalina correr por sus venas—. ¿Es que te tengo que recordar sus pecados contra nuestra familia?

—Es un hombre viejo. Quizás se esté arrepintiendo.

Sebastien echó atrás la cabeza y se rio maliciosamente.

—¿Arrepentirse? Ese malnacido no sabe siquiera el significado de esa palabra. Estoy tentado de seguir adelante con esto solo para saber qué está tramando —Sebastien hizo señas discretamente a un empleado para que le llevase algo de beber mientras se desabrochaba los botones de arriba de la camisa. El calor en Atenas en julio era insoportable—. ¿Y por qué no puede conseguirse un marido su nieta? Philipos ha mantenido la existencia de la chica en silencio. Nadie sabe nada de ella. ¿Es fea o tiene alguna enfermedad que puedan heredar mis hijos?

—También serían sus hijos —señaló su padre—. Y tú no has sido capaz de encontrar esposa.

—No la he buscado. Y no quiero a una elegida por mi enemigo.

La idea casi le daba risa. La heredera de Philipos tenía que tener algún problema, si no se habría casado hacía mucho tiempo, pensó.

—Estoy seguro de que es una chica encantadora —murmuró su padre.

Sebastien alzó una ceja en señal de burla.

—No lo creo. Si fuera guapa, Philipos no la habría tenido oculta, y la prensa la habría acosado como a mí. Al fin y al cabo, es una mujer joven extremadamente rica.

—La prensa te persigue porque les das motivos... Mientras que la heredera de Philipos ha estado en Inglaterra.

—Inglaterra tiene la prensa rosa más indiscreta del mundo —murmuró Sebastien frunciendo el ceño—. Si la han dejado en paz, será porque es un monstruo y no tiene personalidad.

—Evidentemente, lleva una vida discreta. No como tú. La chica estuvo en un internado inglés. Su madre era inglesa, si recuerdas.

—Por supuesto que lo recuerdo —Sebastien acabó su copa, recordando—. También recuerdo que su madre murió cuando explotó nuestro barco. Junto con su marido, que era el hijo único de Dimitrios Philipos.

Sebastien recordó a una criatura sin vida en sus brazos mientras la llevaba hasta la superficie... Caos, horror, sangre, gente gritando...

—La nieta perdió a sus padres y Philipos nos culpa por ello. ¿Y ahora quiere que me case con su nieta? Tendré que dormir con un arma debajo de la almohada, si acepto. Estoy sorprendido de que hayas aceptado su sugerencia con tanta ecuanimidad.

—Nosotros también perdimos familia en aquella explosión. Y el tiempo ha pasado. Es un hombre viejo.

—Es un hombre muy malo.

—Nosotros no fuimos responsables de la muerte de su hijo. Tal vez el tiempo le haya dado la oportunidad de reflexionar y ahora se dé cuenta —Leandros se pasó la mano por la frente, visiblemente afectado por los recuerdos—. Él quiere que su nieta tenga un marido griego. Desea volver a tener descendencia.

—¿Y la chica? ¿Por qué iba a querer aceptar semejante matrimonio? Ella es la nieta de Dimitrios Philipos. No creo que siéndolo tenga la estabilidad emocional que yo desearía en una esposa.

—Al menos, conócela. Siempre estás a tiempo de decir «no».

Sebastien lo miró, pensativo. Era cierto que deseaba tener hijos. Y siempre había querido recuperar Industrias Philipos.

—¿Qué consigue ella? Philipos consigue descendencia. Yo consigo nuestra empresa e hijos... ¿Y ella?

—Sebastien...

—Dime...

—El día de la boda vas a tener que ingresar dinero en su

cuenta personal –su padre volvió a mirar los papeles–. Una sustancial suma. Y esa suma se repetirá todos los meses durante el matrimonio.

Hubo un largo silencio. Luego Sebastien se rio forzadamente.

–¿Dices en serio que la heredera de Philipos quiere dinero por casarse conmigo?

–La parte económica es una parte importante del acuerdo.

–La mujer es más rica que Midas –dijo Sebastien con temperamento mediterráneo–. Y no obstante, ¿quiere más?

Su padre carraspeó.

–Los términos del acuerdo son muy claros. Ella recibe dinero.

Sebastien caminó hacia el extremo de la terraza y miró la ciudad que tanto amaba.

–Sebastien...

–No sé por qué dudo –Sebastien se dio la vuelta con gesto de desprecio–. Todas las mujeres están interesadas en el dinero. El hecho de que esta quiera más que la mayoría no cambia nada. Al menos, es sincera, algo que la honra. Como has dicho tú, esto es un negocio.

–La haces ver dura e interesada, pero ¿por qué no te reservas el juicio? –le dijo su padre–. Cualquier pariente de Dimitrios va a estar acostumbrado al dinero y a un estilo de vida extravagante. Su requerimiento de fondos tal vez no tenga nada que ver con su carácter. Ella podría ser dulce.

Sebastien hizo un gesto de desagrado.

–Las chicas dulces no piden grandes sumas de dinero de futuros esposos. Y si ella es una Philipos seguramente tenga cuernos y cola, como todos los demonios...

–Sebastien...

–Como tú, yo quiero recuperar la empresa, así que la veré porque estoy intrigado. Pero no te prometo nada –le dijo Sebastien, dejando su copa vacía sobre la mesa–. Si ella será la madre de mis hijos, por lo menos no tendrá que darme dolor de estómago verla.

–No hablarás. Y tienes que mantener esos ojos relampagueantes fijos en el suelo. Tienes que ser dócil y obediente, como una buena chica griega. Si mantienes la boca cerrada hasta la boda, todo irá bien. Para entonces será demasiado tarde para que Fiorukis cambie de parecer –dijo Dimitrios Philipos mirando a Alesia mientras el helicóptero se dirigía a la plataforma de aterrizaje.

Cuando el helicóptero aterrizó, Alesia se relajó. Aquel océano inmenso debajo de ellos le daba miedo. Siempre le había tenido miedo al agua. Y todavía le costaba creer que hubiera aceptado aquel encuentro.

–¿Y qué pasa si él se entera de que no puedo tener hijos?

Si su abuelo había descubierto que el accidente que había tenido de pequeña le impedía tener hijos, ¿cómo podía estar segura de que Sebastien no se hubiera enterado de lo mismo?

–No lo sabe. Ni siquiera conocía de tu existencia hasta ahora. No lo sabrá hasta que esté casado contigo –sonrió cínicamente Dimitrios.

Alesia se encogió de repugnancia. Todo aquello era repugnante.

Pero ¿estaba tan mal hacer aquello? Después de todo, Sebastien Fiorukis y toda su familia eran tan corruptos como su abuelo. Y dada su falta de interés en el compromiso con una mujer, no debía de tener interés en ser padre. Y de serlo, sería un padre terrible. Dar un hijo a un hombre semejante sería injusto. Tal vez fuera mejor para ambas familias que la línea hereditaria se truncase. Así se enterrarían sus disputas con ellos.

Y ambas familias estaban en deuda con ella. Entre las dos

eran responsables del accidente que había hundido a su familia. Era hora de que pagasen.

El día de su boda Fiorukis ingresaría una suma de dinero que se repetiría todos los meses. Y su madre recibiría la operación que tanto necesitaba. Se terminarían sus preocupaciones; el tener tres trabajos y la angustia de que el dinero no alcanzase.

Siempre y cuando Fiorukis no descubriese que su madre estaba viva. Porque entonces él se daría cuenta de que su abuelo no sentía el más mínimo cariño por ella, y empezaría a sospechar de aquel acuerdo.

Alesia se detuvo en la puerta del helicóptero, sofocada por el aire caliente que le llegó. Sintió la tentación de preguntarle a su abuelo cómo era que siendo medio griega era incapaz de soportar el calor. Pero en aquellos días había aprendido que la mejor manera de manejar la relación con su abuelo era permanecer callada.

–Y recuerda: ahora eres una Philipos.

–Pero tú no permitiste que mi madre usara ese nombre. Y ahora, cuando te viene bien, esperas que yo lo use.

–Fiorukis va a casarse contigo porque eres una Philipos –le recordó su abuelo con una sonrisa desagradable–. Si supiera que eres una don nadie, ni se acercaría a ti. Y deja de tirar de ese vestido.

Alesia apretó los dientes y soltó el bajo de la prenda.

–Es indecente. Apenas cubre nada.

–Precisamente. Fiorukis querrá saber lo que está comprando. Recuerda todo lo que te he dicho. Fiorukis tiene un cerebro tan afilado como una cuchilla, pero es un griego de sangre caliente. Una sola mirada a ese vestido le hará olvidar los negocios, te lo aseguro. Llévalo puesto como si te vistieras siempre así. No menciones la existencia de tu madre. No digas por qué necesitas el dinero.

—Él querrá saber por qué me voy a casar con él.

—Sebastien Fiorukis tiene un ego tan grande como Grecia. Y las mujeres, por alguna razón insondable, no lo dejan en paz. Probablemente porque es rico y atractivo, y las mujeres suelen ser demasiado estúpidas como para resistirse a esa combinación –su abuelo hizo un gesto de desprecio–. Se pensará que eres una más de sus admiradoras que quiere acceso a sus millones.

Alesia se estremeció. Sebastien Fiorukis debía de ser terriblemente arrogante. Ser considerada tan cabeza hueca como para valorar a un hombre por su aspecto y su cartera le parecía un insulto.

—No creo...

—¡Muy bien! –exclamó su abuelo–. No quiero que pienses. Y él tampoco. No se te pide que pienses. Solo se te pide que te acuestes con él cuando él lo desee. Y si te lo pregunta, simplemente le dices que deseas este matrimonio porque es uno de los solteros más cotizados del mundo y tú quieres volver a descubrir tus raíces griegas. E intenta no quemarlo con esa mirada que tienes. Un griego no quiere confrontación en su cama de matrimonio.

Alesia sintió un revoltijo en el estómago. «¿Cama de matrimonio?», resonó en su cabeza. Hasta entonces no había pensado en las implicaciones más profundas de su matrimonio. Luego recordó lo que se decía de él. Si los medios no se equivocaban, tenía como tres queridas a la vez. No creía que tuviera ganas de compartir la cama con ella, dada su falta de interés en el compromiso. Y a ella le parecía muy bien. Siempre que depositase la suma de dinero en su cuenta todos los meses.

Si no hubiera sido porque su abuelo la hizo salir del helicóptero, se habría echado atrás y le habría pedido desesperadamente al piloto que la llevase de regreso.

Una figura borrosa parecía observarla desde la distancia. Y ella de pronto se sintió abrumada por la situación.

Con paso inseguro, tanto por aquella sensación terrorífica como por los tacones que le habían obligado a ponerse, avanzó por la plataforma.

Se tambaleó y, de no haber sido por unos brazos poderosos que la sujetaron, se habría caído.

Incómoda por la situación y en estado de shock, Alesia dio las gracias. Aferrada a unos bíceps firmes, intentó recuperar el equilibrio. Vio una cara morena delante de ella, y por un momento, fijó su mirada en los ojos negros de aquel hombre. Una extraña sensación se apoderó de ella, un calor en la pelvis. Y sintió que se ponía roja.

–¿Señorita Philipos?

Alesia tardó un momento en reaccionar y darse cuenta de que se estaba dirigiendo a ella, puesto que aquel apellido hasta entonces le era poco familiar.

–¡Ponte de pie, muchacha! –el tono impaciente de su abuelo sobresaltó sus pensamientos–. A los hombres no les gusta que una mujer se quede agarrada a él. ¡Y por el amor de Dios, habla cuando se dirigen a ti! ¿De qué te ha servido esa educación tan cara que has recibido si no eres capaz de formar una sola oración?

Alesia se sintió acalorada y humillada. Recuperó el equilibrio y echó una mirada a su rescatador.

–Lo siento, yo...

–No hace falta que se disculpe –dijo Sebastien con tono frío y medido.

Pero la mirada que le dedicó a su abuelo la hizo estremecer.

–Torpe... –su abuelo la miró impacientemente–. Aunque parezca mentira, cuando quiere, mi nieta sabe caminar. Pero como todas las mujeres, tiene la cabeza vacía.

Alesia bajó la mirada para no mostrar la rabia que sentía.

Tenía que olvidarse del odio a su abuelo, a la familia Fiorukis, y de todo.

Lo único que importaba era que Sebastien Fiorukis se casara con ella.

Fuese como fuese, tenía que salvar a su madre.

Capítulo 2

Era deslumbrante, pensó Sebastien mirando su cabello rubio caer como la seda, e impresionado por sus ojos violeta y la perfección de su cara. Bajó la mirada y descubrió un cuerpo igualmente perfecto, apenas tapado por un vestido. Piernas largas, pechos generosos...

Evidentemente la heredera de los Philipos sabía lo que tenía que mostrar, lo que estaba en venta. Aunque se vendía por un precio muy alto, reflexionó cínicamente Sebastien.

La lascivia, primitiva y básica, se apoderó de él, sorprendiéndolo con su fuerza. Estaba acostumbrado a las mujeres bellas, pero aquella chica definitivamente lo impresionaba.

De pronto, el acuerdo tenía otra dimensión. Ciertamente, tener a la nieta de Philipos en su cama no sería un sacrificio.

Acostumbrado a la admiración y al coqueteo de las mujeres, Sebastien se relajó, seguro del efecto que podía causar en ella.

Pero se sorprendió al descubrir que la nieta de Dimitrios no parecía interesada en lo que pensara de ella. La muchacha tenía los ojos fijos en el suelo, y las manos apretadas.

¿Estaría asustada? ¿Enfadada?

La mirada de Sebastien se deslizó hacia la expresión de su abuelo. Aquel hombre era un chulo y un indeseable. Y en aquel momento el objeto de su ira era la chica. Sin saber por qué, Sebastien deseó darle un puñetazo.

¿La estaría obligando a casarse?, se preguntó.

Pero se estaba precipitando en su juicio. Al fin y al cabo, era un hecho que la chica había heredado la codicia de su abuelo. Si no, ¿por qué iba a pedir una suma de dinero semejante todos los meses, cuando era la dueña de una incalculable fortuna? Y no podía atribuir ese detalle del acuerdo a su abuelo, porque ella era la única beneficiaria del dinero.

Irritado por toda la situación, Sebastien trató de abrir el diálogo.

–¿Su viaje ha sido bueno, señorita Philipos?

La mujer no reaccionó al oír su nombre. ¿Preferiría la informalidad?, pensó Sebastien.

–¿Alesia? –dijo.

–¿Sí? –respondió ella.

–Te he preguntado si el viaje ha sido bueno –sonrió él seductoramente.

Pero ella no lo vio, porque volvió a mirar el suelo.

–Ha sido bueno, gracias –respondió.

Sebastien notó su respiración agitada, y pensó que estaba bajo una inmensa presión.

Lo primero que tenía que hacer era apartarla de la presencia de su abuelo.

–Caminemos juntos mientras los abogados discuten los detalles. Hay cosas de las que tenemos que hablar.

–Ella se queda conmigo –dijo Dimitrios a la defensiva.

–¿El matrimonio propuesto tendrá lugar entre dos o tres personas? –preguntó Sebastien alzando una ceja–. ¿Piensas estar presente en nuestra noche de bodas? –se dirigió a Dimitrios.

La chica pareció sorprendida por aquella pregunta. Pero él la ignoró.

–Si conocieras mi reputación, preferirías no pelear conmigo, Fiorukis.

–Nunca me ha asustado una pelea –sonrió Sebastien haciendo caso omiso a la advertencia en la mirada de su padre–. Y si conocieras mi reputación, sabrías que mantengo en privado mis relaciones personales. Nunca me han gustado los grupos.

–Muy bien –respondió Dimitrios, conteniendo la furia–. No estaría mal que mi nieta conozca su nuevo hogar.

Dimitrios iba demasiado deprisa, pensó Sebastien. Pero la exclamación horrorizada de la chica lo distrajo de su respuesta a su abuelo.

–¿Mi nuevo hogar? ¿Este va a ser nuestro hogar? ¿Quieres que viva aquí? –preguntó Alesia.

Sebastien ocultó su irritación. Todas las mujeres con las que había salido se pasaban la vida de compras. Y aquella no parecía diferente. Por lo que casi nunca las llevaba a la isla. No debería sorprenderlo la reacción de su futura esposa. Al fin y al cabo, ¿qué podría hacer una mujer con una suma tan sustanciosa de dinero si no tenía acceso a boutiques de diseño?

Sebastien achicó los ojos con desconfianza. Presentía que aquel acuerdo tenía algo raro. ¿Por qué la heredera del hombre más rico del planeta iba a querer casarse por dinero?

Miró a su abuelo. Recordó su fama de tacaño. Probablemente le restringiera los gastos. Seguramente por ello quería otra fuente de ingresos. Conocía a montones de mujeres para las que casarse con un hombre rico era una carrera. Si su abuelo no le daba todo lo que quería, tenía que buscarse otro hombre que pagase sus facturas. Y por el horror que había manifestado ante la idea de vivir alejada de las tiendas, esas facturas serían grandes.

Sintió una punzada de desprecio, pero la ignoró. No comprendía por qué se sorprendía de la codicia de aquella mujer.

—También tengo casas en Atenas, París y Nueva York. Así que, si te preocupa no poder hacer uso de mi tarjeta de crédito, puedes quedarte tranquila.

La chica tenía los ojos fijos en el mar y no pareció escucharlo. Sebastien reprimió su irritación. ¿Por qué diablos aquella mujer no decía nada?

Poco acostumbrado a que las mujeres no tuvieran interés en él, decidió estar con ella a solas cuanto antes.

—¿No te gusta la isla? —preguntó en tono trivial.

—Hay mucho mar.

Definitivamente no era la respuesta que esperaba Sebastien.

—Es lo que ocurre si vives en una isla. Todas las habitaciones de mi mansión dan al mar o a la piscina.

Lo volvió a decepcionar su reacción. Se puso totalmente pálida.

—Mi nieta está un poco mareada después del viaje —señaló su abuelo.

Sebastien volvió a sentirse irritado por la intervención del hombre. ¿Nunca la dejaría hablar por sí misma? Si había sido educada en Inglaterra, estaría acostumbrada a hacerlo.

—Llevaré a la señorita Philipos a ver la isla mientras vosotros empezáis la reunión... No tardaré en estar con vosotros —dijo Sebastien, sabiendo que sin su firma no podrían cerrar el acuerdo.

Dimitrios Philipos miró el reloj y respondió:

—Tengo que estar en Atenas dentro de dos horas. Quiero que se firme el acuerdo antes de irme.

Sebastien lo miró. ¿Por qué el viejo tenía tanta prisa?

Era evidente que tramaba algo.

***

Alesia miró al hombre que tenía frente a ella. No se parecía en nada a lo que había esperado. Era alto, moreno, de hombros anchos y ojos negros. Tenía una cara agradable. Era muy atractivo. Y se conducía como si ni aquella ni ninguna situación le diera inseguridad. Su autoridad era evidente.

Era imposible que aquello funcionase. Un hombre tan atractivo y poderoso jamás estaría a su alcance. Y era humillante saber que si su abuelo no le hubiera ofrecido aquel «incentivo» y no la hubiera vestido con aquella ropa ni se habría molestado en mirarla.

La idea de estar a solas con él la aterraba. ¿De qué podían hablar? ¿Qué tenían en común? Nada.

Y para peor, era evidente que él amaba el mar.

Alesia miró el mar y de pronto la asaltaron los recuerdos. La fuerza de la explosión, los gritos de horror de los heridos y el agua helada que la había enterrado en una oscuridad tan aterradora que su recuerdo aún le impedía dormirse por la noche. Y luego recordó la imagen de un hombre moreno y fuerte, levantándola en brazos, salvándola.

De pronto, el precio de ayudar a su madre le pareció demasiado alto. Tendría que vivir rodeada de mar, algo que la aterraba. Con un hombre al que despreciaba.

Pero tenía que olvidarse de todo. Menos de la razón que la había llevado hasta allí.

Sabía perfectamente por qué su abuelo le había dado a la familia Fiorukis un plazo de dos horas. Tenía miedo de que, si la dejaba sola, hiciera algo que pudiera hacer que Sebastien decidiera no casarse con ella.

Y tenía razón. Ella era tan distinta de las mujeres a las que él estaría acostumbrado, que ni siquiera sabía caminar bien con tacones.

–Por lo que sé, no hay barrera lingüística alguna entre nosotros –dijo Sebastien mirándola–. Sin embargo, hasta ahora, no has pronunciado apenas una palabra, ni me has dirigido una mirada.

Evidentemente, había herido su ego, pensó Alesia. Al parecer, era lo único que le importaba. Que cayera a sus pies como las otras mujeres de cabeza hueca con las que se relacionaba. Sebastien se merecía todo aquello.

–Debes perdonarme –dijo ella–. Yo... Esta situación es un poco difícil para mí...

–Para mí también –dijo él–. Y no es de extrañar, dadas las circunstancias. No todos los días se casa uno con alguien a quien apenas conoce. Pero este matrimonio va a ser muy difícil si no te dignas a hablar conmigo.

Ella lo miró.

–¿Se supone que debo hablar con sinceridad?

–¿Y por qué crees que me he deshecho de tu abuelo?

Ella casi sonrió al recordar cómo él había menospreciado a su abuelo. Sebastien no era un cobarde al menos. De hecho era la primera persona que conocía que no se sentía intimidado por su abuelo, algo a su favor.

–Mi abuelo tiene miedo de que diga algo inapropiado. Él quiere fervientemente que se firme el acuerdo.

–¿Y tú, señorita Philipos? ¿Cuánto deseas este acuerdo?

Ella se volvió a sentir ajena a aquel nombre. Pero hizo un esfuerzo por contestar.

–Quiero casarme contigo, si es eso lo que preguntas –ella alzó la barbilla.

Él la miró cínicamente.

–No me dirás que has estado enamorada de mí toda tu vida, ¿no? ¿Que has estado soñando con este momento desde que has nacido? –él le señaló un camino que iba a la playa–. Caminemos un rato.

Ella siguió su mirada. El mar se extendía a lo lejos, como un monstruo. Se le hizo un nudo en la garganta.

–¿No podemos quedarnos aquí?

–¿Quieres que conversemos en el helipuerto? –preguntó él con sarcasmo.

Ella se puso roja.

–No veo por qué tenemos que bajar hacia el mar...

–Me niego a tener una conversación contigo con tus guardaespaldas en el fondo del paisaje.

«¿Guardaespaldas?», pensó ella.

Ni siquiera se había dado cuenta de la presencia de aquellos tres hombres hasta aquel momento, aunque debían de haber estado en el helicóptero.

–Oh... Trabajan para mi abuelo.

–No hace falta que me des explicaciones. Como heredera de Philipos tienes que tener protección.

Alesia casi se rio. ¿Quién querría proteger a una pobre desgraciada sin un céntimo, a una pobre infeliz que se mataba a trabajar? Pero evidentemente, él no sabía nada de su vida real.

–¿Quiénes son? –preguntó mirando a dos hombres que había cerca.

–Me temo que los miembros de mi seguridad también están alerta. Digamos que el aterrizaje de Philipos en la isla crea cierta inquietud.

Ella miró su espalda ancha y se preguntó por qué necesitaría protección. Para ser un hombre de negocios, era muy atlético. Quizás se debiera a las horas dedicadas al ejercicio en la cama con mujeres.

–Mi abuelo crea tensión dondequiera que va –dijo ella sin pensar. Luego se dio cuenta y agregó–: Quiero decir...

–No sientas que tienes que excusarte conmigo. Tu abuelo es un hombre muy temido. Es parte de la fama que se ha hecho. Dirige a través del miedo.

Pero ¿no tenía Sebastien la misma fama?

Alesia miró a los guardaespaldas, se estremeció y dijo:

—De acuerdo. Caminemos por la playa —se detuvo para quitarse los zapatos que su abuelo había insistido en que llevase puestos—. Los zapatos de tacón no son para caminar por la arena —ella notó una mirada de asombro en él y se dio cuenta inmediatamente de que se había equivocado.

Seguramente las mujeres a las que estaba acostumbrado treparían montañas con tacones de aguja.

—Me gusta sentir la arena en los pies —improvisó Alesia, maldiciéndose por su torpeza.

—Ten cuidado de no cortarte en las rocas —dijo él extendiendo la mano y dándosela—. Esos zapatos son deslumbrantes y te hacen unas piernas muy bonitas. Pero estoy de acuerdo contigo en que son más apropiados para un club nocturno. Conozco unos cuantos, así que te prometo que tendrás oportunidad de usarlos.

Alesia lo miró, sorprendida. ¿Qué pensaría él si le dijera que jamás había estado en uno?, pensó. ¿Si se enteraba de que sus trabajos rara vez le dejaban una noche libre para esas indulgencias?

—Entonces, si no confías en mi abuelo, ¿por qué lo has invitado a tu isla? —ella quiso cambiar de tema.

Habían pasado la roca, pero él la seguía llevando de la mano.

—Este acuerdo es importante para mí por varias razones —la miró, pensativo—. Supongo que no pretenderás hacerme creer que no sabes nada acerca de la enemistad que existe entre nuestras familias, ¿verdad?

—Por supuesto que sé de esa enemistad.

«Mi padre murió en el barco de tu padre. Mi madre y yo sufrimos heridas», pensó Alesia. Pero intentó controlar sus emociones.

—Antes que nada, quiero que sepas que, aunque mi abuelo quiera que lo haga, no estoy dispuesta a entrar en ningún juego. No puedo fingir algo que no siento –dijo ella fríamente–. Yo no coqueteo y me niego a fingir que este matrimonio es más que un acuerdo de negocios entre dos partes. Ambos conseguimos algo que queremos.

–¿Y qué es exactamente, señorita Philipos?

–Dinero –dijo escuetamente–. Yo consigo dinero.

–Sin rodeos. Tú eres el único familiar del hombre más rico del planeta, pero quieres más –dijo Sebastien–. Lo que probablemente te convierta en la persona más avariciosa del mundo. Dime, Alesia, ¿cuánto dinero es suficiente para ti?

Estaban en la playa; Alesia de espaldas al mar que brillaba con el calor del verano, estaba mirando a Sebastien.

–Dada tu fortuna, yo podría preguntarte lo mismo. Tú ya tienes una empresa que consigue ganancias millonarias. Y no obstante quieres lo que pertenece a mi abuelo...

–Exacto. Pero yo no voy a llegar a tanto como tú para lograrlo. Estás dispuesta a atarte a tu peor enemigo por dinero. A un hombre al que odias claramente.

Ella se sobresaltó. Evidentemente, había mostrado demasiado sus sentimientos.

–Yo no he dicho eso...

–No hace falta que lo digas. Es evidente por el brillo de tus ojos, por el modo en que te refrenas y por todas las cosas que no dices.

Alesia apenas podía respirar. Su abuelo le había advertido que aquel hombre era muy listo, y ella no le había hecho caso. Había pensado que todo era parte de su plan. Pero tenía razón. Sebastien era listo, peligroso, y un oponente de la talla de su abuelo.

–No te odio –mintió ella.

Él levantó una ceja.

–Te advierto que prefiero la sinceridad, aunque sea desagradable. Acabas de admitir que estás dispuesta a casarte con un hombre que odias por dinero. Entonces, ¿qué clase de persona eres?

Ella tuvo que controlarse. ¡Si hubiera sabido él para qué necesitaba el dinero, no la habría juzgado tan ligeramente!

Ella lo miró a los ojos y dijo:

–Digamos que estoy más que satisfecha con la parte económica de este acuerdo.

Su acusación era tan injusta que por un momento estuvo tentada de revelar la verdad. Y si Sebastien se enteraba de lo poco que la apreciaba su abuelo se daría cuenta de que había un motivo más siniestro por detrás de aquel acuerdo.

Sebastien había intuido que su abuelo perseguía la venganza.

–Bueno, tú estás dispuesto a casarte con la nieta de tu peor enemigo solo para conseguir su empresa... Así que, ¿qué clase de persona eres?

–Lo suficientemente rica como para poder comprarte –respondió fríamente mientras la miraba–. Tu opinión de mí es tan baja como la mía sobre ti, lo que nos hace tal para cual. Será un cambio agradable no tener que seducir a una mujer cuando vuelva a casa cansado de un día de trabajo en la oficina. Quizás me siente bien el matrimonio, después de todo.

–No podrías seducirme aun si lo intentases –dijo ella, furiosa por su arrogancia–. Y para tu información, no estoy ni remotamente interesada en conocer tus asombrosas técnicas en la cama. Eso no tiene nada que ver con este matrimonio.

–¿No? –él sonrió y se acercó más a Alesia.

Ella sintió la irradiación del calor de su cuerpo. Y se preguntó cómo haría para aguantar vivir en Grecia. La atmósfera era tan opresiva que ella apenas podía respirar.

–Este es un acuerdo de negocios –le recordó ella, y vio el brillo en los ojos de Sebastien.

–Un acuerdo de negocios... –repitió él–. Dime... ¿Sabes cómo se hacen los niños, señorita Philipos?

Ella sintió que el calor aumentaba. Se puso colorada de los pies a la cabeza.

–¿Qué clase de pregunta es esa?

–Una pregunta muy sensata –respondió él–. Dado que la concepción de un bebé está precedida generalmente de actividad sexual, con o sin asombrosas técnicas en la cama, dime, ¿incluye tu acuerdo de negocios la actividad sexual?

En estado de shock por el tono íntimo de su voz, y la dirección repentina que había tomado la conversación, Alesia abrió los ojos y exclamó:

–Yo... Yo no...

–¿No? –la miró con dureza–. Sin embargo de eso se trata este acuerdo. Dime, señorita Philipos, ¿cómo ves exactamente este «acuerdo de negocios»? ¿Piensas traer el maletín a mi cama?

Ella respiró profundamente al asaltarla todo tipo de imágenes.

Ella se había convencido de que aquello podía ser un acuerdo claro y directo, en el que él podría vivir su vida y ella la suya. La idea de la relación sexual había pasado por su cabeza brevemente, por supuesto, pero de alguna manera la noción de sexo con un hombre al que no conocía había sido algo abstracto. Irreal.

Pero cara a cara no había nada irreal en Sebastien Fiorukis. Era un hombre que irradiaba poder sexual. Y el acuerdo sexual ya no lo vio claro.

Por un momento se olvidó del mar y de su abuelo y se concentró en la realidad de meterse entre las sábanas con aquel hombre griego de sangre caliente.

–Un maletín, no. Pero no nos involucraremos emocionalmente. Tendré sexo contigo porque eso es lo que pide el contrato, pero no dice nada de que tenga que disfrutar de la experiencia –ella lo miró–. Y está bien así –agregó, como si tuviera miedo de que él agregase su disfrute a la lista del acuerdo.

–¿Tendrás sexo conmigo? –Sebastien la miró, fascinado.

Alesia cerró los ojos. El problema era que él estaba acostumbrado a estar con mujeres que esperaban ser seducidas, mientras que ella no lo esperaba. Nunca había estado interesada en el sexo. Cuando había descubierto que no podía tener hijos había enterrado esa parte de ella. Y ya no le importaba. Los pocos besos que había intercambiado en la adolescencia la habían convencido de que no valía la pena.

Alesia suspiró y dijo:

–Oye... No es algo personal –quiso salvar su ego, por si él lo había visto herido–. Esto no es algo personal. Simplemente no tendremos ese tipo de matrimonio. Y está bien. Lo digo en serio... Es así como lo quiero.

–Claramente, siempre has tenido relaciones sexuales malísimas.

Ella se puso colorada y desvió la mirada, para recuperar el control.

Tal vez debiera decirle en aquel momento que jamás había tenido una relación sexual, pero era muy violento mostrarle que a los veintidós años era aún virgen. Cuando llegase el momento, intentaría disimular su falta de experiencia.

–Así que estás dispuesta a casarte conmigo y tener relaciones sexuales de negocios... Interesante privilegio... Debo admitir que es algo nuevo para mí. He de decir que jamás había tenido que pagar por sexo.

–Por supuesto. Las mujeres andan a tu alrededor esperando que te gastes tu dinero en ellas y a cambio fingen que te encuentran atractivo... Si eso no es pagar por sexo... Y en este caso no estás pagando por sexo, estás pagando por la empresa de mi abuelo.

Sebastien se quedó perplejo al escuchar aquella interpretación sobre su vida amorosa. Y ella hizo un esfuerzo por no poner los ojos en blanco al verlo. ¡Su ego era inmenso! Evidentemente pensaba que las mujeres estaban con él porque era irresistible.

–Eres un hombre rico, Sebastien –dijo ella, usando su nombre de pila como él usaba el suyo–. No me digas que soy la primera mujer interesada en tu dinero...

Él la miró a los ojos.

–Digamos que eres la primera mujer terriblemente rica interesada en él. Y me pregunto por qué.

–A lo mejor es que me gusta derrochar el dinero –respondió Alesia.

Casi se rio al escucharse. La verdad era que no habría sabido cómo gastar el dinero si lo hubiera tenido. Había vivido toda la vida economizando, y para ella era algo tan natural como respirar. El vestido que llevaba era la primera prenda nueva que se ponía desde hacía años, y había sido porque su abuelo se había puesto furioso al verla con su vaquero y había ordenado que le llevasen tres vestidos. Aun así no la habían dejado elegir el que más le gustaba, sino el que mostraba más.

–Me parece que mi sinceridad te ofende –dijo ella–. Pero quizás pueda recordarte que tú mismo entras en este matrimonio por cuestiones de negocios. ¿Por qué otro motivo ibas a sacrificar tu soltería por una vida de hombre casado?

–¿Y quién dice que eso sea sacrificar mi vida de soltero? Te advierto que tengo una energía sexual muy potente. Como nuestra vida sexual va a ser claramente muy aburrida, tendré que buscar diversión en otra parte. Pero estoy dispuesto a pagar ese precio por recuperar Industrias Philipos, la empresa que tu abuelo le robó a mi familia.

–No sé de qué hablas. Industrias Philipos pertenece a mi abuelo y siempre ha sido así.

–No es verdad. Y si esperas que me crea que no sabes la historia del enfrentamiento entre nuestras familias, realmente me subestimas. Si querías sinceridad, seamos sinceros.

Ella tragó saliva. No lo subestimaba. Simplemente estaba sorprendida por aquella noticia.

–¿Quieres decir que nuestros abuelos eran socios?

–¿Quieres hacerme creer que no lo sabías? –respondió él achicando los ojos.

Ella agitó la cabeza.

–Mi abuelo se niega a hablar de negocios con las mujeres –y no mentía.

Su abuelo despreciaba a las mujeres, sobre todo a las mujeres inglesas. Era la razón por la que había desheredado a su madre y a ella.

–He oído rumores, pero nada concreto –insistió Alesia–. ¿Quieres decir que mi abuelo le arrebató el negocio a tu abuelo?

–Así empezó la disputa –Sebastien la miró–. Él mintió y engañó hasta que mi abuelo tuvo que darle la empresa a él. Así que ya ves, Alesia. Quiero casarme contigo para recuperar lo que es mío por derecho. Y así se termina esta historia.

Alesia lo miró, estupefacta.

¿Qué diría Sebastien si supiera la verdad? Que la historia no había terminado.

Capítulo 3

Pálida y sintiéndose muy desgraciada, Alesia temblaba vestida de novia. No se sentía como una novia.

A pesar de la alianza que llevaba en el dedo, todavía no podía creer que hubiera hecho aquello.

Hacía solo quince días desde que lo había visto en la isla. Y desde entonces había habido una actividad frenética. Abogados trabajando día y noche, papeles firmados, organización de la boda del siglo.

Para Alesia la ceremonia había sido una pesadilla. No había imaginado la atracción que aquel evento sería para la prensa, que siempre había estado fascinada por Sebastien Fiorukis. Y el hecho de que se hubiera casado con la nieta de su enemigo había sido una noticia bomba. Los flashes no habían dejado de brillar, pidiéndole una mirada, una sonrisa, así todo el tiempo.

La presencia de su abuelo en la boda había despertado mucho interés, puesto que este no solía aparecer en público. Y todos querían ver el encuentro entre Fiorukis y Philipos.

Alesia no quería despertar el interés de la prensa, y no había levantado la vista del suelo. No quería que los periodistas empezaran a hurgar en su vida. No quería que nada impidiese aquella boda y la operación de su madre.

Se había puesto el vestido de novia que su abuelo le había dado y había intentado representar el papel de heredera de Philipos, algo nuevo para ella.

Cuando tomó consciencia de que estaban casados, sintió un gran alivio.

Varias veces había pensado que aquella no era una boda como debía ser. Pero ella no había tenido expectativas de boda, así que tampoco se había sentido decepcionada.

–Podrías intentar parecer una novia excitada en lugar de alguien a quien se ha llevado a la tortura, ¿no crees? –le dijo Sebastien–. Esto es lo que querías, después de todo. Te has hecho multimillonaria. Sonríe.

Alesia agarró la copa que le ofreció el camarero, agradecida, y bebió. Su desprecio por Sebastien Fiorukis aumentaba cada vez más. Era frío, horrible. Ella al menos se sentía incómoda con la situación. Pero a él no parecía importarle que ni siquiera se gustasen.

De acuerdo, ella se casaba por dinero. Pero lo hacía porque estaba desesperada, no como él. Sebastien ya tenía una empresa. ¡Era asquerosamente avaricioso por querer dos!

Era como su abuelo. Rico, exitoso, codicioso.

Decidió que una copa de champán podría ayudarla. No solía beber alcohol. Pero necesitaba adormecer los sentidos para soportar aquello.

–Yo no esperaba todo esto...

–Se llama boda –le dijo Sebastien, sonriendo a una mujer que lo había mirado–. Es una de las cosas por las que has firmado el acuerdo. Disfrútala. Cuesta mucho dinero.

El dinero. Hacía bien Sebastien en recordárselo.

Alesia tomó otro sorbo de champán. Lo que tenía que hacer era recordar el dinero. Nada más. No importaba que se sintiera la persona más desgraciada del mundo. Lo que importaba era que, por fin, su querida madre recibiría el tratamiento que necesitaba.

Alesia miró al hombre que tenía a su lado. Estaba relajado, como si todos los días se casara con una extraña. Era el tipo de hombre por el que se morían las mujeres. Sofisticado, caprichoso, y tan terriblemente rico que jamás comprendería lo que podría sentirse siendo pobre. Lo que era necesitar tan desesperadamente el dinero como para hacer cualquier cosa para conseguirlo.

El traje le quedaba perfecto, resaltando sus anchos hombros, su complexión atlética. Y se movía con la seguridad de alguien que ha vivido con cubertería de plata toda la vida.

No había vivido nunca la pobreza ni la dureza de la vida.

¿Cómo iba a poder comprender lo que la había llevado a aquel momento?

De pronto sintió miedo de que se arrepintiese de su acuerdo y no le diera el dinero. Debía haber ido al banco, pensó.

Lo miró y preguntó:

—¿Han transferido el dinero a mi cuenta? —en cuanto lo dijo se arrepintió.

—Me extraña que no te hayas ido de la fiesta para empezar a gastarlo...

Alesia se relajó, y se dijo que la opinión de Sebastien no debía importarle. No estaba en posición de criticarla por querer dinero.

Miró el reloj de pulsera que llevaba. Solo eso valía más que lo que ella gastaba en todo un año.

—¿Y la empresa de mi abuelo?

—Ahora me pertenece, junto con una gran cantidad de deudas y problemas con la plantilla. Así que estaré muy ocupado arreglando sus problemas en el futuro. Me temo que eso demorará nuestra luna de miel, *pethi mou*.

«¿Luna de miel?», pensó Alesia. Lo miró.

—No... No pensaba que tendríamos una luna de miel...

—Los amantes tienen luna de miel. Y se supone que nosotros lo somos. Pero, de momento, no tengo tiempo para una esposa. Así que no habrá luna de miel.

Alesia respiró, aliviada. Una luna de miel habría sido insoportable.

Con suerte, Sebastien estaría tan ocupado que no tendría tiempo para ella y podrían llevar vidas separadas.

Alesia miró el jardín que era escenario del banquete, observando el glamour y el lujo. Habían venido invitados de todo el mundo para asistir a la boda de Sebastien Fiorukis, y adonde mirase había mujeres ricas y elegantes, y hombres poderosos y seguros.

¿Se notaría que ella no pertenecía a ese círculo a pesar de ser la esposa de Fiorukis y la nieta de Philipos? ¿Que no tenía un céntimo? ¿Que trabajaba de camarera para ganar dinero extra?

Pero ahora tenía dinero, se recordó, llevándose la copa a los labios. Gracias a su marido ahora era una mujer muy rica. En los papeles. En la realidad el dinero ya estaba gastado. Había firmado un acuerdo con el banco de manera que el dinero era transferido inmediatamente para pagar los gastos médicos de su madre.

–Me pregunto qué estás planeando –le dijo Sebastien–. Tienes aspecto de mujer que está tramando algo.

–Yo... No... no estoy tramando nada.

–¿No? Entonces serás la primera mujer que no lo hace.

Antes de que pudiera contestar, Sebastien levantó una mano y le quitó una horquilla del cabello.

Ella exclamó al ver que su pelo caía suelto sobre sus hombros.

–¿Qué estás haciendo?

–He pagado por ti. Y has sido muy cara, *agape mou*. Por lo tanto tengo derecho a usarte como quiera.

Alesia casi se atraganta de rabia.

—Tú no eres mi dueño...

—Oh, sí, lo soy. Soy tu dueño, Alesia. De cada una de tus partes. Soy el dueño de tu pelo sedoso y de esos ojos increíbles que casi me convencen de que eres inocente aunque sé que eres una mujer codiciosa. Soy dueño de ese cuerpo fabuloso que debes haber usado en numerosas ocasiones para convencer a los hombres de que gastasen su dinero en ti. Soy dueño de todo, Alesia. El acuerdo que firmamos ha sido una compra por mi parte.

Ella cerró los ojos.

—Me haces sentir una... una...

—¿Una prostituta? Supongo que es difícil ver la diferencia, pero tú estás satisfecha con la carrera que has elegido, ¿y quién puede culparte? Hay formas peores de ganar una suma sustancial de dinero.

—¡Yo no soy promiscua! —exclamó Alesia, furiosa.

—No me extraña, con lo que cobras... —dijo él mirándola cínicamente—. Sabes muy bien cómo ser exclusividad de un hombre. Solo pueden permitírselo los más ricos.

—Te odio —respondió Alesia, ofendida.

—Es posible —él sonrió—. Pero necesitas mi dinero, *pethi mou*, lo que dice mucho de tu personalidad, ¿no crees?

Alesia se sintió tentada de decirle exactamente por qué necesitaba su dinero, pero se reprimió el pronto y las ganas de darle un bofetón y se quedó mirándolo.

No podía decírselo.

Alesia se puso de pie, decidida a poner distancia entre ellos, pero unos dedos bronceados le rodearon la cintura.

—Si vas a hacer una escena, piénsatelo nuevamente —le aconsejó Sebastien—. Ahora eres mi esposa y espero que te comportes como tal. Este no es momento ni lugar para pataletas. Todo el mundo te está mirando. Siéntate.

Alesia intentó soltarse, pero él apretó más la mano en su

cintura. Y ella se volvió a sentar en la silla preguntándose cómo diablos iba a hacer para sobrevivir a la siguiente hora con aquel hombre, y menos a toda una vida con él.

Alesia alzó la mirada y se encontró con una atractiva morena mirándola.

–Ahora comprendo lo que quieres decir con eso de que la gente nos mira. Esa mujer parece disgustada –dijo a Sebastien, mirándolo de lado–. ¿Me equivoco al pensar que a ella le gustaría estar sentada donde estoy yo?

Sebastien fijó los ojos en la mujer en cuestión y sonrió.

–Unas cuantas mujeres querrían estar sentadas donde estás tú, así que deberías considerarte afortunada.

–¿Ni siquiera te importa que esté disgustada? –dijo Alesia–. Realmente no tienes sentimientos. Tal vez estuviese enamorada de ti, y le hayas roto el corazón.

–Curioso... Jamás habría pensado que eras una persona romántica. Después de todo, te acabas de casar para tener más dinero... ¿Es que vas a decirme que crees en el amor?

–Evidentemente, esa mujer está disgustada...

–Tú también lo estarías si vieras amenazar tu glamuroso estilo de vida. Relájate. Su afecto está basado en mi cartera. Sus heridas serán curadas por el próximo hombre rico que se fije en ella.

Alesia lo miró, estupefacta.

–¿Con qué tipo de gente te has pasado la vida? ¿De dónde sacas una opinión tan baja de las mujeres?

–¿De gente como tú, quizás?

Alesia tuvo que callarse. No podía contradecirlo.

–Será mejor que no finjamos que creemos en cuentos de hadas ni en el amor. Evidentemente, tú no crees en ellos, si no, no estarías sentada aquí ahora.

Alesia miró su plato, y luego se sobresaltó al sentir la mano de Sebastien encima de la suya. Alzó la mirada, e inmediatamente fue hechizada por el brillo seductor de sus ojos negros. Era una mirada que anticipaba algo. Y por un momento ella se sintió presa y no pudo apartar los ojos de aquella sexualidad.

Él tenía algo que ella jamás había conocido. Un magnetismo...

Sebastien se inclinó hacia Alesia y ella contuvo la respiración.

–Mi madre va a venir a vernos y a hablar contigo –murmuró Sebastien suavemente al oído. Sus dedos morenos jugaron con un mechón de cabello de Alesia–. Y tú no dirás nada que pueda disgustarla, ¿has comprendido? Para ella estamos locos el uno por el otro. Un solo movimiento en falso de tu parte y el dinero deja de llegarte.

Alesia se estremeció. Aquel tono implacable contrastaba con el brillo seductor de sus ojos.

–Seguramente sabrá que esto es un acuerdo de negocios... –murmuró ella–. Nos hemos conocido hace solo dos semanas.

–Mi madre es una romántica –sonrió Sebastien–. Cree que estamos hechos el uno para el otro. Ella cree que esto termina con el enfrentamiento entre las familias.

Alesia apenas podía respirar cuando él estaba tan cerca. Tragó saliva y luego se giró para saludar a la mujer que se había acercado a ellos mientras estaban hablando. Se la había presentado brevemente antes de la ceremonia, pero nada más. Y Alesia había estado muy nerviosa para prestarle atención.

Su madre era otro miembro de la familia Fiorukis, responsable de la muerte de su padre como todos, desde su punto de vista.

Diandra Fiorukis miró a los recién casados con ternura y orgullo. Y de pronto Alesia sintió que no podía odiarla, ni la podía ver como a una enemiga. Era simplemente la madre de alguien. Una madre asistiendo a la boda de su amado hijo. Orgullosa. Nerviosa.

—Estás muy guapa, Alesia —dijo la mujer—. Tu madre habría estado muy orgullosa de ti si hubiera podido verte...

El que le recordase que su madre ni siquiera sabía que se había casado le rompió el corazón. Su madre se habría horrorizado de saber que se había casado y con quién.

Incapaz de hablar por un momento, sabiendo que no podía revelar que su madre estaba viva, Alesia luchó con un torbellino de emociones que amenazaban con salir al exterior.

—Este es un día muy feliz para nuestras familias. Me alegro de que tu abuelo haya venido hoy —su madre se sentó en una silla cerca de Alesia—. Todos quieren tener a la familia cerca en el día de su boda.

«¿Familia?», pensó Alesia. Su madre no estaba enterada de su boda. Y a su abuelo lo había conocido hacía dos semanas, nunca habían tenido relación en el pasado y jamás la tendrían.

Tuvo que reprimirse para no decir que su abuelo no era su familia. Había mucho en juego. Si descubrían que su madre estaba viva y que su abuelo las había desheredado, adivinarían que aquella boda era una venganza.

Se sintió culpable por engañar a la madre de Sebastien y cambió de tema.

—No sabía que Sebastien tenía una familia tan grande —comentó Alesia.

Mirase donde mirase, había hermanas, primos y tías abrazándolo y niños esperando trepar a su regazo.

Su madre sonrió y dijo:

—Ahora son tu familia también —la mujer agarró la mano de Alesia—. No sabes cuánto he esperado este momento. Creí que Sebastien no sacrificaría nunca su vida de soltero por una chica. Había perdido las esperanzas de que encontrase a alguien que lo mereciera.

Al ver que la mujer estaba sinceramente conmovida, Alesia se sintió incómoda. No podía fingir...

—Mi madre es una romántica —dijo Sebastien, dejando a los niños de la familia y dirigiéndose a los mayores—. Solo sueña con finales felices... —hubo una mirada de advertencia a Alesia.

—Siempre he soñado con tener nietos —confesó su madre—. Como supongo que lo ha hecho tu abuelo.

Alesia sintió una punzada en el corazón.

Aquello era lo que jamás podría darle...

Cerró los ojos, diciéndose que no debía importarle lo que quería la familia Fiorukis, que los odiaba, al igual que odiaba a su abuelo y a todo lo griego, porque representaba todo lo que había arruinado la vida de su madre.

Entonces, ¿por qué sentía aquel cargo de conciencia?

Sebastien observó a su flamante esposa. Estaba acostumbrado a las mujeres interesadas en su dinero, pero Alesia ni siquiera se había molestado en fingir ningún otro interés. Era lo único que le había preguntado, si el dinero había sido transferido a su cuenta.

Había estado desesperada toda la ceremonia, ansiosa, angustiada, pálida. Hasta el punto de que había empezado a preguntarse si no le pasaba algo serio a su consorte.

Cualquiera hubiera pensado que necesitaba el dinero. Pero él sabía que no era más que codicia.

Consciente de que su madre los seguía mirando, Sebastien intentó sacar un tema de conversación que les interesara a los dos.

—Dime, ¿cuál será tu primera compra con tu nueva riqueza? ¿Mil pares de zapatos de diseño? ¿Un yate? ¿Un caballo de carrera o dos?

Alesia levantó la mirada de su plato intacto y lo miró:

—¿Cómo dices?

Por primera vez él notó sus ojeras. No debía de haber dormido.

—Te estaba preguntando cómo vas a gastar mi dinero —repitió Sebastien, dándose cuenta de que ella no le estaba prestando la mínima atención, algo a lo que no estaba acostumbrado—. Creo que debería saber algo por lo menos de mi esposa.

—Oh —ella dudó—. Yo... No lo sé todavía. Supongo que... iré de compras.

Tendría que comprar hasta hartarse para poder gastar aquella suma de dinero, pensó Sebastien. Y evidentemente, le llevaría mucho tiempo gastarlo, por lo que no vería mucho a su esposa.

Extendió la mano, se puso de pie y dijo:

—Es hora de que te empieces a ganar ese dinero. Se supone que tenemos que bailar.

—¿Bailar? ¿Tú y yo?

—El novio y la novia deben bailar, según la tradición.

Sin darle tiempo a discutir, tiró de ella hacia él y le sonrió.

Ella se sorprendió de aquel gesto.

—Es hora de que le demos al público lo que ha estado esperando, *pethi mou*.

La llevó a la pista de baile rodeándole la cintura, un afectuoso gesto de cara a los invitados. Pero él sospechaba que, si la soltaba, ella huiría.

Alesia lo miró como si se hubiera vuelto loco.

—Sonríeme como si yo fuera el único hombre en el mundo —le ordenó Sebastien suavemente cuando la situó en el medio de la pista y se dispuso a bailar—. Somos el centro de atención y no quiero decepcionar a los invitados.

–Esto es ridículo. Creí que habíamos acordado que no jugaríamos juegos. Que seríamos sinceros el uno con el otro.

–En privado, sí. Pero al mundo exterior hay que darle la impresión adecuada. Mi madre necesita pensar que este matrimonio es real, el mercado financiero necesita pensar que este matrimonio es real. Así que les vamos a hacer pensar que lo es...

Por un momento, él se fijó en la forma perfecta de su boca, y olvidó lo que estaba diciendo del mercado financiero. Vio cómo se entreabrían sus labios, suaves y delicados.

Su cuerpo se tensó en una reacción masculina al ver el movimiento nervioso de su lengua, un gesto de vulnerabilidad.

–Te estás engañando. Nadie que nos esté mirando pensará que somos más que un matrimonio de conveniencia.

Sebastien desvió la mirada de su boca.

–Entonces, habrá que probarles que se equivocan –sin pensarlo, Sebastien la apretó contra él con un movimiento posesivo, y notó que ella se estremecía al sentir su cuerpo.

Una corriente eléctrica pasó entre los dos. Sebastien respiró profundamente, sorprendido por la inesperada fuerza de aquella sensación. Fue como si sus cuerpos hubieran reconocido algo que ellos no habían sido capaces de notar.

La fragancia suave de Alesia embriagó sus sentidos y seducía su mente para que se olvidase de todo, excepto de la mujer que tenía en sus brazos.

No habló ninguno de los dos, pero él vio que ella respiraba irregularmente, notó que las pupilas de aquellos increíbles ojos violeta se dilataban al sentir aquella atmósfera opresiva.

La sintió temblar y entonces tomó conciencia de lo frágil que era. La primera vez que la había visto, ella había mostrado un escote generoso y un cuerpo formidable. Pero se había equivocado en su primera impresión. El resto de Alesia era delicado y frágil.

Sebastien puso su mano en la espalda de Alesia. Al parecer, a su libido no le importaba que ella fuera una mujer codiciosa. Pero ¿qué había de malo en eso? Codiciosa o no, era increíblemente hermosa, y tenía que alegrarse de que su flamante esposa tuviera sus compensaciones. Mientras no tuvieran que mantener grandes conversaciones, la noche que los esperaba distaba mucho de ser aburrida, pensó él.

Desde que le había soltado el cabello, este caía como un telón de seda sobre su espalda. Y él se vio tentado de hundir su cara en aquella fragancia sedosa.

Ella intentó apartarse, pero él la sujetaba firmemente.

–¿No es asombroso? ¿Que nuestros cuerpos puedan sentir algo que nuestras mentes no quieren registrar?

Ella puso una mano en el pecho de Sebastien como para separarse de él.

–No sé de qué estás hablando.

–Oh, sí lo sabes. Lo sabes perfectamente.

–¿Qué estás haciendo? Nos están mirando todos...

–Para ser una persona sin escrúpulos, pareces demasiado sensible –murmuró él, rodeándola con la otra mano y apretándola más contra él–. ¿Cómo es que te preocupa lo que piense la gente?

–No me gusta que me miren, simplemente.

Él se rio burlonamente.

–Entonces, será mejor que te vayas acostumbrando. Toda mi vida me han estado mirando.

Otras parejas se unieron a ellos en la pista de baile y Sebastien se dio cuenta entonces de que ella no solo apenas se estaba moviendo, sino que estaba aferrada a él como si fuera a caerse.

Sebastien frunció el ceño. ¿De dónde sacaba aquella vulnerabilidad?

Tuvo que recordarse que aquel matrimonio era el fruto de

su falta de principios. Su vulnerabilidad debía de ser parte de su representación para cazar hombres ricos. La verdad era que ella era una mujer especuladora, manipuladora, que estaba dispuesta a cualquier cosa por acumular dinero.

—No voy a dejarte marchar. Tú has firmado por esto cuando has aceptado casarte conmigo por mi dinero.

—No he firmado para hacer representaciones públicas.

—Has aceptado ser mi esposa, con todos los detalles. ¿Sabes lo que pienso, *pethi mou*? Creo que te has cegado tanto con mi dinero, que no has visto el resto del trato. Creo que solo has pensado en el dinero...

Sebastien notó que ella se ponía rígida. Notó el pulso en su cuello, la tensión emanando de su delicioso cuerpo. Y volvió a excitarse.

¿Cómo había podido pensar que la heredera de Philipos era fría?

Podía ser inglesa y reservada en la superficie, pero ahora no tenía ninguna duda de que en sus venas corría una sangre caliente griega que le aseguraría una vida sexual muy entretenida.

Sebastien bajó la cabeza, tan cerca de la boca de Alesia que sus labios casi se tocaron.

—Has conseguido lo que querías. Ahora me toca a mí.

—Tú también has conseguido lo que querías: la empresa de mi abuelo.

—La empresa de mi padre –la corrigió Sebastien suavemente, deslizando su mano hacia el cuello de Alesia–. Y eso solo era parte de lo que quería. Ahora es el momento de tomar el resto.

Sebastien bajó la cabeza y la besó, algo que había estado deseando desde que la había visto en la isla. Con aquel beso le demostraba a la heredera de Philipos qué había entregado por dinero. Quería demostrarle que la codicia tenía un precio.

Su boca era tibia y suave, y los sentidos de Sebastien explotaron, haciéndole perder el control. Sintió un calor en sus partes bajas, y un ardiente deseo se apoderó de él.

La apretó más para satisfacer aquel deseo de poseerla. Pero aquello no hizo más que aumentar el deseo.

Estaban tan cerca que él podía sentir cada leve estremecimiento de su cuerpo. Sentía que Alesia temblaba en sus brazos. Vio el shock en sus ojos violeta. Luego los cerró, y apoyó sus dedos en el pecho de la camisa de él como buscando sujeción.

El último pensamiento de Sebastien fue que aquello no era como lo había planeado.

Una parte de su cerebro le decía que se apartase, que cortase aquello. Pero aquella boca suave y delicada embriagaba sus sentidos y no lo dejaba separarse de ella. Al contrario, quería más.

Decidió llenarse de ella. Su fragancia era intoxicante; no lo dejaba respirar. Y la sangre en su cabeza golpeaba nublándole la razón. El deseo se apoderó totalmente de él. Lo consumía un fuego que jamás había experimentado, y él se adentraba más y más en sus llamas.

Como a la distancia, oyó un suave gemido de asombro y de deseo, y ese leve sonido fue suficiente para romper el hechizo sensual con el que ella lo había envuelto.

Sebastien dejó de besarla, turbado. Por primera vez sabía lo que era perder totalmente el control.

¿A qué estaba jugando? Él siempre se había considerado un hombre disciplinado. Entonces, ¿por qué había perdido el control?

Su cuerpo todavía anhelaba el de Alesia, y su sexo se quejaba de excitación.

La idea de que ella lo excitase tanto lo molestaba, y quería recuperar la racionalidad. Encontrar alguna explicación para aquello.

La miró. No era como para sorprenderse. Su esposa podía ser cualquier cosa, pero indudablemente era hermosa. Y proyectaba un aire de vulnerabilidad e inocencia muy tentadores para un macho griego, se dijo. No habría sido humano si no hubiera reaccionado.

La solución estaba en llevarla a la cama. Las mujeres no solían interesarles más de una o dos noches, aunque fuesen hermosas. Después de eso, sería capaz de pensar con claridad y seguir adelante.

Agarró la muñeca de Alesia y la llevó hacia la salida sin decir nada.

Y para que los invitados no dudasen de sus sentimientos hacia su esposa, la levantó en brazos y le dio otro beso. Sonrió a su madre, que estaba tratando de contener sus lágrimas del brazo de su padre, y salió hacia el jardín en dirección a la limusina que los estaba esperando.

Alesia no se movió. Tenía la cabeza apoyada en su hombro, como si estuviera resignada. Y nuevamente él se sintió conmovido, un sentimiento que rápidamente quiso borrar de su corazón.

La dejó en el asiento de la limusina. «Una noche», se dijo.

La dejaría embarazada esa primera noche y eso sería todo. No tendría que volver a tocarla. Cada uno podría vivir su vida a partir de entonces.

Capítulo 4

Alesia se sentó en el asiento de piel de la limusina e intentó controlar sus temblores. El asalto de Sebastien a sus sentidos le había demostrado que no se conocía en absoluto.

Sorprendida por su propia reacción, intentaba racionalizar lo que había pasado.

No había estado preparada para ese beso.

Había sido oscuro, excitante, terrible. Sebastien le había descubierto una parte de ella que no conocía.

Tenía ganas de tocarse los labios para ver si había cambiado algo, pero no se atrevía con Sebastien sentado a su lado. No quería que supiera lo que había causado en ella. Lo que le había hecho sentir.

Cerró los ojos. ¡Qué ironía de la vida! Había besado a otros hombres y no había sentido nada. ¿Por qué tenía que sentir lo que era un beso justamente con aquel hombre?

Alesia abrió los ojos, aún sintiendo la humillación de que ni siquiera hubiera intentado apartarlo.

–¿Adónde vamos exactamente? –preguntó nerviosamente.

–A algún sitio más íntimo –sonrió él–. Ha llegado el momento de hacer efectivo «el acuerdo de negocios» en otro nivel. Y para eso no necesito público.

Alesia deseó estar en el banquete antes que allí.

–¿Es lejos?

–Vamos a mi casa de Atenas –respondió Sebastien quitándose la chaqueta y la corbata–. No es lejos. Pero no vas a dormirte, *pethi mou*, aunque estés agotada. Todavía te queda el resto del acuerdo por cumplir. Y después de ese beso me parece que nos espera una noche muy interesante.

Ella se estremeció, y notó un calor en la pelvis. Un deseo totalmente desconocido para ella la asaltó interiormente.

Alesia vio el brillo burlón en los ojos de Sebastien, y tragó saliva.

–No sé a qué te refieres...

–¿No? ¿Quieres que te lo recuerde?

Alesia se acomodó en el extremo opuesto del asiento del coche, presa de un repentino pánico y una sensación más compleja, que no podía reconocer.

Hasta aquel momento no había considerado a Sebastien un hombre. Solo un enemigo, y la solución a los problemas de su madre.

Hasta aquel beso.

El beso había despertado algo en ella. La había cambiado.

Por primera vez lo veía como a un hombre. Y por primera vez se veía como a una mujer.

Alesia lo miró, como si fuera un conejo en una trampa. Sebastien estaba relajado. Parecía otro. Debajo de su superficie sofisticada se escondía un hombre primitivo, oscuro y peligroso. Un cazador.

Atravesaron unos portones con apertura electrónica y se acercaron a una mansión rodeada de tierras.

Alesia miró en silencio.

–Es enorme... –murmuró–. Y solo eres tú...

Sebastien se rio.

–Pero, como has visto, tengo una familia extensa, a la que le suele dar por venir toda junta, y necesita espacio. También tengo reuniones de negocios aquí...

Alesia miró a Sebastien y a la mansión alternativamente. ¿Le hacía falta tanto espacio? Ella solía vivir en una habitación pequeña.

—Espero que la casa venga con un plano... —inmediatamente se dio cuenta de su error al ver que Sebastien la miraba con curiosidad.

—Tú eres la nieta de un hombre muy rico. Tu abuelo tiene fama de tener casas muy lujosas. ¿Por qué te sorprende la mía?

Alesia se mordió la lengua.

—Nunca me he adaptado fácilmente a los lugares nuevos —intentó arreglarlo.

—Por suerte, hay una sola habitación que necesitas encontrar, y ese es el dormitorio.

Alesia se puso colorada. Sebastien la llevó en sus brazos.

—Puedo caminar...

—No lo hago por ti, *agape mou*, sino para que los empleados vean que llevo a mi esposa en brazos.

Ella se quedó con la boca abierta. Luego se dio cuenta de que un hombre como Sebastien tendría que tener personal doméstico. Si no, ¿cómo iba a hacer para llevar una casa como aquella?

Sebastien entró en una habitación, cerró la puerta con el pie y la dejó en el suelo. Luego abrió las ventanas de par en par. Su necesidad de aire fresco y distancia le causó una pena que ella no pudo descifrar. Al parecer, la representación había terminado.

¿Y ahora qué?

Miró la tensión en los hombros de Sebastien. No tenía actitud de amante.

—Oye... Ambos sabemos que esta situación es ridícula... No tenemos que hacer esto...

—Esto es parte de nuestro acuerdo —Sebastien se dio la vuelta—. ¿Qué sucede? —fue hacia ella—. ¿Te estás arrepintiendo?

¿Te has dado cuenta de repente de lo que has aceptado? –dijo él con dureza.

–Lo que hemos aceptado –lo corrigió ella, dando un paso atrás.

–Aceptamos un matrimonio –le recordó él, desabrochándose la camisa lentamente–. Y eso es lo que tendremos, señora Fiorukis –se quitó la camisa y la dejó caer al suelo con descuido.

Alesia dio otro paso atrás y de pronto se dio cuenta de que tenía la pared detrás. Que no había más sitio para alejarse.

Con gran esfuerzo desvió la mirada del pecho bronceado y musculoso que tenía delante.

Oyó el sonido de una cremallera que se bajaba, el crujir de seda que caía al suelo, y sus terminaciones nerviosas se erizaron.

En ese momento cerró los ojos. Sabía que estaba desnudo, pero estaba decidida a no mirar.

–¿Señora Fiorukis?

Ella sintió que se acercaba.

–¿Estás preparada para satisfacer esta parte del acuerdo?

–¡No es posible que me desees! –exclamó Alesia con los ojos cerrados aún–. Y yo ciertamente no te deseo.

Estaba demasiado cerca de ella. Podía oler su fragancia. Embriagaba sus sentidos... Y sus piernas se debilitaron.

–He pagado una indecente suma de dinero por ti. Y espero que tú te lo ganes –le recordó él.

Alesia abrió los ojos y se rio, incrédula:

–¿En el dormitorio?

–¿Dónde si no? Evidentemente, no necesito tu ayuda en la junta directiva...

Ella pensó frenéticamente en una excusa para escapar de aquella tensión sexual que no la dejaba pensar.

–Tú ya tienes una amante...

—Varias —confirmó él—. Pero no te preocupes que no me afectará en el funcionamiento contigo en la cama.

Ella se estremeció de excitación. No sabía por qué reaccionaba así con aquel hombre. Era un disparate.

—Oye... Estoy intentando ser sincera y la verdad es que no tenemos que hacer esto. Tú puedes ir a ver a tu amante, a mí no me importa...

—Pero mi amante no me dará hijos —le recordó él—. Y yo quiero tener hijos. Y esta es la forma en que se hacen los niños, ¿no lo recuerdas?

Alesia lo miró con un brillo de culpa en los ojos. Fue un error. Los ojos negros de Sebastien la atraparon. Aquellos ojos eran suficientes para que cualquier mujer se perdiera, pensó ella, mareada, tratando de recordar por qué no quería ir a la cama con él.

—Si estás nerviosa... Es posible que no me gustes como persona, pero ese beso nos ha demostrado que, a pesar de nuestros sentimientos, al menos físicamente hay una poderosa química entre nosotros.

—¿Química? —repitió Alesia cuando pudo hablar—. ¿Piensas que hay química entre nosotros?

—Sé que la hay —Sebastien rodeó su cintura y tiró de ella hacia él—. Y tú también lo sabes. Deja de fingir que no la sientes.

Con un movimiento magistral, Sebastien le desabrochó el vestido y ella exclamó, asombrada, cuando cayó al suelo, dejándola solo con unas braguitas de seda.

Se llevó las manos a los pechos desnudos, pero Sebastien le agarró las manos y las llevó hasta su cuello para que lo rodease. Luego la alzó en brazos.

—Este no es el momento de cubrir lo que tienes de bueno —susurró con voz sensual Sebastien, llevándola a la cama y dejándola en el centro.

Antes de que Alesia se pudiera mover, él se puso encima de ella.

—Tendrás muchos defectos, pero tu cuerpo es fabuloso —comentó Sebastien deslizando una mano bronceada sobre su cuerpo con torturadora lentitud, mientras la miraba con deseo—. Voy a serte sincero, *pethi mou*. Pensaba rechazar este acuerdo fuese cual fuese el incentivo. Hasta que te vi.

—¿Ibas a rechazarlo? —ella apenas podía hablar.

—Por supuesto —la miró con ojos burlones—. Se supone que tenemos que dar descendencia a nuestras familias, *agape mou*. Y eso requiere cierta actividad de mi parte. Si no fueras atractiva, jamás habría aceptado este matrimonio. A pesar de los rumores que corren, soy extremadamente selectivo con las personas que llevo a la cama.

Ella lo miró. Su resistencia se pulverizó con la caliente sexualidad de la mirada de Sebastien.

—¿Me encuentras atractiva? ¿De verdad?

Ningún hombre la había mirado dos veces. Pero era cierto que ella había evitado toda relación con ellos, excepto alguna platónica.

—De verdad.

Alesia miró el cuerpo desnudo de Sebastien. Era la primera vez que veía un hombre desnudo. Un hombre desnudo, excitado. Y la intimidaba.

Ahora que llegaba el momento, se sentía presa del pánico. Él había tenido razón. Ella no había pensado en nada de aquello, se dijo mientras él deslizaba la boca por su mejilla.

¿Cómo se le había ocurrido pensar que podía fingir que tenía experiencia?

—Me desprecias —gimió Alesia—. Me desprecias... Es imposible que me desees...

Cuando estaba pensando qué tenía que hacer, Sebastien giró con ella y la dejó debajo. Luego la besó.

Sebastien estaba tan acostumbrado a dirigir la situación que lo único que ella tenía que hacer era quedarse allí, y dejar que él hiciera todos los movimientos. Sebastien le mostraría el camino.

Como la vez anterior, ella se olvidó de todo al sentir su lengua en el interior de su boca, la exploración sexual que la estremecía por completo, y la dejaba arqueándose contra él. Sintió su mano deslizarse hacia abajo, acariciar un pezón y detenerse en su cadera.

Y su cabeza empezó a dar vueltas. Ya no podía pensar con claridad. Su corazón latía desesperadamente, su pelvis ardía, y sus sentidos estaban embriagados por el calor del empuje de su lengua.

Cuando ella pensó que no aguantaría más, Sebastien dejó de besarla. Con un gemido, deslizó su boca por su cuello, hasta que finalmente la posó en uno de sus pechos.

Al sentir la caricia de su lengua, ella gimió, sorprendida, volviéndose loca con aquella sensación. Cuando él se metió un pecho en la boca, ella arqueó las caderas en un intento desesperado por aplacar el ardor que albergaba en la pelvis.

–Tienes unos pechos increíbles... –gimió Sebastien–. Fue lo único que noté cuando nos conocimos.

Una parte de su cerebro registró aquello, ella no era capaz de reaccionar de ningún modo más que con una exclamación.

Ella quería más.

–Sebastien... –dijo entre gemidos.

Él sonrió triunfalmente.

–Y la otra cosa que me gusta de ti es que debajo de esa apariencia remilgada, eres muy caliente. ¿Cómo se me ha podido ocurrir que eras inglesa y fría?

Alesia no pudo contestar porque en aquel momento él separó sus piernas con un gesto posesivo, y se concentró en otra parte de su cuerpo.

Con una mezcla de shock y vergüenza por estar desnuda delante de un hombre por primera vez, y con un placer tan aterrador que apenas podía respirar, Alesia se reprimió un gemido de resistencia. Sebastien se opuso a la reacción instintiva de Alesia de cerrar las piernas, y la sujetó firmemente. Usó su lengua con tal maestría que la hizo sollozar, extasiada. No podía creer que él le estuviera haciendo aquello y que ella lo estuviera animando.

–Sebastien... –abrumada por la explosión de sensaciones que él le había arrancado, se arqueó de deseo, y apretó los dedos agarrando la sábana–. Sebastien...

Él se irguió levemente y la miró con satisfacción.

–Definitivamente, no eres fría –murmuró, agarrándole la muñeca cuando ella quiso taparse con la sábana–. No... De ninguna manera. No te vas a cubrir hasta que te lo diga... Y no he terminado de mirarte.

Su mirada le dio más calor. Y él le puso una pierna áspera encima de las suyas cuando ella se movió para aliviar el ardor que amenazaba con consumir su cuerpo entero.

–¿Ocurre algo? –dijo él, suavemente, con tono apasionado–. ¿Hay algo más que quieras de mí además de mi dinero, *agape mou*?

Estaba derretida después de aquella seducción, se derretía por Sebastien. Por que él terminase lo que había empezado.

–Dilo –dijo Sebastien, colocándose encima de ella.

Ella sintió su erección y lo rodeó con sus piernas, invitándolo.

Pero él se refrenó.

–No seas tan reservada. Dime lo que quieres, *agape mou* –le ordenó.

Ella estaba a su merced. El corazón se le salía de deseo.

–A ti –gimió ella suavemente, moviéndose debajo de él para sentirlo más–. Te deseo a ti. Por favor...

Con un gruñido de satisfacción masculina, Sebastien deslizó el brazo por debajo de sus caderas, la levantó levemente y entró en ella refrenando levemente su fuerza.

Sorprendida por el poder de aquel asalto, Alesia gimió, y sus ojos se agrandaron mirándolo.

Ella notó la especulación en sus ojos, pero se hizo la distraída. No quería que lo supiera. El breve dolor cedió, aplacado por su deseo, y luego movió sus caderas debajo de él. Con los ojos aún fijos en ella, Sebastien la besó en la boca, jugando con su lengua, hasta que el cuerpo de Alesia se incendió completamente.

Entonces él se movió otra vez, más suavemente, como si estuviera tratando de no hacerle daño. Su inesperada ternura hizo que la experiencia se hiciera más erótica.

Alesia se agarró a sus hombros y deslizó sus manos hacia su poderosa espalda.

Sin dejar de besarla, la levantó con un brazo, cambiando su posición, y ella sintió explotar la excitación al cambiar de ángulo.

¿Cómo lo sabía? ¿Cómo sabía moverse de una determinada manera, tocarla del modo exacto?

Alesia susurró su nombre contra su boca y él lanzó un gruñido de satisfacción y empujó con fuerza, cada empuje largo y profundo, hasta que ella llegó a la cima del placer con un grito de incredulidad, convulsionándose en oleadas de éxtasis que parecían no terminar.

Ella perdió totalmente el control, explotando frenéticamente. Lo oyó murmurar algo en griego, y luego, con un gemido grave, sintió que se agarraba a sus caderas, hundiéndose en ella profundamente, sin darle la oportunidad de escapar de aquella tormenta que los envolvió.

Ella sintió su dureza y su calor y luego el nudo de músculos, alerta, cuando ella se convulsionaba, lo que lo llevó a su propia cima. Sebastien le agarró la cabeza, mientras se liberaba dentro de ella.

Envuelta en el placer que se negaba a aplacarse, Alesia puso la mano en la espalda de Sebastien, y sintió su masculinidad vital, mientras trataba de serenar su respiración.

Sebastián aún tenía su cuerpo encima del de ella, en íntima comunión. Y ella pensó que nunca había estado tan cerca de alguien.

Durante un rato, Alesia se quedó inmóvil, impresionada por lo que había sucedido.

Jamás había pensado que pudiera ser así. Que dos seres humanos pudieran estar tan cerca.

¿Qué había sucedido? Comenzó odiándolo... Y luego...

Aquella experiencia la hacía muy vulnerable, pero no le importaba. Porque había descubierto algo que no sabía que existía. Algo asombroso.

Sintió culpa y confusión. Habían compartido algo sincero. Sin embargo, ella le había dicho muchas mentiras...

Tal vez debería decírselo. Después de lo que habían compartido, necesitaba ser sincera.

Sebastien levantó la cabeza y la miró un momento. Luego se giró y se puso de espaldas, tapándose la cara con un brazo.

Ella se sintió incómoda. No quería ser la primera que hablase.

Todo parecía diferente después de aquello. Seguramente él sentía lo mismo. Tenían que hablar de ello.

–Me parece que voy a recibir tanto como lo que he pagado –dijo él fríamente.

Y sin mirarla se levantó de la cama con la gracia de un felino. Fue al cuarto de baño y cerró la puerta.

***

Debajo de la ducha, Sebastien intentó recuperarse de lo que había sido la experiencia sexual más explosiva de su vida. Su mente estaba confusa, y su cuerpo latía con aquel estado de excitación. Miró la puerta del cuarto de baño, debatiéndose entre las ganas de satisfacer el deseo y la necesidad de recuperar el control de sus emociones.

No estaba acostumbrado a sentirse de aquel modo.

Con un movimiento enérgico, abrió el agua fría. Dejó que esta cayera sobre su cuerpo caliente.

No había otra opción: o hacía eso o volvía a la cama y le hacía el amor nuevamente una y otra vez... Y eso no era lo que se suponía que sería aquel matrimonio.

Irritado por la obsesión de Alesia con el dinero, la había llevado a la cama para hacerla sentir barata, para ver si podía arrancarle algún signo de conciencia. No había esperado que ella reaccionase con aquella desinhibición. No había esperado que la química entre ellos fuera tan potente.

Y no había esperado que ella fuera virgen.

Cerró el grifo maldiciéndose y agarró una toalla.

Le molestaba aquella falta de control con una mujer como Alesia, cuyos valores despreciaba.

Las mujeres con las que salía solían moverse en su mismo círculo social, y solían tener amplia experiencia sexual. Le chocaba que la experiencia con Alesia hubiera sido tan poderosa. Que hubiera sido tan tradicional como cualquier griego, que había preferido una mujer que solo se había entregado a él.

No se le había ocurrido que su futura esposa pudiera ser virgen. Y la verdad era que su inocencia había sido algo que había aumentado la experiencia física y emotiva.

Pero como no pensaba repetir la experiencia, no debía preocuparse. Ahora que había racionalizado su reacción, seguiría adelante con su vida, y dejaría que ella gastase su dinero.

Y si no quedaba embarazada aquella vez, lo haría alguna vez más.

Era una suerte que fuera a estar tan ocupado en los siguientes meses.

Alesia se quedó tumbada con los ojos cerrados, digiriendo la humillación que sentía.

¿Cómo podía ser tan hiriente Sebastien?

Y pensar que ella había pensado en decirle la verdad.

Suspiró al recordar su propia reacción con él. No había sabido que podía sentir con tanta intensidad.

¿Cómo había podido reaccionar de aquel modo con un hombre que ni siquiera le gustaba?

Se cubrió la cara con las manos.

Para él solo había sido sexo, evidentemente. Mientras que para ella... Recordó cómo había sollozado su nombre, cómo le había rogado que le hiciera el amor... Evidentemente, ella había alimentado su ego.

Escuchó el ruido de la ducha. No quería estar allí cuando volviera él. Pero antes de que pudiera moverse se abrió la puerta del baño.

¿Y ahora qué? ¿Volvería al lecho nupcial?

Contra su voluntad, Alesia miró el vello del pecho de Sebastien. Deslizó su mirada hacia abajo, y se encontró con que la toalla ocultaba excitantes secretos.

Sintió su inmediata reacción física ante aquel pensamiento.

Y cuando lo vio quitarse la toalla, no pudo evitar mirar aquel cuerpo perfecto. Y su corazón empezó a latir aceleradamente de anticipación.

Alesia intentó recuperar el aliento. ¿Cómo no se había dado cuenta antes de lo atractivo que era?

Sebastien se acercó al borde de la cama. La miró y luego agarró el Rolex que había dejado en la mesilla.

Lo observó alejarse y empezar a vestirse.

—¿Vas a volver a la cama? —preguntó ella sin poder reprimirse.

—¿Para qué? —Sebastien ni la miró—. Esto es un negocio, recuérdalo. Y por ahora, esta parte del acuerdo se ha terminado.

—¿Eso es todo? —susurró ella—. ¿Es todo lo que vas a decir?

Él se detuvo en la puerta y la miró, imperturbable.

—Hazme saber si quedas embarazada.

Dicho eso salió de la habitación.

Humillada, Alesia se hundió en la almohada.

¿Cómo podía ser tan frío?

Alesia dio vueltas en la cama para intentar calmar el desesperado deseo de su cuerpo.

Daba igual lo que hubiera dicho o cómo la hubiera tocado. ¡No volvería a dejar que se metiera en su cama!

Capítulo 5

Dos semanas más tarde, Alesia estaba en la enorme cocina de la casa. Sebastien apareció y exclamó:

−¿Qué diablos estás haciendo aquí? Te he estado buscando por todas partes. Nadie sabía dónde estabas.

Alesia sintió excitación al verlo.

Hacía quince días que no lo veía, y parecía un cachorro que se reencuentra con su dueño después de una separación.

Una sola mirada a ese cuerpo y esa cara, y su pulso empezaba a latir aceleradamente.

Una sola mirada y la asaltaban los recuerdos de los momentos de pasión con él.

Y por si eso fuera poco, se sentía contenta simplemente porque él estaba en casa finalmente.

Abrumada por aquella intensa reacción, Alesia se dio la vuelta hacia el fregadero. No quería demostrarle cómo se sentía ante su presencia.

Evidentemente, su encuentro sexual con ella lo había aburrido. Mientras que para ella, que no tenía experiencia, él era un dios en la cama. Y el saberlo, la humillaba.

Deseaba poder dar marcha atrás en el tiempo. Quince días atrás ella no había notado su firme boca, el brillo mediterráneo de sus ojos, ni la perfecta musculatura de su cuerpo. No se había fijado en él como hombre.

–No sabía que me habías estado buscando –dijo ella, distante, hurgando en el frigorífico hasta que estuvo segura de haber recuperado el control.

Sacó un plato con aceitunas y lo puso encima de la mesa.

–Y la respuesta a tu pregunta es que me estoy preparando la comida.

–¿Por qué? –Sebastien entró en la cocina y la miró.

–¿Por qué no?

–Porque tengo empleados para eso. Y su trabajo es preparar comidas para ti para que no tengas que perder tiempo y puedas salir de compras.

Ella se encogió. Su opinión de ella era muy baja. Pero no podía culparlo. Ella misma había creado esa impresión.

–Tengo todo el tiempo que necesito para salir de compras, ya que no te he visto desde el día de nuestra boda. Y los empleados de la casa tienen mejores cosas que hacer que prepararme la comida.

Sebastien la miró, sorprendido.

–No sé por qué me miras así. ¿No te has hecho nunca la comida?

–Sinceramente, no. Ni esperaba que tú lo hicieras. ¿Te preparas la comida a menudo en la cocina de tu abuelo?

Alesia se quedó petrificada. De nuevo había metido la pata.

–No me gusta tener camareros que me sirvan –al ver que él la seguía mirando con curiosidad, puso los ojos en blanco y agregó–: ¿Y ahora qué?

–Simplemente, que siempre me sorprendes –respondió Sebastien–. Cuando me parece que ya te conozco, haces algo que se sale totalmente del perfil.

Ella lo miró con desprecio.

–Tú no sabes nada de mí.

–Evidentemente, no –murmuró él–. No obstante, a los empleados les parecerá un poco raro que estés aquí, preparándote la comida.

Alesia se mordió el labio y se guardó de contarle que había entablado una relación de tuteo con el chef y que habían intercambiado recetas inglesas y griegas.

—Ellos son *tus* empleados.

—Tú eres mi esposa.

El cuerpo de Alesia sintió un cosquilleo.

—Perdona que me olvide de eso, pero es que no nos hemos visto desde el día de la boda. Creí que te habías mudado a otra casa...

Ella lo había odiado por no aparecer por allí.

—No me he dado cuenta de que me ibas a echar tanto de menos. Y no fue el día de la boda, sino la noche de bodas –la corrigió, mirándola achicando los ojos–. Me viste la noche de bodas. Otra ocasión en la que me sorprendiste... No esperaba tener una virgen en mi cama.

Ella se puso roja.

—No sé a qué te refieres...

—Debiste decírmelo... Los griegos somos muy posesivos, *agape mou*. Tendría que haber aumentado el precio de la compra de haberlo sabido. Te lo has perdido.

—Yo estoy satisfecha con el acuerdo.

—Estoy empezando a creer que yo también debería estarlo –Sebastien se acercó a ella–. Fuiste sensible a mis caricias.

Ella lo recordó y se excitó.

—Me pagaste para actuar en la cama. Así que eso es lo que he hecho.

Él se rio forzadamente.

—Perdiste el control totalmente, *agape mou*, ¿y quieres que me crea que estabas actuando?

Sebastien estaba demasiado cerca. Ella no podía respirar. No podía pensar.

Sin mirarlo, cortó el queso en trozos y lo puso en un plato.

—No ha sido elección mía introducir el sexo en nuestro matrimonio. A mí me habría gustado otro tipo de matrimonio —dijo ella.

—¿Uno en el que yo te pagase por no hacer nada?

—Tú no me has pagado por sexo. Me has pagado para quedarte con la empresa de mi abuelo.

—Para tu información, esa empresa me está llevando todo el tiempo que tengo —le dijo él—. Tu abuelo ha hecho un desastre con esa empresa. Puedes echarle la culpa a él de que no me hayas visto.

—Sería mejor agradecérselo. No deseo pasar tiempo contigo. Y ahora, si me disculpas, me voy a comer.

Y llamar por teléfono a su madre.

Aquella había sido una ventaja de la ausencia de Sebastien. Ella había estado en contacto diario con su madre.

—No. No te disculpo.

Alesia cometió el error de mirarlo. Sus ojos se encontraron, e inmediatamente ella perdió el aliento.

La mirada de Sebastien era de deseo, y ella sabía que su mente no estaba pensando en algo tan aburrido como la comida.

Sebastien le miró los pechos, luego siguió por su vientre, que sus vaqueros dejaban una parte al descubierto.

—No vuelvas a llevar pantalones. Tienes unas piernas muy bonitas. Quiero verlas.

—Eres un machista. ¿Siempre les dices a tus mujeres lo que tienen que llevar puesto?

—Las mujeres no suelen salir conmigo como si fueran a desatascar una tubería.

—Me gustan mis vaqueros. Son cómodos.

—La ropa interior también —contestó él con voz sensual—. Y yo la prefiero.

A ella se le debilitaron las piernas.

—Yo usaré lo que quiera usar...

—En compañía mía, no. Llevarás la ropa que yo quiera.

—Eso es ridículo.

—Debiste pensar en ello antes de venderte.

Ella lo miró sin poder creerlo.

—¿Quieres que ande por la casa en ropa interior?

—Si yo te lo digo, sí. He pagado mucho por ti. Es mejor que vea lo que he comprado.

Alesia se dio la vuelta para que él no viera las lágrimas en sus ojos. La hacía sentir tan rastrera.

—Bien. Llevaré mis vaqueros cuando no estés aquí, o sea, la mayor parte del tiempo, afortunadamente. Y ahora, si no te importa, quisiera comer.

Antes de que Alesia pudiera adivinar sus intenciones, Sebastien rodeó la parte de cintura que quedaba al aire y tiró de ella.

Atrapada por su mirada, el corazón de Alesia empezó a latir desesperadamente y su mente se nubló.

Sebastien le agarró la cara.

—¿Estás embarazada?

La pregunta la sorprendió.

—No —respondió.

—Bien —sonrió maliciosamente y la levantó en brazos—. Habrá que probar otra vez.

—¿Qué estás haciendo? —preguntó Alesia. Quiso soltarse, pero él la besó.

Fue un beso muy erótico. Y como alguien privado de comida durante meses, ella se entregó.

Su lengua se abrió paso por entre sus labios poseyéndola totalmente. Ella perdió el sentido de la realidad. Levantó sus brazos y le rodeó el cuello, tocando su pelo sedoso.

Se devoraron mutuamente, mordiéndose, lamiéndose, intercambiando gemidos y exclamaciones, alzando un calor entre ellos casi insoportable.

Besándola, Sebastien la bajó al suelo, y la acorraló contra una pared. Ella notó la excitación de Sebastien contra su cuerpo. Respiró profundamente.

Un ruido en el corredor los sobresaltó.

–¡Dios mío! ¿Qué estamos haciendo? –él miró alrededor sin poder creerlo–. Esta es la cocina, un lugar en el que no suelo entrar.

Ella cerró los ojos, incómoda.

–Podría haber entrado alguien... –dijo.

–No. Si lo hubieran hecho, los habría despedido –dijo Sebastien, rodeando su cintura y llevándosela de la cocina–. Valoro mucho mi intimidad, y mis empleados lo saben.

–¿Adónde vamos?

–A algún sitio donde no haya cacharros –respondió él, yendo hacia la escalera.

Subió tan rápidamente que ella tuvo que correr para ir a su paso.

–Sebastien... –dijo ella cuando llegaron al dormitorio.

Ella se había prometido darle un bofetón si algún día él se acercaba. Entonces, ¿por qué no se podía mover?

Lo observó quitarse la corbata con aquellos dedos elegantes. Desabrocharse la camisa sin dejar de mirarla, quitársela, y mostrar un pecho bronceado perfecto.

–Es hora de que te quites los vaqueros –Sebastien miró su cara roja–. Hazlo tú misma, o lo haré yo.

Alesia se quedó inmóvil. No podía dejar de mirar su cuerpo. Era perfecto. No le extrañaba que se paseara desnudo con tanta tranquilidad.

Sin toda la sofisticación que solía ocultarlo, su masculinidad era gloriosa.

El deseo se apoderó de ella.

Sebastien se acercó a la cama y le quitó la ropa con una serie de movimientos precisos.

–Así es como te prefiero, *pethi mou* –le dijo Sebastien mirando su cuerpo desnudo, temblando de deseo.

Alesia se olvidó de su decisión de no volver a dejar que la tocase. Ardía de pasión por él, y lo peor era que él lo sabía.

Sebastien se rio, satisfecho, y le lamió un pecho.

Ella se apretó contra él. Sebastien entonces respondió a sus súplicas deslizando una mano por el centro de su ardor. Gimió al encontrarlo.

–Quince días de abstinencia tienen sus beneficios. Es muy agradable tener una esposa tan ardiente.

El insulto le llegó directamente. Sebastien levantó sus caderas y entró en ella enérgicamente.

–¿Es esto lo que quieres? –la movió y se internó más profundamente en ella.

Alesia dejó escapar un gemido.

Su cuerpo explotó en un orgasmo y Sebastien la besó, acallando sus sollozos con la presión de su boca y sellando su respiración con la intimidad de su lengua.

La penetró rítmicamente y luego se derrumbó encima de ella cuando alcanzó la cima del placer. Finalmente dejó de besarla y respiró profundamente.

Se miraron a los ojos, y luego Sebastien se echó a un lado, y la apretó contra él.

–Ha sido impresionante –comentó él–. Aunque un poco rápido. Así que ahora lo haremos otra vez. Lentamente.

Temblando aún por la fuerza de su clímax, ella lo miró, incrédula, y finalmente deseó que sus dedos magistrales se deslizaran dentro de ella. Él la acarició y jugó con ella íntimamente. Después la colocó encima de él con la seguridad de un hombre que sabe lo que quiere.

Cuando ella se dio cuenta de que iba a hacerlo otra vez,

hundió su cara en la almohada y gimió, mientras él la levantaba y la ponía de rodillas y se acomodaba detrás.

Ella iba a protestar cuando él la sorprendió con aquella sensación caliente en su femineidad. Inconscientemente, ella movió sus caderas como invitándolo, y lo oyó murmurar algo en griego antes de que sus manos se aferrasen a sus caderas para acomodarla para su empuje.

Alesia ardió en llamas. Nunca en su vida había imaginado una sensación tan increíble, tan indescriptible. Aún dolorida por su primera relación sexual, su cuerpo se contrajo y oyó a Sebastien decir algo y ella explotó en otro orgasmo segundos más tarde de su penetración. Perdió totalmente el control, gritó y sollozó, rogó y gimió, totalmente desinhibida y llevada por la pasión. Su cuerpo temblaba.

Sintió la fuerza masculina de los empujes de Sebastien, oyó su exclamación por no poder creer aquello, y lo vio perder el contacto con la realidad en el momento en que dejó escapar la tensión de su cuerpo. Ella volvió a sentir el éxtasis.

Por un momento ambos estuvieron suspendidos en el aire. Y luego finalmente cedió aquella sensación salvaje, dejándolos temblando después de una experiencia increíble.

Sebastien se movió, y rodó con ella gimiendo, satisfecho.

Alesia se quedó tumbada con los ojos cerrados, agotada y en estado de shock. No podía creer que hubiera sido capaz de comportarse de aquel modo, de que hubiera sido tan desvergonzada. Y no podía creer que hubiera sido mejor que la vez anterior. Ahora sabía lo que él era capaz de hacerla sentir, el placer al que podía llegar con él.

—Esto ha estado bien después de una mañana de reuniones —dijo Sebastien con los ojos cerrados, tumbado boca arriba—. Si hubiera sabido lo caliente que eras no habría dudado en firmar esos papeles. Vales cada céntimo que me quitas.

Alesia volvió a la dura realidad con aquellas palabras hirientes. Con los ojos cerrados, deseó que él se hubiera quedado en las reuniones. Así ella no se habría abandonado a un hombre que claramente la despreciaba.

–No entiendo cómo puedes hacerme el amor cuando es evidente que me odias –dijo Alesia.

–Porque no hacemos el amor –Sebastien la miró a los ojos–. Tenemos sexo, Alesia. Y, afortunadamente para ti, el tener sexo no requiere una relación afectiva. Si no, los hombres no usarían los servicios de prostitutas.

–¿Me estás comparando con una prostituta? –preguntó, ofendida.

–En absoluto –Sebastien sonrió cínicamente–. Tú eres mucho más cara.

–Realmente te odio, ¿lo sabes? –humillada, Alesia se acurrucó y se tapó con la sábana, consumida por un poderoso desprecio–. No quiero que vuelvas a acercarte a mí.

Él sonrió.

–No es verdad –se acercó a la cama, se inclinó hacia delante y puso ambos brazos a cada lado del colchón de forma que su cara quedó a centímetros de la de ella–. ¿Crees que no sé cuánto me deseas? Es posible que me odies. Pero tu cuerpo, afortunadamente para ambos, no tiene escrúpulos, y en cuanto lo toco, eres mía.

Alesia levantó una mano para darle un bofetón, pero él se la agarró en el aire, advirtiéndole con la mirada de que no lo hiciera.

–Eso no está bien, esposa mía –murmuró suavemente.

–Quiero que me dejes sola...

–No es posible eso... –Sebastien miró su boca un momento. Luego se irguió y agarró el teléfono que había al lado de la cama, sin dejar de mirarla. Habló en griego.

Minutos más tarde golpearon discretamente la puerta y Sebastien fue a abrir. Volvió con una bandeja.

—Incorpórate. Tienes que comer o te caerás encima de mí más tarde.

—No tengo hambre –ella se quedó debajo de la sábana.

—Acabamos de tener sexo sin parar durante seis horas. Tú no has comido esa comida que te estabas preparando, y vas a saltarte la cena. No quiero que te desmayes en el club nocturno.

«¿Seis horas?», pensó Alesia. Lo miró asombrada. Había perdido totalmente la noción del tiempo y de la realidad haciendo el amor con él.

—¿Un club nocturno? ¿Qué club nocturno? –preguntó con voz temblorosa.

—Uno al que vamos a ir esta noche. Es una aventura empresarial de un amigo. La sociedad ateniense decidirá si es un lugar de moda o no.

—No me apetece salir –comentó Alesia, agarrada a la sábana.

—Tus deseos al respecto no tienen importancia. Quiero hacer una aparición pública con mi esposa.

—No voy a vestirme.

—Entonces, te llevaré desnuda –le prometió–. Ha sido decisión tuya. Eres mi esposa y parte de tu papel es tener vida social.

—No tengo ropa...

Sebastien suspiró.

—El día de nuestra boda te transferí una gran suma de dinero, para agregar a tu importante fortuna –le recordó–. Sin duda te has pasado estas dos semanas de compras.

Alesia tragó saliva. No sabía qué decir.

—No... No me he comprado nada.

—No queda un céntimo en tu cuenta –comentó él, mirándola con desconfianza–. Retiraste todo el dinero, mi querida y caliente esposa. Así que no me digas que no has estado gastando, porque no te creo.

—Yo... He comprado varias cosas...

¿Cómo había sido tan ingenua como para pensar que él no se daría cuenta?

Sebastien la miró, incrédulo. Y fue al cuarto ropero que había dentro del dormitorio.

Alesia cerró los ojos. Hubo un largo silencio. Luego Sebastien volvió al dormitorio y agarró nuevamente el teléfono. Dio unas órdenes en griego con tono autoritario.

Alesia decidió que estudiaría griego.

Sebastien debía de haber visto que su ropero estaba vacío. Sin embargo no había dicho una palabra. ¿Qué ocurría?

—Dúchate. Para cuando termines, la ropa ya estará aquí.

—¿Qué ropa?

—La ropa que acabo de pedir que te envíen.

Alesia se marchó al cuarto de baño y, mientras se duchaba, pensó qué excusas podía darle para haberse gastado todo el dinero.

Se miró el cuerpo, por primera vez consciente de él. Era como si Sebastien lo hubiese marcado a fuego con aquel modo de hacerle el amor. Y todo el agua del mundo no borraría el desprecio que sentía por sí misma.

Salió del cuarto de baño y encontró varias prendas colgadas en una percha.

—¿De dónde ha salido esto? —preguntó—. No has tenido tiempo de ir de compras...

—Si eres rico, las tiendas vienen a ti. Pero siendo la nieta de Philipos me extraña que me lo preguntes.

Ella tragó saliva.

Había una selección de cosméticos caros encima de una mesa. Al parecer, pensó Alesia, Sebastián no había dejado nada al azar.

Alesia se acercó al perchero tratando de disimular que no estaba acostumbrada a cosas así. Ella nunca había tenido ni la oportunidad de mirar ropa de aquella calidad y diseño, y menos, de usarla. Impresionada, miró una falda de seda tan corta que era indecente.

–Buena elección –dijo él–. Esa prenda lleva el cartel de «ramera», y como eso es lo que eres, es mejor que lo anuncies.

Ella se dio la vuelta y le respondió:

–Si yo soy una ramera, ¿tú qué eres?

–Un hombre sexualmente satisfecho –se burló él, quitándole la toalla con un solo movimiento.

Ella exclamó, sorprendida, y agarró la toalla, pero él la mantuvo fuera de su alcance, y achicando los ojos miró su cuerpo desnudo.

–Realmente tienes un cuerpo impresionante –murmuró Sebastien, tocándole un pecho.

Los pezones de Alesia inmediatamente se endurecieron y él se rio burlonamente.

–Y tú realmente me deseas, ¿no es verdad? Si tuviéramos tiempo, te llevaría directamente a la cama otra vez, y probaría otra posición contigo.

Ella se puso colorada, intentó volver la cara, pero él se la agarró y la obligó a mirarlo.

–No se te ocurra coquetear con nadie más esta noche. Es posible que seas una ramera, pero eres solo mía. Yo no comparto estas cosas.

Alesia no podía creer lo que estaba escuchando. Ella jamás había coqueteado con nadie, y no pensaba empezar a hacerlo. Por su situación siempre había evitado ese tipo de contacto con los hombres. Había evitado relaciones que fueran más profundas que la amistad.

Sebastien extendió la mano y agarró una blusa del perchero.

–Ponte esto con la falda –le ordenó–. Sin sujetador.

Alesia miró la ropa, escandalizada. Jamás había llevado algo así.

—No puedo ir... sin sujetador. Soy demasiado...

—¿Tienes demasiadas curvas? Mucha gente anda preguntándose por qué me he casado contigo. Mi intención es mostrárselo.

—¿Estás seguro de que no prefieres que vaya en ropa interior? —le preguntó ella, sarcásticamente.

—Esto es más sexy incluso que la ropa interior, créeme.

—¡No puedes hacerme usar esa ropa!

—Estás agotando mi paciencia, Alesia... —le advirtió.

—Bien... —Alesia le quitó la ropa de las manos, recogió los cosméticos y agregó—: Si quieres que todo el mundo se entere de que te has casado con una ramera, es decisión tuya. Anunciémoslo, ¿quieres?

Se metió en el cuarto de baño y cerró la puerta de un portazo.

Capítulo 6

Sebastien miró su reloj y volvió a caminar por el dormitorio de un lado a otro.

Nunca antes había dudado de su juicio, pero había cosas de su esposa que no tenían sentido.

Era heredera de uno de los hombres más ricos de la Tierra, había pedido una cuantiosa suma de dinero el día de su boda, que había desaparecido, y no había señales de que hubiera gastado en nada. Había llevado una existencia de privilegios y no obstante se la había encontrado preparándose la comida vestida con unos vaqueros viejos... Había algo que no cuadraba...

Cuando se había casado con Alesia Philipos había esperado una mujer aburrida, mimada y rica. Lo único que había significado un aliciente había sido su cara, su cuerpo y su aparente deseo de mostrarlo. Lo que no había esperado era aquella complejidad.

Miró la puerta cerrada del baño. Llevaba una hora allí. ¿Qué estaría haciendo?

Finalmente, se abrió el cerrojo. Al contemplar a la chica que salió del cuarto de baño, tuvo que controlarse para no quedarse con la boca abierta.

Estaba espectacular. Atractiva. Hermosa.

Sebastien se reprimió un gruñido de deseo mientras la miraba de arriba abajo con ojos desvergonzados.

No debía haber tenido aquel aspecto con la ropa que él había elegido. Debía haber parecido una prostituta barata. Sin embargo, se las había ingeniado para parecer inocente con una falda más corta que un cinturón. Sus piernas eran larguísimas y hermosas. La blusa dejaba al descubierto parte de su abdomen. Sebastien se quedó sorprendido. Y sintió ganas de quedarse en el dormitorio.

Era una suerte tener un grupo de guardaespaldas, pensó Sebastien. Quería mantener a los hombres alejados de ella.

Sebastien se sorprendió por aquel pensamiento posesivo.

–Has sido tú quien insistió en que me pusiera esto, así que deja de mirarme con esa cara. Y te lo advierto, no estoy acostumbrada a llevar tacones tan altos. Así que, a no ser que quieras que me rompa un tobillo, tendré que agarrarme a tu brazo.

Sorprendido por aquella cándida confesión, Sebastien registró un detalle más que no encajaba.

–No me queda más remedio que agarrarme a ti. Si no, me voy a caer. De no ser así no te tocaría por nada del mundo. Espero que tengas un seguro. Si piso a alguien mientras bailo con estos zapatos, causaré serios daños.

Sebastián la miró y se dio cuenta de que el brillo de inocencia de su cara le venía de dentro. Nada que llevase puesto se lo borraría y la transformaría en una ramera barata, porque ella emanaba clase.

«Una mujer codiciosa, pero muy bien disimulada», pensó Sebastien.

No debía olvidar el motivo por el que ella se había casado con él, se dijo.

Alesia, sentada en el asiento de piel de la limusina, se miró los pies envueltos en zapatos de diseño con una fascinación casi infantil. Casi se le escapó una carcajada, pero la paró a tiempo. Le encantaban los zapatos. Eran sexys y tenían estilo. Y ella nunca había tenido nada frívolo en su vida. Y le encantaba la ropa. Y los cosméticos. Nunca había tenido dinero para gastar en cosméticos. No tenía experiencia en aplicárselos, que era por lo que había tardado tanto en el cuarto de baño.

Se sentía un poco incómoda. Pero también se sentía guapa.

Cruzó las piernas y vio con satisfacción la mirada de deseo de Sebastien al ver parte del muslo.

La deseaba.

Ella resistió la tentación de sonreír y sonreír. La deseaba. Y seis horas en la cama con ella quería decir que no era tan indiferente como intentaba demostrarle.

Un flash la sorprendió y la distrajo de sus pensamientos.

—Paparazzi —maldijo Sebastien—. No los van a dejar entrar en el club. Así que sonríe y no hables.

—¿Por qué los hombres griegos siguen en la edad de piedra? Siempre me dicen que no hable —Alesia agarró su bolso—. No sé si sabes que en la actualidad las mujeres pueden opinar.

Sebastien le agarró el brazo y le impidió bajar del coche.

—Carlo te abrirá la puerta. Eso evitará que la prensa se acerque demasiado. Y para tu información, soy muy moderno en lo concerniente a las mujeres. Puedes hablar cuando quieras. Pero no a la prensa.

«¿Moderno?», reflexionó Alesia. Sebastien no se conocía nada.

Se abrió la puerta del coche antes de que ella pudiera responder. Los hombres de Sebastián los rodearon y los llevaron al club nocturno en medio de una explosión de flashes y fotógrafos pidiéndole que mirase a la cámara. Un fotógrafo se acercó demasiado y uno de los guardaespaldas de Sebastien le impidió el paso.

Alesia miró alrededor, confundida.

—No comprendo por qué están tan interesados en mí de repente.

—Porque me he casado contigo, *agape mou*. Y nuestras familias han estado en guerra durante generaciones. Los periódicos y revistas del corazón están encantados. Nuestras fotos se venderán en todo el mundo por un buen pellizco.

¿La gente iba a pagar por sus fotos?, se preguntó Alesia. No podía comprenderlo.

—¿Cómo ha hecho tu abuelo para mantenerte alejada de la prensa todos estos años?

—Yo... Yo... He llevado una vida muy privada —dijo vagamente.

Los guardaespaldas los rodearon hasta que entraron en el club.

Alesia se quedó sorprendida al ver el lugar. Su ropa no desentonaba.

—Este lugar está lleno de gente que no lleva más que ropa interior —alzó la voz para que Sebastien la escuchase por encima de la música alta.

Sebastien alzó una ceja en respuesta, y sonrió.

—Bailar da mucho calor... —respondió.

Alesia abrió la boca para decir que jamás había estado en un club nocturno, pero se calló a tiempo. Si lo decía iba a levantar sospechas de Sebastien. Aquel se suponía que debía ser su habitat natural.

Alesia estaba fascinada viendo aquella gente bailando, las luces de colores... De pronto sintió ganas de estar en la pista de baile. Quería divertirse.

—Quiero bailar...

—¿Con o sin los zapatos?

Le daba igual. Solo quería moverse.

—Empezaré con los zapatos y luego veremos... —al ver que todavía estaban atrayendo atención, miró alrededor frunciendo el ceño—: ¿La gente no deja nunca de mirar?

—Tú eres la nieta de uno de los hombres más ricos del mundo. Como yo, debes de estar acostumbrada a ello. La gente siempre mira, ya sabes.

Sebastien la llevó a la pista.

La música vibraba. Alesia cerró los ojos y descubrió que le encantaba bailar. Le gustaba el movimiento de su cabello sedoso, el balanceo de su cuerpo moviendo sus caderas al ritmo de la música.

Finalmente la música se hizo más lenta y Sebastien la apretó contra él con gesto posesivo, algo que debió molestarla, pero curiosamente la hizo sonreír.

Era el hombre más atractivo de aquel lugar, y las mujeres no dejaban de mirarlo. Era como un Ferrari en un aparcamiento de bicicletas. Y aquella noche estaba con ella, reflexionó Alesia.

Lo miró y vio al multimillonario, guapo y vibrante, sofisticado de los pies a la cabeza.

Bailaron hasta que les dolieron los pies. Y finalmente ella aceptó descansar y beber algo.

Respondiendo a un impulso, Alesia lo abrazó espontáneamente antes de dejar la pista de baile.

—¡Oh, Sebastien, gracias! —con los ojos brillantes y riendo agregó—: Esto es fantástico. Me lo estoy pasando muy bien —notó que él se ponía rígido y miraba sus mejillas rosadas.

—Te comportas como si nunca hubieras estado en un club nocturno.

—Y así es, quiero decir, no he estado nunca en uno como este —se corrigió.

Sebastien la miró con curiosidad.

Ella sabía que tenía que parecer aburrida, como si se pasara la vida en sitios como aquel, pero simplemente no podía. Tenía demasiada adrenalina en sus venas, demasiada excitación...

–¿Qué? Me estás mirando porque tengo la cara roja, ¿es eso?

–Te estoy mirando porque es la primera vez que te veo sonreír.

–Bueno, me lo estoy pasando bien –dijo ella. Miró la pista y, olvidando sus defensas, agregó–: ¿Crees que...?

–No –Sebastien le agarró la mano y la llevó a una mesa–. No podríamos. Necesito beber algo.

Alesia se dio cuenta de que le dolían los pies y los puso encima de una silla. Se sentía cansada y ridículamente feliz. Estaba descubriendo una parte nueva de sí misma. Siempre había pensado que era diferente a otras chicas. Que no le gustaba la ropa de fiesta, ni las cosas que les gustaban a otras mujeres. Y lo cierto era que le encantaban. Por primera vez podía ser indulgente consigo misma y divertirse.

–¡Sebastien! ¡Has venido! –exclamó una mujer con un vestido escotado, mientras se acercaba a su mesa–. ¡Cuánto me alegro!

–Ariadne –Sebastien se puso de pie y le dio un beso en cada mejilla a la mujer–. Es estupendo. Creo que el lugar será todo un éxito.

La mujer miró satisfecha hacia la pista de baile.

–Cautivador, ¿no? Y estiloso. Ya hemos tenido que restringir la entrada –agarró el brazo de Sebastien posesivamente. Sus uñas rojas brillaron como una advertencia–. Me alegro de que hayas venido. Te he reservado la mejor mesa.

–Gracias –dijo Sebastien, mirando los labios rojos de la mujer.

–Realmente necesito tu consejo para los negocios –Ariadne se sentó al lado de Sebastien, sin mirar a Alesia–. Hemos tenido algunos problemas y es posible que necesite tus influencias –Ariadne bajó la voz y se acercó más a él, rodeándole el cuello con un brazo, como para que la conversación pudiera mantenerse en privado.

Al ver aquello, Alesia pareció perder la alegría. Era evidente que la relación con aquella mujer era algo más que amistad. ¿Sería alguna de sus amantes? Y si era así, ¿sería una amante del pasado o del presente? La idea de que compartiera con otra mujer lo que compartía con ella le dio náuseas. Si le había parecido que para él lo que habían compartido solo era sexo, ahora tenía la prueba. Y lo que era peor, la mujer ni la había mirado. Como si ella no existiera.

Se puso triste y bebió varios sorbos de su copa, esperando ser incluida en la conversación, que Sebastien las presentase... Pero la mujer parecía excluir a Alesia a propósito. Y Sebastien se mostraba cómodo con aquello.

Alesia notó las miradas de la gente. Era normal. Se suponía que estaban recién casados y él parecía haber olvidado su existencia.

Ignorada y abandonada, Alesia empezó a enfadarse.

¿Por qué iba a quedarse a un lado, fingiendo ser invisible?

Sin mirarlos, se puso de pie y, agarrándose a la mesa para recuperar el equilibrio, decidió ir en dirección a la pista.

Una vez más la música le llegó al alma y ella flotó envuelta en el ritmo, dejando que su cuerpo lo siguiera.

A los pocos minutos, un hombre alto se acercó a ella y bailó. Era agradable estar bailando con alguien. Ella sonrió y acopló sus movimientos a los de él. No importaba nada en aquel momento, se dijo. Solo quería divertirse.

Bajó las pestañas en silenciosa invitación y se acercó más al hombre.

Pero entonces sintió unos dedos en el hombro, que con

gesto posesivo la llevaban nuevamente a la mesa. Ella perdió el equilibrio y casi se cayó. Pero él la sujetó. Alesia alzó la mirada y se encontró con unos ojos negros. Sebastien le dijo algo en griego al hombre que estaba bailando con ella, y aunque Alesia no entendió nada, el tono fue amenazador. El hombre miró a Sebastien y se esfumó entre la gente.

–¡Qué cobarde! ¡Podría haberse quedado hasta que terminase el baile!

–Ha sido sensato –Sebastien la miró con fuego en los ojos–. Estamos en un lugar público. Y se supone que tú no debes ser parte del entretenimiento. Si quieres bailar, baila conmigo.

Ella lo miró y dijo:

–Estabas ocupado.

–Entonces has debido esperar.

–¿A qué? ¿A que te cansaras de esa mujer?

–Esa mujer es la dueña de este club –la miró achicando los ojos–. Ella es la razón por la que hemos venido esta noche. Necesitaba mi consejo.

–No me tomes por estúpida –exclamó ella acaloradamente–. Estaba encima de ti. Si tú puedes seducir a otras mujeres en público, yo puedo bailar con quien me apetezca.

Sebastien le agarró la mano. Ella se estremeció al sentir su calor.

–Vuelve a coquetear con otro, y te enterarás de lo que es estar casada con un griego.

Con el corazón latiendo aceleradamente y las rodillas temblando, Alesia lo miró, impotente. Hizo un gesto de disgusto. Intentó soltarse, pero él la sujetó más firmemente.

Pensando en que Sebastien se había pasado casi toda la noche con otra mujer, Alesia apretó los dientes y dijo:

–Ya sé cómo es estar casada con un griego, Sebastien. Se sufre una gran soledad y frustración. Te casaste conmigo y desapareciste durante quince días sin decirme nada. Luego vuelves y sales conmigo una noche y te pones a coquetear con otra mujer. Te odio.

Y lo que más odiaba era que él le importaba.

—Yo no estaba coqueteando —dijo él.

—Sí lo estabas haciendo. No dejabas de mirarla, y ella no dejaba de tocarte y tú te has olvidado completamente de que yo estaba allí. Bueno, ¡me niego a que me ignores! Tú has querido traerme aquí, y luego has sido un grosero. Y lo peor es que todo el mundo nos estaba mirando —de pronto ella se sintió mareada y se agarró a él para sujetarse—. Y ahora estoy un poco mareada.

—¿Has bebido?

—Nunca bebo.

—Te has bebido la copa de un trago.

—Tenía sed.

—Entonces debiste beber agua —comentó él agarrándola firmemente—. Para tu información, el alcohol no es lo mejor para quitar la sed.

Ella apoyó la frente en el pecho de Sebastien y deseó que la habitación dejase de girar.

—Lo único que he bebido es la limonada que tú me has dado. Es posible que esté mareada de dar vueltas. Ese hombre era muy buen bailarín.

—La bebida era vodka con un poco de limón —dijo él—. Y creo que no se te puede dejar más de cinco minutos sola. Eres como una niña en su primera fiesta.

—Y tú eres horrible —lo miró—. Me haces todas esas cosas en la cama, y luego te marchas y no me dices nada agradable. Ni una sola cosa. No comprendo por qué las mujeres piensan que eres tan fabuloso. Haces cosas sin sentido... Y no creo que pueda seguir fingiendo que soy la persona que crees que soy. Es agotador.

Sebastien se quedó petrificado.

—Repite lo que has dicho...

Hubo algo en su tono que a Alesia le advirtió de que no iba por buen camino. Pero su cabeza estaba confusa para deducir qué era.

—No me dices nunca nada agradable cuando estamos en la cama... –repitió.

—Esa parte, no. La otra... La de que no eres capaz de seguir fingiendo...

—Bueno, no soy esa estúpida heredera descerebrada que tú piensas... Y sinceramente, es una lucha fingir que lo soy –respondió–. Jamás he usado un vestido de diseño en mi vida. Nunca he tenido tiempo de ir a fiestas, y tú crees que soy una especie de prostituta, y ni siquiera... –ella se quedó callada.

Sebastien alzó una ceja.

—¿Y? –la animó a seguir–. ¿Ni siquiera...?

El efecto del alcohol se le estaba pasando y tuvo el presentimiento de que había dicho algo que no debía decir, pero no sabía exactamente qué. Lo único que quería era dormir.

—Bueno, no soy una prostituta –repitió–. Aunque me gusta la ropa que llevan. Salvo que los zapatos me hacen daño –volvió a apoyar la cabeza en el hombro de Sebastien.

Entonces oyó jurar a Sebastien, y después sintió que él la levantaba en brazos.

—Hueles tan bien –dijo ella–. Pero no volveré a la cama contigo hasta que aprendas a decir algo agradable. Me haces sentir muy mal.

Él no contestó, pero ella notó que su mandíbula se tensaba y que daba pasos más largos.

Sintió el aire frío en las piernas al salir del club. Luego Sebastien la dejó en el asiento del coche. Se sentó a su lado y le dio instrucciones en griego al chófer.

Alesia se acurrucó en el asiento como si fuera un bebé.

—No voy a volver a bailar. El mundo da vueltas sin parar...

—Eso es el efecto del alcohol, no del baile. Y no puedo creer que hayas llegado a los veintidós años sin saber qué se siente al emborracharse.

—He llegado a los veintidós años sin conocer muchas cosas —le confesó ella, soñolienta—. Estas semanas he vivido muchas experiencias nuevas. Algunas buenas y otras malas. Lo peor es que tú...

—«... no me digas cosas agradables en la cama» —dijo él—. Me lo has dicho varias veces. He comprendido el mensaje.

Alesia lo miró.

—En realidad iba a decir «has coqueteado con otra mujer» —dijo mirando sus facciones duras—. Pero me gustan los zapatos y la ropa. Y bailar ha sido estupendo... Quiero que me vuelvas a traer. Quizás mañana.

Sebastien la miró achicando los ojos:

—Mañana, tengo otros planes para ti.

Alesia gruñó. De momento solo quería dormir.

—Bueno, supongo que por la mañana te habrás ido, como siempre...

—Esta vez, no —murmuró él—. Voy a llegar hasta el fondo de la persona que eres, *agape mou*. Mañana tú y yo vamos a empezar a conocernos realmente.

Alesia se despertó con dolor de cabeza.

—Bebe esto —le dijo Sebastien.

—No puedo beber cualquier cosa...

—Te ayudará —Sebastien deslizó un brazo por debajo de sus hombros, la levantó y le dio el vaso.

—Sabe mal —dijo ella al probarlo.

—Créeme, te ayudará.

Ella bebió. Esperó a que su estómago dejara de protestar y agregó:

–Tienes razón, me siento mejor.

–Bien. Porque tienes menos de una hora para prepararte –Sebastien se incorporó y ella se dio cuenta de que estaba vestido y calzado.

–No más clubes nocturnos –le dijo ella.

–Es la hora de comer –le hizo señas hacia la ventana–. Así que no habrá clubes nocturnos. No suelen abrir hasta la medianoche. No lo sabes, ¿verdad? Puesto que no has estado nunca en ninguno, ¿no?

Ella notó algo en su tono de voz. No recordaba casi nada de la noche anterior.

–Yo... No he dicho exactamente que no había estado en un club nocturno...

–Sí, lo has dicho. Además de otras cosas, que no veo la hora de explorar con más detalle –Sebastien miró su reloj–. Tengo que hacer unas llamadas importantes antes de marcharnos. Aprovecha para ducharte mientras, pero no te vuelvas a dormir. Mi piloto nos recogerá en menos de una hora.

–¿Tu piloto? –ella se volvió a sentir mareada.

–Exacto –él abrió la puerta–. Nos vamos de luna de miel. Mejor tarde que nunca...

–¿De luna de miel? Si no íbamos a tener luna de miel... Me dijiste que no querías pasar mucho tiempo conmigo.

–Eso fue porque pensé que una sola noche contigo sería suficiente. Me he equivocado. Lo he intentado todo: duchas de agua fría, evitar verte... Pero no me ha servido de nada. Así que intentaremos un acercamiento diferente.

Ella se quedó con la boca abierta.

–¿Has intentado evitarme? ¿Es por eso que has desaparecido durante dos semanas?

–Sí, pero no ha funcionado. He aceptado las cosas tal cual son. Estamos casados. Es normal que pasemos tiempo juntos, y yo necesito cansarme de ti.

–¿Y cómo vas a hacerlo?

–Acostándome contigo interminablemente, *agape mou* –sonrió él–. Dentro de una hora nos marcharemos a una isla privada donde estaremos solo tú y yo. Así que no te molestes en hacer el equipaje. No necesitarás ni ropa interior.

Capítulo 7

Estaban volando sobre el mar. ¿Grecia no era más que mar?, se preguntó ella.

–Puedes abrir los ojos –le dijo él–. Aterrizaremos en menos de cinco minutos.

Alesia siguió con los ojos cerrados. No estaba interesada en el paisaje. El mar la aterraba.

–¡Dios mío! ¡Estás blanca como una hoja! ¿Es esto consecuencia de la noche pasada también?

Ella no podía hablar, por la lucha interna que tenía con el miedo al mar.

Hubo un momento de silencio, y luego unos dedos le agarraron la mano fría.

–Ahora recuerdo que el día que te conocí estabas igual de pálida. No sabía que te daba tanto miedo volar... Perdóname, la próxima vez iremos en barco. El viaje se hace más largo, pero será más cómodo para ti.

Ella se sorprendió porque Sebastien parecía sensible a sus sentimientos.

¿Debería confesarle que lo que le daba miedo era el agua y no volar?

–No me mires así. Todos tenemos una debilidad. Es casi un alivio saber que tienes algo que no sea codicia. Puedes relajarte ahora. Hemos aterrizado. Bienvenida a mi escondite.

Alesia recordó lo cerca que estaba el helipuerto de la isla del mar y sintió pánico.

–Sigues muy pálida. Deberías acostarte un rato antes de cenar. ¿O prefieres nadar?

–Quizás más tarde –ella no supo qué decir.

–Después de unos días en Atenas la gente no puede resistir la tentación de zambullirse en el mar –la miró–. Pero hay tiempo de sobra. No tengo prisa en volver a la ciudad.

Alesia disimuló su sorpresa al oírlo.

¿Cuánto tiempo pensaba quedarse?

–Estás muy tensa, y el objetivo de este viaje es que te relajes. Aquí no hay otra cosa que hacer que relajarse. Aunque debes de estar cansada después de anoche.

Ella lo miró, confundida. ¿Por qué era amable con ella?, se preguntó.

–Estoy cansada. Tienes razón.

–Échate un rato antes de cenar...

Entraron en la mansión y Alesia miró, impresionada, a su alrededor. La primera vez que había estado allí, no había entrado en la casa.

–Es hermosa...

–La diseñó mi primo. Tiene un negocio de decoración de interiores. También es responsable de los cuadros.

–¡Tiene mucho talento! –descubrió un piano y exclamó–: ¡Oh!

–¿Tocas el piano? –le preguntó él siguiendo la dirección de su mirada.

–Sí –Alesia se acercó al piano y lo acarició.

–Siéntete como en tu casa –le dijo Sebastien haciéndole un gesto hacia el instrumento.

Ella se puso colorada.

–No... Yo no... Bueno...

–¿Que no qué? ¿Que no quieres que sepa nada de ti? ¿Es

eso lo que te ha dicho tu abuelo que hagas? ¿Que escondas la persona que eres?

Ella lo miró, consternada.

—Yo...

—Estamos casados ahora. El acuerdo está firmado y sellado. Nada de lo que digas o hagas cambiará eso. Es hora de que te relajes y seas tú misma.

—Soy yo misma.

—No. Vuelves a ser la versión callada de ti misma. Anoche, tuve la impresión de que he tenido un atisbo de la persona que eres realmente.

—Bebí demasiado...

—Y claramente eso bajó tus inhibiciones como para revelar tu verdadera personalidad —dijo él con simpatía—. He descubierto anoche que mi gatita tiene uñas.

—Me irritaste —dijo ella, poniéndose colorada.

—Un lapsus que no volverá a suceder —Sebastien tiró de ella y la abrazó—. He descubierto que mi esposa tiene personalidad, algo que creo que ha ocultado por obedecer las órdenes de su abuelo.

—Yo... —Alesia tragó saliva.

—Desde ahora en adelante, quiero que seas tú misma —le ordenó—. Quiero saber todo sobre ti. Sin secretos.

Alesia cerró los ojos. Él aún pensaba que su madre estaba muerta, que había muerto con su padre... Y que su abuelo la quería...

Si se enteraba de cuánto le había mentido, se pondría furioso.

En algún momento se enteraría, y ella temía su ira.

—Necesito echarme un rato...

—No volverás a beber... —prometió Sebastien.

La llevó al dormitorio principal.

Era tan impresionante como todo lo demás.

—Es fabuloso... —comentó Alesia.

Y era muy silencioso.

—¿Dónde están los demás?

—¿Los demás? —repitió él.

—Tú generalmente tienes empleados...

—Este es mi refugio. No lo sería si lo llenase de empleados, ¿no crees? Aquí vengo a olvidarme de mis responsabilidades de empresario.

Ella lo miró.

—¿Estamos solos aquí?

—Solos completamente.

Ella se dio cuenta de su tono sensual. Recordó que la pasada noche había estado coqueteando con otra mujer y levantó la barbilla, en un gesto desafiante.

—¿Quién cocina, entonces?

—A veces yo, a veces otros... Un barco trae productos frescos todos los días, y hay huerta en la mansión.

—¿Cocinas tú? —ella se quedó con la boca abierta—. Si los hombres griegos no cocinan nunca...

—Suelo venir aquí solo, así que tenía que aprender a cocinar o me moría de hambre...

Alesia lo miró, confundida, pensando que tal vez no lo conocía bien. Pero no era de extrañar, llevaban poco tiempo juntos. Y no habían compartido casi nada, aparte de la cama.

Sebastien se acercó a las puertas de cristal y las abrió.

—Descansa un rato. Yo estaré en la terraza, si necesitas algo.

Alesia esperó a que se marchase para desvestirse.

Se acostó en ropa interior. Tenía sueño. Su cabeza aún le dolía por la falta de sueño y el alcohol.

Se quedó dormida.

Cuando se despertó se sintió culpable. ¿Cuánto había dormido? Mucho.

Y Sebastien no estaba por allí.

Se levantó y buscó los vaqueros.

–Los he tirado –le dijo una voz masculina.

–¡Me has asustado! –Alesia se tapó rápidamente con la sábana.

–No estamos más que nosotros en la isla, ¿por qué te asustas? Y no hace falta que muestres ese pudor, *agape mou*. No me importa que andes desnuda.

–Bueno, a mí sí me importa. ¿Y qué quieres decir con que has tirado mis vaqueros? Me has dicho que no traiga equipaje. La única ropa que tengo es la que tenía puesta antes.

–No los vas a volver a usar –le dijo él. Se había puesto unos pantalones de lino, y tenía las mangas de la camisa enrolladas por encima de los brazos cubiertos de oscuro vello–. Como parece que no te has comprado nada para usar en clima caluroso, me he tomado la libertad de comprarte un ropero adecuado.

–¿Un ropero? –preguntó ella agarrándose a la sábana.

Él sabía que ella no se había comprado nada; y no era estúpido.

–No estás acostumbrada a ir de compras, ¿verdad? –Sebastien fue al cuarto ropero y volvió con una túnica de seda azul–. Algo extraño en alguien que necesita una suma de dinero tan grande para mantener su estilo de vida.

Alesia se quedó helada. Y no se le ocurrió nada que decir.

–Vístete –le ordenó él–. Luego ven a la terraza. Cenaremos y charlaremos.

Alesia sintió un escalofrío ante la idea de charlar con él.

Tocó el bonito vestido.

De pronto, Sebastien parecía dispuesto a conocerla, y eso sería un problema para ella.

***

Sebastien esperó a su esposa en la terraza, mirando la piscina. Evidentemente, su esposa tenía personalidad. Era la primera vez que se sentía confundido por una mujer. Ella se salía totalmente del patrón.

Su reacción ante la ropa de diseño que le había comprado para ir al club nocturno había sido la de una persona que nunca se hubiera puesto algo así. Ninguna mujer de las que había conocido había reaccionado con semejante entusiasmo. Alesia había reaccionado como una criatura que descubre el placer de vestirse y arreglarse. Lo desconcertaba con aquellas reacciones tan poco propias de la heredera de Philipos.

Y también estaba un poco sorprendido de su reacción con ella. Nunca se había sentido tan descontrolado con una mujer. Parecía no poder saciarse de ella sexualmente, algo extraño en él, que terminaba aburriéndose fácilmente de sus acompañantes femeninas.

Y la noche del club nocturno, había tenido que controlarse para no darle un puñetazo al hombre que se había puesto a bailar con ella.

Su cuerpo se incendiaba con solo recordarla... Y tenía un sorprendente sentimiento posesivo hacia ella.

Vestida con aquel atuendo de seda que debía de haber costado una fortuna, Alesia salió a la terraza.

Se sorprendió ante lo que vio. La mesa estaba puesta. Unas velas ardían en la oscuridad y el aire olía a verano y calor. Y sabía que Sebastien lo había preparado para ella.

–¿Quieres beber algo? –le ofreció él.

–No sé si debo... –Alesia aceptó la copa.

–No es alcohol. No soy tan estúpido. Aunque debo admitir que te transformas bajo la influencia del alcohol.

–Me ha gustado bailar... –ella se puso colorada.

–Lo he observado. Quiero saber por qué anoche ha sido tu primera salida a un club nocturno. Quiero saber por qué no has ido de compras...

Ella buscó inspiración.

–¿Siempre te gastas todo lo que ganas?

–No... –él sonrió.

–Por eso. No sé por qué crees que el dinero es solo para ir de tiendas...

–Quizás porque suele ser así para las mujeres. Pero tú me estás enseñando que las mujeres son más complicadas de lo que pensaba –hizo una seña hacia la mesa–. Sentémonos... –dijo él con cortesía, algo nuevo para ella.

–¿Has cocinado tú?

–No exactamente. Debo confesar que la mayoría de los platos los compro preparados.

–Tienen buen aspecto –ella se inclinó y miró uno de los platos–. Jannis también prepara esta comida. Es mi favorita.

–¿Quién es Jannis? –le preguntó Sebastien con desconfianza.

–Jannis es tu chef.

–Claro...

–Me ha enseñado a preparar platos griegos. Me gusta...

Le gustaba cocinar, y era estupendo no tener que pensar en el gasto de los ingredientes, pensó ella.

–¿De qué otra manera has estado pasando el tiempo en mi ausencia? –preguntó él.

–He explorado Atenas.

–¿Y? ¿Te ha gustado?

–Es una ciudad fascinante.

–¿Cómo es que no has estado antes en Atenas? Tu abuelo tiene una casa cerca de la mía. Tienes que haber estado allí.

–Yo... No. Solo he estado en su casa de Corfú –tomó la

iniciativa y empezó a hacerle preguntas a él–: ¿Y tú? Sé que tienes varias casas.

–Sí, tengo varias casas, *agape mou*. Pero un solo hogar. Este –se quedó callado un momento, mirando el mar–. El hogar es un sitio donde puedes ser tú mismo. Un lugar privado, donde no tienes que darle cuentas a nadie.

–Pero tú eres rico. Tú no tienes que rendir cuentas a nadie...

–Dirijo una empresa muy complicada, que maneja millones de dólares. Y hay días que pareciera que tengo que rendir cuentas al mundo entero. Las decisiones que tomo repercuten en mucha gente, en los empleados, en su vida...

¿Y eso le importaba a él?, se preguntó Alesia.

–Mi abuelo ha dejado a mucha gente sin trabajo...

Sebastien se puso serio.

–Y esa gente tiene familias y responsabilidades. El echar a la gente es el resultado de una mala organización y de planear mal todo. Si contemplas el futuro puedes anticipar los movimientos del mercado y reaccionar a tiempo. Mi empresa nunca ha tenido que echar gente.

–Sin embargo tienes la misma fama de empresario despiadado que mi abuelo...

–Bueno, no soy blando, *agape mou*. Yo recompenso justamente a la gente, y a cambio espero de ellos que trabajen duro. Es una fórmula muy simple.

–He leído que cuando terminaste la universidad no te uniste a la empresa de tu padre –comentó ella.

–No es agradable meterse en el terreno de otro. Yo quería demostrarme que podía valerme por mí mismo.

–¿Y entonces creaste tu propio negocio?

–El negocio de mi padre es muy tradicional –le explicó él–. Yo quería probar otras cosas, así que desarrollé softwares para ordenadores con un amigo de la universidad y se lo vendimos a empresas. En el primer año hicimos cincuenta millones de dólares de ganancia. Mantuvimos la empresa durante varios años y luego la vendimos. Para entonces yo ya estaba dispuesto a unirme a la empresa de mi padre. Y ya está bien de hablar de mí. Quiero saber de ti. He oído hablar de internados ingleses...

Alesia sonrió y se sirvió más comida.

—En realidad, me encantaba.

Había sido el único hogar que había tenido.

—¿Es cierto que estuviste allí desde los siete años?

—Sí.

—Es una edad muy temprana...

Pero ella no había tenido un hogar. Su padre había muerto. Su madre estaba gravemente enferma. Y su abuelo la había desheredado.

—A mí me gustaba...

—¿Nunca te has sentido tentada de vivir con tu abuelo?

Ella casi se rio.

—Yo me lo pasé bien en el colegio.

—¿Y luego fuiste a la universidad directamente?

—Estudié Música y Francés.

Sebastien le sirvió el plato por tercera vez.

—Tienes mucho apetito... —sonrió él.

Ella estuvo tentada de decir que nunca había visto tanta comida en su vida, pero se reprimió a tiempo.

—Me encanta la comida griega —sonrió ella.

—Me alegro de que te guste —respondió él.

Se echó hacia atrás y le hizo preguntas acerca de sus cursos de música y cuando ella terminó de comer le sugirió:

—Quiero que toques el piano, *pethi mou*. Un concierto para mí solo...

Se miraron un momento, y ella se olvidó del piano. El deseo la envolvió con un calor intenso.

Sebastien asintió como si comprendiera y le dijo:

—Más tarde. Ahora quiero que toques para mí.

Alesia se sentó al piano. Se quedó mirando las teclas un momento.

Y luego empezó a tocar. Primero Chopin, luego Mozart, Beethoven y finalmente Rachmaninov. Sus dedos volaban sobre el teclado. Hasta que la pieza final terminó y sus manos cayeron en su regazo.

Siguió el silencio.

—Ha sido impresionante. No sabía que tocabas tan bien. ¿Cómo es que no ganas millones en recitales públicos?

—No soy famosa...

—Pero podrías serlo...

—No lo creo... —ella desvió la mirada, incómoda y contenta de que a él le hubiera gustado su interpretación.

—Has terminado tus estudios, ¿y ahora qué? ¿Qué planes tenías antes de aceptar este matrimonio?

—No lo había pensado...

—Tu abuelo no me comentó nada sobre tu talento...

Alesia apretó los dedos.

—No creo que mi abuelo esté interesado en la música.

—Me encanta cómo tocas —le dijo Sebastien seductoramente, haciéndola poner de pie y agarrándole la cara con las manos—. Eres muy apasionada y sensible... Y eso te hace muy excitante en la cama.

—Sebastien... —ella se puso colorada.

—Y me encanta que te pongas colorada tan fácilmente —murmuró Sebastien bajando la cabeza y besándola.

Fue un beso que la excitó de los pies a la cabeza. Alesia gimió y se apretó contra él. Sebastien le susurró algo en griego y la levantó en brazos.

Siempre lo hacía, pensó ella, mareada aún del beso y con los miembros temblando de deseo.

Sebastien la dejó en medio de la cama.

—Nunca me sacio de ti —gimió él, bajándole los tirantes del vestido y dándole un ardiente beso en el hombro—. No nos vamos a ir de esta isla hasta que por lo menos pueda estar en una reunión de negocios sin pensar en ti.

Ella recordó que se había dicho que no lo iba a dejar hacer aquello otra vez. Pero los dedos maestros de Sebastien la desnudaron y su boca acarició uno de sus pezones, y Alesia se olvidó de todo, entregada a aquel placer tan intenso, mientras susurraba su nombre.

—Ninguna mujer me ha excitado tanto como tú —dijo él mientras acariciaba su cuerpo—. Es muy difícil refrenarse...

—Entonces, no lo hagas...

—No quiero hacerte daño...

Ella cerró los ojos, tratando de controlar el deseo. Pero su cuerpo se derretía por él.

—Sebastien, por favor...

Sebastien hizo un sonido gutural y giró con ella hasta ponerla debajo con un suave movimiento. Él se colocó entre sus piernas antes de volver a besarla y la hizo suya.

Ella sintió un calor dentro. Lo sintió fuerte y profundamente. Gimió, abandonada a aquella sensación; y él la acalló nuevamente con su boca.

Él se adentró en ella con poderosos empujes. Hasta que ambos llegaron al punto más alto del placer y se desmoronaron.

Después de hacerlo, Alesia se quedó con los ojos cerrados, esperando que él la soltara. Pero no lo hizo. Rodó con ella y la puso encima. Le acarició el cabello despeinado, y lo apartó de sus mejillas encendidas.

—Ha sido increíble... —comentó, mirándole la cara—. Eres increíble. Podemos hacer que este matrimonio funcione, Alesia.

Ella tragó saliva.

—¿Porque el sexo es bueno?

—No solo por eso, pero por supuesto esa es una razón. Cada vez descubro más cosas de ti. Y me gustan...

Consumida por la culpa, Alesia quiso apartarse de él, pero Sebastien no la dejó.

—No, esta vez no voy a marcharme. Ni te diré nada horrible. Vamos a pasar la noche juntos. En la misma cama. Pienso que los niños se merecen padres felices juntos —le dio un beso suave en la boca—. Y yo creo que nosotros podemos ser felices juntos.

Ella volvió a sentirse culpable. No podía darle hijos, y cuando él lo supiera... ¿Cómo podía decírselo?

—Crees que soy una mujer interesada en tu dinero...

—Al menos, has sido sincera en eso. Yo respeto la sinceridad. Y lo que compartimos en la cama no tiene nada que ver con el dinero, *agape mou*...

Alesia cerró los ojos, aterrada con la idea de que él descubriese la verdad.

Pero ¿tenía que enterarse? Al fin y al cabo, no era la primera mujer que no podía tener hijos. Quizás no se enterase de que ella lo había sabido siempre.

Capítulo 8

La semana que siguió fue la más feliz de Alesia. Pasaron las noches y parte del día haciendo el amor; charlaron y compartieron comidas en la terraza frente a la arena. Alesia descubrió que amaba Grecia, incluso la constante vista del mar no podía estropear la sensación de despertarse con el sol.

Y también descubrió que le encantaba hablar con Sebastien. Era una compañía muy agradable. Y por primera vez experimentó lo que era estar íntimamente con alguien.

Sebastien era una persona muy aguda, con una mente brillante y muy buen sentido del humor. Era encantador.

En la isla habían construido un nido que los protegía de la realidad.

Una semana después, una mañana ella se quedó en la cama hasta tarde y él entró en la habitación.

–Lo siento, no me podía despertar esta mañana.

–Eso es por lo de anoche.

Ella recordó la pasión y sintió un cosquilleo.

–Enseguida me levanto... –dijo, aunque deseó pasar el día con él en la cama.

–Me siento culpable por haberte tenido toda la semana aquí, y ni siquiera has nadado en la piscina –le dijo él–. Te he tenido atada a la cama, y eso no es justo –Sebastien la miró a los ojos y la levantó en brazos.

La llevó corriendo a la terraza. Alesia tardó en darse cuenta de lo que quería hacer.

Y cuando se dio cuenta fue demasiado tarde, porque él ya la había tirado a la piscina.

Sebastien estaba preocupado mirando la cara pálida de Alesia.

–Ha sido un shock –dijo el médico–. Físicamente, está bien. Ha tragado un poco de agua, así que es posible que esté mareada, pero aparte de eso, no habrá efectos. Mentalmente es otro tema. Me da la impresión de que sufre fobia al agua. No ha sido buena idea tirarla a la piscina.

Sebastien jamás se había sentido tan culpable como aquel día.

Acompañó al médico a la plataforma donde lo esperaba un helicóptero.

–¿Está seguro de que no es necesario que volvamos a Atenas? –preguntó Sebastien.

–Lo que necesita es descansar –el médico le dio el maletín al piloto y miró a Sebastien–. Creo que es mejor que se quede aquí esta noche, dele tiempo para que se recupere del shock. Y mañana, cuando ella se sienta mejor, regresen.

Cuando se fue el médico, Sebastien deslizó un brazo por debajo de los hombros de Alesia y le ofreció coñac.

–Bebe...

Ella sorbió, y tosió.

–Es horrible.

–Es un coñac muy bueno. Todavía estás bajo el efecto del shock. Por favor, bebe.

Ella obedeció.

–Lo siento... –dijo ella.

–No, el que debe disculparse soy yo... Pero ¿cómo no me has dicho que no sabes nadar?

—Ni me acerco al agua.

—No me di cuenta de que le tenías miedo.

—Ahora ya no importa –contestó ella.

—¡No sé qué haría para que dejes de temblar! –exclamó él.

—Lo siento...

—Deja de decir eso. Yo soy el que lo siente, pero tú debiste decirme lo que sentías. Aquel primer día que tenías tanto miedo, creí que te daba miedo volar. Pero era el agua, ¿no?

Ella asintió.

—Soy una estúpida...

—No, solo estás reaccionando a algo que te pasó en el pasado. Y quiero saber qué es.

Hubo un breve silencio.

—Yo estaba en un barco...

—¿Qué barco? –preguntó Sebastien, poniéndose tenso.

—El barco de tu padre. El día que explotó. Yo estaba allí –dijo finalmente Alesia–. Y casi me ahogo...

Sebastien se quedó helado ante aquella confesión.

—No es verdad. No había niños invitados aquel día.

—A mí no me invitaron –respondió Alesia–. Solo subí a bordo un momento antes de la explosión. Se suponía que yo me iba a quedar en Atenas, en el hotel, con una niñera. Pero yo estaba desesperada por mostrarle a mi madre una muñeca nueva que me habían regalado.

Los recuerdos asaltaron la mente de Sebastien... Un niño pequeño muy herido...

—¿Estabas a bordo cuando el barco explotó?

—Apenas estuve en él. Y mis padres no sabían que yo había llegado –tragó saliva–. No recuerdo mucho, para serte sincera. Tenía solo siete años. Solo recuerdo estar un minuto de pie en la escalerilla de entrada y luego que alguien me arrojaba al agua. Había agua por todas partes. No podía respirar... Tenía mucho dolor... Y luego todo se oscureció.

–Alguien te rescató... ¿Sabes quién?
–No –sonrió débilmente Alesia–. Era un empleado.
–¿Eras la única niña en el barco aquel día?
–Sí, supongo...
–¡Dios mío! No sabía... –Sebastien se pasó la mano nerviosamente por el pelo.
–¿No sabías qué? ¿Qué importa ahora?
–¿Estabas herida? Y perdiste a tus padres...
–Ahora estoy bien –ella desvió la mirada, al sentirse culpable por no contarle toda la verdad.

Sebastien la miró fijamente.

–¿Sebastien, qué ocurre?

Sebastien la miró frunciendo el ceño. Tenía la intuición de que no le estaba diciendo toda la verdad. Pero ¿por qué iba a mentirle después de haber confesado aquello?

–¿Sebastien?
–¿Qué?
–¿Podemos irnos a la cama, simplemente?

Sebastien la alzó en brazos.

–Podría caminar...
–Quizás sea mejor que no –la dejó encima de la cama.
–¿Vas a venir tú también?
–¿Quieres que lo haga? Yo te tiré al agua...
–No lo sabías... –dijo ella con una sonrisa.
–Pero ahora lo sé, y de ahora en adelante nada volverá a hacerte daño, *agape mou* –le prometió Sebastien desvistiéndose y acostándose a su lado.

La abrazó fuertemente.

–Es agradable –murmuró ella.

Sebastien descubrió lo que era tener sentimientos de protección hacia alguien, y se quedó quieto, temiendo que si se movía ella volviera a temblar.

No era extraño que Alesia odiase a su familia, pensó Sebastien. Y no se extrañaba de que Dimitrios Philipos culpase a la familia Fiorukis de todo. No solo se había muerto en su yate su único hijo, sino que también su esposa. Y el resto de la familia, su preciada nieta, había resultado herida.

¿Sería por eso que la había educado en Inglaterra?, se preguntó.

Evidentemente, había juzgado mal a Dimitrios Philipos, reflexionó, quitando un mechón de pelo de la cara de Alesia, y notando con alivio que iba recuperando el color.

Con la unión entre ellos, se estaría curando una herida para las dos familias.

Y una vez que Alesia se curase de su fobia, serían un verdadero matrimonio. Una verdadera familia.

Alesia intentó concentrarse en la conversación de Sebastien para olvidarse de que estaban volando sobre el mar. Se sentía conmovida por la ternura y cuidados que le dispensaba él.

Se alegraba de haberle contado a Sebastien el episodio del barco. En cierto modo, le había revelado una parte importante de su vida. Estaban muy unidos, y ella sabía que lo amaba con una pasión desesperada.

Por primera vez se sentía feliz en su vida. Y no dejaría que nada enturbiase esa felicidad.

Cuando estaban aterrizando sonó el teléfono móvil de Sebastien.

–Se terminó la paz... –comentó.

Alesia sonrió. No le importaba que atendiera sus negocios.

Cuando Sebastien terminó de hablar, Alesia notó una expresión extraña en su rostro y preguntó:

–¿Qué sucede? –se relajó al ver que estaban en tierra.

–De la oficina... Hay un problema...

—Entonces, debes marcharte...

—No quiero dejarte. Ayer estuviste muy mal, y yo me siento responsable.

Alesia sonrió. Era una novedad para ella que alguien se preocupase por su estado.

—Estoy bien –le dijo–. Descansaré y esperaré a que vuelvas a casa.

—No tardaré. Si te sientes mal, llámame al móvil.

—No sé el número.

Él se sorprendió de que hasta entonces ella no hubiera tenido modo de comunicarse con él.

—Te conseguiré un móvil y te meteré mi número. Al menor problema, quiero que me llames.

Reacio, volvió al helicóptero que lo estaba esperando sin molestarse en cambiarse de ropa.

Ella aprovecharía su ausencia para hablar con su madre, y para probarse la ropa y el maquillaje que Sebastien había traído el día del club nocturno.

Pero al llegar, notó que ya no estaba la ropa. Tendría que contentarse con el atrevido vestido de la otra vez. Primero cenarían, y luego tal vez él la llevase a otro club nocturno, donde podrían bailar y bailar...

Bajó a hablar con el chef sobre la cena y volvió al dormitorio a maquillarse.

Cuando estuvo lista, se sentó a esperar a Sebastien.

Esperó y esperó. Estuvo tentada de llamarlo por teléfono al móvil. Pero no quería agobiarlo.

El tiempo siguió pasando y ella estaba cada vez más nerviosa. Pero, de pronto, oyó pasos fuera del dormitorio y se abrió la puerta.

Sebastien estaba allí, con gesto intimidante y remoto.

—No... No tienes aspecto de haber tenido un buen día... –dijo ella.

Él entró y cerró la puerta de un portazo.

Ella hizo un gesto de dolor y siguió diciendo:

–Si tienes hambre...

–No tengo hambre –Sebastien se acercó a ella mirándola, contrariado–. ¿No me vas a preguntar si he tenido un día interesante en la oficina, *agape mou*?

Ella se estremeció al oír el tono de su voz.

–Has venido muy tarde, así que supongo que has estado muy ocupado...

–Muy ocupado. Ocupado enterándome de muchas cosas interesantes de mi esposa. Hechos que ella no me ha contado aunque hemos pasado dos semanas conociéndonos.

Alesia se puso pálida.

–Sebastien...

Parecía otro hombre. Había perdido la calidez y la ternura y en su lugar mostraba desprecio y frialdad.

¿Cómo había sido tan tonta como para pensar que aquel cuento de hadas continuaría?

–Será mejor que me digas de qué estás hablando –dijo ella.

Él se rio cínicamente.

–¿Para qué? ¿Para que calcules lo que sé y no me digas más? No te preocupes. Ya veo que guardas muy bien los secretos. Hoy me he enterado de unas cuantas cosas interesantes sobre tu vida. ¡Como que no veías a tu abuelo desde que tenías siete años! ¡Hasta quince días antes de nuestra boda no volviste a verlo! –fijó sus ojos en ella–. Así que, ¿quién pagó esas escuelas caras a las que fuiste?

–Conseguí una beca para estudiar Música –dijo Alesia con voz débil–. No hubo que pagar.

–Y, según las fuentes que me han informado, en la época de la universidad, tenías tres trabajos por lo menos. Trabajaste como camarera dos veces, y tocabas el piano en un bar. ¿Cómo conseguiste el título? ¿Cuándo estudiabas?

—Siempre estaba agotada, es verdad –sonrió levemente, pero al ver los ojos amenazantes de Sebastien se puso seria–. No me asusta el trabajo.

—Bueno, eso al menos, es algo a tu favor... Muchos estudiantes trabajan para ayudarse, y yo comprendo que necesitabas dinero porque no tenías padres que te mantuviesen, y tu abuelo negaba tu existencia, pero ¿por qué tres trabajos? ¿Qué hacías con el dinero? Toda la ropa que tienes te la he comprado yo, excepto el vestido de novia. No vas de tiendas...

—La vida cuesta...

—¿Es por eso por lo que has aceptado este matrimonio? Es mejor no luchar para sobrevivir, ¿verdad?

Nuevamente hablaba de ella como si fuera un monstruo. Ella quería contarle lo de su madre, pero no podía.

Sebastien siguió caminando de un lado a otro.

—Pero lo que quiero que me contestes es por qué tu abuelo quería este matrimonio –gritó–. Como sospechaba al principio, él no estaba jugando a las familias felices con nuestro matrimonio. Claramente tu bienestar no le interesa. Tú eres una pieza en su juego, aunque una pieza deseosa de jugar. Y ahora quiero saber cuál es el juego, Alesia. Quiero la verdad por una vez.

Alesia lo miró. Su vida se estaba derrumbando delante de sus ojos. Si se lo contaba, arruinaría lo que habían construido en esos quince días. Él era un hombre justo y con un gran sentimiento de familia. ¿Cómo iba a contarle que lo había engañado de aquella manera?

Unas lágrimas se resbalaron de sus ojos. Lo amaba. Y debía confesarle la verdad.

—Sebastien...

—Me parece que no va a gustarme lo que vas a decirme. Lo veo en tus ojos... Sabía que había algo detrás de este acuerdo.

Pero mi padre es un hombre viejo y quería terminar esta enemistad de una vez. Y yo fui en contra de mi intuición y decidí confiar en él.

Alesia cerró los ojos y deseó esfumarse.

–Como tu abuelo no se ha preocupado por ti, supongo que no le habrá importado tener nietos tampoco. Y como esa era la razón supuestamente de nuestro matrimonio, se me ocurre que su venganza está ligada de algún modo a ese hecho. ¿Me equivoco?

Alesia sintió náuseas.

–¿Alesia?

–La explosión me hirió gravemente. Y los médicos dijeron que no podría tener hijos.

Sebastien se puso rígido al oírlo.

–¿Qué estás diciendo?

–No puedo darte hijos, Sebastien. Jamás. No es posible.

Sebastien respiró profundamente.

–¿Y tu abuelo lo sabía?

–Mi abuelo lo sabe todo...

Sebastien se rio con desprecio.

–O sea que esta es su última venganza. Privar a mis padres de los nietos que tanto desean y privarme de hijos –caminó una vez más por la habitación–. ¿Y tú estuviste de acuerdo? Tu abuelo es conocido por su malicia y manipulación; es un hombre sin moral alguna. Pero ¿tú? ¿Por dinero has sido capaz de seguir con este engaño?

¿Qué podía decir ella? No estaba en posición de decirle lo importante que era el dinero para ella.

–Sea lo que sea lo que mi familia le haya hecho a la tuya, no hay excusa para este nivel de engaño –dijo con rabia contenida–. ¿Cómo he podido pensar que esta relación era posible? No solo eres una mujer codiciosa, sino una mentirosa.

–Puedes divorciarte de mí –susurró ella.

–No puedo divorciarme de ti. Tu abuelo lo ha dejado todo atado. El contrato que firmamos nos une hasta que tengamos un hijo.

–Sé que he obrado mal, pero tienes que comprender...

–¿Comprender qué? ¿Que me he casado con una mujer sin escrúpulos? Debí tener más cuidado con tu linaje. Tienes sangre de Philipos y has heredado su falta de moral.

Sebastien salió de la habitación y cerró la puerta con un golpe.

Capítulo 9

Alesia apenas durmió aquella noche. Quería ver a Sebastien, pero no sabía dónde encontrarlo. Y tampoco habría sabido qué decirle.

Su comportamiento era inexcusable, y ella se sentía muy desgraciada... Y lo peor era que se había enamorado de él.

Lo mejor era marcharse a Londres otra vez.

En ese momento entró él.

–Me iré hoy –dijo ella con voz temblorosa–. No puedes divorciarte de mí, pero no tienes que vivir conmigo y te prometo que...

–He venido a disculparme –la interrumpió–. Anoche perdí los estribos. No hay excusa para eso.

¿Él se estaba disculpando?, se preguntó ella.

–Tienes todo el derecho a estar enfadado...

–Anoche parecías muy enferma...

–Creo que ha sido por tragar el agua... Me siento un poco mareada, pero estoy bien... –sonrió ella.

–Hoy debes descansar, pasar el día en la cama... Hablaremos más tarde.

–No hay nada de qué hablar, Sebastien. Los dos lo sabemos. Tú no me quieres cerca. Me iré hoy.

–No quiero que te marches –él pareció ponerse más tenso–. Tú eres mi esposa.

—Una esposa que no puede darte hijos —le recordó ella con tristeza.

—Es posible. Pero sigues siendo mi esposa y no te irás.

Alesia sintió esperanzas. ¿Se estaría acordando de lo felices que habían sido en su isla?

—Anoche estaba tan enfadado por lo que supe que no podía pensar con claridad. Pero ahora veo que tú has tenido una vida muy difícil... Por el accidente de tus padres que te dejó huérfana... Has trabajado toda tu vida como una esclava... No es extraño que, al ver la oportunidad, hayas querido mejorar tus circunstancias, y la hayas aprovechado. Para ti mi familia es responsable de la muerte de tus padres y tus heridas.

—Sebastien...

—Déjame terminar... —Sebastien la interrumpió—. Mi familia es responsable de lo que sucedió ese día...

—¿Qué estás diciendo?

—Que tú tienes derecho a la vida que has elegido. Mi familia te lo debe, y yo quiero pagar esa deuda. Seguirás siendo mi esposa y seguirás recibiendo la suma de dinero que hemos establecido.

Alesia se sintió decepcionada al darse cuenta de que su deseo de que ella siguiera con él era solo un sentido de responsabilidad, y no algo más personal, más profundo.

Se hundió en las almohadas. No quería estar allí en esas circunstancias. Pero no tenía más alternativa que permanecer con él. Necesitaba el dinero.

Los días pasaron. Sebastien llegaba tarde de la oficina, cuando ella ya se había dormido, y dormía en una habitación diferente.

Y el malestar de Alesia no se le había pasado completamente.

La gota que derramó el vaso fue que llamó al hospital donde estaba su madre y le dijeron que esta había contraído una infección y que había empeorado.

Sintiéndose culpable por no haber ido a ver a su madre, Alesia hizo el equipaje y pidió al chófer de Sebastien que la llevase al aeropuerto.

Sebastien no la echaría en falta, puesto que sabía que tenía una reunión en París. Lo había visto partir aquella mañana.

Como una adolescente, lo observaba desde la ventana con la ilusión de verlo simplemente.

Se pasó el vuelo a Londres con sensación de mareo. Se prometió que iría a un especialista para remediar ese problema. Debía de haber habido algún virus en el agua que había tragado.

El clima de Londres la recibió con lluvia y un cielo gris.

Tomó un taxi hasta el hospital.

–¿Cómo se encuentra mi madre? –preguntó, ansiosa, cuando llegó.

–Fue una operación importante, como sabe, pero salió bien. Estuvo mejorando hasta los últimos días. Lamentablemente ha tenido una infección y estamos intentando averiguar su causa.

–¿Puedo verla?

–Si usted es Alesia, por supuesto. Habla de usted constantemente. Creo que ha estado trabajando en el extranjero, ¿verdad?

Alesia se puso colorada. Aquella era la historia que le había contado a su madre para justificar el no ir a verla. Sintió remordimientos de conciencia.

Alesia siguió a la enfermera hasta la habitación mientras se quitaba la alianza. No hacía falta que su madre se enterase de que se había casado con Fiorukis.

La imagen de su madre frágil y pálida le dio ganas de llorar, pero se controló.

—¿Mamá?

Los ojos de la madre de Alesia se abrieron al oír su voz.

—¡Cariño! No esperaba que vinieras a verme —dijo con voz débil—. Creía que no ibas a poder venir durante un tiempo...

—Has perdido mucho peso...

—La comida de hospital —bromeó la mujer—. Pareces cansada. ¿Has trabajado mucho? ¿Qué tal el nuevo trabajo?

—Muy bien —dijo Alesia, evitando mirarla, mientras se sentaba en una silla al lado de la cama.

Su madre suspiró y cerró los ojos otra vez.

—Bueno, ha sido una suerte que hayas conseguido ese trabajo cuando lo conseguiste, y que te paguen tan bien. Si no hubiera sido por ti...

—No empieces, mamá. Yo te quiero —sonrió Alesia—. Y me da mucha rabia no haber podido venir a verte...

—Pero me has llamado todos los días —murmuró su madre—. Y me has dado el mejor regalo que hay. La posibilidad de volver a caminar. Ahora solo tenemos que esperar para ver si los médicos han tenido éxito. Hasta que apareció esta infección, eran optimistas.

—Y siguen siéndolo —Alesia intentó reprimir sus lágrimas.

—No llores —le dijo su madre—. Yo sé que puedo apoyarme en tu fuerza. Siempre has sido fuerte. Incluso de pequeña tenías una firme determinación.

Alesia hizo un esfuerzo por sonreír. No se sentía ni fuerte ni determinada.

—Estoy bien. Solo un poco cansada.

«Y mareada», pensó.

—¿Cuántos días te han dado en el trabajo?

—Los que necesite —dijo una voz masculina desde la puerta.

Alesia se sobresaltó y miró a Sebastien.

Estaba en la puerta, con gesto serio. Parecía enfadado con ella.

Luego desvió la mirada hacia su madre.

—¡Dios mío! No sabía... Está viva... Sobrevivió a la explosión...

—Creí que estabas en París —dijo Alesia.

No estaba preparada para aquella escena.

—¿Controlas mis movimientos, Alesia? Bueno, ahora estoy de vuelta...

Antes de que ella pudiera encontrar una respuesta, su madre exclamó y se tapó la boca.

—¿Mamá? —se acercó y tocó la frente de su madre—. ¿Te encuentras peor? ¿Estás mareada? Llamaré a una enfermera —Alesia extendió la mano hacia el timbre, pero su madre se la agarró.

—No —su madre habló con voz débil y mirando a Sebastien—. He pensado en ti durante años. En mis sueños... En mis peores momentos siempre estabas ahí...

Alesia miró consternada a su madre. No había pensado que pudiera reconocer a Sebastien, pero era evidente que sí. Y estaba claro que lo odiaba. Lo que menos falta le hacía en aquel momento era ese shock.

—La estás disgustando... Creo que deberías marcharte —le rogó Alesia, agarrando la mano de su madre—. Podemos hablar más tarde.

—Si eso es lo que quiere tu madre, por supuesto. Respetaré sus deseos. Pero hay cosas que hablar —se volvió hacia la madre de Alesia—. No tenía ni idea de que estaba viva.

Alesia cerró los ojos.

—Por favor, ¿quieres marcharte?

—No quiero que se marche —su madre extendió una mano hacia Sebastien con los ojos llenos de lágrimas—. No antes de que le dé las gracias. ¡Si supieras cuánto he querido agradecérselo! Pero no sabía cómo averiguar quién era, y no sabía su nombre...

Al oír aquella confusa declaración, Alesia miró a su madre sin comprender nada. Y encima, Sebastien se acercó y aceptó la mano de su madre.

—No hace falta que me dé las gracias. Ni entonces ni ahora... Hasta hace poco no tenía idea de quién era usted...

—Había tanta gente en el yate aquel día...

Alesia los miró, sorprendida.

—¿Mamá?

—¿Cómo te has puesto en contacto con él? —su madre la miró. Tenía lágrimas en los ojos—. Tú sabías cuánto deseaba encontrar al hombre que te salvó. Sin su nombre, ¿cómo has podido encontrarlo?

¿El hombre que la había salvado?, Alesia no comprendía nada. Se quedó sin habla. Cuando por fin pudo hablar preguntó:

—¿Este es el hombre que te rescató cuando explotó el barco?

—A mí y a ti. También te rescató a ti —dijo su madre—. Arriesgó su vida tirándose al agua... Yo te vi en la escalerilla segundos antes de la explosión. Sabía que estabas en el agua, probablemente demasiado herida como para poder ayudarte a ti misma. ¡Yo gritaba y gritaba que alguien salvara a mi niña...!

—Tu madre estaba atrapada —dijo Sebastien con los ojos tristes al recordarlo—. No quiso aceptar mi ayuda hasta no rescatar a su niña.

Alesia estaba en estado de shock. A su mente acudieron imágenes del hombre.

—¿Eras *tú*? —dijo casi imperceptiblemente—. El hombre que me rescató... El hombre que recuerdo... ¿Eras *tú*?

—No lo supe hasta la noche en que me contaste lo del accidente —le confesó Sebastien—. Me di cuenta entonces de que tenía que ser tu madre a quien había rescatado, pero no sabía que todavía estuviera viva. Philipos nos informó que había muerto junto con Costas.

–Eso es lo que quiso que creyera la gente. Quería borrarme de su vida. Tú te fuiste a rescatar a otros –dijo la madre de Alesia–. Y la ambulancia nos llevó al hospital. Le pregunté a todo el mundo por ti, pero nadie sabía nada. Luego Dimitrios nos hizo volar a Inglaterra y a mí me prohibieron volver a visitar Grecia. Mantuvimos nuestra identidad en secreto por instrucciones suyas.

Sebastien frunció el ceño.

–¿Cómo fue capaz de amenazarla de ese modo? ¿Cómo fue capaz de impedir que viniera de visita? ¿Y por qué?

Su madre cerró los ojos.

–Me odió desde el primer momento en que Costas me llevó a Corfú. Cuando murió Costas no hubo nadie que me defendiera. Me amenazó con quitarme a Alesia. Realmente no la quería. Fue solo una amenaza para castigarme. Poca gente sabe lo malo que es ese hombre... Yo no quería que estuviera cerca de mi hija de ninguna manera. Y acepté desaparecer, romper el contacto por completo. Y a él le pareció bien. Fue lo que siempre había querido.

–¿Le pagó para que desapareciera? –preguntó Sebastien.

Charlotte Rawlings se rio, cansada.

–¿Pagar? ¿Dimitrios? No, no me pagó nada.

–Pero usted estaba herida y con una hija pequeña que mantener... ¿Cómo se las arregló? ¿Tenía familia que se ocupara de usted?

–No tenía familia, y me arreglé porque mi hija es una persona muy especial –dijo Charlotte.

Alesia se puso colorada.

–Mamá... Creo que deberías descansar ahora...

–Todavía, no –Sebastien apretó más la mano de su madre–.

Por favor, si puede, realmente me gustaría oír el resto de la historia.

–Alesia se recuperó considerablemente rápido de las heridas y era una niña brillante –Charlotte sonrió a su hija–. Uno de los médicos que me estaba tratando y que conocía nuestras circunstancias me sugirió que pidiera una beca en uno de los mejores internados. La aceptaron. Fue una decisión difícil, pero acertada. A mí me operaron interminables veces. Durante los veranos se quedaba con una de las tutoras y la traían a verme.

–Siga... –dijo Sebastien.

–En la época que tenía que ir a la universidad, yo necesitaba todo tipo de cuidados por los que teníamos que pagar –Charlotte miró a Alesia–. Alesia trabajó día y noche para dármelos. Y cuando descubrió que era posible hacerme esta operación para poder caminar, consiguió ese estupendo trabajo en Grecia...

Hubo un silencio tenso. Alesia cerró los ojos, esperando que Sebastien le dijera a su madre la verdad.

–Debería descansar ahora –dijo él–. Pero antes de que la dejemos quisiera hacerle otra pregunta. ¿Por qué, cuando Alesia creció y su abuelo ya no podía quitársela, no le pidió dinero a Philipos? Ustedes son su única familia. Él tenía la obligación de darles lo que necesitaban.

–Dimitrios no sabe lo que es la obligación y nunca da dinero –dijo su madre con dignidad–. Y no sabe lo que quiere decir la palabra «familia».

–Entonces, es hora de que alguien lo eduque –Sebastien achicó los ojos–. Y le aseguro que será un buen alumno. Tendrá que asumir sus responsabilidades.

Charlotte cerró los ojos.

–No. No quiero ningún contacto con ese hombre. No quiero volver a oír el nombre Philipos ni Fiorukis.

Alesia se quedó helada. Al parecer, su madre no sabía que Sebastien era un Fiorukis. ¿Qué diría cuando se enterase de que se había casado con él? ¿Y que se había acercado a su abuelo para conseguir dinero?

–Quiero que descanse y que deje de preocuparse. Mañana traeré a Alesia nuevamente –dijo Sebastien.

Su madre abrió los ojos y sonrió.

–¿Puedes quedarte otro día, Alesia? ¿Cuándo tienes que volver?

Sebastien frunció el ceño.

–Puede quedarse lo que le haga falta –repitió.

Alesia abrazó a su madre y luego corrió detrás de él.

–¡Sebastien, espera! –finalmente lo alcanzó–. Por favor, no te marches así. Sé que todavía estás enfadado conmigo, pero tenemos que hablar. Salvaste mi vida. No puedo creer que hayas sido tú...

Sebastien la quemó con la mirada. Luego le agarró los brazos y la acorraló contra una pared.

–Podría haberlo sabido antes si hubieras sido sincera conmigo. ¿Cuándo vas a confiar en mí y a decirme la verdad? Todos los días me entero de cosas nuevas de mi esposa... ¡Hoy me entero de que tu madre está viva! ¿Por qué me lo has ocultado? ¿Y por qué me ocultaste que tú estabas en el barco también?

–Porque si te lo hubiera dicho habrías sabido que Dimitrios nos despreciaba. Y si sabías eso, habrías sabido que su deseo de que nos casáramos era por venganza. Tenía demasiado miedo de decirte la verdad... –tragó saliva–. Y entonces no te habrías casado conmigo. Y yo necesitaba que te casaras conmigo. Era la única forma que veía de conseguir el dinero para la operación de mi madre. Es una nueva operación y la Seguridad Social no la cubre. Yo estaba desesperada.

–Debí darme cuenta de las señales en aquella primera reunión. Tenías tanto miedo de tu abuelo... Pero mi padre deseaba tanto que la empresa volviera a él... Y yo también me distraje con otras cosas. Si no, me habría dado cuenta de que algo no iba bien.

Preguntándose qué otras cosas lo habrían distraído, Alesia sonrió:

–Bueno, ahora ya lo sabes todo –dijo–. Me casé por tu dinero, porque lo necesitaba para mi madre.

–Tu abuelo tiene que rendirte cuentas de muchas cosas –dijo Sebastien–. Este no es un lugar adecuado para hablar de esto. Vámonos de aquí.

Sebastien la acompañó al ascensor.

–¿Qué tipo de hospital es este? –preguntó.

–Es un hospital muy viejo. Pero el cirujano tiene mucho prestigio y quería probar una nueva técnica. Así es como he gastado tu dinero.

–*Tu* dinero –la corrigió Sebastien–. Era tu dinero. Ahora comprendo por qué no ibas de compras. No te ha quedado nada para tus gastos.

–No me hacía falta nada. Y el hospital es muy caro, aunque el edificio sea muy viejo. ¿Cómo supiste el modo de encontrarme? –preguntó Alesia cambiando de tema.

–Te han seguido. Mis hombres de seguridad tenían instrucciones de no perderte de vista.

–¿Por qué?

–Porque eres una Fiorukis ahora. Y hay mucha gente con ganas de sacar dinero.

–¿Crees que podría raptarme alguien?

–Siempre existe esa posibilidad. Pero no te preocupes demasiado. Te soltarían enseguida al ver lo que comes.

–¿Estás muy enfadado conmigo?

–Me has tenido en vilo desde el día que te conocí, así que no es nada nuevo esto. Y la próxima vez que quieras volar, usa mi avión. Te guste o no, eres mi esposa, y no quiero que tomes vuelos comerciales.

Una corriente de ternura recorrió su ser. Tendría que haberse enfadado por su actitud autoritaria, pero en parte le gustaba que fuera posesivo. Y que quisiera cuidarla.

–¡Mira! Aquel es el monumento que conmemora el Gran Fuego de Londres. Recuerdo que mi madre me trajo una vez, en un raro período en que no estuvo en el hospital. Subí hasta arriba mientras ella me esperaba en la calle. Y luego la saludé –conmovida por el recuerdo, miró a Sebastien.

–Debiste de echarla mucho de menos.

–Para serte sincera, era tan pequeña cuando sucedió todo que me acostumbré a ello. Acepté que mi madre no era como otra gente. Que nuestra vida era diferente.

–¿Cómo no ha descubierto la prensa que tu madre está viva?

–Como tú, no indagaron. Nosotras volvimos a Londres. Mi abuelo quiso que mi madre volviera a usar el apellido de soltera, y yo usé el mismo nombre. Nos llamamos Rawlings. No fue difícil.

–Por eso no respondiste a tu nombre de señorita Philipos cuando nos conocimos. Y aceptaste ese nombre por presión de tu abuelo, ¿no?

–Odiaba usar su nombre, pero era parte del plan de mi abuelo. Por eso tardaba en reaccionar cuando me llamabas así. Toda mi vida me he llamado Rawlings.

–Tu madre es una mujer muy valiente.

–Es verdad. Toda su vida odió la guerra entre nuestras dos familias. No podemos decirle que me he casado con un Fiorukis. La mataría.

–Deja de preocuparte. Estás muy pálida. Tienes que descansar.

Alesia deseó poder relajarse.

—No podré descansar hasta que no decidamos qué le vamos a decir. No sabía qué decirle para justificar mi ausencia, así que le dije que había conseguido un trabajo en Grecia y...

—Deja de preocuparte. De ahora en adelante yo me ocuparé de esto.

—Pero...

—No te preocupes. No le haré más daño a tu madre.

—¿Por qué quieres hacer todo esto?

—Por muchas razones. Confía en mí. Y porque, si hubiera querido decirle la verdad a tu madre, ya se la habría dicho.

—Lo siento —dijo ella.

—No te preocupes. Comprendo que has tenido que tomar muchas decisiones importantes desde que eras una niña. Pero ahora ya no estás sola, Alesia. El problema es mío. Y lo voy a solucionar.

Por un momento, ella se sintió como si le hubieran quitado un gran peso de encima, y luego recordó que él lo estaba haciendo solo porque se sentía responsable de ella, porque la explosión había sido en el barco de la familia de Sebastien.

Alesia lo miró y sintió la punzada del deseo.

—¿Adónde vamos?

—A una suite en Dorchester, donde no nos interrumpirán. Tenemos muchas cosas de las que hablar.

Ella no quería hablar.

—¿Es un hotel elegante? Siempre he tenido ganas de pedir servicio de habitaciones...

—Sí, es muy elegante. Será otra nueva experiencia para ti —de pronto Sebastien la miró con preocupación—. Sigues pálida... ¿Te encuentras enferma todavía?

—Ha sido un día muy duro... Ver a mi madre así... Y luego tu aparición...

—¡Es increíble los sacrificios que has hecho por tu madre!

—Mi madre también ha hecho grandes sacrificios por mí. Habría preferido que estuviera con ella, pero me envió al internado porque pensó que eso sería mejor para mí.

—Tu abuelo tendría que rendir cuentas por todo esto —dijo Sebastien.

—Mi abuelo es como es. Jamás cambiará.

—Eso lo veremos.

Entraron por una puerta trasera del hotel y subieron a la suite.

—¡Es increíble!

—Suelo quedarme aquí cuando estoy en Londres. Llama al servicio de habitaciones cuando quieras...

—¿Puedo pedir lo que quiera? —ella se rio como una niña.

—Por supuesto —Sebastien se quitó la chaqueta.

Se miraron a los ojos. Ella se estremeció de deseo.

—Sebastien...

—Me he prometido que me mantendría alejado de ti... —dijo él.

—Yo no quiero que lo hagas. ¡Todavía no puedo creer que fueras tú quien me salvó la vida!

—Algo bueno que he hecho —la besó y la desnudó con movimientos lentos. Luego la alzó en brazos.

—Puedo caminar...

—Me gusta llevarte... —dijo él con voz sensual.

—Te gusta dominarme —bromeó ella.

Sebastien la dejó en la cama y se puso encima de ella.

—Me encanta saber que soy el único hombre que te ha hecho esto —empezó a besarle todo el cuerpo.

Ella perdió totalmente el control.

—Sebastien, por favor, ahora...

Él deslizó un dedo para investigar, y ella se sobresaltó.

—Eres tan caliente —susurró él.

Él siguió volviéndola loca, haciéndola sentir un placer casi increíble. Y cuando pensó que ya no podía aguantar, la levantó y se adentró en ella con un gemido de satisfacción.

Alesia abrió los ojos, asombrada ante aquella sensación. Entonces él le sonrió y siguió moviéndose, llevándola cada vez a un placer más alto, sin dejar de besarla. Hasta verla explotar de goce. Alesia se aferró a él, sumida en olas y olas de placer.

Sebastien giró con ella y se puso boca arriba con ella encima.

–Ha sido impresionante... El mejor sexo del mundo –dijo.

Alesia cerró los ojos, y trató de convencerse de que no importaba que no la amase mientras la deseara.

Sonó el teléfono móvil de Sebastien.

–He dado instrucciones de que no me molesten –protestó mientras extendía una mano para contestar.

Escuchó unos segundos y luego dijo algo en griego antes de colgar.

–Tenemos que volver al hospital. Al parecer, tu abuelo ha decidido visitar a tu madre.

Capítulo 10

–No. Sé que estás preocupada, pero quiero que esto me lo dejes a mí.

–No comprendes cómo es él. Tengo que estar con ella...

–Sé cómo es tu abuelo. Créeme que estoy más preparado que tú para esto.

–Pero...

–¡Dios mío! ¿Qué tengo que hacer para que confíes en mí? ¿Cuántas veces tengo que decirte que no haré daño a tu madre?

–Yo no sabía que vendría mi abuelo...

–Me alegro de que lo haya hecho. Así me evita ir a verlo. Aunque hubiera preferido evitar este estrés a tu madre –sonrió y agregó–: Coraje. Has sido muy valiente hasta ahora, sigue un poco más. Y diga lo que diga, Alesia, quiero que te muestres de acuerdo conmigo. ¿Queda claro?

–¿No te ha dicho nadie que eres un chulo?

–Sí. ¿Me lo prometes, Alesia?

–De acuerdo.

Cuando entraron en la habitación su madre estaba en la cama, mirando al hombre que había hecho un infierno de su vida.

–Me sorprende que vengas a visitar a alguien a quien negaste su existencia –dijo Sebastien fríamente.

–Esto no es asunto tuyo –respondió Dimitrios.

—Se ha convertido en asunto mío desde que has unido las fortunas de nuestras familias. Y quiero aclararte algo: después de esta conversación, no quiero verte cerca de ningún miembro de mi familia. Sobre todo de mi esposa y de su madre.

—Ah, sí... ¿Cómo está tu esposa? —el viejo sonrió a Alesia con gesto desagradable—. Te tendí una trampa, Fiorukis.

—Y por ello estaré eternamente agradecido —Sebastien rodeó la cintura de Alesia con su brazo—. De no haber sido por tu malicioso plan, jamás habría conocido a Alesia —sonrió a su esposa—. Y eso habría sido una pena porque ella ha enriquecido mi vida.

Alesia se conmovió.

—Debe de ser que no ves más que su cuerpo. Es hora de que sepas la verdad. No puede darte hijos. No habrá más descendientes de Fiorukis —dijo Dimitrios.

Alesia se encogió de dolor.

—Mis sentimientos por Alesia no tienen nada que ver con eso. Y si insultas a mi esposa una vez más, te arrepentirás, Philipos. A diferencia de ti, yo sé proteger a los míos.

Alesia contuvo la respiración. Nadie había luchado por ella ni la había protegido jamás. Toda la vida había sido ella la que había luchado por su madre. Había sido ella contra el mundo.

Se le hizo un nudo en la garganta. ¡Lo amaba tanto!

—Convéncete, Fiorukis, he ganado. Te has hecho con la empresa. Pero a estas alturas ya sabrás que es imposible salvarla. Y aunque finjas que te da igual tener hijos o no, tú y yo sabemos que no es verdad. Tú eres griego. Está todo dicho.

Sebastien miró al viejo con gesto serio.

—En primer lugar, la empresa ha vuelto a su dueño por derecho: la familia Fiorukis. Has llevado a la empresa casi a la quiebra, pero mis esfuerzos harán que salga a flote. Y en cuanto a Alesia... Ha demostrado ser leal, fuerte y cariñosa, las tres características más importantes en una esposa griega...

—No puede darte hijos. Y según el contrato no puedes buscar otra esposa.

—Entonces es una suerte que no quiera otra esposa —respondió Sebastien.

Charlotte no salía de su asombro.

Sebastián volvió a mirar a su enemigo y dijo:

—Creo que el disgusto de verte no le ha hecho bien a la madre de Alesia. Así que quiero que te marches. Se acabó. No vuelvas a acercarte a mi familia.

—También son mi familia. Así que, si quiero, me quedo.

—No estoy de acuerdo. Has perdido el derecho a llamarlos familia al no darles lo que necesitaban, aunque el único pecado de Charlotte haya sido amar a tu hijo. Has perdido el derecho a llamarlos familia cuando usaste a Alesia como instrumento para vengarte de mí. Ya no son tu familia, Philipos. Son mi familia. Y yo siempre protejo lo que es mío.

—¿Y eso qué se supone que quiere decir? —preguntó Dimitrios.

—Tú has culpado a mi familia de la explosión. Pero tú y yo sabemos que esa explosión fue responsabilidad tuya. Tú has sido el responsable de la muerte de tu propio hijo.

Hubo un silencio espeso en la habitación. Y Alesia oyó a su madre exclamar por el shock.

—¿Crees que he querido matar a mi propio hijo?

—No. Creo que querías matar a mi padre porque estuvo intentando convencer a Costas de enterrar el ridículo odio entre las familias para siempre y aliarse en los negocios.

—¡Es ridículo! Mi hijo no debería haber estado en ese barco.

—Provocaste la explosión contra mi familia, pero las circunstancias cambiaron, y cuando ellos finalmente subieron a bordo, tu hijo y su esposa estaban con ellos. Y fue tu hijo quien murió junto con mi tío. Y tú fuiste responsable. ¿No crees que es hora de acabar con este asunto, Philipos?

Con la respiración agitada, Dimitrios corrió hacia la puerta, pero varios hombres le bloquearon el paso.

–Las autoridades griegas quieren hablar contigo –dijo Sebastien–. Están interesados en varios sucesos que tuvieron lugar, incluidas algunas inversiones que has hecho últimamente.

Dimitrios se detuvo en la entrada y miró a Sebastien.

–Te va a costar una fortuna tu mujercita.

–Le insisto en que use mi tarjeta de crédito y no lo hace... Alesia es única. Nuevamente, gracias por presentármela. Yo había perdido las esperanzas de encontrar una mujer como ella.

Cuando sacaron a Dimitrios de la habitación, Alesia se hundió en una silla, temblando.

–¿Es cierto que fue él quien puso la bomba? –preguntó Charlotte, abatida.

Sebastien asintió.

–Siempre hemos sospechado que fue él quien la puso. Pero no ha habido pruebas. No obstante, se ha metido en algunos negocios sucios... Me parece que lo esperan unos años entre rejas, sea como sea.

Charlotte cerró los ojos.

–Es un hombre muy malvado, realmente. Yo creo que hasta Costas lo veía. Era el motivo por el que quería asociarse con tu padre. Quería empezar de nuevo. Yo intenté convencerlo de que no lo hiciera. Siempre me daba miedo lo que pudiera hacer Dimitrios. Y tenía razón.

–Ha pagado un precio muy alto, señora Rawlings –dijo Sebastien.

–Y tú has tenido que pagar un alto precio también –dijo

Charlotte, abriendo los ojos–. Tuviste que casarte con Alesia para recuperar la empresa de tu padre.

–No ha sido ningún sacrificio –sonrió Sebastien–. Se lo aseguro. Su hija es deslumbrante en todo sentido. Bella y valiente.

Charlotte lo miró un momento y dijo:

–¿Este es el trabajo que has conseguido, Alesia? ¿Te has casado por dinero?

–No había otro modo de pagar la operación –dijo Alesia con desesperación.

–Alesia hizo lo que debía hacer. Y le pido que no se preocupe por nuestra relación. Amo a su hija, y me alegro de que se haya querido casar conmigo.

Alesia lo miró, agradecida. Aunque supiera que Sebastien lo decía para tranquilizar a su madre, y no porque la amase.

–Y ahora, debe descansar... Creo que hoy ha mejorado mucho. Quiero que sepa que, en cuanto esté mejor, la llevaremos a Atenas, a mi casa. El sol es muy bueno para la salud, y en Londres no hay mucho.

–¿A Grecia? –preguntó Charlotte–. No creí que volvería a Grecia, aunque fue mi hogar hace tiempo...

Sebastien se acercó y le dio un beso en la frente, un gesto que sorprendió a Alesia.

–Volverá a ser su casa –le dijo.

Cuando volvieron al hotel, Alesia se hundió en un sofá.

–Gracias por todo lo que le has dicho –dijo ella–. Y por enfrentarte a mi abuelo. Debes de ser la única persona que se ha atrevido a hacerlo.

–Nos hemos deshecho de él –Sebastien la miró, preocupado–. Estás agotada. No debí llevarte conmigo.

–Estoy bien. Solo estoy cansada.

—Come algo. Y luego puedes dormir.

Sebastien se alejó para pedir el servicio de habitaciones. En ese momento Alesia se puso de pie, pero se mareó y se desmayó.

Cuando volvió en sí, Sebastien estaba a su lado, pálido.

—¡Qué susto me has dado! —exclamó.

—Lo siento. No sé qué me pasa.

—Yo, sí. Has estado con una presión muy grande... Han sido muchas cosas...

—No me las recuerdes... Me siento muy culpable por no poder darte los hijos que deseas... —Alesia se cubrió la cara con las manos—. Yo había decidido no casarme con nadie, porque no me parecía justo...

—Debía de ser por ese motivo que eras virgen —dijo él.

—No dejaba que se acercasen los hombres. No quería verme involucrada en una relación.

Alesia volvió a sentir mareo, y se echó hacia atrás en el sofá.

—He llamado a un médico. Vendrá en un momento —dijo él.

—No es nada...

—Sea lo que sea, quiero que se te pase.

Hubo un golpe en la puerta.

Apareció un hombre alto con un maletín junto a uno de los hombres de seguridad de Sebastien.

El médico le hizo muchas preguntas, algunas un poco incómodas.

Sebastien miraba, ansioso al médico.

—¿Cuánto tiempo llevan casados? —preguntó el doctor.

—Seis semanas.

—Entonces, les doy mis felicitaciones. Van a tener un bebé.

—Pero... ¡Eso no es posible! —exclamó ella.

El médico sonrió.

—Supongo que es normal que piense eso después de la historia clínica que me ha contado. Pero puedo asegurarle que está embarazada, señora Fiorukis.

–Pero...

–Tengo treinta años de experiencia y aunque un médico puede dudar de un diagnóstico, esta vez estoy seguro. El mareo que tiene es debido al embarazo. Se le pasará en unas semanas, así como el cansancio. A partir de entonces, disfrutará de la experiencia.

Alesia no podía creerlo.

–Pero ¿cómo es que los médicos dijeron que no podía quedar embarazada? –preguntó Sebastien.

–El tema de la fertilidad es complicado. Se sabe mucho, y se desconoce mucho –dijo el hombre yendo hacia la puerta–. Y si no, vea la cantidad de parejas que hay que adoptan un niño y luego las mujeres quedan embarazadas. Usted ha vivido uno de esos milagros, señor Fiorukis.

Cuando el médico se fue, Alesia seguía en el sofá.

–Me da miedo moverme...

–No me extraña –Sebastien la levantó en brazos.

–¿Qué estás haciendo?

–Te llevo a descansar.

Ella cerró los ojos.

–¿Te das cuenta de lo que significa esto? –dijo ella.

–¿Qué? –Sebastien la depositó en la cama.

–Que una vez que tengamos un hijo podemos divorciarnos.

–Vete a dormir. Mañana hablaremos.

Alesia estaba embarazada, debía estar contenta. Pero de pronto se sentía vacía.

Cuando Alesia se despertó, Sebastien estaba en un rincón de la habitación, observándola.

–¿Sebastien, qué haces ahí?

—Tengo miedo de que desaparezcas, y tenemos que hablar. Quédate ahí y no te muevas.

Se marchó de la habitación y volvió con galletas y una bebida.

Ella se incorporó y preguntó:

—¿Qué es eso?

—El médico me ha dicho que unas galletas secas por la mañana antes de levantarte podrían ayudarte a que se te pase el mareo —se las ofreció y esperó a que las probase—. ¿Estás mejor?

—Sí.

—Bien, porque tenemos que hablar y no quiero que tengas excusas para abandonar la habitación. Y antes de que digas nada, quiero que sepas una cosa. Puedes pedirme lo que quieras, pero el divorcio, no. Así que no vuelvas a pedírmelo.

—No eres responsable de lo que ha pasado, Sebastien. Ha sido todo culpa de mi abuelo. Me pregunto si ese será el motivo por el que no soportaba tenernos a mi madre y a mí cerca. Quizás eso intensificara su culpa, recordándole lo que había hecho.

—Supones que es capaz de sentir culpa y remordimientos, pero lo dudo. Y la razón por la que no quiero que te marches no tiene nada que ver con mi sentimiento de responsabilidad, sino con lo que siento por ti.

Alesia sonrió, temblorosa. Sebastien era griego, y se sentía responsable de haberla dejado embarazada.

—Lo dices porque sabes que estoy embarazada...

—Lo que siento por ti no tiene nada que ver con eso. Aunque no te niego que estoy encantado de que lo estés. Porque eso te ata a mí. No creo que una mujer tan generosa y leal como tú prive a su hijo de su padre.

—Sebastien, esto es ridículo. Tú has dejado bien claro lo que piensas de mí. Siempre has dicho que soy una codiciosa...

–Eso era cuando no te conocía. Me siento muy culpable por el modo en que te he tratado.

–No te culpo por ello.

–Pero deberías hacerlo. Te olvidas de que yo también tengo parte de culpa. Tú te viste obligada a casarte por dinero, y yo di por hecho que eras como otras mujeres que había conocido.

–No puedo negar que no me guste usar cosas bonitas, y comer comidas deliciosas...

–Entonces, quédate conmigo. Yo te enseñaré cosas sobre el sexo, y te enseñaré a gastar y gastar, y a ir a fiestas... Te lo mereces.

–No es suficiente, Sebastien. Te aburrirás.

–No, tú me sorprendes constantemente.

–Tú te cansas de las mujeres...

–Contigo nunca tengo suficiente...

–Eso es solo sexo.

–No es solo sexo. Te amo y sé que tú no sientes lo mismo, pero no puedo dejarte marchar...

–Tú no me amas. Solo lo has dicho por mi madre.

–Lo he dicho porque es cierto –Sebastien le acarició el pelo–. Yo no creía que existiera el amor hasta que te conocí. Y aunque el sentimiento no sea recíproco, aún pienso que puedo hacerte feliz.

Ella no podía creerlo.

–No es posible que me ames. Si después de nuestra noche de bodas no fuiste capaz de quedarte siquiera...

–¡No me recuerdes lo cruel que he sido!

–Porque me odiabas.

–No, porque no podía dejar de hacerte el amor... Lo que sentía por ti me asustaba...

–¿Y por eso te marchaste quince días?

–Sí... Pero estoy decidido a conseguir que me ames...

—El sentimiento es mutuo, Sebastien —susurró ella—. Te amo desde el momento en que me di cuenta del tipo de persona que eres...

—Dímelo otra vez.

—Te amo —Alesia sonrió.

—Ningún hombre va a descubrir lo ardiente que eres —le dijo él, abrazándola.

—Además de tener muchas virtudes, también eres muy posesivo...

—Soy griego, *agape mou*, ¿qué esperas?

—Me gusta que me quieras proteger... Nunca nadie me ha protegido.

—De ahora en adelante, nadie te hará daño. Y no volveremos a la isla, si no quieres. Podemos vivir en ciudades, si te encuentras más cómoda.

—No me importa dónde vivamos, si es junto a ti. Y me encanta la isla. Es donde me enamoré de ti.

Él gimió y la besó.

—Te daré todo lo que me pidas, no tienes más que pedírmelo.

—¿Todo? —le preguntó ella, pícaramente.

—No me pongas nervioso... ¿Qué quieres?

—¿Has dicho en serio lo de llevar a mi madre a Grecia?

—Por supuesto. Los médicos creen que se recuperará mejor en un clima soleado. En cuanto esté mejor, la llevaremos a un hospital privado de Atenas.

—¡Lo que es tener dinero! —exclamó ella.

—Quiero darte todo lo que quieras.

—En ese caso, ¿podemos irnos a Grecia cuanto antes? Me encanta Grecia y su comida.

—¿Y los hombres griegos?

—Solo uno. El señor Fiorukis —se rio Alesia.

www.ingramcontent.com/pod-product-compliance
Lightning Source LLC
LaVergne TN
LVHW091614070526
838199LV00044B/802